THOMAS BREUER

Leander und der Blanke Hans

STÜRMISCHE ZEITEN Während heftige Stürme über die Nordfriesischen Inseln und Halligen hinwegziehen, laufen die Küstenschutzmaßnahmen auf Hochtouren. Plötzlich verschwindet der investigative Schriftsteller Kai-Uwe Groothues. Henning Leander wird mit der Suche beauftragt. Seine Ermittlungen auf Föhr, ein Leichenfund im Watt, Sabotageanschläge auf den Großbaustellen, ein anonymer Brief, Groothues' Recherchen über die Sandmafia und nicht zuletzt der Wunsch seiner Freundin Franziska, sie zu Freunden nach Sylt zu begleiten, führen ihn auf die »Königin der Nordsee«. Eine grauenvolle Entdeckung am Strand und die darauffolgende Erkenntnis, einem mächtigen Gegner gegenüberzustehen, lässt Leander seine Freunde Mephisto und Tom zu Hilfe rufen. Gemeinsam folgen sie der Spur der Mörder und stoßen auf ein Netzwerk aus örtlichen Bauunternehmern und dänischen Küstenschützern. Und dann ist da noch die Spur, die zurück nach Föhr führt. Bei einem nächtlichen Treffen mit einem Whistleblower kommt es schließlich zu einem Kampf auf Leben und Tod.

© Privat

Thomas Breuer wurde 1962 in Hamm/Westfalen geboren und hat in Münster Germanistik und Sozialwissenschaften studiert. Seit 1994 lebt er mit seiner Familie im ostwestfälischen Büren, wo er an einem Gymnasium als Lehrer für Deutsch, Sozialwissenschaften und Zeitgeschichte arbeitet. Er liebt die Literatur und die Fotografie, die Nordseeinseln und den Darß. Seine zweite Heimat ist die Insel Föhr, auf der er regelmäßig im Auftrag seiner Hauptfigur neue Kriminalfälle recherchiert. »Leander und der tiefe Frieden« ist der erste Band der Erfolgsreihe um seinen Ermittler Henning Leander, die er kontinuierlich fortsetzt. Thomas Breuer ist Mitglied der Autorenvereinigung Syndikat und schreibt neben seinen Kriminalromanen auch Kurzkrimis für Anthologien.

THOMAS BREUER

Leander und der Blanke Hans

INSELKRIMI

GMEINER

Immer informiert

Spannung pur – mit unserem Newsletter informieren wir Sie
regelmäßig über Wissenswertes aus unserer Bücherwelt.

Gefällt mir!

Facebook: @Gmeiner.Verlag
Instagram: @gmeinerverlag
Twitter: @GmeinerVerlag

Besuchen Sie uns im Internet:
www.gmeiner-verlag.de

© 2022 – Gmeiner-Verlag GmbH
Im Ehnried 5, 88605 Meßkirch
Telefon 07575 / 2095 - 0
info@gmeiner-verlag.de
Alle Rechte vorbehalten
1. Auflage 2022

Lektorat: Claudia Senghaas, Kirchardt
Herstellung: Mirjam Hecht
Umschlaggestaltung: U.O.R.G. Lutz Eberle, Stuttgart
unter Verwendung eines Fotos von: © Cora Müller / stock.adobe.com
Druck: GGP Media GmbH, Pößneck
Printed in Germany
ISBN 978-3-8392-0152-7

VORBEMERKUNG

Das Sturmtief *Friederike*, das mit schweren Orkanböen am 18. Januar 2018 über Europa hinweggefegt ist, hat zehn Menschen das Leben gekostet und einen Versicherungsschaden von insgesamt einer Milliarde Euro angerichtet.

Kyrill am 18./19. Januar 2007 hat zehn Milliarden US-Dollar Schaden angerichtet, davon allein in Deutschland fünf Komma fünf Milliarden. 46 Menschen starben, mehr als eine Million Menschen waren zeitweilig ohne Strom. *Kyrill* hat Spitzengeschwindigkeiten von 225 Kilometern pro Stunde erreicht.

Der Orkan *Lothar* am 26. Dezember 1999 mit bis zu 272 Kilometern pro Stunde hat 110 Menschen das Leben gekostet, darunter allein 88 in Frankreich, 14 in der Schweiz und 13 in Baden-Württemberg. Bei den Aufräumarbeiten verunglückten in der Schweiz weitere 15 Menschen tödlich. Der Versicherungsschaden betrug über sechs Milliarden US-Dollar.

Und das ist erst der Anfang!

Dieser Roman ist all denen gewidmet, die den Kampf gegen den Klimawandel als Jahrhundertaufgabe begreifen und jeweils in ihrem Bereich einen Beitrag für eine CO_2-neutrale Zukunft leisten.

FIGUREN

Henning Leander:
ehemaliger Kriminalhauptkommissar beim LKA Schleswig-Holstein; lebt dank des Erbes seines Großvaters als Frühpensionär in Wyk auf Föhr und betätigt sich als Hobbyermittler

Franziska Tadsen:
Lebensgefährtin Leanders; betreibt auf Amrum einige Ferienwohnungen

Tom Brodersen:
Lehrer für Deutsch und Geschichte am Gymnasium in Wyk, hat als »Heimatforscher« ständig neue, zum Teil größenwahnsinnige Projekte; Skatbruder Leanders

Elke Brodersen:
Toms Ehefrau, die souverän mit seinen Spinnereien umgeht

»Mephisto«:
bürgerlicher Name: Dirk Wittkamp; ehemaliger katholischer Priester, jetzt Gastwirt; betreibt die Seefahrerkneipe *Kleines Versteck* in Wyk und ein Bauerncafé mit Biergarten in Oevenum

Diana:
Mephistos Lebensgefährtin mit undurchsichtiger Vergangenheit, die ihm »zugelaufen« ist; arbeitet unter anderem als Heilerin

Götz Hindelang:
Kunstmaler mit DDR-Vergangenheit, Skatbruder Leanders

Johanna Husen:
Leanders alte Nachbarin, die ihre eigenen Vorstellungen davon hat, was er seinem verstorbenen Großvater für immer schuldig ist

Jürgen Huss:
»Bu-Bu«, genannt nach seiner gleichnamigen Buchhandlung am Sandwall; unterstützt Leander bei seinen Recherchen

Jens Olufs:
verdankt Leander den Abschuss seines früheren Vorgesetzten und somit seinen Posten als Polizeichef auf Föhr

Dieter Bennings:
Kriminalhauptkommissar in Kiel, zuständig für Kapitalverbrechen auf den Nordfriesischen Inseln

Sven Carstensen: Polizeichef auf Amrum

Ole Peters: Polizeichef auf Sylt

Birte Frerich:
Franziskas Cousine auf Sylt, betreibt ein Geschäft für exklusive Brautmoden und organisiert Traumhochzeiten

Thoralf Frerich:
Birtes Mann, Unternehmensberater

Marei Frerich:
dreijährige Tochter von Birte und Thoralf

Kai-Uwe Groothues:
investigativer Krimiautor aus Witsum, recherchiert sehr gründlich explosive Themen und macht sich dabei zahlreiche Feinde

Susanne Bremer:
Groothues' Tochter, lebt in Flensburg

Enno Paulsen: Bauunternehmer auf Föhr

Christian Randers: Bauunternehmer in Tinnum auf Sylt

Liv Randers: Christian Randers' Frau

Cindy Ketelsen: Randers' Sekretärin

Nommen Hinrichsen: Baukönig auf Sylt

Bengt Röde: Vertreter der dänischen Küstenschutzfirma Rasmussen auf Sylt

Heiko Klaassen:
Inselreporter auf Sylt

Arft Petersen:
Geophysiker und Beamter des *Landesbetriebs für Küstenschutz, Nationalpark und Meeresschutz LKN*, verantwortlich für die Küstenschutzmaßnahmen auf Sylt

Doktor Eberhard Korthals:
Geologe auf Sylt, Anführer der Bürgerinitiative gegen die Sandvorspülungen

TRUTZ, BLANKE HANS!

Heut' bin ich über Rungholt gefahren,
die Stadt ging unter vor sechshundert Jahren.
Noch schlagen die Wellen da wild und empört
wie damals, als sie die Marschen zerstört.
Die Maschine des Dampfers schütterte, stöhnte,
aus den Wassern rief es unheimlich und höhnte:
Trutz, Blanke Hans!

Von der Nordsee, der Mordsee, vom Festland geschieden,
liegen die Friesischen Inseln im Frieden.
Und Zeugen weltenvernichtender Wut,
taucht Hallig auf Hallig aus fliehender Flut.
Die Möwe zankt schon auf wachsenden Watten,
der Seehund sonnt sich auf sandigen Platten.
Trutz, Blanke Hans!

Mitten im Ozean schläft bis zur Stunde
ein Ungeheuer tief auf dem Grunde.
Sein Haupt ruht dicht vor Englands Strand,
die Schwanzflosse spielt bei Brasiliens Sand.
Es zieht, sechs Stunden, den Atem nach innen
und treibt ihn, sechs Stunden, wieder von hinnen.
Trutz, Blanke Hans!

Doch einmal in jedem Jahrhundert entlassen
die Kiemen gewaltige Wassermassen.
Dann holt das Untier tiefer Atem ein
und peitscht die Wellen und schläft wieder ein.

Viel tausend Menschen im Nordland ertrinken,
viel reiche Länder und Städte versinken.
Trutz, Blanke Hans!«

Detlev von Liliencron (1882/83)

01

»Das sieht nicht gut aus.« Franziska blickte auf die Spuren der Verwüstung, die der Sturm in der letzten Nacht in Leanders Garten angerichtet hatte.

Der stand einfach nur daneben und ließ das Drama auf sich wirken, das durch die über ihn hinweg treibenden dunklen, dichten Wolken noch unterstützt wurde.

Den Apfelbaum hatte es zwei große und mehrere kleine Äste gekostet, die verstreut auf dem Rasen lagen. An den Stellen, an denen sie aus dem Stamm gerissen worden waren, klafften zwei große offene Wunden. Tisch und Stühle waren wild herumgewirbelt worden, schienen aber dem ersten Anschein nach nicht allzu sehr in Mitleidenschaft gezogen worden zu sein. Eine Gartenliege ragte wie ein vor der Gewalt der Elemente warnender Zeigefinger aus der Ligusterhecke zu Johanna Husens Grundstück. Leander hoffte inständig, dass sie keine Schneise geschlagen hatte und sich die Lücke wieder schließen würde, weil seine Nachbarin sonst einen direkten Zugang zu seinem Garten hätte.

Das war jedoch alles halb so wild. Heftiger hatte es den alten Geräteschuppen getroffen.

»Den hat's zerbröselt«, kommentierte Leander fatalistisch. »Ich fürchte, da hilft nur noch die Abrissbirne.«

Franziska nickte bedauernd, wandte aber ein: »Die wirst du nicht mal brauchen.«

Das Reetdach der Holzhütte war größtenteils weggefetzt, vermooste Halme bedeckten den Rasen hinter dem Schuppen. Die Wände auf der dem Haus zugewandten Seite hingen nach innen gedrückt und größtenteils zersplittert in der Luft. Die Tür hatte der Sturm aus den Angeln gerissen und regelrecht zerborsten. Insgesamt sah das eher nach einem aufge-schichteten Biikehaufen aus als nach einem Gartenhäuschen. Hier war nur noch Brennholz zu gewinnen. Die beiden Katzen Bella und Poirot störte das weit weniger als Leander. Sie tigerten neugierig vor dem Holzhaufen auf und ab und sogen die aus den Ritzen quellenden Mäusedüfte auf.

»Hoffentlich haben die Geräte nichts abgekriegt.« Leander zog zweifelnd die Augenbrauen hoch, empfand aber auch keinen Anreiz, das zu überprüfen, denn dazu hätte er den Bretterhaufen zuerst abtragen müssen.

»Das kannst du nur feststellen, wenn du aufräumst.« Franziska hatte offenbar seine Gedanken gelesen und wollte ihn damit nicht durchkommen lassen. Entsprechend hatte sie dies als Aufforderung formuliert und machte auch gleich den Anfang, indem sie die Stühle aufhob und an ihren alten Platz stellte. »Fass mal mit an.«

Sie deutete auf den Tisch, den sie nun mit vereinten Kräften hochwuchteten und umdrehten. Hier war augenscheinlich nichts beschädigt, wie Leander erleichtert feststellte. Nur als er die Gartenliege aus der Hecke zerrte, bogen sich die Äste nicht wieder zurück. Eine der Jahrzehnte alten Ligusterpflanzen war direkt über dem Boden abgebrochen und hinterließ nun eine breite Lücke.

»Das wird Johanna gefallen!« Franziska lächelte hämisch. »Ein Loch in der Hecke verschafft ihr die lange ersehnten Einblicke in dein Lotterleben.« Offenbar freute sie sich schon auf die anstehenden Scharmützel zwischen Leander und seiner alten Nachbarin.

»Ist bei euch auch alles heil geblieben?«, kam es postwendend aus dem Nachbargarten über die Hecke herüber. Johanna Husen hatte ihre eigene Art, auf sich aufmerksam zu machen und vorwurfsvoll mitzuteilen, dass sie das eben Gesagte sehr wohl gehört hatte.

Während Franziska mit einem Wedeln der rechten Hand und nach oben gezogenen Augenbrauen andeutete, dass sie da wohl wieder in ein Fettnäpfchen getreten war, grinste Leander nun schadenfroh und antwortete: »Die Reste des Gartenschuppens kann ich nur noch abreißen, aber sonst sind wir glimpflich davongekommen. Und wie sieht es bei dir aus?«

»Alles heil geblieben«, verkündete Johanna Husen triumphierend und ergänzte in einem vorwurfsvollen Tonfall: »Der Orkan war ja auch angesagt. Da habe ich natürlich rechtzeitig alles in Sicherheit gebracht und festgezurrt.«

Leander grinste in Franziskas Richtung und wollte schon fragen, wie man ein Gartenhäuschen denn in Sicherheit bringen oder festzurren sollte. Gerade noch rechtzeitig fiel ihm ein, dass er nur wieder eine Belehrung erhalten würde, die den Erhaltungszustand des Leander'schen Anwesens und die Faulheit seines Besitzers zum Gegenstand gehabt hätte.

Als das Schweigen ihr offenbar zu lang wurde, ergänzte die alte Nachbarin: »Die Stürme werden aber auch von Jahr zu Jahr heftiger. Früher hatten wir nur im Herbst und Winter Orkane, jetzt zieht sich das bis weit ins Frühjahr. Das Goting-Kliff soll diesmal sogar drei Meter eingebüßt haben. Wenn das so weitergeht, können die den Spielplatz hinter das Café verlegen.«

Vor Leanders inneren Augen tauchte das Bild der lehmigen Steilküste bei Nieblum auf, an deren Rand ein großer Kinderspielplatz angelegt war. Hier nagten die Sturmfluten jedes Jahr an der Kleikante und rissen ganze Brocken heraus, die dann grau und klebrig auf dem Sand liegen blieben.

»Schlimmer getroffen hat es aber diesmal die Ostfriesischen Inseln«, fuhr Johanna Husen fort. »Auf Wangerooge ist schon wieder der komplette Badestrand vor dem *Café Pudding* weggerissen worden. Die Bilder im Morgenmagazin waren fürchterlich. Das kann man sich ja gar nicht vorstellen. Wie metertief ausgebaggert sieht das aus.« Nun hatte sich die alte Nachbarin in Rage geredet und kümmerte sich gar nicht darum, dass von Leander keine Antwort kam. »Und vor Langeoog hat sich ein Ölfrachter auf einer Sandbank festgefahren. Wenn der auseinanderbricht, ist die Katastrophe aber perfekt.«

»Das ist der Klimawandel«, kommentierte Leander lapidar, weil er glaubte, auch endlich etwas sagen zu müssen.

»Quatsch, Klimawandel«, kam es postwendend zurück. »Du glaubst ja wohl nicht auch an diesen Blödsinn, den die Greta-Sekte und die Spinner von den Grünen da von sich geben.«

»Das sind keine Spinnereien«, belehrte Leander seine alte Nachbarin, »dafür gibt es wissenschaftliche Belege. Und du hast ja eben auch selbst gesagt, dass die Stürme immer heftiger werden.«

»Papperlapapp! In der Geschichte der Inseln hat es immer mal wieder schwere Stürme gegeben. Das ist Wetter und hat mit dem Klima gar nichts zu tun.«

Leander beschloss, diese Diskussion nicht weiterzuführen. Wenn Johanna von etwas überzeugt war, konnte sie störrisch wie ein alter Esel sein, und die inneren Widersprüche ihrer Aussagen waren ihr dann völlig egal. Zu derart fruchtlosen Disputen fehlte ihm heute Morgen schlicht die Lust.

»Ich rufe mal zu Hause an, ob da alles in Ordnung ist.« Franziska kniff ein Auge zu, als wollte sie sagen: »Du hast ja Gesellschaft«, und entfernte sich in Richtung seines Fischerhäuschens, während er die letzten Stühle aufhob und unter den Apfelbaum stellte.

»Henning?«, kam es nun doch ungehalten aus dem Nachbargarten. »Bist du noch da?«

»Natürlich, Johanna. Ich stehe hier und lausche deinem Bericht.« Das war gelogen, denn Leander hatte sich inzwischen auf einem der Stühle niedergelassen, um das Elend seines alten Schuppens zunächst einmal auf sich wirken zu lassen, bevor er die von Franziska begonnenen Aufräumarbeiten darauf ausweiten würde. Der Scheiterhaufen war geradezu ein Sinnbild der Naturgewalt, die in dieser Nacht über die Nordsee hinweggezogen war, und somit wert, gebührend gewürdigt zu werden.

Nun tauchte der weit vorgereckte Warankopf der alten Nachbarin in der Heckenlücke auf, gefolgt vom Rest des dürren Körpers. »Großer Gott! Das sieht ja fürchterlich aus.« Johanna schlug bestürzt eine Hand vor den Mund. »Wenn das der arme Hinnerk noch erleben müsste!«

Leanders Großvater Heinrich, von dem er das Friesenhaus geerbt hatte, hatte immer alles gut in Schuss gehalten, und Johanna Husen ließ keine Gelegenheit verstreichen, den Enkel an die ihrer Ansicht nach aus dem Erbe erwachsenen Verpflichtungen zu erinnern.

Entsprechend vorwurfsvoll ergänzte sie nun: »Da hätte man aber auch mal eher was dran machen müssen. Jetzt ist es zu spät.« Dabei schüttelte sie missbilligend ihr greises Haupt und zog den faltigen Hals derart in die Länge, dass Leander schon fürchtete, der Kopf müsse ihr gleich abfallen. »Weißt du was?«, sagte sie schließlich mit wild entschlossenem Tonfall. »Ich komme nachher rüber, und dann räumen wir zusammen erst einmal gründlich auf.«

»Danke für das Angebot«, beeilte sich Leander zu sagen, »aber das schaffen Franziska und ich schon alleine. Außerdem muss ich erst einmal überlegen, was ich mit dem alten Schuppen vorhabe.«

»Na, wieder aufbauen!«, kam es resolut zurück, als sei alles andere eine Art Frevel. »Für Hinnerk wäre das gar keine Frage gewesen!«

Bevor Leander antworten konnte, dass er aber nicht Hinnerk sei und ein Recht auf eine eigene Vorstellung habe, kam

Franziska aus dem Haus zurück und ließ sich auf dem Stuhl neben Leander nieder. »Ich fürchte, ich muss zurück nach Amrum«, sagte sie bedauernd. »Bei mir ist ein Reetdach beschädigt. Nichts Schlimmes, aber es muss repariert werden. Ich habe schon bei Andreesen angerufen. Der hat natürlich nach dem Sturm alle Hände voll zu tun, aber er schickt so bald wie möglich zwei Leute rüber.«

Franziska betrieb in Norddorf auf Amrum drei Häuser mit Ferienwohnungen, die die Familie ihres verstorbenen Mannes gebaut hatte. In einem davon wohnte sie auch selber. Leander und sie wechselten mehr oder weniger regelmäßig zwischen Amrum und Föhr hin und her, um so viel Zeit wie möglich gemeinsam zu verbringen.

»Soll ich mitkommen?«, erkundigte sich Leander.

»Das könnte dir so passen!« Franziska lachte. »Mach du erst einmal hier Ordnung. Außerdem ist heute Mittwoch.«

»Stimmt.« Leander nickte stirnrunzelnd. »Daran habe ich gar nicht gedacht.«

»Du vergisst deinen Skatabend? Das ist ein Sakrileg, mein Lieber.«

Franziska hatte recht. Der Skatabend war für Leander und seine Freunde heilig, und es musste schon etwas Ernsthaftes passieren, damit einer von ihnen dem wöchentlichen Treffen fernbleiben durfte. Ein sturmgerupftes Dach auf Amrum war jedenfalls kein hinreichender Grund.

»Ich soll also nicht helfen?«, brachte sich Johanna wieder in Erinnerung, die offenbar jedem ihrer Worte aufmerksam gelauscht hatte und nun zu der Erkenntnis gelangt war, dass es da nichts Spannendes mehr zu erfahren gab.

»Danke, Johanna«, antwortete Leander. »Ich melde mich, wenn ich deine Hilfe brauche.«

»So machen wir's«, stimmte die alte Nachbarin nickend zu und verschwand wieder durch das Loch in der Hecke.

»Puh«, flüsterte Leander handwedelnd, »da habe ich aber gerade nochmal Glück gehabt.«

»Du bist ungerecht«, schalt ihn Franziska. »Sie will einfach nur hilfsbereit sein, und du bist immer so unfreundlich zu ihr.«

Leander winkte ab. »Wann musst du los?«

»Mit der nächsten Fähre.«

»Morgen könnte ich nachkommen«, schlug Leander vor.

»Das lohnt sich nicht. Du weißt doch, dass Birte und Thoralf am Samstag Marei nach Amrum bringen. Sie müssen auf's Festland, und Marei ist jetzt alt genug, um zwei Nächte bei mir zu übernachten.«

Leander nickte missmutig, was bei Franziska zu einem Stirnrunzeln führte und zu der Ermahnung: »Am Montag bringe ich sie zurück nach Sylt und bleibe ein oder zwei Wochen bei Birte.« Auf Leanders missmutiges Gesicht hin korrigierte sie: »Eher zwei als eine Woche.«

Leander seufzte bei der Aussicht auf zwei Wochen ohne Franziska.

»Du kannst ja mitkommen«, bot die nun an, allerdings hörte Leander deutlich heraus, dass sie genauso gut darauf verzichten konnte.

»Zwei Wochen mit Marei, Thoralf und Birte!«, grunzte er. »Super Vorstellung.«

»Jetzt fang nicht wieder so an!«, kam es warnend zurück. »Ich habe Birte seit einem Jahr nicht mehr gesehen. Schließlich ist sie meine Cousine und ihre Tochter mein Patenkind. Und Thoralf würde sich auch freuen, dich mal wiederzusehen.«

»Das glaubst du doch selbst nicht.« Leander schnaufte unwillig. »Thoralf ist ein neureiches, arrogantes Arschloch. Und Birte kann mich genauso wenig ausstehen wie ich sie. Hochzeitsplanung und Brautmoden für Schickimickis auf

Sylt! Für das Geld, das bei ihr ein Kleid kostet, kaufen sich andere Leute einen Kleinwagen.«

»Du bist ja nur neidisch«, entgegnete Franziska. »Das sind eben Angebot und Nachfrage. Sie wäre mit ihrem Geschäft nicht so erfolgreich, wenn es nicht eine Menge wohlhabender Leute gäbe, die bereit sind, so viel für eine Hochzeit auf Sylt zu bezahlen.«

»Von dieser kleinen Nervensäge, die sie sich da heranziehen, will ich gar nicht erst reden«, fuhr Leander unbeeindruckt fort.

»Marei ist ein nettes, aufgewecktes Kind.« Franziskas Tonfall nahm nun ebenfalls eine unnachgiebige Färbung an. »Aber weißt du was? Wahrscheinlich ist es wirklich besser, wenn ich alleine fahre. Birte gehört zu meiner Familie, und ich möchte sie nicht mit deiner schlechten Laune verprellen. – So, und jetzt muss ich meine Sachen packen, sonst verpasse ich die Fähre.«

Sie stand auf und eilte mit hoch erhobenem Haupt in Richtung Haus davon. Leander blickte seiner Freundin nach und hatte augenblicklich ein schlechtes Gewissen. Da war er wohl mal wieder zu weit gegangen in seiner Ablehnung gegenüber Franziskas Verwandten auf Sylt.

Er beobachtete noch einen Moment, wie Bella und Poirot sich bei dem Versuch, unter den Holzhaufen zu kriechen, immer wieder gegenseitig wegstupsten. Dann folgte er Franziska seufzend ins Haus, um ihr wenigstens beim Packen zu helfen und sie zur Fähre zu begleiten. Vielleicht gelang es ihm ja, die Wogen wieder einigermaßen zu glätten.

Als die *Rungholt* zwei Stunden später unter tief hängenden Wolken in Richtung Amrum in See stach, stand Leander am Anleger und winkte Franziska hinterher. Sie lehnte mit versteinertem Gesicht auf dem Oberdeck an der Reling und hob verhalten die Hand. Leander empfand den Abschied als beklemmend und atmete schwer unter dem Druck, der sich auf seine Brust gelegt hatte, da er Franziska nun zwei Wochen lang nicht wiedersehen würde. Die Aussicht auf tägliche Telefonate vermochte da auch nicht, ausreichend beruhigend zu wirken.

Während das Schiff rückwärts aus dem Hafen fuhr und dann im aufwallenden Wasser vorwärts langsam nach rechts in Richtung Amrum walgte, riss mit einem Mal der Himmel auf. In breiten goldenen Strahlen drängte die Sonne durch die Wolkenberge und beleuchtete wie ein Spot die Warften von Langeness. Das Meer lag glatt und spiegelnd da, als hätte es den Orkan in der letzten Nacht nicht gegeben. Nur der trotz der einsetzenden Ebbe immer noch sehr hohe Wasserstand deutete darauf hin, dass die Sturmflutgefahr längst nicht gebannt war.

In den letzten zwei Stunden hatten Leander und Franziska nur wenig miteinander gesprochen. Die Stimmung zwischen ihnen war angespannt gewesen, wenngleich sich beide bemüht hatten, die Situation zu entschärfen. Der Abschied am Anleger war nun zwar sehr verhalten ausgefallen, aber immerhin hatten sie sich nicht im Streit voneinander getrennt. Dennoch wollte sich bei Leander keine Erleichterung einstellen. Dabei war ihm klar, dass er in seiner Beziehung zu Franziska nicht schon wieder alles falsch machen durfte – so wie in seiner Ehe mit Ilka und später auch in seinen Beziehungen mit Lena und Eiken. Am Ende war er immer derjenige gewesen, der schuldbeladen auf der Strecke geblieben war. Zumindest war das seine, wie er sich einigermaßen selbstkritisch eingestand, durchaus von Selbstmitleid einseitig gefärbte Wahrnehmung. Warum machte man sich eigentlich ohne Not selbst das Leben schwer, anstatt seine Zweisamkeit zu genießen?

Als die Fähre seinen Augen entschwand, wandte sich Leander ab. Er schlenderte mit den Händen in den Hosentaschen aus dem Hafenbereich, durch die Flutschutzmauer und am Rathausplatz vorbei in die Stadt zurück. Hier, auf dem Sandwall, drängten sich Massen an Urlaubern und Tagestouristen in für die Jahreszeit ungewöhnlicher Dichte. Es war gerade einmal Mitte Mai, aber der Frühling war in diesem Jahr so ausdauernd warm, mitunter sogar heiß, dass die Saison mit Macht begonnen hatte. Die Meteorologen sagten einen langen und trockenen Sommer voraus. Da würden die Strände von Menschen gestürmt werden. Für die Tourismusindustrie war das ein Segen, für die Inseln an sich aber fast schon eine Überforderung, weil jede Kaffeebohne und jedes Glas Marmelade mit den Fähren hierher gebracht und der Abfall wieder aufs Festland zurücktransportiert werden musste. Zudem fand man als Einheimischer monatelang kein ruhiges Fleckchen mehr und wurde, wie Leander nun in der Mittelstraße feststellte, durch die Fußgängerzone und die Gassen Wyks geschoben wie bei der Windjammerparade am Höhepunkt der Kieler Woche.

Leander hasste Menschenansammlungen und Gedränge und musste immer gleich daran denken, was wohl passierte, wenn nun eine Panik ausbräche. Entsprechend froh war er, als er sein Häuschen in der Wilhelmstraße wieder erreicht und die Tür hinter sich geschlossen hatte. Er nahm eine Flasche Wasser und ein Glas mit in den Garten, setzte sich unter den Apfelbaum, fand aber irgendwie keine innere Ruhe. Die eingestürzte Hütte lag vorwurfsvoll vor ihm und störte die Idylle in der Maisonne mit einem Mal so sehr, dass Leander beschloss, noch heute mit dem Abtragen der Bretter zu beginnen und wenigstens die Gartengeräte darunter freizulegen – Naturgewaltendenkmal hin oder her.

Kaum hatte er sich jedoch wieder erhoben und erste Hand

angelegt, als Johanna Husens krächzende Stimme zu ihm über die Hecke drang: »Henning? Bist du da?«

»Ja, ich bin hier, Johanna«, antwortete Leander, um einen nicht allzu gereizten Tonfall bemüht.

»Warum machst du denn dann nicht auf?«, schalt ihn die alte Nachbarin und lugte durch die Heckenschneise. »Da ist jemand für dich. Eine Frau, die dich sprechen möchte. Sie sagt, sie hat mehrfach an deine Haustür geklopft.«

»Dann werde ich das hier draußen im Garten wohl nicht gehört haben«, entgegnete Leander grimmig.

»Vielleicht schaffst du dir mal endlich eine Klingel an! So teuer ist das doch nicht. Bei *Aldi* …«

»Mache ich, Johanna, versprochen«, unterbrach Leander ihren Redefluss, obwohl er ganz bewusst auf eine Klingel verzichtete und auch nicht wirklich vorhatte, das zu ändern.

»Ich schicke die Dame dann zu dir rüber«, drängte Johanna Husen.

»Ist gut. Danke, Johanna.«

Leander ging ins Haus, um seinem Besuch die Tür zu öffnen. Vor ihm stand eine Frau von vielleicht Mitte bis Ende 30 in Jeans und bunter Sommerbluse und lächelte unsicher, fast entschuldigend.

»Nun lass uns schon rein«, drängte Johanna Husen, die direkt dahinter in Leanders Blickfeld auftauchte und die Besucherin an ihm vorbei ins Haus bugsieren wollte.

Der verstellte seiner Nachbarin jedoch den Weg und entgegnete grimmig: »Danke, Johanna. Wir kommen jetzt alleine klar.«

Nachdem sie giftige Blickpfeile in gebührender Anzahl abgefeuert hatte, zog die alte Dame murrend wieder ab, während Leander die Tür schloss.

»Entschuldigung«, sagte er zu der Frau, die unentschlossen in seinem Flur stand. »Johanna ist eine treue Seele, aber mitunter auch sehr aufdringlich. – Was kann ich denn für Sie tun?«

»Mein Name ist Susanne Bremer«, begann sie zögernd. »Ich bin die Tochter von Kai-Uwe Groothues und würde Sie gerne kurz sprechen.«

Leander nickte und deutete auf die Hintertür zum Garten. »Lassen Sie uns rausgehen. Kann ich Ihnen etwas anbieten?«

»Ein Glas Wasser vielleicht.«

Leander bog auf dem Weg nach draußen in die Küche ab und holte ein weiteres Glas aus dem Schrank. Als er in den Garten kam, stand sein Besuch vor dem windschiefen Trümmerhaufen, der einmal sein Geräteschuppen gewesen war.

»Ist das letzte Nacht passiert?«

Leander nickte, winkte aber beiläufig ab. »Das alte Ding hatte es eh schon lange hinter sich. Es war nur eine Frage der Zeit, bis es zusammenstürzen würde. – Nehmen Sie doch bitte Platz.«

Während Susanne Bremer sich auf einen Gartenstuhl setzte, goss er ihr Wasser ein.

»Schön haben Sie es hier«, meinte sie. »So friedlich.«

»Ja, hier lässt es sich ganz gut leben«, bestätigte Leander. »Was kann ich denn nun für Sie tun?«

Sie zögerte einen Moment mit gesenktem Blick, als sei sie sich nicht sicher, wie sie anfangen sollte. »Ich weiß nicht mehr, an wen ich mich noch wenden könnte«, begann sie schließlich und klang dabei regelrecht entschuldigend. »Sie kennen meinen Vater Kai-Uwe Groothues? Er hat einmal von Ihnen gesprochen. Ich glaube, Sie haben ihn bei Recherchen unterstützt?«

»Das stimmt.« Leander erinnerte sich an den Krimi-Autor, der in den letzten Jahren mehrfach Kontakt zu ihm aufgenommen hatte, um für Romane zu recherchieren und sich über die Arbeitsweise der Polizei zu informieren. Einmal war es um den Inselkrieg auf Föhr gegangen und zuletzt um einen Feuerteufel, der in den Bauerndörfern mehrere Scheunen in Brand gesteckt hatte. Groothues hatte sich an Leander gewandt, weil der in diesen Fällen ermittelt hatte. »Was ist denn mit Ihrem Vater?«

»Er ist verschwunden.«

Das klang so deprimiert, dass Leander sich erstaunt vorbeugte. »Was heißt: verschwunden?«

»Ich versuche seit über einer Woche, ihn zu erreichen, aber er ist nicht zu Hause. Und ich weiß auch nicht, wo ich ihn suchen soll.«

»Vielleicht ist er einfach nur verreist«, vermutete Leander.

»Dann hätte er mir vorher Bescheid gesagt. Er ist noch nie in Urlaub gefahren, ohne sich bei mir abzumelden.«

»Kann es nicht sein, dass er wieder wegen irgendwelcher Recherchen unterwegs ist? Vielleicht hatte er nicht vor, länger wegzubleiben, und hat sich deshalb nicht bei Ihnen abgemeldet.«

Susanne Bremer schüttelte verzweifelt den Kopf. »Ihm ist etwas zugestoßen. Als Tochter spürt man so etwas.«

Leander räusperte sich und lehnte sich wieder in seinen Stuhl zurück. »Waren Sie schon bei der Polizei?«

»Die glauben mir nicht. Mein Vater sei schließlich alt genug, um ein oder zwei Wochen weg zu sein, ohne dass man gleich eine Fahndung einleiten müsse.«

»Das stimmt doch auch.«

»Natürlich stimmt das«, wurde die Frau jetzt ungeduldig. »Aber er ist nicht einfach nur verreist. Ich wohne mit meiner Familie in Flensburg, er hier in Witsum. Wir telefonieren regelmäßig miteinander. Und wenn ich ihn so lange nicht erreichen kann und er sich auch nicht bei mir meldet, dann ist etwas passiert.«

»Ich nehme an, Sie waren schon bei ihm zu Hause?«

»Natürlich. Das Haus ist leer, verstehen Sie? Alles dort wirkt, als wäre mein Vater sehr überstürzt aufgebrochen.« Sie sammelte sich einen Moment und fuhr dann in deutlich kontrollierterem Tonfall fort: »Ich habe im Kühlschrank mehrere vergammelte Lebensmittel gefunden. Mein Vater ist ein sehr strukturierter Mensch, überaus ordentlich. Niemals würde er faulende Lebensmittel im Kühlschrank lassen. Deshalb weiß ich, dass er seit mindestens einer Woche nicht mehr zu Hause gewesen und auch nicht einfach nur verreist sein kann.« Sie hob mit fahrigen Fingern das Glas zum Mund und trank einen Schluck Wasser. »Vielleicht ist er entführt worden. Oder ihm ist etwas Schreckliches zugestoßen.« Bei ihren letzten Worten begannen ihre Augen feucht zu glänzen.

»Davon gehen wir jetzt erst einmal nicht aus«, versuchte Leander, sie zu beruhigen. »Ich weiß, dass Ihr Vater für seine Romane auch schon mal undercover recherchiert. Vielleicht musste es diesmal einfach nur sehr schnell gehen.«

Susanne Bremer seufzte resigniert, als gebe sie nun endgültig die Hoffnung auf, dass ihr jemand glauben und helfen werde. Die Frau schien mit ihren Nerven vollkommen am Ende zu sein und tat Leander leid.

»Also gut«, wandte er ein. »Ich helfe Ihnen bei der Suche.« Und um sie etwas aufzuheitern, deutete er auf den Holzhaufen und ergänzte lachend: »Das da muss dann eben noch etwas warten.«

Erleichtert registrierte er, wie sich die Miene der Frau etwas entspannte. Sie schnäuzte sich mit einem Papiertaschentuch und griff dann erneut nach ihrem Wasserglas.

»Wo kann ich Sie denn hier auf Föhr erreichen? Wohnen Sie im Haus Ihres Vaters?«

»Nein, ich muss zurück nach Flensburg. Meine Kinder müssen zur Schule, und mein Mann ist viel beruflich unterwegs und kann sich nicht um sie kümmern.« Sie zog ein Pappkärtchen aus der Tasche und legte es auf den Tisch. »Meine Adresse und meine Telefonnummer. Die Handynummer habe ich hinten draufgeschrieben.«

»Sie scheinen sich ja sehr sicher gewesen zu sein, dass ich Ihnen helfe«, stellte Leander erstaunt fest und füllte ihr Glas wieder auf.

Susanne Bremer zuckte nur leicht mit den Schultern, als wollte sie sagen: »Wer, wenn nicht Sie?«

»Können Sie mir denn einen Anhaltspunkt geben?«, wechselte Leander nun in einen professionelleren Tonfall. »Wissen Sie, woran er zuletzt gearbeitet hat?«

»Wir haben vor gut zwei Wochen zuletzt telefoniert. Da hat er etwas von Klimaschutz-Maßnahmen gesagt, mit denen er sich aktuell beschäftigt.«

»Hier auf Föhr?«

»Das nehme ich an. Mein Vater erzählt nie viel über seine Recherchen. Allerdings ist mein Mann im Küstenschutz tätig, und mein Vater hat angekündigt, dass er uns demnächst besuchen wolle, um sich von ihm über den aktuellen Stand der Technik informieren zu lassen.« Sie zuckte entschuldigend mit den Schultern. »Tut mir leid, mehr kann ich Ihnen nicht sagen. Mein Vater hat halt immer Angst davor, dass einer seiner vielschreibenden Kollegen etwas spitzkriegen und ihm das Thema klauen könnte.«

»Gut. Ich würde mir dann gerne das Haus in Witsum ansehen und mir selber ein Bild machen.«

Susanne Bremer nickte und zog einen einzelnen Schlüssel aus der Tasche. »Damit kommen Sie überall rein. Das Haus hat eine Schließanlage.«

»Ich werde morgen Vormittag hingehen«, versprach Leander. »Allerdings brauche ich von Ihnen etwas Schriftliches. Vielleicht ist Ihr Vater ja doch nur verreist und taucht plötzlich auf, während ich sein Arbeitszimmer durchsuche. Ich möchte nicht riskieren, dass er mich für einen Einbrecher hält.« Er lachte leichthin.

»Mein Vater ist nicht verreist«, stellte Susanne Bremer noch einmal mit eindringlicher Stimme klar. »Ich weiß genau, dass ihm etwas Schlimmes zugestoßen ist.«

»Entschuldigen Sie«, entgegnete Leander ernst. »Ich wollte Ihre Gefühle nicht infrage stellen.«

Er ging ins Haus und holte einen Schreibblock und einen Stift. Darauf ließ er sich von Susanne Bremer offiziell beauftragen, ihren Vater für sie zu suchen.

Als er ihr zum Abschied die Hand reichte, sah sie so Mitleid erregend aus, dass Leander ihr versprach: »Ich werde so lange suchen, bis ich Ihren Vater gefunden habe.«

Susanne Bremer nickte mit zusammengekniffenen Lippen und wandte sich dann wortlos der Fußgängerzone zu. Leander sah ihr nach, bis sie in der Mittelstraße verschwunden war. Dann ging er zurück in den Garten und setzte sich wieder unter den Apfelbaum.

Die ganze Sache kam ihm sehr übertrieben vor. Er hatte Kai-Uwe Groothues als verbissenen Mann kennengelernt, der immer aktuelle Themen aufgriff und nicht davor zurückschreckte, anderen Menschen auf die Füße zu treten. Zudem war es sicher nicht ungewöhnlich für einen investigativen Krimi-Autor, wenn er bei seinen Recherchen auch einmal länger abtauchen musste. Andererseits war Susanne Bremer so verzweifelt gewesen, dass er ihr einfach helfen musste.

Gleichzeitig begann nun etwas in Leander zu nagen, das ihn wünschen ließ, er hätte sie einfach wieder weggeschickt: sein schlechtes Gewissen Franziska gegenüber. Es war noch nicht so lange her, dass er ihr versprochen hatte, mehr Zeit mit ihr zu verbringen und sich nicht mehr durch die Übernahme kriminalistischer Aufträge in Gefahr zu begeben. Nur unter dieser Bedingung hatte sie zuletzt sogar ihren kleinen

Kunstgewerbeladen in Wittdün aufgegeben. Mist! Warum hatte er nur diese unerfreuliche Gabe, sich immer wieder in Zwickmühlen zu begeben? Andererseits bot ihre zweiwöchige Abwesenheit nun die einmalige Chance, wieder einmal kriminalistisch tätig zu werden, ohne dass sie etwas davon erfahren musste.

Und vielleicht war der Auftrag ja auch weit weniger aufwendig, als Leander im ersten Moment befürchtet hatte. Möglicherweise fand er am kommenden Vormittag in Groothues Haus etwas, das dessen Verschwinden erklärte und den aktuellen Aufenthaltsort des Autors verriet. Bestimmt gab es für alles eine ganz einfache Erklärung.

Während Leander sich noch Mut zunickte, tauchte Johanna Husens Kopf erneut in der Heckenschneise auf. »Henning? Bist du da?«

02

Mephistos Biergarten in Oevenum war in diesen warmen Maitagen ein sehr gut frequentiertes Ausflugsziel für Föhr-Urlauber. Vor dem reetgedeckten Haus reihten sich ganze Kohorten von Fahrrädern aneinander. Die zahlreichen Kinderräder verrieten, dass zu dieser Jahreszeit viele junge Familien auf der Insel waren. Aber auch E-Bikes der gehobenen Preisklasse waren in beträchtlicher Anzahl vertreten und deuteten auf gut situierte Rentner hin.

Leander stellte sein Trecking-Rad, das nicht über einen Hilfsantrieb verfügte, daneben und betrat an der Seite des Hauses den Biergarten. Durch das Getümmel entdeckte er seine Freunde und Skatbrüder an einem der Tische direkt vor dem Staketenzaun zum Obstgarten, in dem zwei geborstene Bäume wie im Kampf hingestreckt am Boden lagen. Während er sich den Weg zum Tisch bahnte, kreuzte Mephisto mit großen Bierkrügen in den Händen seine Bahn.

»Du bist mal wieder der Letzte!«, tadelte ihn sein kleiner schwergewichtiger Freund.

»Die Letzten werden die Ersten sein«, entgegnete Leander achselzuckend.

Mephisto blieb so abrupt stehen, dass Bier aus den Krügen schwappte, und wandte sich Leander mit entrüsteter Miene zu. »Erstens überlässt du die Bibelsprüche bitte mir, denn ich weiß, im Gegensatz zu dir, adäquat mit diesem Unsinn umzugehen«, womit er darauf anspielte, dass er bis vor einigen Jahren noch der katholische Pfarrer auf Föhr gewesen war, der wegen seiner ketzerischen Ader in dieser Profession keine Zukunft mehr gehabt hatte, »und zweitens kommst du so viel zu spät, dass du auch in Sachen Gerstensaft nicht mehr der Erste werden kannst, selbst wenn du dich noch so anstrengst. Die beiden notorischen Trinker da drüben«, er deutete auf seine und Leanders Skatbrüder, »haben nämlich schon ihre dritte Runde bestellt.«

»Der Abend ist ja noch jung«, stellte Leander fest. »Du solltest mich nicht unterschätzen, mein Lieber. Außerdem habe ich heute auch den nötigen inneren Antrieb, um derartige Herausforderungen hoffnungsfroh anzunehmen.«

Mephisto kniff die Augen zusammen, beugte sich leicht vor und fixierte seinen Freund von schräg unten, als wolle er ergründen, was damit wohl gemeint sein könnte. Schließlich nickte er verständnisvoll, als habe er den Hintergrund von Leanders Gefasel mit seinem ausgefeilten Denkvermögen erfasst, und richtete sich wieder auf. »Ich liefere das hier jetzt noch ab, dann übergebe ich die Geschäfte vertrauensvoll an Diana«, kündigte er wichtigtuerisch an. »Mischt schon mal die Karten. Ich bringe das Bier mit. – Ach ja, was willst du essen? Käse oder Schinken?«

»Schinken.«

»Bestellung geht raus.« Mephisto nickte ihm wichtigtuerisch zu und wieselte mit seinen Bierkrügen zwischen den Tischen weiter. Dabei legte er eine Wendigkeit an den Tag, die ihm bei seinem korpulenten Erscheinungsbild bestimmt niemand, der ihn nicht kannte, zugetraut hätte.

Am Tisch der Skatbrüder angekommen, klopfte Leander wortlos auf die Holzplatte, was Tom Brodersen und Götz Hindelang gleichermaßen quittierten.

»Spät kommt er, doch er kommt«, erklärte Tom in Götz' Richtung.

»Woher weißt du das?«, entgegnete der. »Hat dir Franziska das verraten?«

»Blödmann!«, konstatierte Leander und deutete einen Schlag auf den Hinterkopf seines Freundes an, der es allerdings nicht einmal zum Schein für nötig hielt, dem auszuweichen.

»So ist der schon den ganzen Abend drauf«, klagte Tom mit Leidensmiene und deutete mit dem Kopf auf Götz. »Der muss heute einen Clown gefrühstückt haben. Und einen schlechten noch dazu. Wurde Zeit, dass du hier auftauchst und mich gegen die subtile Antikomik unseres Meisters Klecks unterstützt.«

»Eine Runde Mitleid«, konterte Götz, während Leander sich lachend neben den Maler setzte.

Mephisto näherte sich mit fünf Bierkrügen, dicht gefolgt von seiner Lebensgefährtin Diana und einer ihrer jungen Aushilfen, die jeweils zwei Holzplatten mit Schinkenbroten heranschleppten. Nachdem er vier der Krüge vor seinen Freunden abgestellt hatte – zwei vor Leander – ließ sich Mephisto mit seinem Bier ächzend auf der Bank nieder.

»Sag mal, Merkwürden«, meldete sich Tom und deutete auf die beiden Getränke vor Leander, »sind das die ersten Anzeichen von Demenz, dass du offenbar nicht mehr bis vier zählen kannst?«

»Wieso die ersten?«, kommentierte Diana.

»Schweig', Frau!«, erhob Mephisto Stimme und Zeigefinger. »Und wende dich wieder deiner Bestimmung zu!« Letzteres begleitete er mit einem Wedeln der rechten Hand in Richtung Haus, als wolle er einen lästigen Fliegenschwarm vertreiben.

»Bestimmung?«, erkundigte sich Götz bei Diana. »Meint er jetzt Kinder, Küche, Kirche, oder was?«

»Nein, nur Küche«, entgegnete die beruhigend. »Religiös ist er nicht mehr, und zum Kinderzeugen ist er auch nur noch sehr bedingt in der Lage.« Damit zog sie unter dem Gelächter der Skatbrüder wieder ab.

»Also«, erinnerte Tom Mephisto an seine Frage und deutete auf die beiden Bierkrüge vor Leander. »Seit wann wird hier jemand bevorzugt?«

»Das ist ein reiner Freundschaftsdienst in höchster Not«, erklärte Mephisto. »Eine seelsorgerische Maßnahme sozusagen. Unser Frühpensionär hat nämlich angedeutet, dass er Stress mit Franziska hat und sich heute besaufen möchte.«

»Was habe ich?«

»Schon gut, mein lieber, echauffiere dich nicht.« Mephisto legte Leander beruhigend die Hand auf die Schulter. »Auch wenn ich während meiner besten Jahre unter dem Joch des

Zölibats gelitten habe, so ist mir doch nichts Menschliches fremd. Außerdem fühle ich mich meiner Berufung zum Seelsorger nach wie vor verpflichtet. Und wenn ich mir die beiden lachenden Idioten da ansehe«, er deutete auf Tom und Götz, »dann kennen die deine Situation aus eigenen Erfahrungen sicher noch weit besser als ich.«

»Da hört sich ja wohl alles auf«, wurde Tom nun laut. »Götz, sag auch mal was dazu.«

»Ich?« Der Maler hob abwehrend die Hände. »Ich bin nicht grundlos seit langer Zeit ledig.«

»Na dann Prost!«, kommentierte Leander, hob seinen Bierkrug an und zog ihn unter den staunenden Blicken seiner Skatbrüder mit tiefen Schlucken zur Hälfte leer. »Ah«, machte er schließlich und wischte sich mit dem Handrücken den Schaum von der Oberlippe. »Das war jetzt wirklich nötig.«

Während Mephisto mit gönnerhaft geschlossenen Augen altklug nickte, tauschten Tom und Götz besorgte Blicke, sagten aber nun nichts mehr.

»Ist das letzte Nacht beim Orkan passiert?« Leander deutete auf die umgeknickten Obstbäume hinter dem Staketenzaun.

Mephisto nickte und machte dabei ein Gesicht, als sei durch diesen Verlust seine gesamte Existenz gefährdet. »Ausgerechnet meine älteste Apfelsorte«, klagte er. »Das war aber auch ein Sturm! Zwischenzeitlich hatte ich wirklich Angst, dass er mir das Dach abdeckt, so haben die Böen am Reet gezerrt.«

»Ganz übel hat es das Goting-Kliff getroffen«, bestätigte Tom. »Ich war heute Nachmittag draußen und habe mir den Schaden angesehen.« Er machte große Augen, um das Ausmaß gebührend zu unterstreichen.

»Wenn unsere Deiche nicht inzwischen zwölf Meter hoch wären«, dozierte Mephisto, »würden wir irgendwann absaufen. So wie bei der Grooten Mandränke 1634, als das Festland auseinandergerissen wurde und die Inseln und Halligen entstanden.«

»Zum Glück liegt Föhr wenigstens bei Sturmfluten geschützt hinter Sylt und Amrum«, ergänzte Tom. »Aber wenn das so weitergeht mit dem Klimawandel, bricht Sylt demnächst auseinander, und dann säuft auch unsere Insel irgendwann vollständig ab. Ich sage euch«, er hob theatralisch Stimme und Zeigefinger, »es wird nicht mehr lange dauern und der Klimawandel wird die Kipppunkte erreichen, nach denen die tödlichen Folgen unumkehrbar sein werden. Die Natur wird den Parasiten Mensch abschütteln. Nur so wird die Erde sich vor ihm retten können.«

»Quatsch, Klimawandel«, kam es lautstark vom Nebentisch. »Den Unsinn erzählst du unseren Kindern in der Schule auch immer.«

Leander blickte hinüber und erkannte Helge Jacobsen, Gundolf Peters und Hanno Hansen, Bauern aus den umliegenden Dörfern, die unisono nickten und grimmig auf Tom stierten.

»Mein Torben wollte letzten Freitag mit nach Kiel zur Demo gegen die Düngeverordnung«, erzählte Gundolf Peters den anderen. »Der Öko-Spinner da«, sein Finger stach spitz in Toms Richtung, »hat ihn dafür nicht beurlaubt!«

»Das wäre ja auch noch schöner!«, begehrte Tom auf. »Ihr Brunnenvergifter mit eurer Massentierhaltung und Hühner-KZs kippt eure Gülle auf die Felder, als wenn es kein Morgen gäbe, anstatt euch für den Erhalt unserer Lebensgrundlagen einzusetzen. Kapiert ihr eigentlich gar nicht, dass ein gesunder Boden eure Existenzgrundlage ist? Ihr Idioten sägt den Ast ab, auf dem ihr sitzt! Von dem CO_2-Ausstoß eurer Rindviecher ganz zu schweigen. Ihr habt doch in der letzten Nacht gesehen, wohin das führt, wenn wir uns nicht endlich gegen den Klimawandel einsetzen. Ihr seid ja die Ersten, die unter den Dürresommern leiden werden!«

»Stürme hat es immer schon gegeben«, kam es wutschnaubend von Helge Jacobsen zurück. »Und trockene Sommer auch.«

»Eben«, ergänzte Gundolf Peters. »Das steht schon in der Bibel mit den sieben fetten und den sieben mageren Jahren und hat nichts mit Klimawandel und so einem Schwachsinn zu tun.«

»Ach ja? Und steht da etwa auch, dass ihr in den fetten Jahren die Gewinne selber einstreichen und in den mageren Jahren uns Steuerzahler zur Kasse bitten sollt? Wenn euch nämlich auf den Feldern die Ernte verhagelt wird oder das Korn verdorrt, seid ihr doch die Ersten, die nach Ausgleichszahlungen schreien.«

Nun stemmte sich Jacobsen wutschnaubend mit den Fäusten auf der Tischplatte hoch und beugte sich weit vor. »Wir Landwirte sorgen dafür, dass unser Volk nicht verhungert.« Er deutete auf die Schinkenplatten vor den Skatbrüdern. »Was glaubt ihr denn, wo der Schinken und das Korn für euer Brot herkommen? Da fragt ihr nicht nach dem CO_2! Ihr Tagediebe wärt doch gar nicht dazu in der Lage, eure Familien zu ernähren, wenn wir uns nicht tagtäglich den Arsch für euch aufreißen würden!«

»Genauso ist das!«, stimmte Hanno Hansen zu und klopfte mit den Fingerknöcheln auf die Tischplatte, als müsse er einem bedeutenden Redner Respekt zollen. »Aber der Herr Lehrer kann das ja nicht wissen. Der ruht sich den ganzen Tag auf unsere Kosten aus und setzt unseren Kindern Flausen in den Kopf. Und dann kriegt der auch noch drei Monate Ferien im Jahr, um sich vom anstrengenden Nichtstun und Klugscheißen zu erholen.«

»Parasit, elender!«, giftete Jacobsen, der sich immer noch mit auf den Tisch gestützten Fäusten weit vorbeugte und offenbar kurz davor stand, auf die Platte zu klettern und Tom an den Hals zu springen.

»Lass den grünen Spinner«, knurrte Gundolf Peters und zog ihn auf die Bank zurück. »Der hat doch von Tuten und Blasen keine Ahnung.«

»Dann soll er nicht das Maul aufreißen und unsere Kinder gegen uns aufbringen! Fridays for Future! Wenn ich so einen Scheiß schon höre! Dafür beurlaubt er die Blagen! Wenn die wenigstens noch nachmittags streiken würden oder in den Ferien, aber die machen das doch nur, weil sie die Schule schwänzen wollen – und kriegen dafür auch noch den Segen von diesem linken Anarchisten.« Dabei deutete Jacobsen mit dem Kopf auf Tom.

»In den Ferien streiken!«, entgegnete der hämisch lachend. »So ein Schwachsinn! Streiken deine Landarbeiter auch, wenn sie Urlaub haben? Da würdest du dir doch einen Ast lachen über so viel Doofheit.«

»Meine Arbeiter streiken nicht. Das sind nämlich keine Kommunisten wie du! Aber du wirst dein Fett noch kriegen, verlass dich drauf. Wenn du unsere Kinder weiter so aufstachelst, werde ich mal mit deinem Chef sprechen.«

»Siehst du?«, antwortete Tom mit erhobenem Zeigefinger. »Das ist der Unterschied zwischen einem Beamten wie mir und deinen Sklaven: Ich muss vor keinem Chef kuschen. Mich kann nämlich keiner rausschmeißen.«

Jacobsens Gesichtsfarbe wechselte zu einem tiefen Rot, und er kletterte nun wirklich auf die Tischplatte, um sich auf Tom zu stürzen. Seine Kumpane hielten ihn jedoch mit vereinten Kräften zurück, während die Urlauber an den Nebentischen erschrocken herübersahen.

»Das bringt doch nichts«, insistierte Hanno Hansen und

winkte Diana zu, die dem Disput in einiger Entfernung gefolgt war. »Zahlen!«

»Sehr gerne!«, antwortete die mit finsterem Blick. »Auf randalierende Gäste können wir nämlich gut verzichten.«

Während Diana den Tisch der Landwirte abkassierte, wobei sie Hansens Trinkgeld wortlos wieder zu ihm zurückschob, tauchten ein paar junge Männer am Eingang des Biergartens auf und sahen sich suchend um. Diana winkte ihnen zu und deutete auf den Tisch der Bauern. »Hier wird gerade frei.«

Fluchend erhoben sich die Landwirte und verließen den Garten. Die jungen Männer näherten sich lachend und tauschten sich auf Dänisch über die grimmigen Kerle aus, die ihnen gerade Platz gemacht hatten.

»Das sind Arbeiter von der dänischen Firma, die zwischen Utersum und Dunsum den Deich ausbauen«, erklärte Mephisto. »Gute Gäste, die kommen jeden Abend hierher.«

»Wird hier eigentlich heute noch Skat gespielt, oder was?«, meldete sich nun Götz Hindelang grimmig zu Wort und griff auch gleich nach dem Kartenspiel. Der Maler schien bei dem Disput mit den Landwirten seine gute Laune gänzlich eingebüßt zu haben.

Tom hingegen wirkte nun geradezu aufgekratzt.

Während der Maler mischte, wurde Mephisto auf den schweigsamen Leander aufmerksam. »Was ist denn nun wirklich mit dir los, mein Freund? Hast du heute Abend gar nichts zu melden?«

Der hob den Stapel ab, den Götz ihm hinhielt, und antwortete: »Ich hatte eine kleine Auseinandersetzung mit Franziska. Sie fährt für zwei Wochen zu Verwandten nach Sylt und erwartet von mir, dass ich sie begleite. Ich habe aber keine Lust dazu.«

»Na?«, tönte Mephisto mit triumphierendem Blick in die Runde und hob den rechten Zeigefinger. »Habe ich es nicht gesagt? Wenn das keine Menschenkenntnis ist, haha!«

Tom ignorierte den selbstgerechten Kerl und erkundigte sich: »Zu Birte und diesem neureichen Spinner, den sie damals geheiratet hat? Dem Unternehmensberater, von dem du uns mal erzählt hast?«

»Thoralf, genau. Wenn ich mir vorstelle, jeden Abend mit diesem selbstherrlichen Idioten verbringen und mir anhören zu müssen, wie erfolgreich er ist und was er mit seinen Verbindungen für seine Partei alles im Westerländer Stadtrat erreicht hat … Da spiele ich doch lieber mit euch kleinen Geistern Skat.« Letzteres versuchte er, mit einem Lächeln zu begleiten, wobei er allerdings selbst merkte, dass es missglückte.

»Apropos kleine Geister«, meldete sich Mephisto zu Wort, »ich hätte dann gleich mal einen Grand Hand, wenn es den Herren recht ist.«

»Das geht ja schon gut los!«, stöhnte Götz, während Tom und Leander noch ihre Karten sortierten.

»Grand Hand also? Ist recht«, sagte Tom schließlich und ergänzte triumphierend: »Mit Kontra!«

Obwohl Leander eigentlich gar nicht der Sinn nach Kartenspielen stand, wurde seine Aufmerksamkeit in den nächsten Minuten in ein Schauspiel hineingezogen, das Mephisto geradezu zur Verzweiflung trieb. Tom überstach gleich mit dem Kreuz Buben den von Mephisto ausgespielten Pik Buben, zog dem Gastwirt mit dem Herz Buben seinen letzten Trumpf direkt auch noch weg und spielte dann seine lange Farbe Herz, sodass Mephisto am Ende nicht einmal aus dem Schneider kam. Leander musste seine Karten immer nur dazuwerfen, sonst ging das Spiel völlig an ihm vorbei.

»Da hättest du ja gleich selbst Grand Hand spielen können«, erregte sich Mephisto, während er die Karten zusammenschob. »Du hattest ein besseres Blatt als ich.«

»Ich habe auch nichts anderes behauptet«, entgegnete Tom unbeeindruckt. »Aber du musstest ja wieder so vorlaut sein.

Allerdings hatte auch ich nur zwei Buben und du das Aufspiel. Da du in dem Fall garantiert nicht mit einem Buben gekommen wärst, sondern mit deiner langen Farbe, wäre es mir am Ende so gegangen wie dir jetzt. Außerdem ist es doppelt so schön, einen Grand Hand zu gewinnen, wenn du ihn spielst und so gnadenlos verlierst.« Er lachte hämisch und klatschte mit Götz ab.

»Kennt einer von euch eigentlich Kai-Uwe Groothues?«, erkundigte sich Leander, während er beobachtete, wie sich einige junge Föhringer in Begleitung eines Mannes in Leanders Alter ebenfalls an den Tisch der Dänen drängten, ohne diese zuvor um Erlaubnis gefragt zu haben. Widerwillig rückten die Dänen näher zusammen.

»Den Krimi-Autor?«, fragte Tom zurück und ergänzte mit forderndem Ton in Mephistos Richtung: »Das macht dann 32 Märker, Denkwürden.«

Leander nickte. »Seine Tochter war heute bei mir, weil er verschwunden ist. Ich soll ihn nun suchen.«

»Lass es«, kam es unvermittelt von Götz. »Groothues ist ein Pinscher, der jeden in die Waden beißt, wenn es ihm zu einer guten Story verhilft. Es ist nicht schade, wenn der mal eine Zeit lang nicht auf Föhr sein Unwesen treibt.«

»Unser Künstler hier hat schlechte Erfahrungen mit ihm gemacht«, erklärte Mephisto feixend in Leanders Richtung und schob seinen Skatbrüdern jeweils 32 Cent über die Tischplatte.

»Nämlich?«

»Du erinnerst dich doch an den Einbruch ins *Museum Kunst der Westküste*«, berichtete Götz. »Darüber hat er einen Krimi geschrieben, und ich sollte ihm die nötigen Hintergrundinfos zum Kunstmarkt liefern. Hinterher ist er mir bei der Kuratorin des Museums übel in den Rücken gefallen, als die seiner Ansicht nach nicht kooperativ genug war. Er hat sie mit Vorwürfen konfrontiert, die angeblich von mir stammten, nur um sie zu provozieren und so etwas über die Sicherheitstechnik des Museums herauszubekommen. Ich habe verdammt lange gebraucht, um das wieder geradezurücken.«

»Bei den Jägern hat er auch keine Freunde mehr, seit er den Roman über *Elmeere* und den Inselkrieg geschrieben hat«, ergänzte Tom. »Groothues bleibt zwar bei den Fakten, aber er zeichnet seine Charaktere so, dass sie für jeden Insulaner leicht wiederzuerkennen sind. Das schafft böses Blut.«

»Na und?«, zeigte sich Leander verständnislos. »Wer nichts zu verbergen hat, muss vor der Wahrheit doch keine Angst haben. Außerdem ist das künstlerische Freiheit.«

»Deshalb kann ihm ja auch keiner was«, entgegnete Götz grimmig und hob den Kartenstapel ab, den Tom ihm hinhielt. »Auch wenn er meistens verbrannte Erde hinterlässt.«

»Und der ist nun also verschwunden«, meldete sich Mephisto nachdenklich zu Wort, während er mit Argusaugen skeptisch verfolgte, wie Tom die Karten austeilte. »Das stinkt doch geradezu danach, dass er demnächst mit einer Story wieder auftaucht, die auf der Insel für Wirbel sorgen wird.«

»Genau«, sagte Tom feixend und lehnte sich zurück, da er als Geber und vierter Mann nun aussetzen musste. »Eine Story über ehemalige Priester, die mit dem Teufel im Bunde sind, und über ihre Gespielinnen, die sich als Hexen betätigen.« Er nickte vielsagend zu Diana hinüber, die Bierkrüge an den Tisch der Dänen schleppte.

»Diana ist Heilerin und keine Hexe«, korrigierte Mephisto, während er seine Karten sortierte. »Du würdest dich wundern, wie viele Honoratioren der Insel als Patienten ihre Praxis aufsuchen. Es ist sogar ein Arzt darunter.« Dabei zog er mit dem Zeigefinger vielsagend das rechte untere Augenlid herunter. »Was du allerdings über den ehemaligen Priester gesagt hast, der mit dem Teufel im Bunde ist, da kann ich dir nur zustimmen.« Er hielt triumphierend sein Blatt in die Höhe. »Also aufgemerkt nun: Jetzt ist bitterböse Rache angesagt!«

Während der Gastwirt seine Ankündigung mit einem Herz-Spiel teuflisch lachend in die Tat umsetzte und Leander mit seinem schlechten Blatt wieder nur jeden Stich bedienen konnte, wurde es am Nebentisch laut. Zwischen den Dänen und den jungen Insulanern entbrannte ein heftiger Streit. Leander entnahm dem wütenden Wortgefecht, dass die Föhringer den Dänen vorwarfen, ihnen die lukrativen öffentlichen Aufträge im Deichbau wegzunehmen. Der ältere Wortführer schüttelte heftig die Faust gegen die Dänen, während er immer wütender wurde.

»Das ist Enno Paulsen mit seinen Leuten«, raunte Tom Leander zu. »Der hat ein kleines Bauunternehmen im Gewerbegebiet am Hafen und ärgert sich, weil er mit seiner Klitsche keine Ausschreibungen für den Deichbau gewinnen kann. Soll mal wieder kurz vor der Pleite stehen, wie man hört. Von denen weiß im Moment keiner, ob er nächsten Monat noch Arbeit hat.«

Die Dänen hatten offenbar keine Lust auf einen handfesten Streit. Sie warfen ein paar Scheine auf den Tisch und verließen fluchtartig den Biergarten.

»Ja, lauft nur weg«, brüllte Paulsen ihnen nach. »Aber das wird euch nichts nützen. So weit könnt ihr gar nicht rennen, dass wir euch nicht erwischen!«

»Ausländisches Dreckspack«, fluchte einer der jungen Männer, der auf beiden Seiten bis zum Scheitel kahlrasiert war und nur noch einen etwa zehn Zentimeter breiten Haarstreifen oben auf dem Kopf hatte. »Wird Zeit, dass wir endlich etwas unternehmen, sonst stocken die demnächst nicht nur unsere Deiche auf, sondern zocken auch noch die Sandarbeiten ab.«

»Keine Sorge«, donnerte Paulsen. »Da passe ich schon auf. Das ist schließlich unsere einzige Chance, wenigstens ein kleines Stück vom Kuchen abzukriegen. Bevor die Dänen auf Föhr den Sand planieren, jagen wir das Pack ins Watt.«

»Scheiß Ausländer!«, wiederholte der Rasierte.

Mephisto erhob sich schwerfällig von der Bank, walzte zum Tisch der Föhringer hinüber und baute sich in seiner ganzen Körperfülle bedrohlich vor ihnen auf. »Ihr könnt gerne euer Bier bei mir trinken«, verkündete er mit gefährlichem Unterton, »aber ich werde es nicht zulassen, dass ihr mir die anderen Gäste vertreibt.« Die aufflammende Gegenwehr wischte er mit einem resoluten Handstreich weg. »Mir ist jeder hart arbeitende Däne lieber als einheimisches fremdenfeindliches Gesindel. Bei mir gibt es keine AfD-Parolen im Biergarten, und ich will auch kein *Pegida*-Gesocks hier haben, ist das ein für alle Mal klar?«

Enno Paulsen hielt den Rasierten mit einem Pumpen der rechten Hand von einer wütenden Replik ab und gab Diana ein Zeichen, ihnen noch eine Runde Bier zu bringen.

Mephisto wandte sich wieder seinen Skatbrüdern zu und deutete auf die Karten, als wollte er sagen: »Genug jetzt mit dem Unsinn. Lasst uns spielen.«

»Was ist hier heute Abend eigentlich los?«, wunderte sich Götz, dem offenbar jede Lust auf Scherze vergangen war. »Sind hier heute alle bekloppt geworden?«

»Das ist nicht nur heute so«, erklärte Mephisto. »So geht das schon, seit die Dänen alle öffentlichen Aufträge auf Föhr bekommen und unsere heimischen Firmen dabei leer ausgehen.«

»In der Gemeindevertretung ist auch schon dicke Luft deswegen«, bestätigte Tom. »Wenn das so weitergeht, haben wir demnächst wirklich die AfD da sitzen.«

»Dann wandere ich aus«, verkündete Götz.

»Ach ja?«, entgegnete Tom grinsend. »Und wo willst du hin? Nach Ostdeutschland, wo du hergekommen bist, braucht du nicht zurückzugehen. Da gibt es jede Menge von denen.«

Leander erinnerte sich an Susanne Bremers Worte. »Sag mal, Tom, läuft da eigentlich auf der Insel momentan irgend eine große Sache im Küstenschutz?«

»Naja, der Klimadeich zwischen Utersum und Dunsum, an dem die Dänen gerade arbeiten. Hat 'ne Menge Ärger gegeben, als bei der letzten Strandbegehung mit den Leuten vom Landesamt für Küsten- und Naturschutz klar wurde, dass der Vertrag mal wieder an die geht. Obendrein hat die Gemeinde auch keine Erlaubnis zu eigenen Sandvorspülungen bekommen. Das hätte die Gemüter vielleicht beruhigt.« Tom zog bedauernd die Schultern hoch.

»Freunde!« Götz klopfte mit der Faust auf den Kartenstapel. »Quatschen könnt ihr zu Hause!«

Während Tom in Richtung des Malers grinste, hakte Leander nach: »Hast du vielleicht von Unregelmäßigkeiten bei Ausschreibungen oder so etwas gehört?«

»Du denkst an Groothues?«

»Seine Tochter meint, er könnte in diese Richtung recherchiert haben.«

Tom dachte einen Moment nach und schüttelte dann den Kopf. »Nicht, dass ich wüsste. Aber wenn du willst, höre ich mich mal vorsichtig um.«

»Mach das«, antwortete Leander.

»Also, Leute«, rief Götz nun aufgebracht dazwischen und drückte sich mit den Fäusten auf der Tischplatte hoch. »Wenn hier jetzt nicht endlich Skat gespielt wird, stehe ich auch auf und gehe!« Dabei war seiner grimmigen Miene deutlich anzusehen, dass er es ernst meinte.

Mephisto hob in gespielter Verzweiflung beide Hände gen Himmel, als hole er göttlichen Beistand ein. Plötzlich erhellte sich sein Gesicht wie bei einer dementsprechenden Eingebung und er griff zum Kartenstapel. »Liebe Freunde, als Hausherr verhänge ich für den Rest des Abends ein Redeverbot über alles, das nichts mit unserem Spiel zu tun hat!«

»Redeverbot?«, wiederholte Tom. »Sag mal, geht's noch? Warum müssen wir nicht gleich ein Schweigegelübde ablegen?«

»Weil ihr dann meine genialen Spielkünste nicht mehr gebührend kommentieren könntet«, erklärte der Gastwirt leichthin und mit absolut ernster Miene.

Tom wollte schon zu einer Replik ausholen, als Götz' warnender Blick ihn traf, da der Maler offenbar eine weitere ausufernde Debatte auf sich zurollen sah. Also winkte er in Mephistos Richtung nur ab und erntete dafür ein zufriedenes Nicken.

Leander hielt Diana am Arm zurück, nachdem sie den Bauarbeitern ihr Bier gebracht und das Geld der Dänen vom Tisch genommen hatte. »Wir hätten auch gerne noch eine Runde. Und mir bringst du sofort wieder zwei, dann habe ich den Vorsprung der Betschwestern hier aufgeholt.« Als die anderen zu lautstarkem Protest ansetzen wollten, schob er nach: »Heute Abend geht alles an diesem Tisch auf meinen Deckel.« Das beruhigte die Gemüter schlagartig.

03

Als Leander beim Frühstück im Garten mit reichlich Koffein gegen seinen Kater ankämpfte, konnte er dem traurigen Anblick des Bretterhaufens nicht ausweichen, der einmal sein Gartenschuppen gewesen war. Das konfrontierte ihn dumpf dröhnend wieder mit der Zwickmühle, in die er sich selbst manövriert hatte: Einerseits hätte er angesichts der Tatsache, dass Franziska bestimmt von nun an täglich bei ihren Telefonaten nach den Fortschritten fragen würde, direkt mit den Aufräumarbeiten anfangen müssen; andererseits musste er unbedingt zum Haus von Kai-Uwe Groothues fahren und nach Hinweisen auf dessen Aufenthaltsort suchen, ohne Franziska seinen neuen Auftrag auf die Nase zu binden. Ihm wurde klar, dass ihn nur ein baldiger Ermittlungserfolg aus eben dieser Zwickmühle befreien konnte. Er war aber auch zu dämlich, dass er sich mit seinem Helfersyndrom immer wieder selbst in derart ausweglose Situationen brachte!

Unter dem Vorwand, dass Franziska und sein Garten reine Privatsache seien, Arbeit jedoch vorgehe und er zudem Susanne Bremer gegenüber im Wort stehe, beschloss er, eine Radtour zur Godelniederung zu machen und das Haus des Schriftstellers in Witsum näher unter die Lupe zu nehmen. Sein dröhnender Schädel würde ihm die Bewegung an der frischen Luft danken. Dem jämmerlichen Rest des Holzschuppens konnte er sich später ja immer noch widmen und so zumindest seinen guten Willen andeuten.

Hatte Leander jedoch gehofft, sich den Kopf mithilfe eines frischen Fahrtwindes freipusten lassen zu können, wurde er schnell eines Besseren belehrt. Die Sonne brannte schon zu dieser frühen Stunde erbarmungslos vom Himmel, und es war so windstill, als wäre der Orkan in der vorletzten Nacht reine Einbildung gewesen. Leander flüchtete aus der Gluthitze der Straßen und wählte den Weg durch den Grünstreifen. Aber auch das bereute er schnell, da er unzähligen Familien mit kleinen Kindern ausweichen musste, die zu den Spielplätzen im Schatten der Bäume strömten. Als er die letzte der Ansammlungen von Rutschen und Klettergerüsten kurz vor dem Lerchenweg passiert hatte, wurde es ruhiger, und spätestens zwischen Flug- und Golfplatz musste er sich nur noch über ältere Paare ärgern, die mit ihren Pedelecs stur nebeneinander fuhren, ohne dabei die Kraft ihrer Elektromotoren in Geschwindigkeit zu übersetzen, geschweige denn Platz zum Überholen zu machen, wenn sie nicht mit der Klingel beiseitegescheucht wurden. Letzteres begleiteten einige dann auch noch mit giftigen Zurufen. Das alles war wenig dazu angetan, Leander die übliche Leichtigkeit zurückzugeben, die er durch den Streit mit Franziska eingebüßt hatte.

Als er an die Weggabelung kurz vor Nieblum gelangte, ließ er den malerischen Ort rechts liegen und radelte stattdessen nach links in Richtung Osterheide, um sich die Abbrüche am Goting-Kliff näher anzusehen, von denen Johanna und Tom berichtet hatten. Es war tatsächlich genauso, wie die beiden es beschrieben hatten, nur dass es ein Unterschied war, davon zu hören oder es mit eigenen Augen zu sehen: Die Kliffkante war bis zum Spielplatz vorgerückt, und Risse im Boden deuteten an, dass bei nächster Gelegenheit noch mehr wegbrechen würde. Die Rutschenanlage war nun akut bedroht.

Leander stellte sein Fahrrad ab und trat nah an die Abbruchkante heran. Sand rieselte vor seinen Füßen in die Tiefe, sodass er sicherheitshalber wieder einen Schritt zurücktrat. Über dem Strand flimmerte die Luft in der Hitze. Von dieser erhöhten Position aus hatte Leander das ganze Ausmaß der Sturmschäden im Blick. Das Kliff war auf der kompletten Breite in mehrere Meter Tiefe weggerutscht. Die Sturmflut hatte sich der Lehmmassen angenommen, Mergel als graue klebrige Placken überall am Strand verteilt und rundgeschliffene Findlinge aus der letzten Eiszeit, die aus dem Kliff herausgerissen worden waren, zurückgelassen. Das Wasser, das trotz der Ebbe noch kurz vor der Steilküste stand, drohte die nächste Sturmflut bereits an.

Hier am Goting-Kliff konnte man leicht nachvollziehen, wie bedroht die Inseln und Halligen inzwischen waren. Nirgendwo sonst auf Föhr zeigte sich, wie nun in kurzer Zeit alles in Gefahr geriet, das sich über Jahrtausende aufgebaut und in den letzten Jahrhunderten den Elementen erfolgreich widersetzt hatte. Trotz der unnachgiebigen Hitze lief Leander ein kalter Schauer über den Rücken.

Er stieg wieder auf sein Rad und fuhr durch Goting in Richtung Godelniederung. Das kleine Flüsschen, das dem nassen Gebiet seinen Namen gab, transportierte Wasser aus dem Inselinneren an den Strand und bot mit seinen Schilfzonen und den Seggenwiesen zahllosen Wasservögeln einen wertvollen Brut- und Lebensraum. Lachmöwen kreischten irgendwo jenseits der niedrigen Dünen, die das Gebiet vom Meer trennten. Eine Schar Austernfischer zog schreiend über Leanders Kopf hinweg in Richtung Watt, während er sich rechts nach Witsum hielt.

Bald tauchte eine Reihe reetgedeckter Häuser hinter niedrigen, mit Heckenrosen bewachsenen Friesenwällen auf. Leander hielt vor dem dritten und schob sein Fahrrad durch das weiße Holztörchen bis zur Haustür. Anstatt sie direkt aufzuschließen, umrundete er zunächst das Haus auf dem schmalen Plattenweg bis zur Terrasse und linste dabei in alle Fenster, um sicherzugehen, dass der Schriftsteller inzwischen nicht doch nach Hause gekommen war. Alles wirkte von außen jedoch genauso verlassen, wie Susanne Bremer es beschrieben hatte.

Wieder an der Haustür, klingelte Leander sicherheitshalber. Als sich im Inneren des Hauses nichts rührte, zog er den Schlüssel aus der Tasche, öffnete die Tür und machte einen Schritt in die Diele.

»Herr Groothues?«, rief er laut. »Sind Sie zu Hause?«

Er lauschte einen Moment aufmerksam: keine Antwort. Leander trat nun endgültig ein, schloss die Haustür hinter sich und wandte sich dem ersten Raum zu seiner Rechten zu. Es handelte sich um die Küche. Hier war nichts Auffälliges zu entdecken, aber Susanne Bremer hatte ja auch gesagt, dass sie bereits aufgeräumt habe. Das Innere des Kühlschranks bestätigte diesen Eindruck: Außer ein paar Bierflaschen und einer Schachtel Halbfettmargarine war er leer.

Im nächsten Raum, dem Wohnzimmer, verstand Leander auf Anhieb, was die Tochter des Schriftstellers gemeint hatte, als sie von einem überstürzten Aufbruch gesprochen hatte. Auf dem Tisch und dem Sofa lagen Zeitschriften und Bücher verstreut herum, einige davon aufgeschlagen, die Bücher auf ihre Innenseiten gedreht. Leander las Titel wie: *Die Entscheidung – Kapitalismus vs. Klima* von Naomi Klein, *Die Klimakrise wird alles ändern – und zwar zum Besseren* von Paul Gilding und Angela Stangl, *Ich will, dass ihr in Panik geratet* von Greta Thunberg und einige andere Bücher zum selben Thema. Auch die aufgeschlagenen Artikel in Ausgaben des *SPIEGEL* und diversen Fachzeitschriften befassten sich mit der Frage, inwieweit der Klimawandel menschengemacht und ob seine schlimmsten Folgen noch zu verhindern seien. Offensichtlich hatte sich Kai-Uwe Groothues intensiv mit der Diskussion befasst, die Deutschland, Europa und den Rest der Welt, mit Ausnahme von kleinen Geistern wie Donald Trump und Alexander Gauland, momentan in Atem hielt. Da anzunehmen war, dass der Schriftsteller seine Zeit nicht verplempert und sich auf sein heißestes Recherchethema fokussiert hatte, wusste Leander nun, in welchem Kontext er zu suchen hatte.

Er verließ das Wohnzimmer und stieg die Treppe zum Obergeschoss hinauf. Im Schlafzimmer fand er gefüllte Schränke und Schubladen vor. Nichts deutete hier auf eine Urlaubsreise oder eine längere geplante Abwesenheit zu Recherchezwecken hin. Im Badezimmer steckte Groothues' Zahnbürste im Zahnputzbecher.

Der letzte Raum war das geräumige Arbeitszimmer. Der Schreibtisch stand unter einer ausladenden Gaube mit Blick über die gesamte Godelniederung. Leander stellte sich vor, hier sitzen und arbeiten zu dürfen, und hatte zum ersten Mal in seinem Leben den Gedanken, dass Schriftsteller ein sehr angenehmer Beruf sein könnte.

Der Schreibtisch war übersät mit Notizen und Zeitschriftenartikeln über die Folgen des Klimawandels für die Nordseeküste und die Norddeutsche Tiefebene, Deicherhöhungsmaßnahmen auf den Inseln, den Beginn der Sandvorspülungen auf Sylt und die Anlage von Sandreservoirs für die Strände der Insel Föhr. Dazwischen stapelten sich ungeöffnete Behördenbriefe und Fanpost, die Groothues geöffnet und beiseitegelegt hatte. Insgesamt hatte der Schriftsteller entweder das Chaos beherrscht, oder er war gnadenlos darin untergegangen und hatte kapituliert. Sich hier durchzufinden, war entschieden zu viel für diesen Vormittag, fand Leander. Er zog also sein Smartphone aus der Tasche und fotografierte, was hier verstreut lag.

Dass es aber noch schlimmer ging, erkannte Leander, als er sich der Pinnwand gegenüber der Fensterfront zuwandte. Sie füllte die gesamte Wand aus und vervollständigte das Bild eines Menschen, der sich für viele Themen gleichzeitig interessierte und alles sammelte, was ihm dazu in die Finger geriet. Es gab Artikel über die Kreißsaalschließung im Wyker Krankenhaus und den Protest dagegen, weitere über den Anstieg der Immobilienpreise auf den Nordfriesischen Inseln, Spekulation in Zeiten der Niedrigzinspolitik der Europäischen Zentralbank, das gescheiterte Atlantis-Projekt auf Sylt, die soziale Sprengkraft horrende gestiegener Mieten sowie das Organigramm eines Firmengeflechts. Überall dazwischen fanden sich Fotos von Schiffen, Menschen und Deichen, die grau gesprenkelte Kopie eines Briefes von einem gewissen Hans Blank auf Sylt, und handbekritzelte Blätter, die wie Ideenskizzen aussahen. Auf Anhieb konnte Leander keinerlei zentrales Thema oder gar ein Ordnungssystem in dem Wust erkennen. Er beschloss, sich auch diese Aufgabe für später zu lassen, und so fotografierte er die Pinnwand einmal im Ganzen und dann noch etappenweise ab.

Gegenüber der Fenstergaube befand sich ein Schrank. Leander öffnete die Türen und sah sich dem Lebenswerk des Autors in Gestalt sauber beschrifteter *Leitz*-Ordner gegenüber. Hier hatte er alles abgelegt, was seine Recherchearbeit der letzten Jahrzehnte hergegeben und Eingang in seine Bücher gefunden hatte. Da es sich ausnahmslos um abgeschlossene Themen handelte, musste Leander das alles nicht sichten. In den unteren Fächern bewahrte Groothues seine technische Ausrüstung in Aluminium-Koffern auf. Leander zog einen nach dem anderen heraus und nahm den Inhalt in Augenschein.

Bei manchen Geräten war es leicht, ihre Funktion zu erkennen, da es sich um Digitalkameras, Ferngläser und Nachtsichtgeräte handelte. Aber auch Richtmikrofone und Wanzen fanden sich in einem der Koffer, die Leander nur aufgrund seines beruflichen Hintergrundes als solche erkannte.

Soweit er es beurteilen konnte, handelte es sich um überwiegend aktuelle Technik.

Ungewöhnlich für einen einfachen Krimiautor, dachte er. Entweder ist Groothues tatsächlich investigativer unterwegs, als ich es ihm bisher zugetraut habe, oder der Mann ist größenwahnsinnig.

Wie vollständig dieses Sammelsurium war, ließ sich nicht feststellen. Zwar waren alle Fächer in den Koffern gefüllt, aber Groothues konnte ja auch noch weitere besitzen, die er nun mit sich führte. Leander räumte alles wieder an Ort und Stelle und schloss die Schranktüren.

Als er das Haus des Schriftstellers verließ, hatte er ein mulmiges Gefühl in der Magengegend. Hier stimmte etwas nicht, das sagte ihm sein kriminalistischer Instinkt. Die Bücher und Zeitschriften im Wohnzimmer deuteten in eine ganz bestimmte Richtung, und auch wenn sich an der Pinnwand weitere Themenkomplexe fanden, so schien sich Kai-Uwe Groothues aktuell vor allem für den Klimawandel und die Küstenschutzmaßnahmen zu interessieren. Möglicherweise war er in dieser Thematik irgendwo in Norddeutschland unterwegs. Warum aber hatte er seiner Tochter dann nicht von dieser Recherche-Reise erzählt, zumal ihr Mann ja, wie Leander sich erinnerte, in genau dieser Branche tätig war? Verfolgte er eine so brisante Spur, dass niemand davon erfahren durfte?

Auf dem Weg zu seinem Fahrrad schaute er noch in die Mülltonnen und fand dort die von Susanne Bremer weggeworfenen gammeligen Lebensmittel, was letzte Zweifel an ihrer Darstellung ausräumte. Kai-Uwe Groothues war entweder fluchtartig von zu Hause aufgebrochen, oder dem Schriftsteller war tatsächlich etwas zugestoßen.

Leander stieg auf sein Fahrrad und nahm tief in Gedanken den Weg über Oldum zurück nach Wyk. Bereits in Oevenum stand sein nächster Schritt fest: Er würde Jens Olufs auf den Zahn fühlen und herauszufinden versuchen, warum der Ordnungshüter nicht bereit war, etwas in der Sache zu unternehmen.

04

Der Wyker Polizeichef blickte erstaunt auf, als Leander die Zentralstation am Hafen betrat. Die beiden hatten in den letzten Jahren in einigen Kriminalfällen gut zusammengearbeitet und mochten einander. Jens Olufs war ein kompetenter, ruhiger und sehr überlegter Dienststellenleiter; das komplette Gegenteil von seinem Vorgänger Torben Hinrichs, der nicht nur unfähig, sondern zudem noch ein Choleriker gewesen war.

»Henning, was führt dich zu mir?« Olufs umrundete den Tresen und hielt Leander seine Hand entgegen.

Der schlug kräftig ein und antwortete ohne lange Vorreden: »Kai-Uwe Groothues.«

Sofort verfinsterte sich Olufs Gesicht und er sog zischend Luft durch die Zähne. Dann deutete er mit dem Kopf auf die Tür zu seinem Büro und ließ Leander den Vortritt. Der schob sich einen der beiden Stühle vor dem Schreibtisch zurecht und ließ sich darauf fallen, während Olufs halb auf der Tischplatte Platz nahm.

»Seine Tochter war gestern bei mir«, eröffnete Leander.

Olufs nickte. »Mich hat sie mehr als einmal angerufen.«

»Und?«

»Nichts und. Groothues ist ein erwachsener Mann, und es gibt aus meiner Sicht keine Hinweise auf einen Unfall oder ein Verbrechen. Ich konnte sie also nur abweisen.«

Leander nickte verständnisvoll. »Ich war eben in seinem Haus. Keine Spur von dem Mann. Allerdings sieht auch für mich alles danach aus, als sei er zumindest sehr überstürzt aufgebrochen.«

Olufs drehte beide Hände mit den Handflächen nach oben und sparte sich die erneute Frage »Und?«

»Kannst du nicht wenigstens mal eine Suchmeldung herausgeben?«

»Ehrlich gesagt, habe ich überhaupt keinen Anlass, Groothues unbedingt ausfindig machen zu wollen. Der Schreiberling hat in seinen Romanen kein gutes Haar an der Polizei hier auf Föhr gelassen, und ich bin froh, wenn ich nie wieder etwas mit dem rücksichtslosen, arroganten Arschloch zu tun habe. Entschuldigung.«

»Geschenkt.« Leander winkte ab. »Ich habe, ehrlich gesagt, noch niemanden kennengelernt, der mit ihm befreundet ist. Trotzdem: Seine Tochter hat mich mit der Suche beauftragt, und ich wäre dir für deine Unterstützung dankbar.«

Jens Olufs nickte seufzend. »Na gut, weil du es bist. Aber ich weiß jetzt schon, dass ich es bereuen werde.«

Leander lachte und drückte sich mit den Händen auf den Oberschenkeln von seinem Stuhl hoch. »Gib mir bitte Bescheid, wenn du etwas hörst.«

Als er die Wache verlassen wollte, stürmte ein Mann durch die Tür herein, der Leander bekannt vorkam. Bei den ersten aufgeregten Worten war ihm klar, dass es sich um den Vorarbeiter der Dänen handelte, die am gestrigen Abend in Mephistos Biergarten am Nebentisch gesessen hatten.

»Wann unternehmt ihr hier endlich was?«, fuhr er Jens Olufs ohne Begrüßung mit dänischem Akzent an. »Jetzt haben sie uns den großen Bagger sabotiert. Die ganzen Kabel rausgerissen und die Scheiben eingeschlagen. Das ist jetzt die dritte Maschine, die uns zerstört wurde. Wenn ihr nicht endlich etwas dagegen tut, stellen wir Wachen auf, und dann gibt es beim nächsten Mal Tote!«

»Nun mal langsam!«, stoppte Olufs den Furor des Mannes. »Auf meiner Insel gibt es keine Selbstjustiz!«

»Das ist keine Selbstjustiz!« Die Stimme des Dänen überschlug sich nun fast. »Das ist Notwehr, wenn die Polizei uns nicht beschützt.«

»Haben Sie Hinweise, wer das gewesen sein könnte?«

»Hinweise? Natürlich habe ich Hinweise! Das sind eure Arbeiter gewesen. Die mögen uns nicht.«

»Unsere Arbeiter«, stöhnte Olufs in Leanders Richtung. »Was soll ich mit so einer Aussage anfangen?«

»Enno Paulsen«, entgegnete der und berichtete auf den fragenden Blick des Polizeichefs hin von dem Vorfall am gestrigen Abend. »Er und seine Leute haben damit gedroht, etwas gegen die dänischen Arbeiter zu unternehmen.«

Der Vorarbeiter nickte heftig. »Da hast du deine Hinweise! Und jetzt mach endlich was, sonst ziehe ich meine Leute ab, und dann könnt ihr von mir aus bei der nächsten Sturmflut absaufen.«

In dem Moment betraten zwei Polizeibeamte lachend die Wache, grüßten kurz, ohne sich für die Vorgänge in der Station zu interessieren, und zogen sich hinter den Tresen zurück.

Olufs nahm seine Dienstmütze vom Haken. »Also gut, dann werde ich mir das mal vor Ort ansehen. Und anschließend statte ich Enno Paulsen einen Besuch ab.« Damit schob er sich an Leander vorbei und folgte dem Dänen, der bereits in sein Auto stieg.

Während Leander den angenehmen Schatten der Wache verließ, beobachtete er, wie der Vorarbeiter vor Olufs Streifenwagen in viel zu hohem Tempo den Hafenbereich verließ. Warum kann auf dieser schönen Insel nicht einfach mal Frieden herrschen?, dachte Leander und griff nach seinem Fahrrad. Warum müssen sich alle immer nur bekriegen und sich gegenseitig das Leben schwer machen? Dabei schob er einen ganz kurz aufflackernden Gedanken an Franziska wie ein unliebsames Gespenst zur Seite.

05

Als Leander den Sturmflutpfahl am Hafenbecken passierte, blieb er stehen, um die Messingringe zu betrachten, die anzeigten, wie hoch das Wasser bei den Sturmfluten, die über Föhr hereingebrochen waren, gestanden hatte. Am 4. Februar 1825 hatte es einen Pegel von fast drei Metern 50 erreicht, und auch am 24. November 1981 hatte es nur knapp darunter gestanden. Plastisch bedeutete dies, dass sich die Wasseroberfläche, von seinem Standpunkt aus betrachtet, fast zwei Meter über Leanders Kopf befunden hatte.

Leander war mehr als einmal Zeuge geworden, wie das Flutschutztor zum Rathausplatz verrammelt worden war und Pumpen das eindringende Wasser darüber hinweg zurück in den Hafen transportiert hatten, während da draußen an Langeneß vorbei die Wogen unaufhaltsam anbrandeten. So faszinierend er die Naturgewalten fand, sie waren keine harmlose Spielerei, sondern eine Tod bringende Bedrohung für die Bewohner der flachen Inseln und Halligen. Sollten die Meeresspiegel in dem Maße ansteigen, den Klimaforscher seit einiger Zeit vorhersagten, konnte dies das Ende der Küsten sein, wie man sie heute als Urlauber vorfand. Die Halligen würden einfach verschwinden; die Inseln würden von den hereinbrechenden Wogen in großen Teilen weggespült, die Reste unbewohnbar werden; Hafenstädte wie Hamburg und Bremen würden absaufen wie dereinst Rungholt; und die gesamte Norddeutsche Tiefebene würde überflutet wie die Küsten bei der ersten Groten Mandränke am 16. Januar 1362, die als Marcellusflut in die Geschichtsbücher eingegangen war. In Nordfriesland brachen damals 21 Deiche, und weite Teile Norddeutschlands versanken in den Fluten. 100.000 Menschen sollen ums Leben gekommen sein. Rungholt und sieben weitere Gemeinden im Nordfriesischen Wattenmeer gingen unter, und Husum lag von nun an am Meer.

Im Oktober 1634 folgte die zweite Grote Mandränke, die Burchardiflut, bei der die Deiche an mehreren 100 Stellen brachen und 8000 Menschen ertranken. In der Nacht vom 11. auf den 12. Oktober wurde die Insel Strand zerrissen und in Pellworm, die Halbinsel Nordstrand und die Hallig Nordstrandischmoor zerteilt. Die Halligen Nübbel und Nieland versanken im Meer.

So hatte Tom die Geschichte der Nordfriesischen Inseln und Halligen einmal referiert, und das alles verbarg sich hinter den schlichten Messingringen und den Daten am Sturmflutpfahl im Wyker Hafen, vor dem Leander jetzt stand. Schwarze Jahreszahlen auf glänzendem Metall, die in der jeweiligen Situation Angst, Leid und menschliche Tragödien bedeutet hatten. Da waren Lebenswege und familiäres Glück auf ewig zerstört worden. Übertrug man all das auf die Wohnsituation in einer Millionenstadt wie Hamburg, drängten sich Bilder auf, die man sonst nur aus dem Fernsehen aus weit entfernten Tsunami-Katastrophengebieten kannte. Die 100.000 Toten der Marcellusflut würden um ein Vielfaches übertroffen werden.

Und selbst wenn bei einem vergleichbaren Unwetter in der Zukunft das Unwahrscheinliche geschehen und Föhr aus den Fluten wieder auftauchen würde, reichte dieser Pfahl garantiert nicht aus, um die Höhe des Wasserstandes während der Sturmflut anzuzeigen. Wenn der Klimawandel nicht aufgehalten würde und die Temperaturen im Mittel um gerade einmal drei Grad anstiegen, würden die Pole schmelzen. Große Teile Deutschlands, der Niederlande, ja ganz Europas würden dann in den Fluten versinken und unbewohnbar werden. In 350 Jahren würde dann jemand anderer am Strand in Goslar stehen, auf die tosende See hinausblicken und an die Sturmflut denken, die Hunderttausende Leben gekostet und einen Teil Deutschlands einfach verschluckt hatte.

So beeindruckend die Pegelstandsanzeigen am Sturmflutpfahl eben noch gewesen waren, nun erschienen sie Leander geradezu lächerlich.

Er holte tief Luft und schüttelte diese Vorstellung mit dem beruhigenden Mantra ab, dass es ja noch nicht zu spät sei und man das Schlimmste noch verhindern konnte. – Wer auch immer »man« war.

Leander überquerte die Hafenstraße und lief vorbei am Rathausplatz zum Sandwall. In der Mittelstraße holte er sich bei Bäcker Hansen ein Franzbrötchen und eine Nussecke und schob das Rad dann zurück zur Mittelbrücke. Er betrat den langen Holzsteg und setzte sich auf eine freie Bank. Von hier aus hatte er einen guten Blick auf das Wyker Strandleben. Es war inzwischen so heiß geworden, wie man es sonst nur vom Hochsommer gewohnt war. Am Himmel zeigte sich kein Wölkchen, und das Blau wich langsam einem verwaschenen Bleigrau, das auf nichts Gutes hindeutete. Die Kinder der Urlauber spielten im ungewöhnlich weit oben stehenden regungslosen Wasser, das trotz dieser Jahreszeit offenbar schon warm genug dazu war.

Während Leander Bäcker Hansens Köstlichkeiten genoss, fragte er sich, warum es in diesem kleinen Paradies immer wieder so hässliche Streitigkeiten geben musste wie seinerzeit den Krieg zwischen den Jägern und den Naturschützern von *Elmeere* oder aktuell den zwischen den heimischen und den fremden Arbeitern im Küstenschutz. Lag es in der Natur der Menschen, jede Form von Harmonie immer gleich zu zerstören? Oder war Harmonie nur eine Schimäre, die in der Natur gar nicht angelegt war? Fressen und gefressen werden, dachte Leander. Das Schwache wird ausgemerzt, nur das Starke überlebt. Darwinismus als Funktionsmechanismus der Evolution, und dazu war nun einmal der Kampf die Voraussetzung. Wie lange würde der Mensch sich noch in dem Wahn befinden, der Stärkere zu sein und die Naturgesetze beherrschen zu können? Wann würde die Natur ihm unmissverständlich zeigen, dass er in Wahrheit völlig unbedeutend ist? In seiner angeblichen Stärke, der Intelligenz, zu schwach, um den eigenen wissenschaftlichen Erkenntnissen zu folgen und sein selbstzerstörerisches Verhalten zu ändern. Am Ende würde jedes vom Instinkt geleitete Tier diesem intelligenten Wesen überlegen sein – sofern er es vorher nicht ausgerottet hatte.

Jürgen Huss holte Leander aus seinen fatalistischen Betrachtungen. Der Buchhändler, den alle auf der Insel unter dem Namen »Bu-Bu« kannten, benannt nach seinem *Bunten Buchladen*, radelte drüben am Sandwall mit seinem Lastenfahrrad vorbei. Er trug wie üblich kurze Hosen, die von breiten und sehr bunten Hosenträgern über einem noch bunteren kurzärmeligen Hemd gehalten wurden. Mit seinen strubbeligen Haaren erinnerte er Leander immer an den in die Jahre gekommenen Max von Wilhelm Busch. Der Buchhändler stellte das Fahrrad vor seinem Laden ab, entnahm dem Lastenkorb zwei Zeitschriftenpakete und verschwand zwischen den Zeitungsständern hindurch in dem schattigen Eingang seines Geschäftes.

Einem Impuls folgend, knüllte Leander die Papiertüte der Bäckerei zusammen, warf sie in den Mülleimer und verließ die Mittelbrücke in Richtung Buchhandlung. Wer, wenn nicht Bu-Bu, musste den Krimiautor Groothues näher kennen?

Leander tauchte in den schmalen Laden ein, der trotz seiner Fülle aufgeräumt und systematisch geordnet anmutete. Bu-Bu stand vor einem Drehständer und sortierte die neuen Zeitschriften ein. Als er Leander erblickte, hellte sich sein Gesicht auf.

»Na, das ist ja mal ein seltener Besuch«, rief er feixend. »Solltest du dich etwa so langweilen, dass du tatsächlich darauf angewiesen bist, ein Buch zu lesen?« Er wusste, dass Leander zu den Menschen gehörte, die ohne Literatur gut leben konnten.

»Im Gegenteil«, antwortete der. »Ich habe einen neuen Fall. Deswegen bin ich hier.«

»Aha?« Bu-Bu zog erwartungsvoll die Augenbrauen hoch.

»Kai-Uwe Groothues.«

Schlagartig veränderte sich der Gesichtsausdruck des Buchhändlers. Er verschloss sich geradezu. »Lass uns in mein Büro gehen.«

Bu-Bu gab dem Mädchen hinter der Kasse ein Zeichen und stapfte dann voran die Treppe hinunter in den Keller. Gleich unten rechts lag das kleine Büro, in dem er sich auf den Drehstuhl vor seinem Computer fallen ließ, während Leander sich einen mit Büchern beladenen Hocker freiräumte.

»Also«, begann Bu-Bu, »was ist mit dem Stinkstiefel?«

»Er ist verschwunden.«

Der Buchhändler winkte ab. »Das ist nicht nur eine gute Nachricht, es ist auch nichts Außergewöhnliches. Wenn er für ein neues Buch recherchiert, taucht er gerne ab. Groothues ist ständig auf der Jagd nach der ganz großen Bestseller-Story und hat Angst, dass ihm jemand zuvorkommt, wenn er nicht ein Riesengeheimnis darum macht.«

»Ich merke schon: Du magst ihn auch nicht«, stellte Leander nickend fest.

»Der Typ wittert hinter jeder Ecke die ganz große Verschwörung«, wich Bu-Bu aus, »oder zumindest einen vertuschten Skandal. Ein Spinner, wenn du mich fragst. Allerdings ist er auch ein verdammt guter Beobachter. Und er kann schreiben. Nur der große Durchbruch ist ihm bis jetzt versagt geblieben.«

»Hast du eine Ahnung, an welchem Thema er aktuell arbeitet?«

»Als er das letzte Mal im Laden war, hat er zwei Standardwerke über die Sturmfluten an der Nordseeküste gekauft.« Bu-Bu dachte einen Moment nach. »Und ein Buch von Franz Alt. Warte mal …« Er tippte etwas in die Tastatur seines Computers ein und starrte dabei auf den Bildschirm. »Ja, hier habe ich es: *Unsere einzige Erde: Eine Liebeserklärung an die Zukunft.*«

Leander nickte und rief sich die Bücher auf Groothues' Wohnzimmertisch in Erinnerung. »Das passt zu dem, was ich in seinem Haus vorgefunden habe. Anscheinend hat er den Klimawandel als Thema für sich entdeckt.«

»Fragt sich nur, wo er da einen Skandal wittert«, wandte Bu-Bu ein. »Einmal abgesehen von der Tatsache, dass unsere angebliche Klimakanzlerin auf europäischer Ebene alles macht, um schärfere CO_2-Grenzwerte zu verhindern und die nötige Politikwende immer nur in Sonntagsreden vor sich her trägt. Aber das sollte inzwischen ja jeder mitbekommen haben.«

»Ich hatte gehofft, du könntest mir einen Hinweis geben, wonach ich suchen muss«, gestand Leander.

»Tut mir leid. Groothues vertraut niemandem.« Bu-Bu zuckte entschuldigend mit den Schultern. »Außerdem laufen Recherchen heutzutage schwerpunktmäßig über das Internet. Da bekomme auch ich naturgemäß nicht mit, wofür er sich konkret interessiert.«

Als Leander eine halbe Stunde später wieder mit einem Glas Wasser in seinem Garten unter dem Apfelbaum saß, hatte er das Gefühl, keinen Millimeter weitergekommen zu sein. Groothues hatte weder Freunde noch Vertraute. Jeder sah in ihm nur den Pinscher, der allen ans Bein pinkelte und jedem in die Hand biss, während er mit seinen Romanen auf den großen Durchbruch wartete. Bei soviel Illoyalität und Verbissenheit konnte es also durchaus sein, dass er jemandem zu nahegekommen war und deshalb hatte abtauchen müssen. Sollte Susanne Bremer mit ihrem Gefühl recht haben und ihrem Vater war etwas zugestoßen, dann war er diesmal möglicherweise tatsächlich einer großen Sache auf der Spur gewesen und dabei jemandem zu sehr auf die Füße getreten.

Leander seufzte. Es blieb ihm offensichtlich nichts anderes übrig, als die unerquicklichste Aufgabe in seinem Metier anzugehen: die gründliche Sichtung aller Materialien und Spuren. Er zog sein Smartphone aus der Tasche und machte sich daran, die Fotos auszuwerten, die er im Haus des Schriftstellers aufgenommen hatte.

06

Leander blätterte sich durch die Aufnahmen auf seinem Smartphone. Dabei konnte er keinerlei Zusammenhang der verschiedenen Themen erkennen, die Groothues interessiert hatten. Besonders skurril erschien ihm der Brief inmitten von Zeitungsartikeln und handgeschriebenen Skizzen und Notizen. Verfasst hatte ihn ein Mann namens Hans Blank aus Hörnum auf Sylt. Dieser bot dem Krimiautor eine Skandalgeschichte an, allerdings in einer derart verschwörungsschwangeren Sprache, dass Leander das Schreiben kopfschüttelnd für Schwachsinn und den Autor desselben für einen

Spinner hielt. Und dann war da noch das Organigramm, das an der Pinnwand gehangen hatte. Es handelte sich um ein Netzwerk verschiedener Firmen, die auf Nordstrand, Sylt, Föhr, im niederländischen Zandvoort und im dänischen Kopenhagen ansässig waren.

Kopenhagen? Da klingelte etwas bei Leander. Natürlich, die dänische Firma, die auf Föhr für die Deicherhöhung und den Küstenschutz zuständig war. Im Organigramm stand der Name Rasmussen A/S.

Als er weiter durch die Handyfotos scrollte, stieß er auf Bilder, die Vermessungsarbeiten am Südstrand und offenbar den Deich bei Utersum zeigten. Im Vordergrund waren Baumaßnahmen mithilfe schweren Gerätes zu sehen, weit im Hintergrund zeichneten sich im Dunst die Hochhäuser von Westerland auf Sylt ab. Der Deichabschnitt lag also zwischen Utersum und Dunsum. Ein Foto erregte besonders Leanders Aufmerksamkeit, denn es zeigte zwei Personen in einem erhitzten Disput: Enno Paulsen und den dänischen Vorarbeiter. Es sah nicht so aus, als ließe sich dieser Streit noch irgendwie friedlich lösen. Paulsen hob seine Faust, während der Däne schützend eine Schaufel vor sich hielt. Auf dem nächsten Bild blickte Paulsen dann direkt in die Kamera des Fotografen, und Leander hatte keinen Zweifel daran, dass Kai-Uwe Groothues, der diese Bilder sehr wahrscheinlich geschossen hatte, in diesem Moment aufgeflogen war.

Leander wechselte zu den Kontaktdaten in seinem Smartphone und wählte Jens Olufs Nummer. Der Polizeibeamte war Sekunden später am Apparat.

»Sag mal, Jens«, begann Leander, »da war doch heute dieser dänische Vorarbeiter auf der Wache. Arbeitet der zufällig für eine Firma Rasmussen aus Kopenhagen?«

»Rasmussen, ja, wieso?«

»Ich bin in den Unterlagen von Groothues auf den Namen gestoßen, und er kam mir bekannt vor. Was war denn da eigentlich auf der Baustelle los?«

»Sabotage an einem der Bagger. Ich nehme an, dass unsere Hitzköpfe hier auf der Insel den Dänen zeigen wollen, wo der Hammer hängt. Wenn es um Aufträge geht, verstehen die keinen Spaß.«

»Und? Hast du Paulsen danach gefragt?«

Jens Olufs zögerte einen Moment, als überlege er, ob er Leander so freimütig Auskunft geben sollte. »Natürlich bestreitet Paulsen die Vorwürfe«, antwortete er schließlich. »Beweisen kann ich ihm nichts. Ich habe ihm gesagt, dass ich ihn ab jetzt auf dem Schirm habe, falls noch einmal etwas Derartiges vorkommt. Paulsen war so wütend, dass er mir die Tür vor der Nase zugeschlagen hat.«

»Ich hatte immer den Eindruck, dass aufgrund der gemeinsamen Geschichte gerade Dänen auf Föhr sehr gerne gesehen sind«, wandte Leander ein. »Immerhin verdankt Wyk seinen Kurstatus nicht zuletzt dem Dänenkönig Christian, oder irre ich mich da?«

»Grundsätzlich ist das so, da hast du recht. Aber jetzt geht es um Geld und Arbeitsplätze, und bei den Themen hört jede Freundschaft auf.«

»Was gedenkst du nun zu tun?«

»Ich werde nachts jede halbe Stunde einen Streifenwagen an der Großbaustelle vorbeischicken. Mehr kann ich im Moment nicht machen. Und du? Kommst du voran?«

»Nicht wirklich«, gab Leander zu. »Ein Thema, an dem Groothues gearbeitet hat, könnte im Umfeld verschiedener Bauunternehmen liegen. Weißt du, ob die Dänen auch noch andere Aufträge als den Deichbau abgreifen?«

»Ja klar, denen gehören die Hopperbagger drüben vor Sylt.«

»Hopperbagger?«

»So heißen die Baggerschiffe, die den Sand vorspülen.«

»Aha.« Leander hatte den Begriff noch nie gehört. »Und mit Immobiliengeschäften haben die nichts zu tun?«

»Das kann ich dir nicht sagen. Da müsstest du mal auf deren Homepage nachsehen, was für Geschäftsfelder die noch bedienen.«

»Danke, Jens. Ich melde mich, wenn ich etwas über Groothues herausgefunden habe.«

Leander drückte nachdenklich den roten Hörer und begab sich ins Internet. Auf der Seite der Firma Rasmussen stieß er auf animierte Bilder von Baggerschiffen und die Auflistung einer stattlichen Anzahl verschiedener Typen für alle Küstenregionen der Welt. Leander rief in seinem Smartphone die Fotos auf, die Schiffe zeigten, und verglich sie mit den Darstellungen auf der Homepage von Rasmussen. Das waren tatsächlich die gleichen Hopperbagger, die Groothues entweder selbst fotografiert oder aus dem Internet kopiert hatte. Insgesamt war nun klar, dass die Dänen in der Tat dick im Spezialgeschäft mit Sandvorspülungen und sonstigen Küstenschutzmaßnahmen waren, und dass dies zu reichlich Streit mit Paulsen und seinen Leuten auf Föhr führte. Mit Immobilien hatten sie hingegen nichts zu tun.

Leander googelte nun die anderen Namen aus dem Organigramm und stieß auf eine Meldung der Husumer Nachrichten: »Nordstrand: Klimadeich fertig – Baufirma pleite. Die Firma *Hiddesen Wasserbau* (Name geändert), die den hochmodernen Klimaschutzdeich gebaut hatte, musste ihn wieder aufreißen, weil der Kleiboden mit Steinen verunreinigt war und deshalb nicht die notwendige Festigkeit gewährleistete. Seitdem schoben sich die Baufirma und der *Landesbetrieb für Küstenschutz, Nationalpark und Meeresschutz LKN* den Schwarzen Peter gegenseitig zu, denn nach Ansicht des *LKN* war die Verunreinigung bekannt gewesen und hätte natürlich eine vorherige Reinigung des Kleibodens vorausgesetzt. In Folge dieses Streits hatte das Bauunternehmen nun Insolvenz anmelden müssen. Das Gesamtprojekt hatte 52 Millionen Euro gekostet, die strittige Summe betrug daran gemessen lächerliche 40.000 Euro. Und daran ging so ein Unternehmen pleite? Offenbar waren die Gewinnmargen in dem Bereich derart knapp bemessen, dass jede Verzögerung der Baumaßnahmen und jede Störung im Zeitplan für ein Unternehmen tödlich sein konnten. Da war die Versuchung groß, Zeit einzusparen, indem man zum Beispiel Reinigungsmaßnahmen nicht durchführte.«

Jetzt verstand Leander die Aufregung des dänischen Vorarbeiters heute Morgen auf der Wache noch besser. Und wenn sich die heimischen Unternehmen nach derart knappen Margen die Finger leckten, dann musste die übrige Auftragslage geradezu dramatisch schlecht sein.

Der Zeitungsartikel verwies auch darauf, dass vier weitere Bauunternehmen aus Nordfriesland als Subunternehmer am Klimaschutzdeich beteiligt gewesen waren. Ob deren Forderungen beglichen worden seien, hatte die Zeitung nicht herausfinden können.

Noch einmal rief Leander das Foto des Organigramms auf. Neben der Firma Hiddesen auf Nordstrand waren dort die Firmen Paulsen auf Föhr, Hinrichsen auf Sylt und Rasmussen A/S in Kopenhagen und Zandvoort aufgeführt. Während Rasmussen und Paulsen also auf Nordstrand noch zusammengearbeitet hatten, standen sie zumindest auf Föhr in direkter Konkurrenz zueinander. Und wenn Paulsen auch in die Pleite auf Nordstrand verstrickt war und für seine Arbeiten dort kein Geld gesehen hatte, dann stand ihm das Wasser vermutlich bis zum Hals, während die Dänen angesichts der Größe ihrer Firma so etwas garantiert leichter verkraften konnten.

Das erklärte zumindest, warum bei Paulsen die Nerven derart blank lagen und er möglicherweise auch nicht vor Sabotage bei der Konkurrenz zurückschreckte.

Und da war auch noch ein weiterer Gedanke: Wenn auf Nordstrand 52 Millionen Euro in einen Deich verbaut worden waren, dann waren vergleichbare Summen sicher auch bei den dem Festland vorgelagerten Inseln im Spiel. Auftragsvolumina in derartiger Höhe zogen doch sicher die Haifische der Baubranche an wie der Scheißhaufen die Schmeißfliegen.

Angenommen, Rasmussen schreckte auch vor schmutzigen Geschäften nicht zurück, wenn damit die Konkurrenz ausgeschaltet werden konnte, dann war die Pleite auf Nordstrand vielleicht reine Strategie. Damit ergab sich für Leander folgendes hypothetisches Szenario: Die Firmen Hiddesen und Rasmussen arbeiteten zusammen, und Hiddesen hatte die Reinigung des Bodens absichtlich nicht vorgenommen, um durch den angerichteten Schaden einen Grund für eine Insolvenz zu haben. Vorher versackte Millionen, die man kaum mehr nachweisen konnte, waren auf ein Überseekonto geflossen, und die Rechnungen wurden nicht bezahlt. Nun mussten nur noch die Millionen geteilt werden, während die Konkurrenz leer ausging und in den Konkurs getrieben wurde. Oder Rasmussen zapfte die ganze Kohle alleine ab, ließ die anderen Unternehmen pleitegehen und mauserte sich so zum Monopolisten in einem angesichts des Klimawandels sehr zukunftsträchtigen Marktsegment.

War das der große Skandal, dem Groothues auf der Spur war? Ging es also um den Milliardenpoker im Küstenschutz? Um einen gigantischen Betrug, in den auch Föhrer Unternehmen wie das von Paulsen mehr oder weniger verstrickt waren? Wenn das so war, wem war Groothues dann auf die Füße getreten? Paulsen oder Rasmussen? Oder beiden?

Leander hatte plötzlich wieder Susanne Bremers ängstlichen Blick vor Augen, und zum ersten Mal hatte er das Gefühl, dass der Schriftsteller hier möglicherweise in einen Sumpf geraten war, der ihn das Leben gekostet hatte. Zumindest hatte er sich derart in Gefahr gebracht, dass er lieber abgetaucht war, ohne jemanden zu informieren.

Leander beschloss, das Ganze mit Tom zu besprechen. Als Mitglied der Gemeindevertretung hatte er sicher auch Kenntnisse über die anstehenden Küstenschutzmaßnahmen auf Föhr und die damit verbundenen Bauausschreibungen. Außerdem konnte er vielleicht das Format eines Unternehmers wie Paulsen und seine Chancen in dem Pokerspiel einschätzen.

Einen Moment lang überlegte Leander, ob er seinen Freund anrufen sollte, aber dann beschloss er, am nächsten Morgen direkt zu ihm nach Boldixum zu radeln. Außerdem war da ja auch noch der Trümmerhaufen, der in wenigen Metern Entfernung mahnend auf seinen ordnenden Einsatz wartete. Seufzend quälte sich Leander aus seinem Gartenstuhl.

07

Von einer frischen Brise, die nötig gewesen wäre, um durchzu-
atmen und den Kopf frei zu bekommen, war auch am nächsten Morgen nichts zu spüren. Als Leander in den Boldixu-
mer Kirchweg einbog, flimmerte die Luft über dem Friedhof
von Sankt Nikolai. Der Kirchturm verlor sich in einem grau-
blauen Himmel ohne jede Andeutung von Wolken, die doch
sonst fast immer in lockerer Formation über Föhr dahintrie-
ben. Selbst die Heckenrosen auf den Friesenwällen, die zu
dieser Jahreszeit eigentlich in frischem Grün und leuchtend
rot-gelben Blüten hätten erstrahlen müssen, wirkten mickrig
und welk. Leander lief der Schweiß von der Stirn und über
Wangen und Nacken unter sein Shirt, das bereits am Körper
klebte. Dabei war er von seinem Haus in Wyk nur wenige
Minuten bis hierher geradelt.

»Wie siehst du denn aus?«, begrüßte Tom ihn an der Haustür. »Komm erst mal rein. Da draußen verdunstest du mir
ja noch.«

»Mensch, ist das eine Affenhitze«, stöhnte Leander. »Heute
geht wieder kein Lüftchen.«

»Ein super Sonnenjahr!«, tönte Tom vergnügt und deutete
mit dem Zeigefinger nach oben. »Wir leben in einer Warmzeit. Und ab morgen werde ich davon profitieren!«

»Wie das?«

»Ich investiere in eine Photovoltaikanlage. Acht Prozent
garantierte Rendite, wo bekommst du das heute noch? Morgen kommt der Solateur mit den Paneelen. Das ist die beste
Altersvorsorge, die man treffen kann.« Tom hob den rechten
Zeigefinger, als verkünde er nun eine ungeheure Erkenntnis.

»Bei der Einstrahlung, die wir hier haben, amortisiert sich so eine Anlage in sieben bis acht Jahren. Außerdem produziert sie weit mehr, als ich selbst verbrauche. Dadurch spare ich nicht nur die ständig steigenden Stromkosten, sondern ich verdiene durch die Überschuss-Einspeisung sogar noch Geld mit meinem selbst erzeugten Strom.« Er lachte triumphierend auf. »Das ist Daseinsvorsorge, wie ich sie liebe: ökonomisch und ökologisch sinnvoll. Außerdem steht ja schon im Grundgesetz, dass Eigentum verpflichtet! Wer, wenn nicht wir Hausbesitzer, sollte also die notwendige Energiewende vorantreiben? Und das Beste ist: Der Steuerzahler übernimmt durch staatliche Zuschüsse und meine Abschreibungsmöglichkeiten bei der Einkommensteuer fast die Hälfte der Kosten!«

Leander stand aktuell nicht der Sinn nach Toms Begeisterungsstürmen. Wenn der Lehrer sich für etwas erhitzte, hatte er die unangenehme Eigenschaft, alle anderen ununterbrochen zuzutexten. Leander musste ihn stoppen, sonst würde er ihm die drohenden Energiepreisexplosionen vorrechnen und sich über die Abzocke der großen Energiekonzerne aufregen. Er würde von seinem eigenen CO_2-Fußabdruck ausgehen und ihn auf die Weltbevölkerung hochrechnen. Am Ende stand das Dach des Lehrers Tom Brodersen in Boldixum auf Föhr in einem direkten Zusammenhang zum Weltklima und mündete in der Erkenntnis, dass durch sein Umdenken dessen Rettung unmittelbar bevorstehe. Natürlich kämpfte Don Quixote Brodersen dafür erbarmungslos gegen die Windmühlen *E.ON*, *Wattenfall*, *RWE* und *EnBW*. Mindestens!

Und als hätte der Lehrer Leanders Gedanken gelesen, fügte er hinzu: »Dezentrale Eigenversorgung ist die einzig angemessene Antwort auf unsere vier Besatzungsmächte.« Er nickte sich selbst Bestätigung zu. »Ich glaube«, fuhr er dann begeistert fort, »der nächste Schritt ist ein Elektroauto. Beim Hausstrom erreiche ich durch die Eigenversorgung gut 40 Prozent Autarkie, mit Batteriespeicher sogar bis zu 80 Prozent. Im Verhältnis zum Dieselpreis ist da aber noch ein ganz anderes Einsparpotentzal drin.« Er legte seine Stirn in Falten und blickte zur Decke, während er rechnete: »Die Kilowattstunde Solarstrom kostet mich in der Produktion etwa fünf Cent zuzüglich neun Cent Einspeisevergütung, auf die ich beim Eigenverbrauch verzichte. Das macht 14 Cent. Für 100 Kilometer braucht ein aktuelles Elektroauto durchschnittlich etwa 15 Kilowattstunden. Das heißt, ich fahre 100 Kilometer für sage und schreibe zwei Euro zehn.« Ein Lächeln machte sich auf seinem Gesicht breit. »Mein Diesel verbraucht sieben Liter auf 100 Kilometer, der Liter zu aktuell einem Euro 25, also insgesamt acht Euro 75. Ich spare folglich auf 100 Kilometer sechs Euro 65. Das ist – Sekunde – – fast Faktor drei Komma fünf!« Letzteres klang wie ein Jubelschrei, begleitet von einem triumphierenden Strahlen im Gesicht des Lehrers, das sich nun wieder Leander zuwandte. »Und ich sage dir«, er hob dozierend den rechten Zeigefinger, »der Dieselpreis wird weiter steigen, meinen Solarstrompreis habe ich für 20 Jahre garantiert. Sobald sich die Anlage amortisiert hat, kostet mich der Strom nur noch die neun Cent Einspeisevergütung. Dann spare ich bei Strom und Mobilität mehrere 100 Euro im Monat, ohne für dieses Zusatzeinkommen auch nur einen Finger zu rühren. Und das Tollste an der Sache ist: Ich fahre mit der Kraft der Sonne, also lokal emissionsfrei!«

Leander musste lachen, weil sich Toms Gesicht im Zuge seines Redeschwalls so gerötet hatte, als wäre er ebenfalls durch die Affenhitze da draußen geradelt. Dabei strahlte er wie ein Atomreaktor direkt nach dem Super-Gau. Leander schüttelte amüsiert den Kopf.

»Was ist?«, reagierte der Lehrer angefressen. »Glaubst du mir nicht? Komm mit, ich rechne dir das noch einmal auf Euro und Cent genau vor.«

»Bitte nicht!« Leander hob abwehrend die Hände. »Dann müsste ich dir nämlich erklären, dass deine Berechnungen nur auf dem Festland funktionieren, aber nicht auf unserer schönen Insel.«

»Ach ja?« Tom stemmte die Fäuste in die Hüften und blitzte Leander an. »Scheint hier etwa keine Sonne, oder was?«

»Die Sonne ist nicht das Problem«, entgegnete der unbeeindruckt. »Dein Denkfehler liegt woanders. Pass auf: Als ich noch in Kiel gewohnt habe, bin ich fast 30.000 Kilometer im Jahr gefahren. Bei der Leistung rechnet sich das, keine Frage. Aber auf Föhr? Wie viele Kilometer fahrt ihr denn im Jahr? Keine 5.000, nehme ich an; die Fahrten zu deinen Schwiegereltern auf dem Festland mitgerechnet. Wenn du mich fragst, solltest du eher darüber nachdenken, dein Auto ganz abzuschaffen. Dann sparst du wirklich Geld und CO_2. Das ist tatsächlich – wie sagtest du eben so schön? – ökonomisch und ökologisch sinnvoll.« Er kniff grinsend ein Auge zu.

Der senkte den Blick und dachte darüber nach. »Scheiße«, murmelte er dann. »Du hast recht. Oh Mann, das gibt Ärger mit Elke, wenn ich mit dem Vorschlag komme, das Auto abzuschaffen.«

Leander lachte und legte Tom tröstend eine Hand auf die Schulter. »Du machst das schon. Elke ist Kummer gewöhnt, schließlich seid ihr lange genug verheiratet. Und wenn du mir jetzt etwas Gutes tun willst, holst du mir ein Glas Wasser, am besten aus dem Kühlschrank. Dann verkriechen wir uns in dem kühlsten Raum des Hauses. Ich habe nämlich ein paar Fragen, bei denen du mir vielleicht helfen kannst.«

Tom nickte enttäuscht und zog in Richtung Küche ab, um Leanders Bestellung auszuführen. Mit zwei Gläsern und einer feucht beschlagenen Flasche Mineralwasser stiegen die beiden dann in Toms Arbeitszimmer im Keller hinab. Hier atmete Leander auf, denn die Temperatur hatte sich bis hier unten geradezu halbiert.

Der Anblick des Raumes bot das, was Leander immer Chaos, Tom jedoch »Lehrerordnung« nannte, gefolgt von der Behauptung »vom Genie beherrscht«. Auf dem Schreibtisch, oder besser gesagt auf dem Stapel an Büchern, Ordnern und losen Zetteln, die den Schreibtisch okkupiert hatten, drohte einem Bilderrahmen, dem Tom die Rückseite entnommen hatte, der Absturz.

»Ich war gerade dabei, meine neue Ehrenurkunde einzurahmen, um sie mir an die Wand zu hängen«, erklärte der Lehrer, der Leanders Blick bemerkt hatte, und reichte ihm einen Zettel. »Ist heute mit der Post gekommen.«

Es handelte sich um einen Brief mit Behördensiegel im Kopf, in dessen Betreff »Abmahnung« stand. Leander blickte Tom fragend an, doch der wedelte nur lässig mit der rechten Hand und forderte ihn auf: »Lies selbst. Das glaubst du mir sonst nicht.«

Das Bildungsministerium in Kiel teilte dem Studienrat Tom Brodersen mit, dass sich die Ministerin leider genötigt sehe, ihm eine Abmahnung auszusprechen, da er der mehrmaligen Aufforderung, seine Schülerinnen und Schüler wegen ihres unentschuldigten Fehlens aufgrund der Fridays-for-Future-Demonstrationen zu melden, nicht gefolgt sei. Stattdessen lägen seit einiger Zeit Beschwerden von Eltern vor, die ihn bezichtigten, dieses Fehlen offiziell zu entschuldigen und sogar zu befördern. Mehrfach erfolgten Aufforderungen, sich zu diesem Sachverhalt zu äußern, sei Studienrat Brodersen nicht nachgekommen.

Leander ließ den Zettel sinken und sah Tom fragend an. »Was soll das denn?«

»Das fragst du mich? Unsere Ministerin sollte stolz auf diese engagierte Jugend sein. Anstatt mich abzumahnen, sollte sie mir eine Belobigung für meine erfolgreiche Erziehung mündiger Bürger aussprechen. Selbst das Bundesverdienstkreuz hielte ich in dem Zusammenhang nicht für übertrieben.«

»Da gebe ich dir ausnahmsweise sogar recht«, entgegnete Leander, was einen so erstaunten wie erfreuten Blick des Lehrers zur Folge hatte. »Und nun rahmst du dir diese Abmahnung ein?«

»Ganz genau. Ich hänge sie an die Wand, direkt zwischen die Fotos von Bertolt Brecht und Kurt Tucholsky da drüben. Dann fotografiere ich das Ensemble und schicke das Foto an das Ministerium. Mal sehen, ob die Paragrafenreiter in Kiel die Parallelen verstehen. Zumindest sollen die mal sehen, dass sie mich nicht einschüchtern können.«

»Mannmannmann, übertreib es bloß nicht. Am Ende sitzen die Bürokraten immer am längeren Hebel.«

»Unsinn!« Tom winkte lässig ab. »Wenn die es zu weit treiben, gehe ich an die Presse. Bei der aktuellen öffentlichen Meinung können die sich gar nicht erlauben, das durchzuziehen. Dann sind die bei der nächsten Wahl weg vom Fenster.«

»Hast du eine Ahnung, wer hinter den Beschwerden steckt, von denen da die Rede ist?«

»Das hast du doch selber neulich Abend im Biergarten gehört: die Dumpfköppe, die nicht kapieren wollen, dass wir nicht so weitermachen können wie in den letzten 100 Jahren. Von diesen Idioten lasse ich mich nicht einschüchtern.«

»Und was hast du jetzt vor?«

»Ganz einfach: Ich hetze denen die eigenen Kinder an den Hals. Das Foto geht nicht nur nach Kiel, ich poste es bei Facebook und in alle Klassengruppen. Warte mal ab, wie viral das geht.« Tom lachte aus Vorfreude laut auf. »Ich wette mit dir, dass sich die Zahl der Demonstrierenden in meinen Klassen und Kursen glatt verdoppeln wird!«

Leander zog zweifelnd die Stirn kraus. »Da wird sich deine Schulleitung aber freuen.« Er deutete mit dem Daumen in Richtung Decke. »Am Ende brauchst du deine Solaranlage noch zum Überleben, weil du aus dem Schuldienst fliegst und später keine Pension bekommst.«

Tom winkte beiläufig ab, als wollte er sagen: »Mit solch einem Kleinkram kriegen die mich nicht.« Stattdessen sagte er: »Aber jetzt zu dir: Was kann ich für dich tun?«

Leander berichtete seinem Freund von den Informationen zu den Bauunternehmen und zu den Küstenschutzmaßnahmen, die er am Vortag zusammengetragen hatte, und erinnerte ihn an den Vorfall zwischen Paulsens Männern und den Dänen im Biergarten. »In der Nacht darauf ist ein Bagger sabotiert worden«, schloss er. »Wenn das so weitergeht, droht uns ein neuer Inselkrieg.«

»Oh Mann«, stöhnte Tom. »Dabei pflegen wir gerade auf Föhr eine enge Freundschaft mit der dänischen Minderheit. Scheiß Kapitalismus!«

»Ich denke nun, dass das ein Thema für Groothues gewesen sein könnte. Deshalb bin ich hier. Kannst du mir sagen, wie auf den Inseln die Auftragsvergaben im Küstenschutz laufen und ob es da möglicherweise Korruption gibt?«

Tom legte den Zeigefinger an die Lippen und dachte nach. »Öffentliche Ausschreibungen werden grundsätzlich streng kontrolliert. Da hat das Landesamt für Küstenschutz die Finger drauf und der Landesrechnungshof auch. Aber ausschließen kann man Korruption bei der Investitionssumme natürlich nie. Außerdem ...« Er machte eine Pause und blickte nachdenklich in Richtung Decke.

»Ja?«

»Naja, es gibt sehr unterschiedliche Ansichten darüber, welche Maßnahmen wirklich nötig und Erfolg versprechend sind. Bei den Deicherhöhungen sind sich alle einig, da gibt es jahrhundertelange Erfahrungen. Aber der Streit fängt schon bei den Sandvorspülungen an und hört beim Schutz des Vorlandes auch noch nicht auf.«

Leander nickte. Er hatte in den letzten Jahren mitbekommen, dass die Badestrände auf Föhr im Frühjahr mit frischem Sand versorgt werden mussten, der dann von den Stürmen im Herbst wieder weggespült wurde. Was die Kurverwaltung für notwendig hielt, beurteilten die Gegner des zunehmenden Tourismus als teuren Unsinn.

»Pass auf.« Tom holte tief Luft und bereitete sich offenbar auf einen längeren Vortrag vor. »Bei der letzten Strandbegehung mit dem *LKN* war ich dabei. Die Leute vom Landesamt waren der Ansicht, dass der Ausbau des Klimadeichs zwischen Utersum und Dunsum ausreiche, um Föhr zu schützen. Unseren Antrag, die Sandverluste an den Stränden von Wyk und Nieblum durch Sandvorspülungen auszugleichen, haben sie dagegen abgelehnt. Die Strandabschnitte sind inzwischen so schmal, dass die Strandkorbvermieter Probleme haben, ihre Körbe noch halbwegs flutsicher aufzustellen. Aber die Leute vom Landesamt sind der Ansicht, die Vorspülungen seien für den Küstenschutz unnötig und viel zu teuer. Momentan setzen sie eher auf Maßnahmen, die die natürlichen Strömungsverhältnisse nutzen. Sandreservoirs vor Hörnum auf Sylt sollen zum Beispiel durch die Strömung nach Föhr getragen werden und die Verluste ausgleichen. Allerdings landet nichts davon auf dieser Seite der Insel, sondern alles vor Utersum.«

Leander nickte. »Das heißt also, dass für Paulsen bei der ganzen Sache nichts zu verdienen ist.«

»Richtig«, sagte Tom. »Die Vorspülungen und die Raupenarbeiten an unseren Stränden wären gute Aufträge für unsere eigenen Unternehmen gewesen, während der Klimadeich von den Dänen gebaut wird. Die haben sogar Mehrjahresverträge für alle Küstenschutzmaßnahmen auf unseren Inseln in der Tasche.«

»Dann kann ich verstehen, warum Paulsen so wütend ist.«

»Wir können hier vor Ort ja nicht wirklich beurteilen«, gab Tom zu, »ob die Positionen, die in Kiel durchgewunken werden, technisch notwendig sind und unsere Vorspülungen nicht. Allerdings kann ich mir schon vorstellen, dass da einiges an Schiebereien läuft. Und dann gibt es ja auch noch die Geschäftsbeziehungen zwischen den Dänen, die den Zuschlag vom LKN bekommen, und den Subunternehmern, denen sie Aufträge über den Zaun werfen. Streit mit Rasmussen kann sich Paulsen also eigentlich nicht erlauben.« Er hob bedauernd die Handflächen.

Leander nickte, obwohl er seine Zweifel daran hatte, dass die Aufträge, die für Subunternehmer abfielen, in jedem Fall wirklich lukrativ für sie waren, und berichtete von den Vorfällen auf Nordstrand.

»Das ist wahrscheinlich wie im Baugewerbe insgesamt«, entgegnete Tom achselzuckend. »Unser Bauamtsleiter hat mir letztens erzählt, dass selbst beim Bau von Ferienhaussiedlungen immer dieselben großen Platzhirsche die Aufträge bekommen. Kleine Unternehmer könnten nur noch durch Privataufträge überleben, und von denen gibt es ja immer weniger. Unter dem Strich fällt bei all dem kaum genug zum Überleben ab. Die Insolvenzen im Baugewerbe häuften sich, hat er gesagt. Ich meine, du musst ja nur ins Telefonbuch schauen, wenn du einen Bauunternehmer suchst: Auf Amrum gibt es schon keine mehr, auf Föhr auch nur noch zwei kleine – einer davon ist Paulsen. Dafür operieren die großen inzwischen inselübergreifend und erledigen im Hoch- und Tiefbau alles mit ihren Maschinenparks.«

Das konnte Leander bestätigen: »Für Franziskas Reetdach-Schäden muss Andreesen von Föhr nach Amrum fahren.«

Tom drehte die Handflächen nach oben, als wollte er sagen: »Siehst du?«

»Ich vermute, dass Groothues aktuell zum Küstenschutz recherchiert hat«, lenkte Leander nun das Thema auf den eigentlichen Grund seines Besuches. »Kannst du dich mal erkundigen, welchen Umfang die Aufträge für Rasmussen auf Föhr haben und wie nah Paulsen am Abgrund steht?«

»Mache ich«, versprach Tom.

Leander trank im Aufstehen sein Glas leer. »Und ich werde nach Dunsum radeln und mir die Baustelle mal vor Ort ansehen.«

»Soll ich mitkommen?«, bot Tom erwartungsvoll an. »Bei der Hitze könnten wir das Auto nehmen.«

»Und deine CO_2-Bilanz ruinieren?« Leander hob missbilligend die Augenbrauen. »Ich weiß nicht, ich weiß nicht, mein Lieber. Eben wolltest du das Auto noch abschaffen, jetzt wirst du bei der kleinsten drohenden Anstrengung weich. Wie soll das erst werden, wenn es in den nächsten Jahren noch wärmer wird?« Er musste lachen, als sich Toms Gesicht schuldbewusst zerknautschte, und klopfte ihm nachsichtig auf die Schulter. »Bleib du mal hier in deinem wohlklimatisierten Keller und rahme deine Ehrenurkunde ein. Ich reite derweil durch die Gluthitze gen Westen.«

»Mach das, Cowboy!«

Auf dem Weg zum Fahrrad kam Toms Frau Elke Leander vom Carport mit Einkaufskörben in den Händen entgegen. Auch sie glühte regelrecht.

Als sie sich direkt neben Leander befand, raunte der ihr so leise zu, dass Tom, der in der Haustür stehen geblieben war, es nicht mitbekommen konnte: »Das Elektroauto habe ich ihm ausgeredet.«

»Puh, ein Glück«, flüsterte sie zurück und zwinkerte ihm dankbar zu. »Der geht mir ganz schön auf den Zeiger mit seinem Energiewende-Kram. Es gibt aktuell kein anderes Thema mehr bei uns.«

Als sie schon fast an der Tür war, drehte sich Leander noch einmal um und fragte laut: »Sag mal, Tom, womit heizt ihr eigentlich?«

»Mit Gas, wieso?«

»Das ist aber auch nicht CO_2-neutral«, wandte Leander ein und zwinkerte Elke schelmisch zu.

Tom schaute ihn erschrocken an. »Da sagst du was!«

Elke stöhnte laut auf. »Mensch, Henning, musste das jetzt sein?«

08

Leander radelte an der Wrixumer Mühle vorbei in Richtung Alkersum. Außer ihm war kein Radfahrer entlang der Hauptverkehrsstraße unterwegs. Dafür rauschten die Autos über den heißen Asphalt und wirbelten die flirrende Hitze regelrecht auf. Leanders Haut brannte, und das Atmen fiel ihm schwer, sodass er schon nach wenigen 100 Metern wieder zu hecheln begann.

In Alkersum quetschte er sich inmitten der Blechlawine durch das Dorf. Die Vorstellung, dass das nun bis Süderende so weitergehen würde, hielt er schon bald für unerträglich, und so bog er hinter dem *Museum Kunst der Westküste* und kurz vor dem Ortsausgang nach links ab. Reetgedeckte Bauernhäuser aus rotem Backstein säumten die Dorfstraße und vermittelten einen Hauch des ursprünglichen Lebens, das hier vor dem Tourismus geherrscht hatte. Aber so beschaulich es heute auch anmutete, so beschwerlich war die Arbeit auf den Feldern und im Fischfang früher gewesen. Vom Deichbau, den die Bauern neben ihrer täglichen Arbeit auch noch selber hatten leisten müssen, um sich vor den Herbststürmen zu schützen, ganz zu schweigen. Mit der Idylle, die von Zeitschriften wie *Landlust* und *Landliebe* verbreitet werden, hatte das Leben damals jedenfalls garantiert nichts gemein gehabt.

Nach 500 Metern führte die schmale Straße rechts durch die Felder auf Süderende zu. Niedrige Hecken wechselten mit frei einsehbaren Weideflächen ab. Leander hatte bislang nicht für möglich gehalten, dass er den Wind, der sonst immer über die Insel wehte und das Radeln erschwerte, einmal vermissen würde. Die Hitze brütete und ließ den Asphalt so weich werden, dass die Fahrradreifen leise schmatzten, als führe Leander über eine Leimspur.

Linkerhand spießte der Kirchturm von Sankt Laurentius das erbarmungslose Grau-Blau auf. Leander radelte weiter geradeaus, tauchte in Süderende ein und jenseits der Hauptstraße wieder daraus auf, um sich Dunsum auf dem kürzestmöglichen Wege über die Rundföhrstraße zu nähern. Der Verkehr, der sich hier in Richtung Utersumer Strand schob, war ihm inzwischen reichlich egal, so schwer tat er sich nun mit dem Strampeln. Er hätte eine Flasche Wasser mitnehmen sollen, aber an so etwas dachte er ja nie. Wenn Franziska an seiner Seite war, hatte er das auch nicht nötig, denn sie sorgte immer dafür, dass keiner von ihnen verdurstete. So musste er nun durchhalten, bis er das Bistro am Utersumer Strand erreichte. Leander kam sich vor wie ein Verdurstender in der Sahara.

Dass derartige Empfindlichkeiten schon bald keine Rolle mehr für ihn spielen würden, ahnte er noch nicht, als er durch Kleindunsum radelte. In Großdunsum wählte er den Weg zum Parkplatz, von dem die Wattwanderungen nach Amrum ausgingen. Hier stieg er vom Rad und schob es durch das Tiergatter hinauf zur Deichkrone. Nun hatte er nicht nur freie Sicht hinüber nach Sylt und auf die markanten Hochhäuser von Westerland, auch die Baustelle erstreckte sich etwa 100 Meter links von ihm mit eindrucksvoller Wucht.

Das saftige Grün war einem braunen Lehmhaufen gewichen. Bagger hatten eine offene Wunde in die Landschaft gerissen, wo sonst friedlich die Schafe weideten und ein schmaler Weg über die Deichkrone führte. Die Arbeiten waren trotz der Hitze in vollem Gang. Das Dröhnen des schweren Gerätes erfüllte die Luft und zerstörte die Idylle genauso konsequent wie die Mengen an Klei und Sand, die es bewegte.

Der Weg von hier aus am Meer entlang in Richtung Utersum war gesperrt. Leander wollte schon seufzend die Deichquerung wieder hinabschieben, als er auf eine Menschentraube aufmerksam wurde, die sich unterhalb der Baustelle auf dem breiten Asphaltweg zwischen Deich und Meer langsam den Baumaschinen näherte. Inmitten dieser Gruppe erkannte er Kapitän Fischer. Der kleine Mann mit kurzer weißer Hose und Kapitänsmütze, der als Wattführer auf Föhr eine Legende war und in der Regel Gruppen von mehr als 100 Leuten mithilfe eines Megafons vor sich her trieb, erklärte offenbar heftig gestikulierend, was hier gerade an Baumaßnahmen stattfand. Dabei zeigte er immer wieder auf das Meer und die Föhr vorgelagerten Inseln hinaus, um dann mit einer schwingenden Bewegung zum Deich zurück zu schwenken. Kurz entschlossen machte sich Leander zu Fuß auf den Weg zu der Gruppe.

»Dieser Deichabschnitt ist der letzte neuralgische Punkt auf Föhr«, erklärte Kapitän Fischer gerade, als Leander sich näherte. »Deshalb wird er jetzt zum Klimadeich ausgebaut, denn sonst könnten wir uns vor dem Meeresspiegelanstieg, der auf uns zukommt, nicht schützen. Dafür brauchen wir 600.000 Kubikmeter Sand.«

»Das ist doch alles Panikmache«, verkündete ein Mann in seiner unmittelbaren Nähe.

Der Wattführer wandte sich dem Skeptiker zu und sah ihm lächelnd direkt in die Augen. »Nein, junger Mann, das ist keine Panikmache. Ich lebe seit über 80 Jahren hier auf der Insel und ich kann Ihnen ganz genau nachweisen, wie sich die Sturmlage entwickelt hat. Sie erleben es doch selbst: Ein Orkan jagt inzwischen den anderen. Das war vor 20 Jahren noch nicht so.«

»Unsinn.« Der Mann wischte die Darstellung Kapitän Fischers mit der Hand weg. »Sturmphasen hat es immer schon gegeben. Vor 20 Jahren hieß es noch, es drohe die nächste Eiszeit. Jetzt soll es plötzlich eine Warmzeit werden. Die Klimaforscher glauben doch selbst nicht, was sie uns da ständig erzählen. Außerdem können Sie doch froh sein mit Ihrem Tourismus, wenn die Sommer immer wärmer werden.«

»Jetzt hören Sie mir mal ganz genau zu.« Kapitän Fischer drehte sich nun so weit um, dass er dem Besserwisser direkt von unten in die Augen sehen konnte. »Es stimmt zwar, dass der Klimawandel auch positive Seiten hat. Die Saison wird immer länger, und wir bauen inzwischen auf Föhr sogar Wein an. Aber gleichzeitig drohen uns bis zu 80 Zentimeter Meeresspiegelanstieg noch in diesem Jahrhundert. Das hört sich wenig an, aber wenn es sich bei Sturm aufschaukelt, ist das bedrohlich viel. In Hamburg wurde letztens die Evakuierung von 35.000 Menschen geübt, weil man davon ausgehen muss, dass weite Teile der Stadt in Zukunft überflutet werden können. Glauben Sie etwa, der Senat machte so etwas zum Spaß? Und hier auf Föhr haben wir nun einmal keine andere Chance, als die Deiche zu erhöhen. An eine Evakuierung im Sturm ist hier nämlich nicht zu denken.«

»600.000 Kubikmeter Sand sagten Sie eben?«, konterte der Mann. »Wo soll der denn herkommen? Es gibt doch jetzt schon wegen des Baubooms einen Sandmangel auf der ganzen Welt.«

»Nun«, Kapitän Fischer war sichtlich dankbar für den Themenwechsel, »Sand haben wir hier in der Nordsee zum Glück genug.« Er lachte, und einige Zuhörer, die dem Streitgespräch zuvor angespannt gefolgt waren, stimmten geradezu erleichtert mit ein. »Der Sand für Föhr kommt aus dem Seegebiet vor Sylt. Da wird schon seit einiger Zeit ein Sanddepot angelegt, das für den Schutz unserer Insel vorgesehen ist. Aber kommen Sie, ich zeige Ihnen das direkt draußen am Vortrapptief.« Er hielt sich die Hand über die Augen und blickte auf das Meer hinaus. »Das Wasser ist jetzt weit genug abgelaufen, sodass wir losgehen können.«

Er wandte sich um und eilte der Gruppe zur Treppe, die ins Watt hinunter führte, voraus. Als er an Leander vorbeikam, nickte er ihm fröhlich zu. Die beiden kannten sich seit Jahren und hatten schon so manche Wattwanderung gemeinsam gemacht. Niemand konnte die Zusammenhänge im Wattenmeer so anschaulich erklären wie dieses Föhrer Urgestein. Leander beschloss, ihm ebenfalls zu folgen. Er lief bis zur Deichquerung zurück, schob sein Fahrrad hinauf und an der anderen Seite wieder hinunter. Unten schloss er es an den Zaun gegenüber dem Parkplatz.

Als er zurück auf dem Deich war, watete die Gruppe gerade durch die flache Wasserlache. Die Ersten waren bereits wieder trockenen Fußes auf der endlos wirkenden Sandfläche und folgten dem kleinen Wattführer mit der weißen Kapitänsmütze, der quirlig und barfuß vorweg eilte und sich nicht darum zu kümmern schien, dass die anderen ihm nur mühsam folgen konnten. Er schlug den Weg halb rechts ein, der hinaus zu den Seehundbänken vor Sylt führte. Eine zweite Gruppe war bereits linkerhand weit draußen auf dem Weg nach Amrum unterwegs. Durch das Flimmern der Luft wurden die Menschen wie die dürren Gestalten von Dali optisch verzerrt.

Leander folgte Kapitän Fischers Wattwanderern und war bald völlig außer Atem. Nicht nur er quälte sich mit schweren Schritten vorwärts, auch die anderen in der Gruppe litten sichtlich unter der schweißtreibenden Hitze, die hier draußen auf der offenen Sandfläche brütete. Es ging zwar ein leichter Wind, der die silbrig glänzenden Wasserlachen kräuselte, aber der war nicht ansatzweise erfrischend. Leander fühlte sich, als würde ihm ein heißer Föhn direkt ins Gesicht gehalten. Kapitän Fischer war der Einzige in der Gruppe, der frisch und unverbraucht durch den Sand stapfte. Er achtete nicht darauf, dass seine Gefolgschaft nach und nach kleiner wurde. Vor allem junge Familien drehten schon bald wieder um und schlichen in Richtung Föhr zurück.

Etwa eineinhalb Stunden später näherten sie sich dem Tief, das zwischen Amrum und Sylt im Bogen durch das Watt lief. Leander blieb stehen und wischte sich den Schweiß von der Stirn. Die Hochhäuser Westerlands waren nun klar zu erkennen. Die »Königin der Nordsee« schien zum Greifen nah, und doch war sie von hier aus für Wattwanderer unerreichbar. Die Strömung des Tiefs war viel zu stark, als dass man es hätte durchschwimmen können. Links, in Richtung Amrum, ruhte eine Gruppe Seehunde als Ansammlung schwarzer Striche auf einem Sandbuckel.

»So«, verkündete Kapitän Fischer und drehte sich lächelnd zu den wenigen Schwitzenden um, die ihm bis hierher gefolgt waren. »Das hier ist das Vortrapptief.« Er zeigte im Bogen von der Südspitze Sylts nach Westerland hinüber. »Ab hier trägt es den Namen Hörnumtief.« Er blickte sich unter den Verbliebenen um und stellte dann hämisch fest: »Unser junger Klimaskeptiker hat offensichtlich nicht bis hierher durchgehalten. Na, macht nichts, ich fürchte, den hätte ich selbst mit wissenschaftlich nachweisbaren Fakten nicht überzeugen können.« Dann wandte er sich wieder dem Wasserlauf zu. »Dieses Tief spielt also die Hauptrolle im Küstenschutz für unsere Insel Föhr. Wie gesagt, kommt der Sand für uns aus dem Seegebiet vor Hörnum. Von dort aus soll er bei Bedarf an die neuralgischen Punkte Föhrs gespült werden.« Er wollte schon mit gewohnt ausholender Geste zu weiteren Erklärungen ansetzen, als er plötzlich innehielt, sich die Hand über die Augen hielt und in Richtung der Seehunde schaute. »Oha«, stieß er aus und wurde plötzlich hektisch. »Ihr bleibt jetzt mal alle schön hier stehen«, befahl er und eilte auf die Seehundgruppe zu, die sich schon bald robbend in Richtung Tief vor dem anstürmenden kleinen Mann in Sicherheit brachte.

Leander wunderte sich über das Verhalten des Wattführers. Normalerweise sorgte er stets dafür, dass kein Wattwanderer den Tieren zu nahe kam. Es sah ihm überhaupt nicht ähnlich, die Abstandsvorschriften selbst zu missachten. Das konnte nur bedeuten, dass er da hinten etwas entdeckt hatte, das einen derartigen Verstoß rechtfertigte.

Leander legte nun selbst die Hand über die Augen und versuchte, durch das Flirren der Luft etwas zu erkennen. Kapitän Fischer hatte inzwischen den einzigen Seehund erreicht, der nicht geflüchtet war und wie ein schwarzer Baumstamm auf dem Sandrücken oberhalb des Tiefs ruhte. Nach einem kurzen Moment drehte sich der Wattführer um und hastete zu seiner Gruppe zurück. Dabei zog er sein Handy aus der Hosentasche und tippte hektisch darauf herum.

»Ja, ist gut, ich warte dann hier«, hörte Leander ihn sagen, als er die Gruppe erreicht hatte. »Aber beeilt euch, das Wasser läuft bald auf.«

Als er das Handy wieder weggesteckt hatte, trat Leander an ihn heran. Tiefe Sorgenfalten furchten nun das Gesicht des sonst so lustigen Wattführers.

»Das ist vielleicht eine Scheiße!«, stellte er lapidar fest.

»Was ist denn passiert?«

»Eine Leiche«, antwortete Kapitän Fischer und deutete zurück zur Sandbank.

»Eine Leiche? Was denn für eine Leiche?«

»Na, eine Leiche halt!« Der alte Mann wedelte unwirsch mit der rechten Hand, als wollte er lästige Fliegen vertreiben. »Ein Mann.«

Die anderen Wattwanderer blickten ungläubig in die angezeigte Richtung und tauschten sich aufgeregt aus.

»Kommen Sie«, sagte Leander und lief voraus.

Dabei ahnte er, was nun auf ihn zukam. Er hatte während seiner Berufsjahre beim LKA in Kiel mehr als eine Wasserleiche gesehen und wusste genau, dass man sie nur schwer identifizieren konnte, wenn sie aufgedunsen und von Meerestieren angefressen angespült wurden. Entsprechend respektvoll näherte er sich dem toten Körper, der merkwürdig verrenkt mit dem Gesicht nach unten im Sand lag und mehr einer leblosen Gliederpuppe als einem Menschen ähnelte. Leander zog sein Smartphone aus der Hosentasche und fotografierte ihn aus allen Richtungen, bevor er den Körper umdrehte. Dabei bemerkte er einmal mehr, wie schwer so ein Leichnam war.

Das Gesicht war auf schreckliche Weise verunstaltet. Leergefressene Augenhöhlen starrten blutig schwarz ins Nichts, dunkelblaue Flecken rahmten die Fetzen der löchrigen Wangen, links ragte ein gelblicher Kieferknochen mit gelbbraunen Zähnen daraus hervor. Und doch wusste Leander auf den ersten Blick, wen er vor sich hatte.

»Kai-Uwe Groothues«, stieß er in Kapitän Fischers Richtung aus.

09

Kapitän Fischer sah ungeduldig auf seine Uhr und schüttelte den Kopf. »Wenn die sich nicht beeilen, schaffen sie es nicht bis zum Auflaufen des Wassers. Dann wird die Leiche wieder weggespült.« Er schnaufte ungehalten.

»Dann müssen wir sie bergen«, entgegnete Leander. »Zurück nach Föhr schaffen wir es nicht. Wir bringen sie rüber nach Amrum.«

Der kleine Mann sah ihn einen Moment zweifelnd an, als wisse er nicht, ob das wohl erlaubt sei, nickte dann aber entschlossen. »Also gut, die anderen müssen ja auch endlich hier weg, und das geht nur über Amrum.« Er zog erneut sein Handy aus der Tasche und informierte Jens Olufs über ihren Plan. Dann hob er die Hand und winkte der Gruppe zu, die sich inzwischen langsam genähert hatte und aus kurzer Distanz verfolgte, was sich hier tat.

Die beiden Männer hoben die Leiche an und schleppten sie mit vereinten Kräften am Rande des Vortrapptiefs entlang in Richtung Amrum, während die anderen ihnen mit einigen Metern Abstand folgten. Nach Föhr hätten sie es nie und nimmer zurück geschafft. Als sie das Amrumtief erreichten, das vor der Nordspitze der Insel in Richtung Föhr aus dem Vortrapptief abzweigte, füllte das auflaufende Wasser bereits die flachen Lachen, die bei Ebbe immer zurückblieben, und spülte den Männern um die Knöchel. Schwer atmend blieben sie stehen, ließen den toten Körper ins Wasser sinken und schauten auf den schmalen Strand, der nur wenige 100 Meter vor ihnen in die Norddorfer Dünenlandschaft überging.

»Hier kommen wir nicht mehr durch«, japste Kapitän Fischer. Die Anstrengung war nun endgültig zu viel für den kleinen alten Mann.

Und doch hat er durchgehalten, dachte Leander anerkennend. »Wir können ihn unmöglich hier draußen liegen lassen«, stellte er fest und deutete mit dem Kopf auf die Leiche, die vor ihnen sanft umspült wurde. Dabei wedelten die dunklen Haare im seichten Wasser wie Algenfäden.

»Da drüben.« Kapitän Fischer deutete vage nach links und weit an den Pricken vorbei, die den sonst üblichen Weg durch das Tief anzeigten. »Wenn überhaupt, dann kommen wir da noch rüber.«

Gemeinsam hoben sie Kai-Uwe Groothues' Körper an und schleppten ihn ein Stück an dem nun heftig strömenden braunen Wasserlauf entlang. Plötzlich blieb Kapitän Fischer stehen, ließ den Kopf der Leiche in den Sand sinken und deutete neben sich ins Wasser.

»Hier«, stellte er fest. »Allerdings werden wir schwimmen müssen.« Und nach einem kurzen Zögern blickte er Leander in die Augen, wobei der alte Schalk offensichtlich wieder zurück war. »Zumindest ich«, ergänzte er kichernd.

Leander war klar, dass nun alles an ihm hing. Er konnte unmöglich den alten Mann schwimmen und gleichzeitig den schweren Körper halten lassen. Nach einem kurzen Blick auf die Gruppe sprach er den größten Mann an.

»Sie!« Er deutete mit dem Finger auf ihn. »Wie heißen Sie?«

»Ich?« Der Angesprochene schaute sich unsicher um. »Richard Wittmer. Warum?«

Leander nickte ihm zu: »Herr Wittmer, kommen Sie her und fassen Sie mit an.«

»Das kann ich nicht.« Dabei war dem Mann der Ekel ins Gesicht geschrieben.

»Sie müssen! Also, kommen Sie her!«, befahl Leander.

Offensichtlich traute sich Wittmer nicht länger zu widersprechen und stapfte unsicher auf die Leiche zu.

»Sie gehen voraus«, wies Leander Kapitän Fischer an. »Suchen Sie uns die flachste Stelle, dann folgen wir Ihnen mit Groothues.« Er deutete hinter sich auf die Gruppe. »Und nehmen Sie die anderen gleich mit. Nicht, dass uns hier einer absäuft.«

Der Wattführer nickte, gab den Leuten aus seiner Gruppe ein Zeichen und machte sich sofort auf den Weg. Mit entschlossenen Schritten stakste er in den Strom, bis ihm das Wasser an der Hüfte stand, verharrte einen Moment und tastete mit den Füßen neben sich den Boden ab. Dann wandte er sich nach rechts und gelangte so bis in die Mitte des Stroms. Hier ließ er sich ins Wasser gleiten und wurde sofort nach links abgetrieben. Mit ein paar kräftigen Stößen brachte er sich aus der Strömung, fand wieder Boden unter den Füßen und stapfte schwer auf der Amrumer Seite aus dem Tief. Heftig schnaufend ließ er sich in den nassen Sand fallen, während die anderen ihm, heftig mit den Armen gegen die Strömung rudernd, folgten.

Leander und Richard Wittmer wuchteten den schweren leblosen Körper hoch und folgten dann wankend dem Weg des alten Mannes. Kurz vor der Mitte des Tiefs glitt die Leiche Wittmer aus den Händen und tauchte unter. Die Strömung ergriff sie mit ganzer Wucht und drehte sie unter Wasser, sodass sie Leanders Griff fast ebenfalls entrissen worden wäre, wenn er nicht im letzten Moment so fest wir möglich zugepackt hätte. Ehe er es sich versah, befand er sich in Rückenlage, wurde unter Wasser gezogen und prallte mit dem Hintern auf den Grund. Nur nicht loslassen, dachte er automatisch und verkrampfte beide Hände um Groothues Oberschenkel. Dann stieß er sich kraftvoll mit den Füßen ab und durchstieß binnen Sekunden die Wasseroberfläche. Das Salz brannte in seinen Augen, als er sie öffnete, um sich zu orientieren, während er herumgewirbelt und erneut in die Tiefe gezogen wurde. Im letzten Moment erkannte er Kapitän Fischer, der bereits wieder im Tief stand und nach dem Leichnam griff. Leander stieß den schweren Körper in seine Richtung von sich, ging unter, schluckte schlammiges Salzwasser, wurde um die eigene Achse gedreht und begann nach einem kurzen Schockmoment mit Schwimmbewegungen, während seine Füße den Grund suchten. Endlich gelang es ihm, sich abzustoßen.

Als er nun erneut die Wasseroberfläche durchbrach, fand er sich weit abgetrieben, aber auf der richtigen Seite des Tiefs wieder. Zwei Schwimmstöße mit der Strömung, und er hatte den schlammigen Anstieg unter Händen und Knien. Hustend zog er sich hinauf und ließ sich in den Matsch fallen. Auch

Richard Wittmer hatte inzwischen das rettende Ufer erreicht und stolperte zu seiner Gruppe hinüber, während Kapitän Fischer den Leichnam alleine ins Trockene ziehen musste.

Eine halbe Stunde später flackerten die Blaulichter der Amrumer Polizeiwagen vor dem Toilettenhäuschen am Norddorfer Wattzugang. Jens Olufs hatte seine Kollegen auf Föhrs Schwesterinsel alarmiert. Die waren nun deutlich damit überfordert, den toten Körper, der unter der Rettungsaktion nachhaltig gelitten hatte, in einen Leichensack zu befördern, ohne dabei noch mehr Schaden anzurichten.

»Olufs ist stinksauer«, motzte Polizeioberkommissar Sven Carstensen.

»Der kann froh sein, dass wir seine Arbeit gemacht haben«, entgegnete Leander unbeeindruckt. »Ohne unseren Einsatz wäre der da«, er deutete in Richtung Leichensack, »längst wieder auf dem Weg in die Fischgründe der Nordsee.«

»Er wäre zwar eher irgendwo anders im Watt auf Grund gesunken«, widersprach Kapitän Fischer, »aber ob ihn da jemand gefunden hätte …« Er hob fragend die Handflächen.

Leander bewunderte den alten Mann, der erstaunlich schnell wieder zu Kräften gekommen war und einen Eindruck machte, als hätte es die Anstrengungen der letzten Stunden gar nicht gegeben.

»Dann kommen Sie mal mit«, ordnete der Amrumer Polizeichef an. »Wir haben einen langen Abend vor uns.«

»Irrtum.« Leander winkte entschieden ab. »Heute läuft da gar nichts mehr. Ich brauche jetzt eine Dusche, ein paar frische Klamotten und ein gutes Abendessen.«

Der Polizist verzog sein Gesicht zu einem hämischen Grinsen und wollte schon erklären, dass er hier das Sagen habe, als Leander sich ihm vollständig zuwandte und ergänzte: »Sie wissen, wer ich bin. Rufen Sie Olufs an und sagen Sie ihm, dass ich mich morgen in Wyk auf der Wache melde. Ich werde jetzt zu meiner Lebensgefährtin Franziska Tadsen hier in Norddorf gehen und da die Nacht verbringen. Olufs wird Ihnen schon klarmachen, dass das in Ordnung geht.« Damit drehte er sich zu Kapitän Fischer um. »Was ist mit Ihnen? Kommen Sie mit?«

»Geht nicht.« Der alte Mann schüttelte entschieden den Kopf. »Ich muss die da zurück nach Föhr bringen.« Er deutete auf die traurig wirkenden Gestalten, die nass und schlammig in unmittelbarer Nähe warteten und dem Treiben ermattet folgten. »Der junge Mann hier«, nun deutete er mit dem Daumen auf Carstensen, »wird dafür sorgen, dass wir die 18-Uhr-Fähre erreichen.« Dabei bohrte er seine Augen in die des Polizeibeamten, als dulde er keinen Widerspruch. »Nicht wahr?«

Der Amrumer Polizeichef nickte seufzend und drehte ab in Richtung seines Dienstfahrzeugs, um einen Bus nach Norddorf zu ordern, während seine Männer den Leichensack abtransportierten.

10

Franziska starrte Leander mit offenem Mund an, als er voll Matsch und durchnässt vor ihrer Tür stand. »Wo kommst du denn her?«, strich sie ersatzlos zugunsten der Frage: »Wie siehst du denn aus?«

»Später«, wehrte Leander mit einer Bewegung der rechten Hand ab. »Ich brauche erst mal etwas zu trinken und dann eine Dusche.«

Nickend trat Franziska zur Seite und ließ ihn ins Haus. Leander steuerte direkt den Wasserkran in der Küche an, während seine Freundin kopfschüttelnd auf die schmutzigen Fußstapfen starrte, die er hinterließ.

Eine halbe Stunde später saßen sie zusammen im Strandkorb in Franziskas Garten, und Leander berichtete von dem grausigen Fund, den Kapitän Fischer und er im Watt gemacht hatten. Die Durchquerung des Tiefs musste er gar nicht dramatisieren. Franziska war auch so offensichtlich beeindruckt und folgte dem Bericht mit ungläubigem Blick.

»Wie kommt es eigentlich«, fragte sie schließlich, »dass ausgerechnet du wieder an Ort und Stelle warst?«

»Zufall«, antwortete Leander achselzuckend und fand, dass es sich dabei durchaus um die Wahrheit handelte.

Franziska allerdings schien ihre Zweifel daran zu haben. Sie betrachtete ihn aus zu Schlitzen verengten Augen, hakte aber nicht weiter nach, was Leander dankbar registrierte.

»So«, wechselte er schnell das Thema, »ich schlage vor, wir gehen jetzt erst mal etwas essen. Was hältst du von *Oomes Hüs*?«

»Hast du denn nach der Aktion noch Lust rauszugehen?«

»Die Alternative ist Selberkochen.«

»Stimmt«, entgegnete Franziska lachend, »*Oomes Hüs* ist eine prima Idee.«

Das traditionsreiche Restaurant im Dünemwai hatte den Vorteil, nur wenige Minuten von Franziskas Haus entfernt zu liegen. Sie hatten Glück und fanden einen freien Tisch im Garten. Die Sonne stand inzwischen so schräg, dass sie ein gelbes Licht auf die kleinen runden Tische warf, an denen überwiegend Gäste mittleren Alters saßen. Junge Familien leisteten sich die Preise deutlich jenseits von 20 Euro für ein Gericht hier seltener.

Während sie auf die Getränke warteten, studierte Leander die Speisekarte, allerdings nicht, um sich etwas auszusuchen, denn er wählte in *Oomes Hüs* grundsätzlich immer das gleiche Gericht, sondern weil er in der Selbstdarstellung des Lokals eine interessante Information entdeckt hatte.

»Tom wäre begeistert, wenn er das hier lesen würde«, stellte er lachend fest und erklärte auf Franziskas fragenden Blick hin: »Er ist gerade dabei, sein Haus auf regenerative Energien umzustellen, und dieses Restaurant wird mit 100 Prozent Öko-Gas von *Polarstern* geheizt. Die gewinnen das aus den Abfällen einer Zuckerfabrik.«

Franziska lachte hell auf. »Ich kann mir schon vorstellen, wie engagiert Tom das betreibt.«

»Elke ist jedenfalls nah am Rande des Nervenzusammenbruchs«, bestätigte Leander grinsend und erzählte von Toms Photovoltaik- und Elektroauto-Plänen. »Ich habe ihn am Schluss auf seine Gasheizung gestoßen. Das hat ihn endgültig aus der Bahn geworfen. Zumindest kann ich ihm beim nächsten Mal die Lösung präsentieren: Öko-Gas aus Zuckerrübenresten ohne Beimischung von Erdgas. Das wird ihn begeistern.«

»Aha!« Franziska horchte nun ebenfalls auf. »Das ist wirklich interessant.«

»Fängst du jetzt auch noch an?«, stöhnte Leander.

»Gegenfrage«, konterte Franziska. »Sollten wir uns nicht alle Gedanken darüber machen, womit wir heizen oder Strom erzeugen? Schließlich können wir nicht die ganze Verantwortung für unseren Konsum auf den Staat schieben.«

Leander wurde einer Antwort entbunden, weil die Bedienung ein Glas Weißwein vor Franziska und ein großes Bier vor ihn stellte. »Wisst ihr schon, was ihr essen wollt?«

»Wie üblich«, bestellte Franziska, »euer hervorragendes Fisch-Curry.«

»Und ich nehme den Steak-Teller«, ergänzte Leander und schlug die Karte zu.

Sie hoben ihre Gläser, stießen sanft klingend an und sahen einander in die Augen, während sie tranken. Leander fühlte noch dem kalten Bier nach, als Franziska ihr Glas wieder abstellte und sich vorbeugte.

»So, und jetzt mal Butter bei die Fische.«

Leander ahnte nichts Gutes und nahm in aller Ruhe noch einen Schluck, um Zeit zu gewinnen.

»Du kannst mir doch nicht erzählen, dass du wirklich rein zufällig vor Ort warst, als die Leiche gefunden wurde.« Sie blickte ihn durchringend an.

»So war es aber«, antwortete der leichthin und berichtete von dem Streit in Mephistos Biergarten. »Ich wollte mir einfach mal selber ansehen, worüber Paulsen und die Dänen sich so sehr in die Haare bekommen haben, dass sie sogar vor Sabotage nicht zurückschrecken. Na, und da bin ich auf Kapitän Fischers Gruppe gestoßen und habe mich ihr aus einem Impuls heraus angeschlossen.«

»Und du bist sicher, dass du nicht für die dänische Firma herausfinden sollst, ob Paulsen tatsächlich der Saboteur ist?«

»Großes Indianer-Ehrenwort!« Leander hob drei Finger zum Schwur und war dankbar für die Entwicklung des Gesprächs, die er nur Franziskas Stoßrichtung zu verdanken hatte.

Aber die kannte ihn zu gut, um nicht skeptisch zu bleiben. Sie nippte an ihrem Wein und fragte wie nebenbei: »Du kennst doch diesen Groothues, oder?«

»Ich hatte schon mit ihm zu tun«, gab Leander gleichmütig zu.

»Muss ich mir Sorgen machen?«

»Worüber?«

»Jetzt verkauf mich nicht für blöd«, wurde Franziska langsam ungehalten. »Wirst du wieder in den Mordfall hineingezogen?«

»Wieso sollte ich?«, wich Leander aus und beruhigte sein Gewissen, indem er sich versicherte, dass sein Suchauftrag ja nun beendet war. »Olufs wird den Fall an die Kripo weiterleiten.«

Franziska dachte einen Moment nach, dann lehnte sie sich in ihren Stuhl zurück. »Vielleicht solltest du doch mit nach Sylt kommen. Da habe ich dich besser unter Kontrolle.«

Leander stöhnte theatralisch auf.

»Ist ja schon gut«, gab Franziska auf, machte aber nun einen etwas deprimierten Eindruck. »Wann fährst du zurück nach Föhr?«

»Morgen. Olufs wartet auf meine Aussage. Außerdem kommt Marei doch hierher, da bin ich eh überflüssig.«

Franziska senke den Blick und widmete sich mit kleinen Schlucken dem Wein. Sie schwiegen, bis das Essen kam und sie ein unverfängliches Thema hatten.

Leander lag bis spät in der Nacht wach und lauschte dem leisen Schnarchen neben sich. Der Anblick von Kai-Uwe Groothues' entstellter Leiche ließ ihn einfach nicht los. Sobald er seine Augen schloss, stierten ihn schwarze Höhlen aus einem angefressenen Gesicht an.

Wem war der Autor diesmal so nahegekommen, dass es ihn das Leben gekostet hatte? Oder war er einfach nur zwischen die Fronten geraten und zur falschen Zeit am falschen Ort gewesen? Wenn er über den Küstenschutz recherchiert hatte, musste er auf die Auseinandersetzungen zwischen den Dänen und den einheimischen Bauunternehmen gestoßen sein. Nur da konnte der Schlüssel zu seinem Tod liegen, denn offenbar hatte er Föhr gar nicht verlassen. Schließlich war er ausgerechnet zwischen Utersums Strand und damit der Baustelle am Klimadeich und der Nachbarinsel Sylt im Watt gefunden worden. Das ablaufende Wasser musste ihn hinaus zur Sandbank vor dem Vortrapptief gezogen haben. Möglicherweise hatte er selbst versucht, die Saboteure auf frischer Tat zu beobachten. Er hatte sie zur Rede gestellt oder war einfach nur erwischt worden. Ein Wort hatte das andere ergeben, und schließlich hatte Paulsen oder einer seiner Männer die Nerven verloren. Möglicherweise war es auch einfach nur ein Unfall gewesen.

Leander drehte sich auf die Seite und durchdachte diese Theorie noch einmal.

Würde Paulsen tatsächlich einen Mord begehen, nur weil er bei der Sabotage an einer Maschine beobachtet worden war? Unwahrscheinlich, dachte Leander. Was drohte ihm denn im schlimmsten Fall? Er würde Schadensersatz leisten müssen, vielleicht den Arbeitsausfall ersetzen. Wie hoch konnte der Betrag sein? Ein paar tausend Euro vielleicht. Dafür beging man keinen Mord. Nicht als Geschäftsmann in so einem harten Konkurrenzgewerbe. Es sei denn, Paulsen stand das Wasser bis zum Hals, und die Dänen konnten ihn mit ihrer Anzeige endgültig in den Ruin treiben. Da konnten dann schon die Sicherungen durchbrennen, wenn es so an die Existenz ging. Das ließe sich aber nur durch Einblick in die Firmenbilanz überprüfen, und darauf hatten nur die Behörden Zugriff.

Leander beschloss, Jens Olufs am kommenden Tag über seinen Verdacht zu informieren, sofern der Hauptkommissar nicht schon selbst darauf gestoßen war. Und noch etwas stand für Leander in diesem Moment fest: Die Tatsache, dass der verschwundene Krimi-Autor nun als Leiche wieder aufgetaucht war, konnte für einen Ermittler wie ihn kein zufriedenstellendes Ergebnis sein. Allein die Aufklärung dieses Todesfalles würde seinem Selbstverständnis gerecht werden. Er musste Paulsen also auch selbst auf den Zahn fühlen, wenn er Susanne Bremers Auftrag ernst nahm. Auch wenn ihm damit mal wieder eine unangenehme Observationsarbeit bevorstand.

Seufzend drehte sich Leander auf die Seite, schloss die Augen und hoffte, in dieser Nacht wenigstens etwas Schlaf zu finden.

11

Franziska brachte Leander nach Wittdün zur Fähre und winkte bedrückt, als diese das Hafenbecken verließ und in die Fahrrinne schwenkte.

Das Frühstück war in depressiver Stimmung verlaufen. Beide hatten den gemeinsamen Abend genossen und würden sich nun zwei Wochen lang nicht wiedersehen. Zwischen ihnen stand Leanders Weigerung, mit nach Sylt zu kommen. Er war seiner Freundin dankbar dafür, dass sie keinen weiteren Versuch gemacht hatte, ihn dazu zu überreden, obwohl er wusste, wie sehr sie sich seine Begleitung wünschte. Allerdings hatten sie einander versprochen, täglich zu telefonieren.

Leander beobachtete, wie Franziska zurück zu ihrem Auto ging und aus dem Hafenbereich fuhr. In zwei Stunden musste sie wieder hier sein und Marei in Empfang nehmen. Von dem Moment an würde sie hinreichend abgelenkt sein. Die kleine Nervensäge würde ihr keine freie Minute gönnen. Das beruhigte Leander ein bisschen, zumal er sich sicher war, dass er auf Föhr ebenfalls gut eingespannt sein würde.

Er suchte sich trotz der stechenden Sonne einen Platz auf dem Oberdeck direkt an der Reling und blickte über die spiegelglatte Oberfläche der Nordsee. Die Prickenreihen der Fahrrinne zogen langsam vorbei. Hin und wieder folgte eine Spierentonne, die leicht von den kleinen Ausläufern der Bugwelle bewegt wurde. Quallen dümpelten zu Millionen im Wasser. Möwen zogen suchend ihre Bahn über die Fähre und wieder zurück. Rechterhand schwankten die Silhouetten der Halligwarften in der flirrenden Luft, links glitt der Küstenstreifen Föhrs vorbei. Am Horizont deutete sich durch ein milchiges Weiß an, dass es nicht mehr lange so schön bleiben würde.

Urlauber, die sich auf dem Rückweg nach Dagebüll befanden, und Tagesgäste, die Föhr besuchen wollten, wechselten von Reling zu Reling. Überall klackten die Verschlüsse von Fotokameras. Kinder tollten über das Oberdeck und nutzten die Treppen zum Fangenspielen. Das Leben konnte friedlich und schön sein. Und doch wartete in Wyk eine Leiche auf Leander.

Jens Olufs nickte nur knapp zur Begrüßung. Er war offenbar angefressen und deutete mit dem Kopf auf sein Büro. Kaum war Leander eingetreten, schloss der Polizei-Hauptkommissar hinter ihm die Tür. »Schöne Scheiße!«

»Habt ihr schon einen Anhaltspunkt, wie Groothues zu Tode gekommen ist?«, erkundigte sich Leander.

Olufs schnaufte laut. »Du hast die Leiche doch gesehen. Wie soll man da von außen etwas feststellen?«

»Ist sie schon auf dem Weg in die Pathologie?«

Olufs nickte. »Gleich heute Morgen mit der ersten Fähre. Und Bennings ist auf dem Weg hierher. Ich erwarte ihn in der nächsten Stunde.«

»Bennings!«, freute sich Leander, was ein erneutes Schnaufen des Polizeibeamten zur Folge hatte.

Klar, der sah die Kripo nicht gern auf seiner Insel, weil er die Ermittlungen dann nicht mehr selber in der Hand hatte.

»Jetzt aber zu dir«, eröffnete Olufs die Zeugenbefragung und setzte sich an seinen Schreibtisch. »Beschreib mal genau, was du am Auffindeort gesehen hast.«

»Sieh selbst«, entgegnete Leander und zückte sein Smartphone.

Er schickte die Fotos, die er am Tag zuvor gemacht hatte, an Olufs Telefonnummer, sodass der Hauptkommissar sie genau betrachten konnte.

»Wenigstens wird Bennings nicht sauer sein, weil ihr irgendwelche Spuren verwischt habt«, versuchte er mit einem Grinsen, den Anblick der Leiche zu überspielen. »Um einen Tatort kann es sich ja nicht gehandelt haben.«

»Nee, den müssen wir hier auf Föhr suchen«, stimmte Leander zu. »Habt ihr schon sein Haus durchsucht?«

»Das überlasse ich Bennings und der Kriminaltechnik.« Olufs blickte zur Decke und dachte offensichtlich nach, bevor er sich wieder Leander zuwandte: »Glaubst du, das hat etwas mit den Dänen und der Sabotage zu tun?«

»Einen anderen Anhaltspunkt haben wir nicht. Du solltest die Arbeiten am Deich jedenfalls erst einmal stoppen, falls da Spuren zu sichern sind.«

Olufs winkte ab. »Schon passiert. Das habe ich gleich gestern Abend angeordnet und zwei Leute zur Überwachung abgestellt.«

»Und Paulsen?«

»Den überlasse ich der Kripo. Mir erzählt der sowieso nichts.«

Leander nickte und stand auf. »Dann brauchst du mich ja nicht mehr, und Bennings weiß, wo er mich findet.« Er grüßte Olufs zum Abschied knapp mit der Hand.

Auf dem Weg entlang der Hafenstraße hielt der Inselbus neben ihm, und Leander fasste einen schnellen Entschluss. Er löste eine Karte und fuhr nach Dunsum, um sein Fahrrad vom Parkplatz zu holen und auf dem Rückweg Groothues' Arbeitszimmer noch einmal zu untersuchen.

12

Leander hechelte wie ein altersschwacher Straßenköter, als er Groothues' Haus in Witsum erreichte. Die Luft schien kaum noch Sauerstoff zu enthalten, und es war inzwischen so drückend geworden, dass der Schweiß sein T-Shirt völlig durchtränkt hatte. Der Himmel senkte sich bleigrau auf die Insel, und es ging kein Lüftchen: Das war mal wieder die Ruhe vor dem Sturm. Dem wievielten eigentlich in diesem Jahr?

Leander wischte sich den Schweiß von der Stirn und wandte sich dem Haus zu. Gleich der erste Blick verriet, dass hier etwas nicht stimmte. Die Eingangstür war nicht verschlossen, sondern nur angelehnt. Leander war sich absolut sicher, bei seinem letzten Besuch alles ordnungsgemäß abgeschlossen zu haben, und so konnte dies nur bedeuten, dass sich entweder Susanne Bremer im Haus befand oder jemand eingebrochen war.

Er blickte sich um, entdeckte aber auf der Straße nirgendwo ein Auto. Falls es sich um Einbrecher handelte, die zudem noch vor Ort waren, hatten sie es unauffällig irgendwo anders abgestellt. Vorsichtig näherte er sich der Haustür und schob sie auf. Aufmerksam lauschte er ins Innere. Nichts. Absolute Stille.

»Hallo?«, rief Leander, so laut er konnte. »Frau Bremer?«

Keine Antwort.

Einen Moment lang dachte er darüber nach, einfach einzutreten, entschloss sich aber dann doch, zunächst um das Haus herum zu gehen und zu versuchen, durch die Fenster etwas zu entdecken. Er hatte keine Lust, Einbrecher zu überrumpeln und sich dadurch in Gefahr zu bringen. Auf dem Weg zur Terrasse schaute er in die Küche. Dort war alles so, wie er es vor zwei Tagen zurückgelassen hatte. Auch durch die großen Schiebetüren zum Wohnzimmer war keine Änderung zu erkennen. Hatte er also doch selber die Haustür offenstehen gelassen?

Also kehrte Leander zum Eingang zurück, rief noch einmal sicherheitshalber ins Haus und schob sich dann, als sich immer noch nichts rührte, vorsichtig in den Flur. In diesem Moment hätte er gerne seine Dienstwaffe dabeigehabt, aber die hatte er ja bereits vor Jahren beim Antritt des Vorruhestandes abgeben müssen.

Im Erdgeschoss war alles so ruhig, wie es von außen ausgesehen hatte. Niemand befand sich in den Räumen. Langsam stieg Leander die Treppe zum Obergeschoss hinauf und achtete dabei darauf, auf den Holzstufen keine Geräusche zu erzeugen. Auch der kleine Flur oberhalb der Treppe lag wie ausgestorben da. Bevor Leander das Arbeitszimmer betrat, öffnete er leise die Türen zu den beiden Schlafräumen und linste hinein. Die Betten waren unberührt. Als er jedoch die Tür von Groothues' Schlafzimmer weiter aufschob, bot sich ihm ein ganz anderes Bild: Der Kleiderschrank war durchwühlt worden, die Kleidung lag wild auf dem Boden verstreut.

Nun war klar, dass Leander statt mit Susanne Bremer mit einem Einbrecher zu rechnen hatte. Er spürte förmlich, wie sich schlagartig seine Sinne schärften, und freute sich darüber, dass seine professionellen Reflexe nach der jahrelangen Dienstabstinenz noch nicht eingerostet waren. Vorsichtig wandte er sich dem Arbeitszimmer zu und schob die angelehnte Tür sanft auf. Mit einem schnellen Schritt in den Raum versicherte er sich, dass sich auch hier niemand mehr befand. Gleichzeitig registrierte er die völlige Verwüstung: Sämtliche Bücher, Zeitschriften und Briefe waren vom

Schreibtisch gefegt und auf dem Fußboden verteilt worden. Die Bücherregale lagen umgestürzt über herausgerissenen Schubladen. Nur die Pinnwand machte einen einigermaßen unberührten Eindruck. Der Einbrecher hatte es nicht nötig gehabt, die angepinnten Zettel abzureißen, nur um etwas zu suchen. Allerdings fanden sich Lücken, von denen Leander sicher war, dass sie zwei Tage zuvor noch nicht da gewesen waren.

Er zog sein Handy aus der Tasche und verglich die Fotos mit dem aktuellen Anblick. Tatsächlich: Einzelne Dokumente fehlten. Der Einbrecher hatte gezielt etwas gesucht und möglicherweise hier gefunden. Dass er jedoch trotzdem so eine Verwüstung angerichtet hatte, bedeutete entweder, dass er mit seiner Beute nicht zufrieden gewesen war, oder dass er über das tatsächliche Ziel seiner Suche hatte hinwegtäuschen wollen. Leander fotografierte die Pinnwand erneut ab, um später zu Hause im Vergleich mit den Fotos, die er Tage zuvor gemacht hatte, gezielt nach den fehlenden Dokumenten suchen zu können. Dann wählte er die Nummer der Zentralstation und meldete den Einbruch. Der Polizeibeamte versicherte, sofort eine Streife loszuschicken, und forderte Leander auf, am Tatort zu warten und nichts anzufassen. Das versprach Leander hoch und heilig, bevor er sich daran machte, zwischen den verstreuten Papieren auf dem Boden nach weiteren Anhaltspunkten zu suchen.

Nur wenige Minuten später hörte er vor dem Haus Motorengeräusche und quietschende Bremsen. Leander war mit zwei Schritten bei der Dachgaube und blickte hinaus. Zwei Fahrzeuge der Wyker Polizei standen direkt vor dem Grundstück. Aus dem ersten sprang Jens Olufs, zog seine Waffe und lief, gefolgt von einem jungen Beamten, auf den Eingang zu, während Dieter Bennings aus dem zweiten Fahrzeug stieg und den beiden Beamten folgte. Kurz darauf schob sich der

Wyker Polizeichef mit vorgehaltener Dienstwaffe vorsichtig ins Arbeitszimmer. Als er Leander erkannte, steckte er die Pistole zurück ins Halfter und richtete sich missbilligend seufzend auf.

»Ich gehe mal davon aus, dass du nicht dafür verantwortlich bist.« Er deutete mit dem Kopf auf das Durcheinander.

Leander ersparte sich die Antwort. »Jetzt nimmst du Susanne Bremers Anzeige vielleicht etwas ernster«, sagte er stattdessen vorwurfsvoll.

Olufs nickte, ließ sich aber nicht anmerken, ob er dabei auch schuldbewusst war.

»Im Haus ist niemand«, meldete der junge Polizist, der hinter seinem Chef den Raum betrat.

»Klingel mal bei den Nachbarn«, ordnete Olufs an, »und frag nach, ob jemand etwas gesehen oder gehört hat.«

Der Beamte nickte und verließ wortlos wieder den Raum, vorbei an Dieter Bennings, der Leander mit einem Nicken begrüßte.

»Was machst du denn hier?« Der Kriminalhauptkommissar war offensichtlich hin und her gerissen zwischen seiner Freude über das Wiedersehen und der Missbilligung hinsichtlich der Tatsache, dass Leander vor der Spurensicherung im Haus eines Toten herumwühlte.

Leander schilderte in knappen Sätzen, wie er angekommen war und das Haus vorgefunden hatte. Als er von seinem eigenmächtigen Eindringen erzählte, zog Olufs missbilligend die Stirn kraus.

»Ich muss dir als ehemaligem Kriminalbeamten nicht erklären, dass das unprofessionell war.«

»Dafür war es für einen Privatermittler aber zumindest nachvollziehbar«, entgegnete Leander unbeeindruckt.

»Der du offiziell nicht bist! Oder hast du inzwischen eine Lizenz?«

Leander zog vielsagend die rechte Augenbraue hoch.

Bennings räusperte sich und wandte sich dann dem Chaos zu. »Hast du eine Ahnung, wonach der Einbrecher gesucht hat?«

»Noch nicht.«

Wieder dieser misstrauische Blick des Polizeichefs. Dann wandte er sich um und verließ den Raum.

»Stress mit Olufs?«, erkundigte sich Bennings grinsend und machte nun einen Schritt auf Leander zu, um ihm freundschaftlich auf die Schulter zu klopfen. »Du weißt aber schon, dass er grundsätzlich recht hat, oder?«

»Jens Olufs hat ein schlechtes Gewissen, weil er die Vermisstenmeldung von Groothues' Tochter nicht ernst genug genommen hat«, erwiderte Leander. »Außerdem hat sie mich mit der Suche nach ihrem Vater beauftragt und mir sogar einen Schlüssel für das Haus gegeben.«

»Hast du hier irgendetwas verändert?«

»Ich bin doch kein Anfänger!«

»Gut, dann raus mit dir. Die Jungs von der Kriminaltechnik werden gleich kommen, und ich habe keine Lust, mir ihr Genörgel anzuhören, wenn sie dich hier antreffen.«

Er drehte sich um und stieg vor Leander die Treppe hinab.

An der Haustür, wo Jens Olufs auf sie wartete, kam ihnen bereits der junge Polizeibeamte entgegen. »Von den Nachbarn ist niemand zu Hause«, meldete er schulterzuckend. »Nur der, der uns alarmiert hat, dass sich hier jemand auf dem Grundstück herumtreibt.« Dabei warf er Leander einen unsicheren Blick zu.

Olufs zog die Haustür ins Schloss. »Bleib hier, bis die Spusi kommt«, ordnete er seinem jungen Kollegen an. »Ich fahre mit Hauptkommissar Bennings zurück.«

Leander griff nach seinem Fahrrad. »Sehen wir uns heute Abend?«, fragte er Bennings.

»Keine Chance. Ich muss mir erst einen genauen Überblick verschaffen. Morgen vielleicht.« Er nickte Leander zu und stieg auf der Fahrerseite in eines der Fahrzeuge.

Jens Olufs nahm die Dienstmütze vom Kopf und wischte sich mit dem Hemdsärmel den Schweiß von der Stirn. »Sieht nicht gut aus«, stellte er fest und blickte in den bleigrauen Himmel. »Die Sturmsaison scheint dieses Jahr aber auch gar nicht aufhören zu wollen.«

»Wenn man den Klimatologen glaubt, ist das erst der Anfang«, sagte Leander in demselben beiläufigen Tonfall.

Olufs nickte und stieg zu Dieter Bennings ins Auto. Langsam rollte der Polizeiwagen an und entfernte sich dann zügig über die Paradiesstraße in Richtung Utersum.

Leander schwang sich aufs Rad und nahm die Gegenrichtung. Er würde direkt über Nieblum fahren, um in Höhe des Flugplatzes so schnell wie möglich den Schatten von Bäumen zu erreichen und dann durch den Grünstreifen bis nach Wyk zu gelangen. Für heute hatte er genug geschwitzt.

13

Vorher-nachher-Vergleiche haben den großen Vorteil, dass die Unterschiede offensichtlich sein können – wenn man weiß, wonach man suchen soll. Leander musste bei der Durchsicht der Fotos, die er in Groothues' Arbeitszimmer aufgenommen hatte, nur feststellen, welche Elemente nach dem Einbruch an der Pinnwand fehlten: Es handelte sich in erster Linie um die Artikel, die sich mit den Küstenschutzmaßnahmen an der Nordseeküste befassten. Und eben diese nahm sich Leander, der sich angesichts der Hitze draußen in seine schattige Wohnstube zurückgezogen hatte, nun vor. Neben ihm hatte sich Bella auf dem Sofa zusammengerollt, ihren Schwanz über die Augen gelegt und schlief leise schnarchend.

Bei dem ersten Ausdruck handelte es sich um einen Bericht des *Deutschlandfunks* vom 24. März 2016 mit dem Titel *Wenn das Wasser kommt*. Der Reporter berichtete darin von einer Fahrt durch die Köge nahe Husum, bei der man die Entwicklung des Deichbaus schon allein dadurch nachvollziehen konnte, dass man mit dem Auto die Deiche aus den verschiedenen Jahrhunderten überqueren musste. Dem ersten, noch sehr steilen, aber niedrigen Deich aus dem 16. Jahrhundert folgte einer aus dem 18. Jahrhundert, der bereits einen halben Meter höher ausgelegt war. Die nächste Stufe aus dem 20. Jahrhundert war in Teilen einen weiteren Meter höher gebaut, also eineinhalb Meter höher als die ersten Deiche 400 Jahre zuvor, und an der Basis auch deutlich breiter. Notwendig geworden waren diese Neubaumaßnahmen nicht nur durch den Landgewinn, denn die immer weiter eingedeichten Köge wurden durch Entwässerung zu Ackerflächen umgewandelt, sondern auch durch die Tatsache, dass der Meeresspiegel bereits vor einigen 100 Jahren angestiegen war.

Nun stellte der Artikel klar, dass man nicht dauerhaft Deicherhöhungen vornehmen konnte. Man müsse sich mit dem Meeresspiegelanstieg in Zukunft anders arrangieren. Entsprechend sei der erste »Klimadeich« auf Nordstrand 2013 lediglich um 70 Zentimeter höher gebaut worden als die Deiche zuvor. Stattdessen habe er ein anderes Profil bekommen mit einer um 20 Meter breiteren Basis, einem flacheren Anstieg und einer doppelt so breiten Krone. Damit wollten die Verantwortlichen einen starken Meeresspiegelanstieg nicht nur vorwegnehmen, sondern den künftigen Generationen das Erhöhen der Deiche einfacher machen, zumal für die nächsten 100 Jahre ein Anstieg um bis zu einem Meter prognostiziert würde. Außerdem werde der natürliche Küstenschutz immer wichtiger, also keine Baumaßnahmen mehr mit Steinen und Beton, sondern mit Sand.

Leander dachte an die seit Jahrzehnten stattfindenden Sandvorspülungen und fragte sich, was an dieser Erkenntnis denn nun neu sei.

Der Artikel führte die Besonderheiten der Strömungsverhältnisse im Wattenmeer als besondere Schwierigkeit an, denn natürlich war es wichtig, den Sand genau so vorzuspülen, dass er auch an die Stellen getrieben wurde, die Jahr für Jahr unter den Stürmen besonders litten. Modellierungen berücksichtigten inzwischen auch die prognostizierten Klimaveränderungen der nächsten 100 Jahre mit einem Meeresspiegelanstieg von bis zu einem Meter 50, während gleichzeitig das hinter dem Deich liegende Land seit Jahrhunderten immer mehr absackte.

Besonders faszinierend fand Leander die in dem Artikel entwickelte Vision einer neuen Küstenlandschaft, bei der die Deiche entlastet würden, indem man Meerwasser hinter die

Deichlinie gelangen ließe und so eine Landschaft mit Häusern auf Warften oder gar schwimmenden Häusern, schwimmenden Gewächshäusern und neuen Wirtschaftsfeldern wie die Haltung von Wasserbüffeln schaffen könnte. Dieses Szenario war allerdings höchst umstritten, denn naturgemäß konnten die meisten Küstenschützer mit dem Gedanken, das Salzwasser nicht mehr auszusperren, sondern es im Gegenteil sogar ins Land zu lassen, wenig anfangen. Und auch die Küstenbewohner hielten davon in großer Mehrheit gar nichts, denn sie waren es ja seit Jahrhunderten gewohnt, sich und ihre Äcker vor dem Salzwasser zu schützen.

Leander ahnte, wie erbittert der Kampf werden konnte, wenn solche Pläne ernsthaft betrieben würden.

Während weitere Artikel an Groothues' Pinnwand das Einbringen von Sand in die Nordsee und das Vorspülen an den Stränden für unausweichlich hielten, kritisierte ein *SPIEGEL*-Artikel vom 22. Mai 2000 mit dem Titel *Der teure Sand von Sylt*, dass das vorgespülte Material durch die Stürme jedes Jahr wieder weggespült werde, was die Arbeit viel zu teuer und offenkundig unsinnig mache.

Auch hier lag für Leander ein gewaltiges Konfliktpotenzial, wenn er bedachte, dass die Vorspülungen inzwischen gut eine halbe Milliarde Euro allein auf Sylt verschlungen hatten. Er ahnte nun, in welcher Größenordnung Küstenschutzaufträge an der Nordsee vergeben wurden. Logisch, dass die heimischen Firmen auch ein Stück vom Kuchen haben und nicht alles den Dänen überlassen wollten.

Vor diesem Hintergrund hatte Leander sogar Verständnis für Paulsen und seine Leute, wenn sie nachdrücklich einen entsprechenden Anspruch erhoben. Die Art ihres Protestes fand er zwar inakzeptabel, aber wer konnte schon einen eindeutigen Schnitt in Fragen der Legitimität ziehen, wenn sich die Unternehmer und Arbeiter in einer existenziellen

Notwehrsituation sahen. Auch Tom und seine Abmahnung kamen Leander wieder in den Sinn. Der Lehrer entschied aus eigener Anschauung heraus, welche Schülerproteste er verhinderte und welche er sogar förderte. Seine Richtschnur wurde nicht durch die Gesetzeslage gespannt, sondern durch die Bedrohung der natürlichen Lebensgrundlagen. Wie weit musste also die Unterwerfung unter geltendes Recht gehen? Und wann begann der legitime zivile Ungehorsam?

Leander wandte sich wieder seinem Smartphone zu und stellte fest, dass in einer der Lücken an der Pinnwand Fotos gehangen hatten, die Vermessungsbeamte am Wyker Südstrand zeigten. Die Männer hielten rot-weiß geringelte Stangen in den Händen und vermaßen offenbar die Höhen bei Niedrigwasser bis weit in die vorgelagerte Sandwüste hinaus. Damit konnte Leander im Moment noch nichts anfangen, und so wischte er weiter zwischen den Handyfotos hin und her und studierte Zeitungsartikel, die nach dem Einbruch aus Groothues' Büro verschwunden waren.

Während er sich durch die Texte las, fiel ihm plötzlich der Brief wieder ein, der nun ebenfalls an der Pinnwand fehlte. Er scrollte sich durch die Fotos und zog schließlich das ominöse Schreiben des Hans Blank so groß wie möglich auf:

Hörnum auf Sylt,
17. September 2020

Sehr geehrter Herr Groothues!

Mit großem Interesse habe ich Ihren Roman über die Verbindung von Felsen und Düne auf Helgoland gelesen und darüber, dass dieses Projekt die Inselgesellschaft geradezu zerrissen hat. Der Kampf, der dort draußen in der Deutschen Bucht ausgetragen wird, ist geradezu ein Paradebeispiel für den Konflikt zwischen ökonomischen, man könnte auch sagen kapitalistischen Interessen und dem Schutz unserer Lebensgrundlagen.

Auch wir auf Sylt erleben momentan eine solche Situation. Jahr für Jahr werden bei uns Millionenbeträge verschwendet, die von deutschen Steuerzahlern aufgebracht werden müssen und nur wenigen Strippenziehern wortwörtlich in die Taschen gespült werden. Wir haben es hier mit einer Verschwörung nationaler und internationaler Akteure zu tun, die in der deutschen Geschichte ihresgleichen sucht. Dabei wird der Wohn- und Lebensraum der Insulaner einer kapitalistischen Profitgier geopfert, und niemand stellt sich dem von Regierungskreisen aktiv unterstützten Betrug wirklich in den Weg. Niemand außer mir. Im Gegenteil, inzwischen werden die betrügerischen Machenschaften auch auf andere Geschäftsfelder ausgeweitet. Das ist der Grund, aus dem ich Ihnen diesen Brief schreibe. Ich bin mit meinen Möglichkeiten am Ende. Die Verschwörung reicht von höchsten Regierungsstellen über verschiedene Firmen bis in unsere örtliche Inselverwaltung. Da ich inzwischen auf Sylt kein Gehör mehr finde und mir sämtliche Amtsstubentüren vor der Nase zugeschlagen werden, bleibt mir nur die Hoffnung, dass ein Autor wie Sie sich des Skandals annimmt und ihn über Sylts Strände hinaus so bekannt macht, dass sich die offiziellen Stellen in Westerland, Kiel und wahrscheinlich auch Berlin – wenn nicht gar Brüssel – nicht mehr verstecken können und der betrogenen deutschen Öffentlichkeit Rede und Antwort stehen müssen. Der Irrsinn muss ein Ende haben!

Ich bin im Besitz sämtlicher Unterlagen und Gutachten, die Sie benötigen, um den Millionenbetrug nachvollziehen zu können. Ihre Möglichkeiten als Krimiautor, eine breite Öffentlichkeit darauf aufmerksam zu machen, sind ungleich vielfältiger als meine, denn ich muss davon ausgehen, dass selbst die sicherlich ebenfalls korrumpierten Gerichte meine Beweise nicht in der notwendigen Form würdigen werden.

Mehr kann und will ich Ihnen aus Sicherheitsgründen in diesem Brief nicht offenbaren. Falls ich Ihr Interesse geweckt haben sollte, bitte ich Sie, nach Sylt zu kommen und sich selbst ein Bild von der Lage zu machen. Ich verspreche Ihnen, der Skandal ist so groß, dass Sie es nicht bereuen werden.

Hochachtungsvoll!
Hans Blank

Leander las den Brief mehrere Male, und jedes Mal kam er ihm abstruser vor. Hans Blank bezog sich mit seinen nebulösen Andeutungen offenbar auf die jährlichen Sandvorspülungen. Aber was, bitte schön, sollte an den notwendigen Schutzmaßnahmen Betrug sein? Das alles klang tatsächlich eher nach einer Verschwörungstheorie als nach einem ernst zu nehmenden Stoffangebot. Andererseits handelte es sich bei dem Absender um einen Mann, der genau den Ton des verschwundenen Krimiautors traf und seine ewige Suche nach Skandalthemen bediente. Es war also durchaus denkbar, dass Groothues darauf angesprungen war. Dafür sprach nicht nur die Tatsache, dass er sich in letzter Zeit mit dem Küstenschutz befasst hatte, sondern auch, dass er den Brief offenbar als wichtig genug erachtet hatte, um ihn an seine Pinnwand zu heften.

Leander griff nach seinem Smartphone und wählte die Nummer von Susanne Bremer. Nach dem zweiten Klingeln hatte er sie in der Leitung.

»Haben Sie etwas gefunden?«, erkundigte sich die Frau hoffnungsvoll.

Leander zögerte einen Moment. »Die Polizei hat Sie also noch nicht informiert?«

»Worüber?«, kam es vorsichtig zurück.

Leander schluckte hart. Er hatte nicht damit gerechnet, die Todesnachricht überbringen zu müssen, zumal die Leiche Kai-Uwe Groothues' bereits am Vortag gefunden worden war.

»Ich muss Ihnen leider mitteilen, dass Ihrem Vater etwas zugestoßen ist«, begann er mit einem Kloß im Hals. »Man hat ihn gestern im Watt zwischen Föhr und Amrum tot aufgefunden.«

Am anderen Ende blieb es längere Zeit still, bis schließlich eine von Tränen erstickte Stimme fragte: »Weiß man schon, was passiert ist?«

»Die Ermittlungen stehen noch ganz am Anfang. Die Kriminalpolizei ist jetzt auf der Insel und nimmt sich der Sache an.« Leander fluchte bei dem Gedanken, dass Olufs und Bennings sich offenbar darauf verlassen hatten, dass der jeweils andere die Todesnachricht überbringen würde.

»Danke, dass Sie mir Bescheid gegeben haben«, sagte Susanne Bremer leise und legte auf.

Leander blickte das Telefon überrascht an, dann wählte er erneut ihre Nummer.

»Ja?«

»Ich bin es noch einmal«, meldete er sich. »Ich habe da eine Frage, die uns bei der Suche nach dem Täter vielleicht weiterhelfen könnte.«

»Täter? Wieso Täter? War es denn kein Unfall?«

»Das steht zwar noch nicht endgültig fest, aber falls es sich um ein Verbrechen handelt, dürfen wir keine Zeit verlieren. Deshalb rufe ich Sie an. Hat Ihr Vater in letzter Zeit einmal davon gesprochen, nach Sylt fahren zu wollen? Oder hat er den Namen Hans Blank einmal erwähnt?«

»Hans Blank? Nein, das sagt mir nichts. Sylt? Naja, auf Sylt ist er häufiger gewesen. Aber speziell in der letzten Zeit? Nein, nicht, dass ich wüsste. Wieso? Was haben Sie denn gefunden?« Ihre Stimme klang nun wieder fester.

»Das kann ich Ihnen gar nicht so genau sagen«, gab Leander zu. »Ihr Vater hat sich intensiv mit dem Küstenschutz und dem Klimawandel befasst. Er hat Artikel über den Klimadeich auf Nordstrand gesammelt und über die Sandvorspülungen auf Sylt. Sie selbst haben ja auch gesagt, dass er deswegen mit Ihrem Mann sprechen wollte. Es wäre doch möglich, dass er zu Recherchen nach Sylt gefahren ist. Das würde auch erklären, warum er kein großes Gepäck mitgenommen hat.«

Einen Moment lang blieb es still am anderen Ende der Leitung. »Aber warum hat er mir nichts davon gesagt?«, kam es schließlich zweifelnd zurück. »Und warum hat er sich seit Wochen nicht mehr bei mir gemeldet? Das ergibt doch alles keinen Sinn.«

»Genau das muss ich nun herausfinden«, gab Leander zu.

»Sie machen also weiter?«

Nun war es Leander, der schwieg.

»Herr Leander?«

»Ja, äh, entschuldigen Sie.« Leander holte tief Luft. »In erster Linie wird natürlich die Polizei die Ermittlungen durchführen. Aber ich verspreche Ihnen, dass ich auch am Ball bleiben werde.«

»Heißt das, Sie fahren nach Sylt?«

»Zunächst einmal überprüfe ich noch eine Spur, der Ihr

Vater möglicherweise hier auf Föhr nachgegangen ist«, hörte er sich sagen.

Susanne Bremer schwieg einen Moment, bevor sie deprimiert sagte: »Sie melden sich dann, ja?«

Gerne hätte Leander ihr noch mit ein paar Worten Trost zuzusprechen versucht, aber er wusste, dass das in ihrer Situation unmöglich war, und so beendete er das Gespräch.

»Scheiße«, fluchte Leander.

Er war sich durchaus im Klaren darüber, dass er nun endgültig die Chance verpasst hatte, sich aus dem Fall Groothues zurückzuziehen und Franziska gegenüber wieder ehrlich zu werden. Wütend über sich selbst schlug er mit der Faust auf den Tisch, sodass Bella erschrocken auffuhr und vom Sofa sprang. Laut schimpfend zog sich das Kätzchen in Richtung Küche zurück.

Leander verdrängte seine Gedanken an Franziska und dachte darüber nach, was nun zu tun war. Die gesamte Thematik, von der er in den Presseartikeln gelesen hatte, spielte sich aktuell direkt vor seiner Haustür ab: am Klimadeich in Utersum. Und genau vor dieser Deichbaustelle war Kai-Uwe Groothues im Watt gefunden worden. Damit rückte der Konflikt zwischen Paulsen und den Dänen ins Zentrum des Falles. Genau hier musste er ansetzen: bei Paulsen.

Während Leander noch halbherzig versuchte, so etwas wie Elan zu entwickeln, drang vom Garten her ein dumpfes Grummeln in die Wohnstube. Er trat an das kleine Fenster und sah, wie ein Windstoß zwischen den Hecken hindurchfuhr und die Blätter des Apfelbaumes wild aufpeitschen ließ. Der Himmel hatte sich fast schwarz gefärbt. Irgendwo in der Ferne zuckte ein Blitz. Der nächste Donner ließ lange auf sich warten und äußerte sich dann als leises, dumpfes Grollen. Poirot sprang von einem der Gartenstühle und sprintete in Richtung Haus, als es nun erneut blitzte, diesmal schon viel deutlicher und offensichtlich näher, denn der Donner folgte krachend nach wenigen Sekunden.

Leander lief zur Gartentür, ließ den kleinen Kater zwischen seinen Beinen hindurch in den Flur huschen und eilte dann selber hinaus, um die Gartenstühle zusammenzuklappen und in den Schutz der Hauswand zu tragen. Den Tisch kippte er auf die Seite und ließ ihn unter dem Apfelbaum zurück. Die ersten Regentropfen klatschten fett auf die Blätter, und Sekunden später stürzte sich der Wind mit aller Kraft auf den kleinen Garten, als hätte er geradezu hinter der Ecke gelauert. Pechschwarz drückten die Wolkenmassen herab. Leander war pladdernass, als er die wenigen Meter zum Haus hinter sich gebracht hatte. Es blitzte und krachte nun in kurzen Abständen direkt über ihm, und er hatte Mühe, die Tür gegen den Sturm zuzudrücken.

Bella und Poirot jagten aus der Küche und durch den Flur ins Wohnzimmer, als sei ihnen der Teufel persönlich auf den Fersen. Leander eilte zum Küchenfenster und öffnete es, um die Fensterläden zu schließen, aber es wurde ihm sofort aus der Hand gerissen und schlug laut krachend gegen die Leibung.

Es blieb ihm also nichts anderes übrig, als wieder hinaus in den Regen zu laufen, um sie von außen zu schließen und festzustellen. Während er das Haus umrundete und einen Fensterladen nach dem anderen zuklappte und verriegelte, schüttete der Sturm kübelweise Regen über ihm aus und riss an seinem T-Shirt. Erste Hagelkörner prasselten auf ihn ein, sodass Leander nach der drückenden Schwüle des Tages nun sogar zu frösteln begann.

Wieder im Wohnzimmer, schaltete er das Licht an. Die beiden Katzen hatten sich auf dem Sofa dicht aneinandergekuschelt und die Köpfe auf ihre Pfoten gelegt. Mit großen Augen sahen sie Leander an, während es draußen nun in kurzer Folge krachte. Der ließ sich in einen Sessel fallen und lauschte dem Sturm, der an den Fensterläden rüttelte. So hatten sich auch in früheren Zeiten die Menschen in den Schutz ihrer Hütten und Häuser zurückgezogen, alles verriegelt und verrammelt und geweihte Reisigzweige über einer Kerze abgebrannt, in der Hoffnung, von Unheil verschont zu bleiben. Diejenigen, die überlebt hatten, während es ganze Landstriche überschwemmt und auseinandergerissen hatte, dankten dies Gott. Die anderen mussten schwere Sünden begangen haben, sonst hätte sie die Flut nicht geholt. So eng mit der Natur verbunden, wie das Leben der Menschen an der Küste und auf den Inseln gewesen war, so sehr hatte sie auch der Aberglaube beherrscht. Leander dachte an Theodor Storms *Schimmelreiter* und daran, wie sehr sich die Menschen früherer Jahrhunderte gegen den Fortschritt des Deichbaus gewehrt hatten, weil sie der Vorsehung nicht ins Handwerk pfuschen wollten.

Dabei hatten viele ihr Leben im Sturm verloren, zahlreiche Seeleute waren auf dem Meer geblieben und hatten ihre Familien im Elend zurückgelassen. Falls diese existenzielle Bedrohung sie den respektvollen Umgang mit der Natur gelehrt hatte, war er inzwischen wieder verloren gegangen. Gegen den Deichbau stellte sich heute niemand mehr, im Gegenteil, es wurde sehr viel Geld dafür aufgewandt. Die frühere Angst war der trügerischen Sicherheit gewichen, mithilfe der Technik die Naturgewalten beherrschen zu können. Und so schickte sich die Menschheit an, die Naturgesetze zu ignorieren. Welch ein fataler Fehler, dachte Leander.

»Es wird nicht mehr lange dauern, und der Klimawandel wird die Kipppunkte erreichen, nach denen die tödlichen Folgen unumkehrbar sein werden«, hörte er Tom Brodersen sagen. »Die Natur wird den Parasiten Mensch abschütteln. Nur so wird die Erde sich vor ihm retten können.«

Leander stand auf, suchte im Bücherschrank seines Großvaters nach einer alten Ausgabe des *Schimmelreiters* und
setzte sich damit neben den Katzen aufs Sofa. Während
draußen ein Orkan über die Insel tobte, versenkte er sich
in die schaurig-schöne Geschichte Hauke Haiens, der den
Deichbau revolutionierte, um das Land und seine Bewohner
vor dem Meer zu schützen, und dabei gegen die Borniert-
heit der abergläubischen Dörfler ankämpfen musste – bis
er schließlich selbst bei einer Sturmflut seine Familie und
sein Leben verlor.

14

»Da muss was Lebiges in den Deich«, brüllte Enno Paulsen
und warf den um sich schlagenden Kai-Uwe Groothues in
das Loch. »Sonst hält der nicht!«

Leander flog auf seinem Fahrrad oben auf der Utersumer
Deichkrone heran, kam aber zu spät. So musste er hilflos mit
ansehen, wie der gelbe Bagger den verzweifelt schreienden
Schriftsteller mit Lehm zuschüttete. Unten vor dem Deich
brandete indes die Nordsee durch die Enge zwischen Amrum
und Sylt heran, schäumte mit Wucht die Deichschräge hin-

auf, überschlug sich knapp unterhalb der Krone und rollte wieder zurück.

»Die nächste wird uns erwischen!«, brüllte Paulsen.

Er deutete auf die graue See hinaus, über der ein schwerer, fast schwarzer Himmel zuckende Blitze entsandte, die zischend ins Wasser fuhren. Leanders Fahrrad bäumte sich auf, hatte mit einem Mal einen weißen Pferdekopf mit im Wind fliegender Mähne und wieherte panisch. Dann raste es den Deich entlang, sodass Leanders Haare im Sturm wie eine Fahne hinterher wehten.

Die nächste Woge schlug seitlich an ihm hoch und ließ den Schimmel, auf dem er inzwischen saß, abheben. In der Luft drehte das Pferd, reckte den Hals vor und jagte zurück in Richtung Baustelle. Der Schimmel hatte recht: Hier wurde Leander gebraucht, er durfte nicht vor der Gefahr weichen. Als Deichgraf hatte er seinen Leuten beizustehen, wenn es um Leben und Tod ging.

Kaum hatte er die Stelle erreicht, an der der Bagger eben noch das Loch zugeschüttet hatte, wurde er jäh ausgebremst und konnte sich gerade noch an der Mähne des Pferdes festklammern. Ein schneller Blick nach unten verriet, dass das Tier von einer lehmigen Hand festgehalten wurde, die seinen Huf krampfhaft umschloss, während der gelbe Bagger ins Rutschen geriet und den Deich hinab in die kochende See stürzte. Leander schwang sich von seinem Schimmel, entriss einem Arbeiter die Schaufel und rammte sie in schnellen Stößen in die schwere, nasse Erde. Der Himmel schüttete derweil genauso viel Wasser über ihm aus, wie die brodelnde See von unten gegen ihn peitschen ließ. Dabei wunderte er sich keine Sekunde darüber, dass er selbst nicht einmal wankte, während die anderen Arbeiter um ihn herum von den zurückströmenden Wassermassen mitgerissen wurden.

Nur einer war so standhaft wie er: Enno Paulsen. Mit wild

aufgerissenen Augen verfolgte er Leanders Bemühen, Kai-Uwe Groothues aus dem Deich zu graben, und brüllte gegen das Tosen des Sturmes an: »Das ist Frevel! Wir werden alle sterben, weil du den Naturgesetzen nicht gehorchst.«

Mit einem Sprung war Paulsen neben ihm, schlug ihm die Schaufel aus der Hand, griff nach dem Zügel des Pferdes, das verzweifelt wieherte und sich aufbäumte. Leander konnte nur wehrlos mitansehen, wie der Bauunternehmer mit einem Satz auf dem Rücken des Tieres saß und mit ihm davonpreschte, während Groothues vor ihm wie in einem Moor mit vor Schreck geweiteten Augen endgültig im aufgeweichten Deich versank.

»Henning!«, schrie plötzlich eine panische Stimme neben ihm. »Henning, pass auf!«

Leander blickte nach links in Richtung des Inselinneren und erkannte Franziska, die mit Marei an der Hand aufrecht in einer Kutsche stand und heftig gestikulierte, während Wasser in Strömen an ihnen vorbeischoss und Blitze links und rechts von ihr in den Boden fuhren. Er folgte ihrem Zeigefinger in Richtung Meer und sah die nächste Woge brüllend heranrollen, pechschwarz jetzt und bereits so hoch über ihm, dass er nur noch die Arme hochreißen konnte, bevor sie auf ihn herabstürzte.

Von der Gewalt des Wassers gepackt und herumgewirbelt, fühlte Leander, wie er hochgehoben wurde, bis er sich ganz oben auf dem Kamm der weißen Gischt wiederfand. Mit einem beherzten Sprung gelang es ihm, sich aufzurichten, sodass er die meterhohe Woge wie ein Wellenreiter nutzte, um sich in Franziskas Richtung tragen zu lassen. Dabei streckte er die Arme nach ihr aus, um sie und das Kind vor dem wütenden Meer zu retten. Doch es war bereits zu spät!

Der Deich brach unter der Gewalt der heranstürmenden See, die sich nun in einem Gemisch aus Schlamm und Wasser ins Inselinnere stürzte. Leander brüllte gegen das Tosen des Sturmes an, während Franziska und Marei vor seinen Augen von den Wassermassen der Nordsee begraben wurden. Über allem lagen wie ein Leichentuch das Brüllen des Sturmes und das schallende Gelächter Enno Paulsens.

»Nein!«, schrie Leander. »Nein!«

Und diese Schreie waren es, die ihn schweißgebadet aufwachen ließen.

Leander war völlig gerädert.

Der Sturm war in der Nacht über die Nordfriesischen Inseln hinweggezogen, hatte den Holzhaufen im Garten gehörig durcheinander gewirbelt, darüber hinaus aber keinerlei Schäden an seinem Haus oder Grundstück angerichtet. Das stellte er beruhigt fest, als er die Fensterläden öffnete und den strahlenden Sonnenschein hereinließ, der so tat, als habe es überhaupt keinen Orkan gegeben.

Bevor Leander frühstücken konnte, musste er zunächst eine Kopfschmerztablette einwerfen und dann den Bereich um den Gartentisch von zersplitterten Brettern freiräumen. Es wurde höchste Zeit, dass er sich des ehemaligen Schuppens annahm, wenn er nicht die ganze Arbeit doppelt und dreifach machen wollte. Heute war Sonntag, da konnte er ohnehin weder am Deich in Utersum noch bei den Föhrer Bauunternehmern etwas erreichen. Also beschloss er, den Tag endlich tatsächlich für die überfälligen Aufräumarbeiten zu nutzen.

Entsprechend zog sich das Frühstück nun in die Länge. Leander versuchte, den furchtbaren Traum der letzten Nacht, von dem er nur noch wusste, dass er schrecklich gewesen war, zu fassen zu kriegen, aber außer ein paar Erinnerungssplittern, die er nicht miteinander verbunden bekam, war alles weg.

Außerdem wollten Bäcker Hansens Brötchen angemessen gewürdigt werden, die man ja wie jegliche Nahrung immer gründlich kauen sollte, da die Verdauung bekanntermaßen bereits im Mund begann. Und für den Kaffee hatten Dutzende unterbezahlte Landarbeiter in Venezuela oder auch ganz egal wo unter unwürdigen Arbeitsbedingungen geknechtet. Entsprechend sollte man das schwarze Energiegetränk unbedingt wie kostbaren Wein genießen, also in kleinen Schlucken. Als Leander auch noch über den Käse und die armen Kühe auf Allgäuer Weiden nachzudenken begann, musste er über sich selbst lachen. Dabei wurde ihm bewusst, dass seine Kopfschmerzen verschwunden waren und das Koffein zusammen mit der Acetylsalicylsäure seine belebende Wirkung zu entfalten begann. Genug der Ausreden also, dachte er und wollte sich schon aus seinem Gartenstuhl wuchten, als ihm Franziska einfiel. Der Geist ist willig, dachte er, doch das Fleisch …

Aus irgendeinem Grund war seine Sehnsucht nach ihr heute Morgen besonders groß. Und so griff er nun zum Hörer und wählte Franziskas Nummer. Sie war bereits nach dem zweiten Klingeln am Telefon, aber offenbar noch mit etwas anderem beschäftigt, denn es dauerte einen Moment, bis sie sich meldete. Im Hintergrund war Kinderlachen zu hören.

»Hier ist Henning. Störe ich?«

»Nein, nein, ich bin mit Marei im Garten. Wir sammeln gerade die Stühle wieder ein, die der Sturm durch die Gegend geschleudert hat.«

»Ist denn sonst alles heil geblieben?«

»Wie man's nimmt. Das Reetdach hat wieder ganz schön gelitten. Andreesen will noch heute kommen und es sich ansehen. Ich gebe ihm einen Schlüssel, dann können seine Leute es in den nächsten Tagen reparieren, wenn ich auf Sylt bin. Der kleine Strandkorb sieht allerdings endgültig kaputt aus. Er ist quer durch den Garten geschleudert worden. Aber der hatte es ja eh schon länger hinter sich.«

Franziska sprudelte offenbar vor guter Laune. Die Abwechslung mit Marei tat ihr hörbar gut.

»Franziska, komm jetzt«, hörte er die Kinderstimme rufen.

»Gleich, mein Schatz, ich muss nur kurz mit Henning sprechen.«

»Henning ist blöd«, kam es bestimmt zurück.

Leander wusste nicht, ob er sich mehr über diese Feststellung der kleinen Nervensäge oder über Franziskas Lachen ärgern sollte, das dieser Unfreundlichkeit folgte.

»Und bei dir?«, erkundigte sich Franziska. »Kommst du mit dem Schuppen voran?«

»Schritt für Schritt«, behauptete Leander.

»Na, wer's glaubt. Wahrscheinlich sitzt du den ganzen Vormittag unter dem Apfelbaum und beobachtest deine Katzen, wie sie über den Bretterhaufen klettern und Mäuse jagen.«

Leander ärgerte sich, dass sie ihn so gut kannte. Und wie um ihn zusätzlich zu verhöhnen, tauchten nun Bella und Poirot im Garten auf und liefen direkt auf die Quelle köstlicher Mäusedüfte zu. Verräter!, dachte Leander.

»Was habt ihr heute noch vor?«, erkundigte er sich.

»Sobald Andreesen hier war, werden wir an den Strand gehen.«

»Strand ist doof«, rief Marei quengelnd dazwischen. »Ich will lieber ein Eis.«

»Kriegst du, Schätzchen«, antwortete Franziska beruhigend. »Auf dem Weg zum Strand kaufe ich dir ein großes Eis.«

»Ich höre schon«, kommentierte Leander, »die Nervensäge hat sich nicht geändert.«

»Lass sie, Marei ist süß«, entgegnete Franziska lachend. »Wenn du sehen könntest, wie sie sich mit den Stühlen abrackert.« Nach einer kurzen Schweigeminute setzte sie hinzu: »Ich muss dann auch mal wieder. Wir können ja heute Abend noch einmal telefonieren.« Kurze Pause, als müsse sie über etwas nachdenken. »Oder morgen, wenn ich auf Sylt bin.«

Leander verabschiedete sich kurz angebunden und enttäuscht. Sehnsucht schien manchmal ein sehr einseitiges Gefühl zu sein.

Waren seine Kinder, als sie klein gewesen waren, auch so nervig gewesen? Nein, daran konnte er sich nicht erinnern. Oder lag das vielleicht einfach nur daran, dass er quasi rund um die Uhr gearbeitet und kaum mitbekommen hatte, wie sie heranwuchsen? Die ersten Jahre waren geradezu an ihm vorbeigerauscht. Ilka hatte sich ständig beklagt, dass die ganze Erziehungsarbeit nur auf ihr lastete.

Leander spürte, wie ihn die Erinnerung schwermütig machte. Das durfte er nicht zulassen, sonst würde er für den Rest des Tages in Trübsal versinken und wieder nichts schaffen. Seufzend raffte er sich auf, trug die Reste seines Frühstücks ins Haus zurück und machte sich daran, Bella und Poirot den Bretterstapel unter den Pfoten wegzuräumen.

Am Nachmittag, als Leander gerade dabei war, Dachpappenreste in die Mülltonne vor dem Haus zu stopfen, stand Dieter Bennings plötzlich hinter ihm.

»Pünktlich zur Kaffeezeit«, freute sich Leander.

»Das habe ich mir auch gedacht.« Der Freund aus Flensburg hielt ein Kuchentablett hoch, das in Papier von *Café Steigleder* eingepackt war. »Friesentorte!«

»Geh direkt durch in den Garten«, forderte Leander ihn auf. »Ich mache mich kurz frisch und komme mit Kaffee nach.«

Bevor er ins Badezimmer hochstieg, stellte er in der Küche die Kaffeemaschine an. Dann sprang er unter die Dusche und befreite sich von dem Staub, der schwarz im Abfluss verschwand. Wie Hinnerks Asche, dachte er melancholisch.

Der Schuppen war ein weiteres Stück Leben des alten Mannes, der sein Großvater gewesen war, und den er auf diese Art Stück für Stück aus der Gegenwart verdrängte.

Bennings stapelte am Ende des Grundstücks Holzbretter vor die Ligusterhecke, als Leander mit der Kaffeekanne, Tassen, Tellern und Besteck im Garten erschien. »Schade um den schönen Schuppen«, sagte er.

»Mal sehen, vielleicht baue ich ihn wieder auf. Ist schließlich ein Stück Familiengeschichte.«

»So sentimental kenne ich dich ja gar nicht«, wunderte sich der Hauptkommissar und blickte Leander forschend an.

Der zuckte nur mit den Schultern und verteilte das Geschirr auf dem Tisch. Der Anblick der Friesentorte ließ ihn dann wieder lächeln.

»Verflucht, die ist bei *Steigleder* wirklich am besten«, freute er sich.

Sie saßen eine Weile schweigend nebeneinander und genossen die Schichten aus Sahne, Pflaumenmus und Blätterteig.

»Und sonst?«, fragte Leander schließlich. »Wie ist es dir ergangen, seit wir uns das letzte Mal gesehen haben?«

»Viel Arbeit«, antwortete der Kriminalhauptkommissar knapp. »Sei froh, dass du die Tretmühle hinter dir hast.«

»Manchmal ist es schon etwas langweilig«, bekannte Leander. »Aber du hast recht: In den Job möchte ich nicht wieder zurück. Vor lauter Überstunden kommt man nicht zum Leben. Und ehe du es dich versiehst, bist du alt, und es ist fast vorbei.«

»Da ist es dann schon angenehmer, sich nur ab und zu in ausgewählte Kriminalfälle einzumischen, was?« Bennings blickte ihn forschend von der Seite an.

Leander hob abwehrend die Hände. »Ich habe mich nicht eingemischt. Groothues' Tochter hat mir den Suchauftrag erteilt, als die örtliche Polizei sich geweigert hat, diese Aufgabe zu übernehmen.«

»Das hat mir Jens Olufs genauso berichtet«, gab Bennings zu. »Du hast mit ihm wirklich einen Freund gewonnen. Auch wenn du ihm manchmal ganz schön auf die Nerven gehst.«

Leander lachte. »Olufs ist ein prima Kerl. Kompetent und menschlich.«

»Die Kombination ist selbst in unserem Verein nicht allzu häufig«, bekannte Bennings.

»Anwesende natürlich ausgeschlossen«, meinte Leander lachend und schob nach einer angemessenen Pause die Frage nach: »Apropos Groothues: Geht ihr eigentlich inzwischen offiziell von Mord aus?«

Bennings nickte. »Der Pathologe ist sich ganz sicher. Groothues wurde mit dem berühmten stumpfen Gegenstand der Schädel eingeschlagen. Und es gibt zusätzliche Spuren, die er sich nicht erklären kann. Tiefe Abschürfungen und Einschnitte überall am Körper. Möglicherweise sind ihm post mortem von einer Maschine Verletzungen beigebracht worden. Jetzt untersuchen die Techniker die Baumaschinen am Deich.«

Leander nickte. Dass es Mord war, hatte er eigentlich schon vorausgesetzt. Als er zur Seite blickte, begegnete er Bennings' fragendem Blick.

»Hast du eine konkrete Spur oder einen Verdacht?«, hakte der Hauptkommissar folgerichtig nach.

»Alles, was ich weiß, ist, dass sich Kai-Uwe Groothues in letzter Zeit intensiv mit Küstenschutzmaßnahmen befasst hat.« Leander berichtete seinem Freund, was er in diesem Zusammenhang bislang herausgefunden hatte, verschwieg aber den ominösen Brief, um sich nicht nachträglich für seine Eigenmächtigkeiten im Haus des Opfers rechtfertigen zu müssen. Dafür betonte er die Größenordnung der Bauaufträge und die Sabotage an den Maschinen umso mehr.

Bennings nickte nachdenklich, widersprach dann jedoch unvermittelt: »Wir sind dem natürlich nachgegangen, Olufs und ich. Aber die Dänen haben angeblich nichts mit der Sache zu tun.«

»Und du glaubst ihnen?«

»Ich kann ihnen zumindest nicht das Gegenteil beweisen. Falls Groothues sich den Deichbau auf Föhr vorgenommen hat, scheint er den Dänen dabei nicht in die Quere gekommen zu sein.«

Leander wiegte zweifelnd den Kopf hin und her. Auf Dieter Bennings' Urteilsvermögen war normalerweise Verlass. Andererseits würden sie ihm mit Sicherheit auch nicht auf die Nase binden, wenn bei der Auftragsvergabe des Landesamtes Korruption im Spiel gewesen und Groothues ihnen auf die Schliche gekommen war. »Was ist mit Paulsen?«

»Die Sabotage wird man ihm über kurz oder lang nachweisen können. Olufs hat in der Sache Blut geleckt und wird nicht lockerlassen, bis er ihn oder einen seiner Leute auf frischer Tat ertappt. Was die Ordnung auf seiner Insel angeht, ist er eigen.« Bennings lachte auf, wurde jedoch sofort wieder ernst. »Aber welchen Grund sollte Paulsen haben, Groothues aus dem Weg zu räumen? Er profitiert doch gar nicht von den Baumaßnahmen. Genau das ist allerdings der Grund für den Konflikt hier auf Föhr.«

»Richtig«, sagte Leander nachdenklich. »Wenn er etwas mit dem Mord zu tun hat, müssen wir das Motiv woanders suchen.«

»*Wir* müssen gar nichts«, stellte Bennings klar. »Du hältst dich ab sofort aus dem Fall raus. Es geht jetzt nicht mehr darum, einen Vermissten zu finden. In einer Mordsache kann ich keine Parallelermittlung gebrauchen. Das muss ich gerade dir ja wohl nicht erklären.«

Leander nickte und mühte sich dabei, ein reumütiges Gesicht zu machen. Er war froh, dass der Freund seine Gedanken nicht lesen konnte: Das könnte dir so passen. Jetzt erst recht!

15

In der Nacht wälzte Leander seine Theorien – oder besser seine ungefähren Vermutungen – hin und her, was ihn unnachgiebig vom Schlafen abhielt. Er wog Bennings' Informationen ab, verglich sie mit seinen Erkenntnissen und wurde das Gefühl nicht los, dass er zu eng dachte. Was, wenn es außer den Dänen und Paulsen noch ganz andere Player im Millionenpoker um die öffentlichen Aufträge gab? Dem musste er unbedingt nachgehen, bevor er möglicherweise tagelang in die falsche Richtung ermittelte.

Nur eines stand in dieser Nacht für Leander völlig außer Frage: dass er Bennings' Anweisung, sich rauszuhalten, auf gar keinen Fall Folge leisten würde!

Während des Frühstücks klickte Leander sich durch das Internet. Google wies auf Föhr eine Handvoll kleiner Bauunternehmen aus, die sich allesamt auf Häuser und Außenanlagen spezialisiert hatten, von denen aber keines im Bereich der öffentlichen Infrastruktur tätig war. Einzig Enno Paulsens Betrieb war groß genug, um auch Straßenbau sowie Tief- und Wasserbau in der Leistungsbeschreibung auszuweisen. Paulsen, immer wieder Paulsen! Also konnte Leander sich guten Gewissens auf diesen Betrieb konzentrieren, der, wie er nun feststellte, im hinteren Bereich des Gewerbegebietes zwischen Hafen und Supermarkt beheimatet war.

Einen Moment lang spürte er den Reflex, direkt nach dem Frühstück dorthin aufzubrechen, aber dann beschloss er, zunächst einmal anzurufen und einen Termin mit Paulsen zu machen. Ohne einen solchen lief er Gefahr, einfach vom Hof gejagt zu werden. Das Temperament des Bauunternehmers hatte er ja bereits in Mephistos Biergarten kennengelernt. Außerdem war es schon wieder so heiß, dass vergebliche Radtouren nicht angesagt waren.

Er griff also zum Telefonhörer und wählte die Nummer, die auf der Website angegeben war.

»Paulsen Hoch- und Tiefbau, Enno Paulsen am Apparat.«

Leander wunderte sich, dass er direkt beim Chef gelandet war, und bemühte sich darum, den geschäftsmäßigen Ton seines Gegenübers zu treffen: »Guten Morgen, Herr Paulsen. Henning Leander hier. Es geht um den Mord an Kai-Uwe Groothues. Ich möchte gerne mit Ihnen darüber sprechen. Können wir heute einen Termin vereinbaren?«

Einen Moment lang blieb es still am anderen Ende. Dann kam es lauernd zurück: »Wieso Mord? Und was habe ich damit zu tun?«

»Nichts, hoffe ich.« Leander lachte künstlich. »Aber Sie können mir auf der Suche nach dem Mörder vielleicht weiterhelfen.«

»Ich wüsste nicht, wie.«

»Lassen Sie uns das doch persönlich erörtern, Herr Paulsen. Wann passt es Ihnen?«

»Eigentlich gar nicht. Aber wenn es unbedingt sein muss, kommen Sie in der Mittagszeit zu mir. Sagen wir, gegen 13 Uhr. Oder soll ich zu Ihnen aufs Revier kommen?«

»Nein nein, das ist nicht nötig«, beeilte sich Leander. »Ich möchte Sie nicht unnötig lange von Ihrer Arbeit abhalten. 13 Uhr bei Ihnen passt mir gut. Bis später dann.«

Nachdem er das Gespräch beendet hatte, musste Leander grinsen. Paulsen hielt ihn für den leitenden Ermittler. Mal sehen, wie lange sich das Missverständnis aufrechterhalten ließ.

Bella maunzte vom Bretterhaufen herüber und blickte Leander an, als wollte sie ihn daran erinnern, welche Pflicht ihn hier noch erwartete. Seufzend erhob er sich aus dem Gartenstuhl und wusste nun, womit er sich die drei Stunden bis zu seinem Termin vertreiben würde.

Enno Paulsen diskutierte heftig gestikulierend mit einem Lkw-Fahrer im lehmverschmierten Blaumann, als Leander auf den Hof radelte. Der Blaumann schlug schließlich die Fahrertür laut krachend zu, stieß noch ein paar Flüche durch das offene Fenster in Paulsens Richtung aus und fuhr dann mit aufheulendem Motor viel zu schnell auf die Straße. Paulsen schüttelte ihm seine Faust nach und wandte sich mit einer Grimasse Leander zu, als sei der die letzte Kakerlake, die es nun noch zu zertreten galt.

»Habt ihr jetzt schon kein Geld mehr für einen Dienstwagen, oder seid ihr auch unter die Ökos gegangen?«, schnauzte er Leander an.

»Ihnen auch einen schönen Tag«, entgegnete der leichthin, stellte sein Fahrrad ab und deutete hinter dem Lkw her. »Sind harte Zeiten für Bauunternehmer aktuell, was?«

Paulsen blickte ihn wortlos aus zu Schlitzen verengten Augen an, als überlege er, wo er Leander schon einmal begegnet war. Dann drehte er sich schulterzuckend um und wandte sich seinem Büro zu. Leander folgte ihm.

»Was wollen Sie also von mir?«, begann Paulsen und zog sich hinter seinen Schreibtisch zurück, der über und über mit Bauplänen bedeckt war. »Sie sehen ja, ich habe eigentlich keine Zeit.« Dennoch deutete er halbherzig auf einen freien Stuhl.

»Von mir aus können wir es schnell machen«, entgegnete Leander und nahm Platz. »An mir soll es nicht liegen.«

»Also?«

»Es geht, wie gesagt, um Kai-Uwe Groothues, dessen Leichnam vorgestern im Watt vor dem Utersumer Deich aufgefunden worden ist.«

»Und was habe ich damit zu tun?«

»Sicherlich nichts«, gab Leander vor. »Ich habe allerdings Erkenntnisse, dass Groothues kurz vor seinem Tod hier bei Ihnen gewesen ist.« Als keine Reaktion erfolgte, fuhr er fort: »Was wollte Herr Groothues denn von Ihnen?«

»Wenn ich das mal so genau wüsste.« Paulsen ließ sich nun auch auf seinen Bürostuhl nieder. »Er hat mich über die Deichbaumaßnahmen ausgefragt und darüber, wie denn die Ausschreibungen da gelaufen sind. Was er damit bezweckte, hat er nicht gesagt.«

»Und Sie haben auch nicht gefragt.« Leander wollte seine Feststellung als Frage verstanden wissen, erntete aber nur ein Achselzucken. Also fuhr er fort: »Was haben Sie ihm denn geantwortet?«

»Na, was schon? Dass wir kleinen Krauter gegen die Dumping-Angebote der dänischen Halsabschneider nicht anstinken können. Das habe ich ihm geantwortet.«

»Mir liegen Erkenntnisse vor, dass Herr Groothues sich mit Korruption im Zusammenhang mit der Vergabe öffentlicher Aufträge im Küstenschutz befasst hat. Fällt Ihnen dazu etwas ein? Können Sie sich vorstellen, dass in dem Kontext illegale Gelder geflossen sind?«

»Ist das Ihr Ernst?« Enno Paulsen lachte und schüttelte den Kopf, als habe er es bei seinem Gegenüber mit einem Idioten zu tun.

Der zog die Augenbrauen hoch, um anzudeuten, dass es sehr wohl sein Ernst war.

»Also gut.« Paulsen beugte sich vor und schob die Papiere gerade so weit zur Seite, dass er sich mit den Ellenbogen auf die Tischplatte stützen konnte. »Dann will ich Ihnen mal das Kleine Einmaleins des Baugeschäfts erklären. Bei Großaufträgen und öffentlichen Ausschreibungen wird getrickst und geschoben, dass einem schwindelig werden kann. Ihnen wird ja bestimmt schon einmal aufgefallen sein, dass alle staatlichen Baumaßnahmen am Ende immer teurer werden und länger dauern, als vorher öffentlich angekündigt.«

Leander nickte. »Dass öffentliche Planungen nicht ernst zu nehmen sind, ist hinlänglich bekannt. Wo also ist das Problem?«

»Ich sagte *angekündigt*, nicht *geplant*«, korrigierte Paulsen und fuhr auf Leanders verständnislosen Blick hin fort: »Also, von Anfang an und für die Ahnungslosen unter uns: Angebote müssen offiziell immer viel niedriger ausfallen, als sie ausfielen, wenn man die realistischen Zeiten und Kosten kalkulierte. Sonst bekommen die Herren in den Ministerien die Maßnahmen nämlich nicht von ihren Parlamenten und Rechnungshöfen genehmigt. Außerdem wäre der öffentliche Widerstand in der Bevölkerung noch größer, als er ohnehin schon ist. Siehe *Stuttgart 21*, um nur ein Beispiel zu nennen. Wenn der Auftrag schließlich erteilt ist, wird die Ausführung so lange verzögert, dass man die höheren Kosten mit unkalkulierbaren Preissteigerungen während der jahrelangen Bauphase begründen kann. Das löst außerdem einen Rattenschwanz an Problemen aus: Von Jahr zu Jahr werden die Richtlinien und Vorgaben verschärft und müssen nachträglich eingeplant und natürlich nachberechnet werden. Am Ende kostet so ein Klimaschutzdeich dann locker mal das Dreifache von dem, was vorher im Angebot stand. Das ist bei uns im Norden nicht anders als bei süddeutschen Bahnhöfen oder bei den Hauptstadtflughäfen.«

»Gut, aber was hat das mit Korruption zu tun?«

Paulsen atmete tief ein und wieder aus. »Ganz einfach«, fuhr er dann, sichtbar um Geduld bemüht, fort. »An so einer Ausschreibung beteiligen sich nur sehr wenige Firmen. Nämlich die, die auch den notwendigen Maschinenpark besitzen.«

»Im Falle des Klimadeiches in Utersum also beispielsweise Sie und die Firma Rasmussen.«

»Und noch die eine oder andere Firma auf Sylt oder am Festland«, bestätigte Paulsen nickend. »Ich muss als vergleichsweise kleiner Unternehmer, der keine internationalen Strukturen hat, um Kosten zu verschleiern, einigermaßen realistisch kalkulieren – Mindestlohn, Entsendegesetz und der ganze Kram. Rasmussen kann über Subunternehmer im Ausland die Preise drücken, zum Beispiel über die Lohnkosten. So kommen die Dänen zu viel günstigeren Angeboten. Und was ihnen fehlt, um die tatsächlichen Kosten abzudecken und Gewinn zu machen, schlagen sie über die gesamte Bauzeit hinweg am Ende wieder drauf.«

»Das wissen die Entscheider in Kiel doch auch«, wandte Leander ein.

»Natürlich wissen die das. Aber sie beziehen es in ihre Entscheidung über den Zuschlag nicht ein. Und bevor Sie jetzt fragen, warum sie das nicht tun …« Er rieb Daumen und Zeigefinger aneinander.

»Das also haben Sie Herrn Groothues erklärt«, stellte Leander mehr fest, als dass er es als Frage formulierte. »Ich nehme an, er hat daraufhin Belege von Ihnen verlangt.«

»Die ich ihm nicht geben konnte. Natürlich läuft das Ganze so verdeckt ab, dass keine schriftlichen Nachweise auftauchen können.«

»Herr Groothues ist also unverrichteter Dinge wieder gegangen?«

Paulsen zog bedauernd die Augenbrauen hoch.

»Wo könnte er Ihrer Ansicht nach weiter nachgeforscht haben?«

»Nun, bei Rasmussens Leuten, nehme ich an. Wenn er Beweise für seinen Verdacht und meine Behauptungen gesucht hat, konnte er sie nur dort finden.«

»Auf der Utersumer Baustelle?« Leander konnte nicht verhindern, dass seiner Stimme deutlich anzuhören war, für wie abwegig er das hielt.

»Quatsch!« Paulsen wurde allmählich ungehalten. »Er musste natürlich versuchen, einen Whistleblower oder irgendjemanden aufzutun, der ihm Unterlagen beschaffen konnte, mit denen er Scheinrechnungen oder Überweisungen auf Offshore-Konten beweisen konnte. Dass ihm das gelungen ist, halte ich allerdings für unwahrscheinlich.«

»Ach ja? Und warum?«

»Die Baubranche ist ein hartes Geschäft, bei dem mit noch härteren Bandagen gekämpft wird. Es muss sich schon lohnen, da auszusteigen und damit sein Leben zu riskieren. Und Groothues war nicht der Mann, der Informanten mit Millionen locken konnte.«

»Trotzdem gehen Sie davon aus, dass er bei Rasmussen weiterrecherchiert hat?«

»Wo sonst? Und Sie sagen ja selbst: Seine Leiche wurde im Watt vor der Baustelle der Dänen gefunden.«

Leander ließ diese Theorie auf sich wirken. Sicher, die Suche nach beweiskräftigen Unterlagen gehörte zum Kerngeschäft jedes investigativen Schreiberlings. Aber Paulsen hatte zweifellos recht mit der Annahme, dass es solche Unterlagen mit Sicherheit nicht auf einer vergleichbar kleinen Baustelle auf Föhr zu finden gab. Auch ein Whistleblower mit Zugang zu wichtigen Unterlagen kam dort nicht einfach aus seinem Baubüro und sagte: »Hier bin ich. Was brauchst du? Ich besorge es dir.« Es tat sich also eine Lücke auf zwischen Groothues auf Föhr und den Beteiligten im Milliardenpoker in Dänemark.

»Angenommen, Groothues hat wirklich bei den Dänen recherchiert: Wen hätte er auf Föhr ansprechen können? Was für Unterlagen könnte es hier geben? Ich meine, der Firmensitz ist in Dänemark, und da werden doch alle wichtigen Unterlagen sein.«

»Oder auf Sylt«, entgegnete Paulsen. »Die dicke Kohle macht Rasmussen da drüben mit den Baggerschiffen. Und die Deutschlandzentrale der Dänen sitzt auch da. – Aber mehr kann ich Ihnen wirklich nicht sagen. Ich muss jetzt auch weitermachen. Im Gegensatz zu euch Beamten habe ich nämlich Termine einzuhalten und werde nicht von Steuergeldern durchgefüttert.«

Für Leander stand nun fest, dass er an dieser Stelle nicht weiterkommen würde. Von Paulsen war keine Hilfe mehr zu erwarten. Da konnte er nun durchaus riskieren, ihn mit seiner anderen Theorie zu konfrontieren und ihn damit gegen sich aufzubringen.

»Eine letzte Frage noch, Herr Paulsen: Was halten Sie von folgendem Szenario? Angenommen, Groothues hat auf der Baustelle recherchiert und ist dabei den Leuten ins Gehege gekommen, die in letzter Zeit die Maschinen sabotiert haben – Ihren Leuten also. Das könnte ihn doch ebenfalls das Leben gekostet haben.«

Der Bauunternehmer richtete sich im Sitzen auf und wollte offensichtlich scharf kontern, als es in seinen Augen plötzlich aufblitzte. »Verdammt, jetzt weiß ich, woher ich Sie kenne. Sie waren neulich Abend im Biergarten, als es Streit mit den Dänen gegeben hat. Sie sind gar nicht von der Kriminalpolizei!«

»Habe ich das behauptet?« Leander grinste ihn breit an. »Ich bin privater Ermittler und suche im Auftrag von Kai-Uwe Groothues' Tochter nach dem Mörder.«

Paulsen sprang mit zorngerötetem Kopf auf und schüttelte drohend die Faust in der Luft. »Raus hier, aber ganz schnell!«

Leander zuckte wie beiläufig mit den Schultern und erhob sich betont langsam. Paulsen folgte ihm dichtauf, als müsse er den Eindringling wie ein Bulldozer einen Sandhaufen aus dem Büro schieben. Als Leander in die gleißende Sonne trat, bog ein Streifenwagen auf den Hof.

»Die haben mir gerade noch gefehlt«, wütete Paulsen, der mit in die Hüften gestemmten Fäusten in der Tür stehen geblieben war und nun grimmig beobachtete, wie Dieter Bennings und Jens Olufs dem Fahrzeug entstiegen.

»Erzählen Sie ihnen einfach, was Sie mir eben erzählt haben«, riet Leander gleichmütig und grüßte die beiden Beamten, die wortlos, aber mit skeptischen Blicken an ihm vorbei auf das Büro zu gingen.

Vor allem Bennings war deutlich anzusehen, wie wenig erfreut er darüber war, seinen Freund hier anzutreffen.

Den Rückweg wählte Leander über den Heymannsweg und die Badestraße. Als er schließlich von der Süderstraße in die Wilhelmstraße einbog, sah er schon von Weitem Tom auf dem niedrigen Friesenwall vor seinem Haus sitzen. Der Lehrer stand schwerfällig auf und öffnete ihm das Törchen.

»Langeweile?«, erkundigte sich Leander und grinste seinen Freund breit an.

»So begrüßt du also deine dienstbaren Geister, ohne die du nichts wärst«, tat Tom beleidigt. »Weniger als nichts!« Er hob unterstreichend den rechten Zeigefinger.

Leander lachte und schob sein Fahrrad zur Seite des Hauses, um es dort an einem Ring in der Wand anzuketten. Er öffnete die Haustür, deutete einen Kratzfuß an und ließ Tom an sich vorbeiziehen.

Der steuerte direkt auf die Hintertür zum Garten zu und rief über die Schulter: »Ich nehme dann ein Bier. Aber ein kaltes, wenn ich bitten darf.«

Leander holte zwei Bierflaschen aus dem Vorratsraum gegenüber der Treppe zum Obergeschoss, vervollständigte seine Ausrüstung durch einen Flaschenöffner und folgte dem Freund hinaus unter den Apfelbaum. Dort hing der Lehrer schon mit ausgestreckten Beinen und hinter dem Nacken verschränkten Händen in einem Gartenstuhl und genoss mit geschlossenen Augen den Schatten.

»So sieht das also aus, wenn ein Pauker nicht nur nichts zu tun, sondern auch noch keine Langeweile hat«, stellte Leander in betont bewunderndem Tonfall fest. »Und ich hatte schon gehofft, du wärst gekommen, um mir beim Aufräumen zu helfen.« Dabei deutete er mit einer der Bierflaschen auf den Rest des eingestürzten Schuppens, der trotz seines Einsatzes am Vormittag aussah, als hätte jemand zur Tarnung lediglich die obersten zehn Bretter vom Haufen entfernt, damit es wenigstens so schien, als würde hier fleißig gearbeitet.

»Da sei Gott vor!«, wehrte der Lehrer ab und nahm die ihm dargebotene Bierflasche.

Er prostete Leander zu, setzte die Flasche an und zog sie mit heftig auf und ab wanderndem Adamsapfel in einem Rutsch leer. Dann äugte er misstrauisch durch das braune Glas und behauptete: »Da ist aber auch weniger drin als früher.«

»Du scheinst ja einen ganz besonderen Frust zu schieben«, vermutete Leander.

»Das kannst du laut sagen.« Tom richtete sich etwas auf, bevor er ergänzte: »Und ich habe auch allen Grund dazu.«

»Lass hören!« Leander trank ebenfalls einen Schluck Bier, stellte die Flasche dann vor sich auf den Tisch und rückte seinen Gartenstuhl direkt neben den seines Freundes. Für unbeteiligte Passanten hätten sie nun wie ein altes Ehepaar ausgesehen, das gemeinsam den Frieden des kleinen Gartens auf sich wirken ließ.

»Ich komme gerade aus dem Rathaus«, berichtete Tom. »Der Bürgermeister ist auf 180. Die letzten beiden Stürme haben Wyk den halben Südstrand gekostet. Warst du heute schon unten? Da kannst du kaum noch Strandkörbe aufstellen. Trotzdem hat man ihm heute Vormittag am Telefon aus Kiel erneut verboten, den verlorenen Sand wieder aufzuschieben.«

»Aha? Und warum?«

»Begründet haben die das mit dem Küstenschutzkonzept, das nun einmal für die kommenden Jahre beschlossen sei. Da dürfe man nicht einfach als Gemeinde ausscheren.«

»Das hast du ja neulich schon angedeutet«, wandte Leander ein. »Warum fragt der denn überhaupt und schiebt nicht einfach Sand auf?«

»Weil das vielleicht auch jemand bezahlen muss?« Tom starrte Leander kopfschüttelnd an, als habe er es mit einem besonders begriffsstutzigen Schüler zu tun.

»Und jetzt?«

»Nichts jetzt. Jetzt ist es Essig mit Sandvorspülen und -aufschieben. Und wir Mitglieder der Gemeindevertretung müssen das vor unseren Wählern rechtfertigen, die sich natürlich fragen, wie so ein Unsinn sein kann, der ja nun eindeutig dem Tourismus und damit dem wirtschaftlichen Standbein unserer Insel schadet.«

»Und wenn ihr dann auf Kiel zeigt, fragen sie, warum ihr euch so etwas gefallen lasst«, ergänzte Leander.

»Exakt!« Tom reichte ihm die leere Bierflasche. »Lässt du da mal die Luft raus?«

Auf dem Weg zum Vorratsraum dachte Leander über das eben Gehörte nach. Dabei erinnerte er sich an Groothues' Fotos.

Als er mit zwei vollen Bierflaschen zurückkam und eine davon Tom reichte, fragte er: »Wenn aber nicht vorgespült werden darf, warum ist denn dann am Südstrand vermessen worden?«

»Vermessen?«, wunderte sich Tom. »Davon weiß ich nichts.«

Leander rief auf seinem Smartphone die Bilder von den Strandvermessern auf und zeigte sie seinem Freund.

Tom betrachtete sie eingehend und schüttelte den Kopf. »Das ist nicht unser Südstrand«, stellte er schließlich fest. »Das ist der Strand vor Hörnum. Siehst du die flachen Dünen und die Abbruchkante? Das sind eindeutig Sturmschäden drüben auf Sylt.«

Er reichte Leander das Gerät zurück, der sich die Fotos auch noch einmal ganz genau ansah.

»Übrigens führt mich das zu dem Grund, aus dem ich eigentlich hier bin«, fuhr Tom fort. »Ihr habt doch Groothues' Leiche vor dem Utersumer Deich gefunden, nicht wahr?«

Leander nickte.

»Und nun vermutet ihr, dass er auf Föhr ermordet wurde, wie ich gehört habe.«

Leander nickte abermals.

»Siehst du? Ich dachte mir, dass du mir neulich mal wieder nicht richtig zugehört hast.«

Leander zog fragend die rechte Augenbraue hoch.

»Ich habe dir doch von der Strandbegehung mit den Leuten vom Landesamt für Küstenschutz berichtet.«

Leander nickte ein drittes Mal.

»Sag mal, hast du einen Wackeldackel verschluckt?« Tom sah ihn aus zusammengekniffenen Augen an und schüttelte den Kopf, bevor er fortfuhr: »Also, dann erinnerst du dich doch auch, dass ich dir von dem Versuch erzählt habe, vor Sylt ein Sanddepot für Föhr anzulegen.«

Leander dachte einen Moment über Toms Andeutungsrhetorik nach. »Du meinst …«

»Genau! Offensichtlich geht der Plan des Landesamtes auf.« Dabei wedelte er ungenau mit dem Zeigefinger in Richtung des Smartphones in Leanders Hand.

Der sprang aus dem Gartenstuhl und klopfte seinem Freund anerkennend auf die Schulter. »Tom, du bist ein Genie!«

»Und was ist daran jetzt neu?«, wunderte sich der Lehrer schulterzuckend und setzte die Bierflasche an.

Gleich nachdem Tom gegangen war, suchte Leander Kapitän Fischers Telefonnummer heraus und rief bei ihm an. Es dauerte einen Moment, bis seine Frau den alten Mann aus dem Garten geholt hatte.

»Fischer?«

»Henning Leander. Ich hab da mal eine Frage, die nur Sie mir beantworten können.«

»Na, dann mal los!«

»Es geht um den Fundort der Leiche. Halten Sie es für möglich, dass sie bei ablaufendem Wasser von Utersum aus dorthin gespült worden ist?«

»Unmöglich!«

»Aha, und warum ist das unmöglich?«

»Na, wegen des Tiefs!«

Leander wartete einen Moment und hakte, als nichts weiter kam, ungeduldig nach: »Können Sie mir das mal etwas genauer erklären?«

Kapitän Fischer seufzte. »Also: Wenn der Mann vor Utersum ins Meer geworfen worden wäre, hätte das ablaufende Wasser ihn ins Vortrapptief gezogen, und das hätte ihn im Bogen vor Amrum her weit hinaus in die offene Nordsee gespült. Sie haben ja selbst gespürt, wie stark die Strömung da ist, nur dass sie, als wir da durch mussten, bereits die Richtung gewechselt hatte. Da war wieder auflaufendes Wasser.«

»Aha, das klingt logisch«, urteilte Leander nachdenklich. »Wenn die Leiche also nicht von Föhr aus ins Meer gekommen sein kann, muss sie doch von außen ins Watt gespült worden sein.«

»Wenn der Mann nicht bei Niedrigwasser dort draußen getötet oder bei auflaufendem Wasser vor Norddorf ins Vortrapptief geworfen wurde, dann ist er von außerhalb gekommen. Das stimmt.«

Da draußen ermordet? Unwahrscheinlich. Von Amrum aus ins Tief geworfen? Leander wog diese Möglichkeit kurz ab, verwarf sie aber sofort wieder. Nichts in Groothues' Unterlagen deutete auf Amrum hin.

»Könnte er vor Hörnum ins Meer geworfen worden sein?«, schob er also nach.

Am anderen Ende blieb es einen Moment still. Leander konnte förmlich vor sich sehen, wie Kapitän Fischer in die Luft stierte und sich die Strömungskarte vor seine zu Schlitzen verengten Augen rief.

»Ja«, kam es dann aus dem Hörer, »das passt.«

Leander bedankte sich bei dem alten Mann und beendete das Gespräch. Im Zusammenhang mit dem Brief von Hans Blank hatte er nun möglicherweise das Missing Link in der Theorie von Enno Paulsen gefunden, dass der Schriftsteller auf Sylt nach einem Whistleblower gesucht haben könnte. Hans Blank wohnte in Hörnum, in dem Sylter Dorf also, vor dessen Strand das Sanddepot für Föhr angelegt worden war. Und mit eben diesem Sand war höchstwahrscheinlich die Leiche von Kai-Uwe Groothues durch das Vortrapptief ins Watt zwischen Amrum und Föhr transportiert worden.

In dem Moment klingelte das Telefon. Es war Franziska.

»Jetzt habe ich etwas Zeit, bevor wir gleich zu Abend essen«, sagte sie und gab Leander damit erneut das Gefühl, nur zweite Wahl zu sein. »Was hast du heute gemacht?«

»Im Garten aufgeräumt«, erzählte der ein Quäntchen Wahrheit.

»Und, kommst du voran?«

»Zu zweit wären wir weiter«, antwortete er ausweichend.

Franziska lachte. Sie kannte ihn zu gut, als dass sie ernsthaft mit größeren Fortschritten gerechnet hätte. »Dann lass es liegen, bis ich von Sylt zurück bin«, schlug sie großmütig vor.

Das besänftigte Leander nicht nur, es rührte ihn geradezu, da Franziska offenbar Frieden schließen wollte.

»Weißt du was?«, fragte er, einem Gedanken folgend, der in den letzten Minuten zaghaft begonnen hatte, Gestalt in ihm anzunehmen. »Gerade, bevor du angerufen hast, habe ich mir überlegt, dass es vielleicht doch ganz schön wäre, Birte und Thoralf mal wiederzusehen.«

»Und Marei«, erinnerte Franziska ihn erstaunt.

»Genau, die kleine Nervensäge auch.«

»Und woher kommt der plötzliche Sinneswandel?« Jetzt hörte Leander doch so etwas wie lauernde Skepsis heraus.

»Aus Sehnsucht zu dir«, schmalzte er. »Du bist gerade einmal einen Tag auf Sylt, und mir graut bereits vor zwei Wochen Einsamkeit als Strohwitwer.«

»Ja nee, ist klar.«

»Ehrlich. Als ich heute so ganz alleine vor mich hin geschwitzt und mir dich auf Sylt vorgestellt habe, stand es plötzlich ganz deutlich vor mir: Gemeinsames Schwitzen ist einfach viel schöner.«

»Aha, jetzt weiß ich, was dich steuert«, entgegnete Franziska lachend.

»Nämlich?«

»Jedenfalls nicht der Kopf.«

»Heißt das, du bist einverstanden, dass ich nach Sylt komme?«

Franziska zögerte einen Moment, bevor sie antwortete: »Aber nur, wenn du dich benimmst!«

»Ja, Mama.«

»Das ist kein Spaß, Henning.« Ihr Tonfall hatte eine deutlich drohende Färbung. »Ich möchte nicht, dass es zwischen dir und Thoralf Streit gibt. Dafür ist mir seine und Birtes Freundschaft zu wichtig.«

»Wichtiger als meine Freundschaft?« Leander tat enttäuscht.

»Lenk nicht ab! Sind wir uns da einig?«

»Natürlich«, versprach Leander nun betont ernsthaft. »Versprochen! Ich werde so freundlich zu Thoralf sein und so liebenswürdig zu Birte …«

»Und zu Marei!«

»… und zu Marei, dass sie mich am Ende nicht wieder weglassen wollen. Du wirst sehen, in zwei Wochen wirst du alleine zurückfahren müssen.«

Franziska lachte besänftigt. »Also gut. Wann wirst du kommen?«

»Wenn du willst, morgen.«

»Und dein Skatabend am Mittwoch?«

»Muss halt ausfallen. Manchmal sollte man Prioritäten setzen und Verzicht üben.«

Franziska schwieg einen Moment, als müsse sie erst ihre letzten Zweifel bekämpfen. »Wir erwarten dich dann morgen Mittag in Hörnum am Anleger«, sagte sie schließlich.

»Sekunde, ich sehe direkt mal nach …«, Leander hörte einen Moment lang nichts, »… Ja, hier habe ich es: Der *Adler Express* nach Sylt legt um zehn Uhr 15 in Wyk ab.« Es folgte wieder eine kurze Pause, bevor sie verkündete: »Also, ich muss dann jetzt auch wieder. Bis morgen.«

»Bis morgen«, entgegnete Leander und drückte das Gespräch mit gemischten Gefühlen weg.

Er würde also nach Sylt reisen. Das bedeutete logischerweise, dass er weder Paulsen noch die Deichbaustelle in Utersum im Blick haben würde. Und was, wenn die Lösung des Falles doch hier auf Föhr zu finden war?

Kurz entschlossen griff Leander zum Telefon.

16

Unglaublich, dachte Leander, dass sich dieses friedliche, glatte Meer innerhalb kürzester Zeit zu einem tödlichen Moloch wandeln kann. Schon oft hatte er erlebt, wie die Wassermassen bei Sturmflut gegen die Hafenmauern prallten, und selbst die großen, massiven Fähren mit ihren Stabilisatoren Mühe hatten, draußen vor dem Hafen die Wellen abzureiten. Sie an einer Landungsbrücke zu vertäuen, würde unweigerlich dazu führen, dass sowohl die Schiffe als auch die Kaimauern zertrümmert würden.

An Tagen wie heute dagegen glitt das Wasser geräuschlos an der Bordwand entlang, während der Bug des Schiffes den Spiegel der Nordsee durchschnitt. Ein leichter Fahrtwind milderte die flirrende Hitze auf dem Oberdeck, auf dem sich Tagestouristen dicht an die Reling drängten, um die vorbeigleitende Insel Amrum mit dem markanten Leuchtturm oberhalb des Kniepsandes in Serie zu fotografieren. Auf flachen Sandbänken lagen vereinzelt Seehunde in der Sonne, was vor allem bei Kindern zu begeisterten Ausrufen führte. Idylle pur. *Friesische Karibik.*

Auch Leander wäre darauf hereingefallen, wäre sein Großvater Hinnerk nicht vor elf Jahren während einer Sturmflut genau hier draußen mit seinem Kutter *Haffmöwe* tödlich verunglückt. Der alte Mann hatte das Meer mit all seinen Gefahren in- und auswendig gekannt, und doch war er ihm letztlich zum Opfer gefallen. Der Blanke Hans verzieh keinen Leichtsinn, das galt seit Jahrtausenden im Umgang mit dem Meer. Und der Klimawandel machte diesen nun sogar noch unberechenbarer.

Neben Leander wurde es plötzlich laut. Ein Paar mit drei Kindern im Alter zwischen sechs und zehn Jahren besetzte die freien Plätze neben ihm und auf der Bank gegenüber. Jedes der Kinder wollte an der Reling sitzen und drängelte und schubste die anderen beiseite, sodass sie Leander mehrfach auf die Füße traten.

»Meine Güte«, schimpfte der Vater, »geht das schon wieder los? Ich warne euch: Ihr kriegt nachher auf Sylt kein Eis, wenn ihr euch ständig nur streitet!«

»Wechselt euch einfach ab«, versuchte die Mutter, die Lage zu entschärfen. »Die Fahrt dauert lange genug, da kann jeder von euch ausreichend an der Reling sitzen.«

»Ich will aber zuerst«, verkündete der Älteste und schubste seine kleine Schwester so heftig beiseite, dass sie auf Leander fiel und schrill zu kreischen begann.

»Jetzt reicht es!«, donnerte der Vater und zog ihn am Arm zu sich. »Du bleibst jetzt hier neben mir sitzen, verstanden?«

»Entschuldigung«, wandte sich die Mutter an Leander. »Die Kinder sind einfach zu aufgeregt. So eine Schiffsreise ist ja auch spannend.«

Leander, der kurz darüber nachgedacht hatte, seinen Platz an der Reling zu räumen und das Angebot für die Kleinen dadurch zu verdoppeln, nahm sofort wieder davon Abstand, als nun die anderen beiden Kinder mit der Schubserei fortfuhren, während der ältere Bruder sich zornig von der Hand seines Vaters loszureißen versuchte. Die Eltern wirkten geradezu hilflos angesichts des rüpelhaften Verhaltens ihrer Sprösslinge.

Wie hatten Leander und Ilka es eigentlich geschafft, dass ihre beiden rücksichtsvoller miteinander und mit anderen Menschen umgingen? Vielleicht waren sie in ihrem stressigen Alltag einfach nicht so verständnisvoll mit ihnen gewesen, wie die heutigen Eltern das waren. Sie hatten durchgegriffen und sich nicht bei jeder Kleinigkeit schuldbewusst gefragt, was ihre Erziehungsmaßnahmen wohl in den zarten Seelen anrichteten.

Leander lehnte sich zurück, schloss die Augen, um das Theater nicht länger mit ansehen zu müssen, fühlte die Hitze der Sonne auf seinem Gesicht brennen und dachte lieber weiter über den Klimawandel nach als über Erziehungsprobleme, die ihn zum Glück nichts mehr angingen.

Seit einigen Jahren spitzte sich die Klimalage dramatisch zu. Nicht umsonst war die Deicherhöhung entlang der Küste und auf den Inseln notwendig geworden, denn schon ein Anstieg des Meeresspiegels um wenige Zentimeter hatte dramatische Auswirkungen auf die Höhe der Wellen bei Sturm. Leander hatte manchmal den Eindruck, als befinde sich die Menschheit in der Abwärtsspirale ihrer eigenen Dummheit gefangen. Niemand, der noch annähernd bei Verstand war, bestritt heute noch, dass es den Klimawandel gab. Jeder vernunft-begabte Mensch hatte inzwischen akzeptiert, dass er men-schengemacht war und nur durch ein radikales Umsteuern in unseren Wirtschafts- und Lebensgewohnheiten verlangsamt werden konnte. Und doch fehlte es den Politikern an Mut, die nötigen Schritte einzuleiten, ohne länger Rücksicht auf die Interessen einzelner Wirtschaftsbereiche zu nehmen, und den Menschen fehlte es an der Bereitschaft, selbst ihren Teil dazu beizutragen, dass der CO_2-Ausstoß verringert wurde.

Der Klimatologe und Meeresforscher Mojib Latif hatte vor Kurzem in einer Talkshow vorgerechnet, dass der Kli-mawandel in den letzten 100 Jahren genauso schnell vorange-schritten war wie in den 10.000 Jahren seit der letzten Eiszeit. Hatten Pflanzen und Tiere im Zuge der Evolution innerhalb dieser langen Zeitspanne genügend Zeit, sich den sich lang-sam ändernden Bedingungen anzupassen, so hatten sie dies in den 100 Jahren Karbonzeitalter nicht gehabt. Entspre-chend waren aktuell 1.000.000 Tierarten akut vom Ausster-ben bedroht. Auch der Golfstrom änderte seinen Verlauf und damit das Klima in Mitteleuropa. Nord- und Ostsee wandel-ten sich rapide. Immer häufiger wurden Tiere gesichtet, die hier eigentlich nicht zu Hause waren. Meeresforscher warn-ten sogar davor, dass sich die Nordsee bis 2100 zu einem Hai-gewässer entwickeln würde, wie man es sonst nur vom Pazi-fik kannte. Sommerurlaub mit Hai-Alarm und Badeverbot nicht nur in Kalifornien, sondern dann auch auf Sylt, Amrum und Föhr. Gegen diese Vorstellung waren selbst die Zunahme von Blaualgen oder Feuerquallen Bagatellen.

Vor dem Hintergrund dieser Betrachtungen erschienen Leander Toms Bemühungen, sich persönlich für die unbe-dingt nötige Energiewende einzusetzen, plötzlich gar nicht mehr so lächerlich, sondern im Gegenteil sogar zwingend. Wo, wenn nicht im kleinen und persönlichen Bereich, musste man anfangen? Und wer, wenn nicht die Menschen, die im Besitz von Häusern waren, hatten die Verantwortung, in diesen Bereichen voranzuschreiten? »Eigentum verpflichtet«, hörte Leander Tom sagen.

Außerdem hatte er Kinder, die ihn eines Tages sicher fragen würden, was er eigentlich getan habe, um den Klimawandel aufzuhalten. Leanders Großvater hatte sich vor seinem Sohn für sein Verhalten im Dritten Reich rechtfertigen müssen. Leanders Generation musste sich jetzt schon für ihren egoistischen Lifestyle auf Kosten zukünftiger Generationen rechtfertigen.

Während Leander derart schwere Themen wälzte, näherte sich der *Adler Express* Hörnum, dem kleinen Hafenort an der Südspitze Sylts. Erst die plötzliche Aufbruchstimmung auf dem Oberdeck riss ihn aus seinen Gedanken. Die Tagestouristen drängten sich nun in der Nähe des Ausgangs, während das Schiff festmachte. Jeder wollte der Erste auf der Insel sein, um nur ja keine Minute Landgang weniger zu haben als die anderen. Und die Familie, die eben noch bei Leander gesessen hatte, war natürlich wieder mittendrin.

Er wartete, bis die aufgeregten Menschen von Deck waren, dann stand er auf, nahm seine Reisetasche und verließ ebenfalls das Schiff. Franziska entdeckte er erst, als die Touristen an ihr vorbei waren. Sie hielt neben einem merkwürdig gedrungen aussehenden silber-blau-schwarzen BMW mit dem kitschig verschnörkelten Werbeschriftzug »Birtes Hochzeits-Service« und einer verrenkt posierenden Braut in langem weißem Kleid nach ihm Ausschau und winkte, als sie ihn entdeckt hatte. Von der Fahrerseite lächelte Birte ihm entgegen. Als Leander sie erreicht hatte, umarmte Franziska ihn beiläufig und griff sofort nach seiner Reisetasche.

»Willkommen auf Sylt«, sagte Birte. »Bei dem Kaiserwetter hattest du bestimmt eine tolle Überfahrt.« Sie lachte hell und für Leanders Ohren deutlich zu übertrieben, sodass sie ihm vom ersten Moment an auf die Nerven ging.

»Wie man's nimmt«, antwortete er entsprechend einsilbig.

»Reiß dich bloß zusammen«, zischte Franziska ihm ins Ohr. »Sonst kannst du gleich wieder zurückfahren.«

Leander biss sich auf die Unterlippe und ergänzte um einiges freundlicher in Birtes Richtung: »Das Wetter ist fast schon zu gut. Alle wollten einen Platz auf dem Oberdeck haben. Natürlich direkt an der Reling, ist ja klar. Da werden Opas wie ich einfach mal zur Seite geschubst.«

»Oh, du armer, wehrloser Pensionär!« Birte lachte, während Franziska Leanders Tasche im Kofferraum verstaute. »Steig ein«, forderte sie ihn auf und deutete auf die Hintertür. »Wir haben es etwas eilig, weil wir Marei abholen müssen.«

Leander setzte sich auf die Rückbank, während Franziska sich auf den Beifahrersitz neben Birte fallen ließ. Im nächsten Moment rollte das Auto lautlos an und glitt aus dem Hafen, ohne dass Leander das Starten des Wagens mitbekommen hätte.

»Ist das ein Elektroauto?«, erkundigte er sich erstaunt.

Birte nickte mit Blick in den Rückspiegel und antwortete über die Schulter hinweg: »Ein BMW i3. Thoralf hat ihn mir zum Geburtstag geschenkt. Ich war ja erst skeptisch, aber seit ich den habe, bin ich geradezu ein Fan von Elektroautos geworden. Soundless driving, ach, was sag ich, das ist wie Segeln an Land, nur ohne die Windgeräusche.« Sie lachte.

Tatsächlich war außer dem leisen Abrollen der Reifen absolut nichts zu hören.

»Du solltest Tom mal einladen«, sagte Leander. »Der denkt auch gerade über den Kauf eines Elektroautos nach. Ihr würdet euch wunderbar verstehen.«

»Tom?«

»Tom Brodersen«, antwortete Franziska. »Er ist einer von Hennings Freunden.«

»Tom, natürlich. Der ist doch Lehrer, oder?«, redete Birte drauflos. »Meine Güte, Tom und Lehrer! Als Schüler war er immer der Schlimmste von uns allen. Erinnerst du dich, Franziska, wie er einmal …?«

Während die Frauen sich lachend über ihre Schulzeit austauschten, klinkte sich Leander auf der Rückbank aus. Er fühlte sich abgemeldet, sah aus dem Fenster, spürte dem anschwellenden Druck auf seinen Solar Plexus nach und ließ die Dünenlandschaft an sich vorbeigleiten, ohne sie wirklich wahrzunehmen. Vielleicht war es doch keine so gute Idee gewesen, Franziska nach Sylt nachzureisen. In der Freundschaft zwischen ihr, Birte und Thoralf war er einfach ein Fremdkörper, ein Störenfried. Und wie sauer würde Franziska erst sein, wenn sie den wahren Grund seines Besuches auf der Insel erfuhr!

Schotterknirschen unter den Rädern, das angesichts des fehlenden Motorgeräusches überlaut wirkte, riss Leander aus seinen trüben Gedanken. Birte war von der Straße auf einen Reiterhof abgebogen. Links weiteten sich Koppeln mit Pferden, geradeaus befand sich eine Scheune, an deren Holzwand Ponys angebunden waren, die von Mädchen jeden Alters gestriegelt wurden. Von rechts, wo sich das Haupthaus befand, kam ein etwa vierjähriges Kind in Turnkleidung und Ballerinaschläppchen auf sie zugerannt. Franziska sprang aus dem Auto, fing die Kleine auf und wirbelte sie einmal durch die Luft. Das Kind quietschte vergnügt und drückte Franziska an sich, als die es wieder auf den Boden setzen wollte.

»Sieh mal«, sagte Franziska und öffnete die Tür hinter Birte. »Das ist der Henning. Erkennst du ihn noch?«

»Henning ist blöd«, verkündete Marei und zog eine Schnute.

»Unsinn!«, schimpfte Birte. »Henning ist gar nicht blöd. Er ist Franziskas Freund und sehr nett.«

Unterdessen schnallte Franziska Marei auf ihrem Kindersitz neben Leander an. Ein durchdringender Pferdegestank breitete sich im Auto aus, sodass Leander dazu überging, nicht mehr durch die Nase zu atmen.

Er reichte dem Kind die Hand. »Hallo, Marei. Ich wusste ja gar nicht, dass du schon reiten kannst.«

»Schon lange!«, maulte Marei und ignorierte die ihr hingehaltene Hand.

»Marei lernt hier Voltigieren«, präzisierte Birte.

»Voltigieren?« Leander zog bewundernd die Augenbrauen hoch und versuchte, Blickkontakt zu dem Kind herzustellen. »Das ist aber ganz schön schwer, was?«

Marei dachte aber gar nicht daran, den blöden Henning zu beachten. »Gehst du heute Nachmittag mit mir an den Strand, Franziska?«

»Natürlich, Schatz«, antwortete die lachend. »Henning und ich gehen mit dir an den Strand, und da kannst du dann im Sand spielen.«

»Ich will aber alleine mit dir!«, quengelte Marei. »Henning ist …«

»Jetzt ist es gut!«, ging Birte dazwischen. »Wenn du Henning noch einmal beleidigst, bleibst du zu Hause, und die beiden gehen alleine!«

»… blöd«, vollendete Marei so leise ihren Satz, dass Birte es nicht hören konnte, und blitzte Leander böse an.

Und du stinkst, dachte Leander und blickte aus dem Fenster.

In Wenningstedt bog Birte nach rechts von der Hauptstraße ab und glitt an einigen weißen Reetdachhäusern vorbei, die sich hinter Friesenwällen auf großzügigen Grundstücken breitmachten. Das größte davon, am Rande der Heide in Richtung Kampen gelegen, war das Haus von Birte und Thoralf. Die Zufahrt bestand aus einem lang gezogenen Halbrund, das nicht gepflastert, sondern mit weißen Kieselsteinen aufgeschüttet war. Entsprechend knirschte es, als Birte das Auto auf das Haus zulenkte und direkt neben einem weißen Tesla zum Stehen brachte.

»Fährt Thoralf jetzt auch elektrisch?«, wunderte sich Leander, der sich an einen roten Porsche erinnerte, mit dem der neureiche Spinner früher immer mit aufheulendem Motor über die Insel gerast war.

»Natürlich«, kam es von Birte zurück, als stelle sich diese Frage doch gar nicht. »Ein Model X. Reichlich überdimensioniert für unsere Insel, aber Thoralf kann seinen Kunden ja nicht in einem Kleinwagen gegenübertreten.«

»Nein, das geht natürlich gar nicht«, murmelte Leander und stieg aus.

Kaum hatte Franziska Marei abgeschnallt und aus dem Auto gehoben, öffnete sich die Haustür, und Thoralf trat heraus. Er war braun gebrannt, was durch seine weiße Kleidung noch unnatürlich stark betont wurde. In dem Poloshirt und der kurzen weißen Hose sah er aus, als komme er gerade direkt vom Tennisplatz. Thoralf ging in die Knie und beugte sich mit ausgebreiteten Armen seiner Tochter entgegen. Lachend fing er sie auf und hob sie hoch. »Na, Prinzessin, wie oft bist du heute abgeworfen worden?«

»Gar nicht!«, rief Marei entrüstet, »du bist blöd!«, was Thoralf ein weiteres herzhaftes Lachen entlockte.

Er setzte das Kind ab und trat Leander entgegen. »Henning, alter Freund! Wie schön, dich mal wieder auf unserer schönen Insel begrüßen zu können.« Überschwänglich umarmte er Leander und klopfte ihm fest auf den Rücken, als begrüße er einen alten Kameraden nach jahrelanger Kriegsgefangenschaft. »Hast du schon mein neues Spielzeug gesehen?« Er ließ Leander los und deutete auf den Tesla.

»Jetzt lass ihn doch erst mal ankommen!«, rief Birte lachend.

»Na gut, aber nach dem Mittagessen machen wir eine Probefahrt«, gab Thoralf mit erhobenem Zeigefinger nach.

Er ging zum BMW und entnahm dem Kofferraum Leanders Reisetasche. »Kleines Gepäck, wie ich sehe«, kommentierte er lachend und reichte sie Leander. »Franziska zeigt dir das Zimmer. Aber beeilt euch mit der Begrüßung, ihr zwei!« Dabei blinzelte er Franziska zu, was die mit einem hellen Lachen quittierte, das Leanders Stimmungsthermometer um einige weitere Grade nach unten zwang. »Das Essen ist gleich fertig, und ich habe einen Mordshunger.«

»Du bist unmöglich«, kommentierte Birte kopfschüttelnd.

Leander seufzte leise. Er war noch keine Stunde auf der Insel und musste bereits gegen einen geradezu unmenschlich starken Fluchtimpuls ankämpfen.

17

Franziska und Birte redeten beim Essen drauflos, als hätten sie gerade erst ein jahrelanges gegenseitiges Schweigegelübde gebrochen und müssten nun alles in kürzester Zeit nachholen. Marei plapperte ständig dazwischen und erzwang so ihre Aufmerksamkeit. Thoralf saß grinsend daneben und zwinkerte Leander zu, während eine junge Hausangestellte das Essen servierte. Nobel geht die Welt zugrunde, dachte Leander und mühte sich um ein halbwegs freundliches Gesicht.

»Wann warst du das letzte Mal auf Sylt?«, erkundigte sich Thoralf mit einem Augenaufschlag, der ehrliches Interesse signalisieren sollte.

»Ach«, Leander winkte ab, »das ist Jahre her.«

»Hier hat sich eine Menge getan«, behauptete Thoralf. »Und ich spreche nicht nur von den Baumaßnahmen, die durch die Presse geschleift worden sind. Atlantis-Projekt und so. Nein, nein, wir gestalten die Insel komplett um und verpassen ihr ein grünes Gesicht.«

»Image meinst du«, entgegnete Leander skeptisch. »Und hinter der Fassade Schickimicki.«

»Nein wirklich, das ist keine reine Äußerlichkeit. Sylt wird klimaneutral und konzentriert sich auf umweltfreundlichen Tourismus. Alle Verantwortlichen haben erkannt, dass die Insel nur so überleben kann. Im Übrigen kommt das Konzept auch bei denen gut an, die du als Schickimicki bezeichnest. Nachhaltigkeit liegt voll im Trend.«

»Jaja, das kenne ich«, behauptete Leander. »Im Restaurant Tofu fressen und danach mit dem Porsche, Lamborghini oder, schlimmer noch, Hummer über die Insel rasen. 20 Liter auf 100 Kilometer, wenn man sparsam fährt.«

»Man merkt wirklich, dass du lange nicht hier warst«, entgegnete Birte.

Erst daran und an Franziskas zusammengekniffenen Augen erkannte Leander, dass die Frauen dem Gespräch der Männer gefolgt waren.

»Du wirst staunen, wie viele Teslas du inzwischen in Kampen sehen kannst. Und überall auf der Insel gibt es Ladesäulen.« Birte begleitete ihre Ausführungen mit einem heftigen Nicken.

»Lokal emissionsfrei zu fahren, gehört inzwischen zum guten Ton«, bestätigte Thoralf. »Sogar in Schickeria-Kreisen. Es gibt ja auch inzwischen eine Auswahl an Fahrzeugen, die das Luxus-Segment bedienen: Porsche Taican, Audi E-Tron, Mercedes EQ-C, Tesla S, X und Y. Unsere Stammgäste können sich Autos jenseits der 100.000 Euro leisten. Und wer noch nicht so weit ist und weiter Verbrenner fährt, kommt zu mir und kompensiert sein CO_2.« Auf Leanders erstaunten Blick hin lachte er und fuhr fort: »Ich sehe dir an, was du jetzt denkst. Das ist Ablasshandel. Da verdient der reiche Schnösel auch noch am schlechten Gewissen der anderen reichen Säcke.« Und bevor Leander bestreiten konnte, dass er das tatsächlich gedacht hatte: »Und weißt du was? Du hast vollkommen recht! Ich verdiene tatsächlich sehr gut daran, dass das Umweltbewusstsein steigt.«

Leander räusperte sich. »Wie kompensiert man denn sein CO_2, das man mit einem Verbrenner erzeugt?«

»Das erkläre ich dir nachher bei unserer Probefahrt. Ich sehe schon: Ich muss bei null anfangen, und dann haben wir ausreichend Zeit.«

In Leanders Ohren klang das wie eine Drohung.

Seufzend blickte Leander den Frauen nach, die mit Marei und einem Bollerwagen voller Sandspielzeug in Richtung Strand abzogen. Hatte er gehofft, den Nachmittag mit Franziska verbringen zu können – zur Not auch inklusive Marei, musste er nun akzeptieren, dass Thoralf seine Ankündigung ernst gemeint hatte. Der ließ nämlich gerade an seinem Model X die beiden Flügeltüren hochfahren – allerdings nur, um sie zu präsentieren, denn es handelte sich dabei um die hinteren Türen, und die Vordertüren öffneten sich klassisch wie bei jedem anderen Auto.

»Na?«, freute sich Thoralf, der entweder beschlossen hatte, Leanders schlechte Laune zu ignorieren, oder tatsächlich so egozentrisch war, dass er sie gar nicht wahrnahm. »Sieht das nicht futuristisch aus?« Er setzte sich hinter das Steuer und sorgte per Druck auf das Touch-Display dafür, dass der Wagen seine Flügel wieder anlegte.

Aber auch mit angelegten Flügeln hob das Auto regelrecht ab, und Leander wurde in seinen Sitz gepresst, was Thoralf mit einem begeisterten Lachen begleitete. »Ist das eine Power? 796 PS, 1140 Newtonmeter! Und so ein Elektroauto bringt die gesamte Antriebskraft direkt auf die Räder, ganz anders als die Diesel und Benziner, die ohnehin nur 40 Prozent ihrer eingesetzten Energie auf die Straße bringen.«

Während sie lautlos durch Kampen in Richtung List segelten und Leander vergeblich versuchte, sich fast 800 Pferdestärken bei einem Auto vorzustellen, erklärte Thoralf ihm die verschiedenen Fahrassistenten, mit denen es eigentlich völlig überflüssig wurde, das Fahrzeug noch selber zu steuern. Nur das Lenkrad berühren musste er alle paar Sekunden, sonst beschwerte sich der Übermüdungswarner.

»Elektroautos werden in Zukunft das Herzstück des gesamten Energiesektors sein«, prophezeite Thoralf. »Power-to-home und Power-to-grid, sagt dir das was?« Er wartete gar nicht erst auf Leanders »Nein«, sondern fuhr ansatzlos fort: »Tesla und VW arbeiten bereits daran, dass ihre Autos bidirektional laden können. Das heißt, sie werden in Zukunft nicht nur Strom aufnehmen, sondern auch abgeben können, – zum Beispiel an mein Haus, wenn gerade keine Sonne scheint. Damit wird der Speicher im Auto zum erweiterten Hausspeicher. Statt den Sonnenstrom an guten Tagen billig ins Netz einzuspeisen, parke ich ihn im Auto und hole ihn mir an weniger sonnigen Tagen wieder zurück, um den Kühlschrank, die Waschmaschine oder den Herd zu versorgen.«

»Das ändert aber nichts daran, dass Millionen Elektroautos die Stromnetze überlasten werden«, wandte Leander ein.

»Erstens werden sie das nicht, wenn man die Ladezeit intelligent managed«, widersprach Thoralf, »und zweitens ist das genaue Gegenteil der Fall: Elektroautos werden die Netzstabilität sicherstellen.«

»Aha, und wie soll das gehen?«

»Ganz einfach: Die Energiekonzerne haben ohnehin das Problem, dass sie erneuerbare Energien aus Wind und Sonne nur sehr unregelmäßig zur Verfügung haben. An windigen und sonnigen Tagen gibt es sie im Überfluss, an windstillen und bewölkten Tagen herrscht ein Mangel. Ganz zu schweigen vom Tal der Tränen: den drei Wintermonaten. Da kommen Speicher ins Spiel. Allerdings kann man nicht überall Speicherseen und Pumpspeicherkraftwerke bauen, und so überdimensionale Batteriespeicher, wie man sie brauchte, sind nicht finanzierbar. Und genau da werden Elektroautos zur Schlüsseltechnologie. An Überschusstagen speichern die Stromkonzerne den Strom einfach in den angeschlossenen Elektroautos. Und an Mangeltagen ziehen sie ihn wieder raus. Dafür werden wir einen Speicherbereich in unseren Akkus zur Verfügung stellen. Gegen eine Gebühr, versteht sich.«

»Für mich hört sich das nach Science Fiction an.«

»Ist es aber nicht. Alles, was man dazu braucht, sind sogenannte ›Smartmeter‹, also intelligente und bidirektionale Zäh-
ler. Der bundesweite Rollout ist bereits in vollem Gange.
Sobald unsere Autos und unsere Hausspeicher bidirektional werden, kann das losgehen.«

»Woher weißt du das eigentlich alles?«, wunderte sich
Leander.

»Erstens interessiert es mich, und zweitens ist es mein
Geschäft. Früher habe ich Unternehmen beraten, wenn es
um Lean-Management ging, heute berate ich in Sachen Nachhaltigkeit und Greening. Das wird ein Milliardenmarkt mit
Millionen neuer Arbeitsplätze.«

»Und außerdem verkaufst du CO_2-Kompensationen.«

»Genau. Wenn du zum Beispiel deinen Urlaub auf Mal-
lorca verbringen willst, produziert dein Flug alleine für dich
eins Komma drei Tonnen CO_2. Jetzt kannst du entweder auf
den Flug verzichten und zu Hause bleiben, oder du kompen-
sierst das CO_2, indem du 30 Euro auf mein Konto überweist.«

»Na herzlichen Dank auch«, spottete Leander. »Und du
fährst dann dafür Tesla, oder was?«

Thoralf lachte. »Gute Idee eigentlich, aber so einfach ist
das dann doch nicht. Ich nehme deine 30 Euro und investiere
sie irgendwo in der Welt, um damit CO_2 zu vermeiden. Zum
Beispiel versorgen wir Dörfer in Afrika, die sonst mit Holz
kochen und CO_2 freisetzen, mit Solaröfen. Dadurch sparen wir das CO_2, das du auf deinem Flug freisetzt, in Afrika
wieder ein und machen deinen Flug bilanziell CO_2-neutral.«

»Jetzt verstehe ich, was du mit Ablasshandel gemeint hast«,
ätzte Leander. »Und das Geschäft funktioniert?«

»Wie verrückt! Wir bekommen ja nicht nur Geld von kleinen Malle-Urlaubern, sondern auch von Großkonzernen, die
auf diese Art ihre CO_2-Bilanz ausgleichen. Das heißt, wir

investieren jedes Jahr riesige Summen in Wind- und Solar-
parks, Geothermie, Wasserkraftwerke, Entwicklungshilfe-
Projekte wie besagte Solar-Öfen, in die Aufforstung von Wäl-
dern, sogar in ein Pflanzenkohle-Projekt im Allgäu, wo durch
Biomasse-Verkohlung CO_2 für Jahrhunderte gebunden wird.
Ich sage dir, es gibt da faszinierende Möglichkeiten.«

»Und du vermittelst das und kassierst die Provisionen.«

Thoralf nickte. »Das ist eine ganz neue Serviceleistung mit
einem gigantischen Entwicklungspotenzial. Wir stehen da ja
erst am Anfang, und die Industrieländer werden lange brauchen, um ihre Produktion und ihren Konsum auf Nachhaltigkeit umzustellen. Zusätzlich engagiert sich unsere Firma
auch noch im europäischen Zertifikate-Handel. Verschmutzungsrechte für die Industrie, wenn du so willst.«

»Wieso *unsere* Firma?«, wunderte sich Leander über die
Formulierung.

»Ich habe einen Kompagnon. Für einen alleine ist das
Wachstum in der Branche viel zu rasant. Wir haben unsere
Umsätze seit dem Hitzesommer 2018 mehr als verzehnfacht.«

»Im Grunde heißt das doch, dass derjenige, der es sich leisten kann, unsere Umwelt weiter verschmutzen darf, während
alle anderen darunter leiden«, stellte Leander lapidar fest.

»Vordergründig ist das so, da hast du recht.« Thoralf nickte
mit ernster Miene. »Und es mag auch Menschen geben, die
glauben, das System ausnutzen zu können. Die haben aber
nicht kapiert, dass sie sich damit nur selber schaden. In Wahrheit bekommt die Verschmutzung durch die Lizenzen nämlich endlich einen Preis, während sie vorher zu Lasten der
Allgemeinheit ging. Und durch die Verknappung der Lizenzen, die politisch geregelt wird, wird der Preis steigen. Auf
mittlere Sicht ist es also günstiger, sein Geld in die Vermeidung von Verschmutzung zu stecken, als laufend die steigenden Preise zu bezahlen. End-of-the-pipe war gestern, jetzt

geht es darum, erst gar keine Schäden anzurichten, die man anschließend teuer wieder reparieren muss.«

»Wie die Erhöhung der Deiche oder die Sandvorspülungen?«

»Zum Beispiel, ja.« Thoralf sah Leander verwundert an, als habe er gar nicht erwartet, dass der die Zusammenhänge begreifen würde. »CO_2, das gar nicht erst freigesetzt wird, kann den Klimawandel nicht beschleunigen. Es ist also allemal besser, in die CO_2-Kompensation und die direkte Vermeidung zu investieren als in die teuren Gegenmaßnahmen, wenn durch den Klimawandel der Meeresspiegel steigt. Was repariert wurde, ist zudem in der Regel schlechter als der Zustand vor der Beschädigung.« Er nickte, als müsse er diese Erkenntnis noch einmal bekräftigen. »Wenn du Interesse daran hast, solltest du dir das mal direkt vor Ort ansehen. Hörnum ist nämlich ein gutes Beispiel dafür, dass wir trotz modernster Technik am Ende immer etwas opfern müssen.«

Inzwischen hatten sie den Hafen von List erreicht. Thoralf hielt den Wagen an und stieg aus. »So, mein Lieber, jetzt bist du dran. Du sollst auch mal erleben, wie sich ein Elektroauto fährt.« Ohne auf Leanders Zustimmung zu warten, umrundete er das Auto und öffnete die Beifahrertür. »Es wäre doch gelacht, wenn ich dich nicht infizieren könnte.«

»Und? Wie war's?«, erkundigte sich Franziska, als sie sich für das Abendessen frisch machten.

»Leider spannend«, gab Leander zu.

Franziska lachte. »Thoralf ist ein netter Kerl, wenn man sich erst einmal auf ihn eingelassen hat.«

Leander tat sich schwer damit, ihr zuzustimmen, obwohl er genau das auch gedacht hatte, als Thoralf ihn auf dem Rückweg in das One-Pedal-Driving, die Vorzüge der eingebauten Wärmepumpe und die Rekuperation von Elektroautos eingewiesen hatte. Die Stille ohne das sonst übliche Motorgeräusch, der unglaublich starke Antritt und die Tatsache, dass beim Bremsen Strom erzeugt und in die Batterie zurückgeführt wurde, waren schon faszinierend. Sein alter Volvo dagegen verbrauchte bei laufendem Motor immer Diesel, selbst beim Bremsen und im Stand vor der Ampel. Und ganz nebenbei verpestete der alte Stinker auch noch die Umwelt. Ganz zu schweigen von der Möglichkeit, sich seinen Treibstoff auf dem eigenen Dach selbst herstellen zu können. Thoralf hatte ihm nämlich auch noch seine Photovoltaik-Anlage und das angeschlossene Hauskraftwerk in allen Einzelheiten vorgeführt.

»Beim nächsten Gespräch mit Tom über Elektroautos wird es mir schwerfallen, ihm vom Kauf abzuraten«, gab er zu. »Thoralf hat mir vorgerechnet, dass Elektroautos durch die Förderprogramme aktuell nicht teurer sind als Dieselfahrzeuge. Und mit dem selbst erzeugten Strom fängt man dann vom ersten Kilometer an zu sparen. 100 Kilometer kosten gerade einmal zwei Euro für den Strom, der Diesel für mein Auto ist locker viermal so teuer.«

Franziska lachte über Leanders plötzliche Begeisterung und nickte dabei, als sei ihr das ja längst klar gewesen.

Birte und Marei erwarteten sie bereits auf der Terrasse, während Thoralf sich an den Drehknöpfen eines gewaltigen Grills zu schaffen machte.

»Auch elektrisch?«, erkundigte sich Leander und deutete mit dem Kopf auf das Monsterteil.

Thoralf schüttelte den Kopf und senkte verschwörerisch die Stimme. »Gas. Schmeckt einfach besser. Noch lieber wäre mir ja Holzkohle, aber das bekomme ich bei Birte nicht mehr durch. Sie hat ja auch recht. Die Verbrennung von Gas setzt schon genug CO_2 frei.«

»Was soll's?«, konnte sich Leander nicht verkneifen.
»Dafür kannst du ja einer afrikanischen Familie einen Solar-
ofen spendieren.«

18

Enno Paulsen war wütend. Er redete heftig gestikulierend auf
seine beiden Mitarbeiter ein, die offensichtlich anderer Meinung waren als er. Es handelte sich dabei um dieselben Typen,
mit denen der Bauunternehmer auch in Mephistos Biergarten gegen die Dänen Stunk gemacht hatte. Jetzt hatten sie
sich untereinander in der Wolle. Immer wieder drehte sich
der eine von den beiden um, entfernte sich ein paar Schritte
von seinem Chef, nur um dann wieder schimpfend zu der
kleinen Gruppe zurückzukehren. Der andere Arbeiter versuchte, seinen Kollegen zu beruhigen, legte ihm die Hand
auf den Arm, machte pumpende Bewegungen mit der rechten Hand, was eindeutig »Jetzt komm mal wieder runter!«
heißen sollte – ohne Erfolg.

Das ging eine ganze Weile so hin und her, und Tom hätte
viel darum gegeben, wenn er hätte hören können, was die
Männer sich da gegenseitig an die Köpfe warfen. Dafür saß

er aber in seinem Wagen zu weit von Paulsens Betriebshof entfernt und verfolgte das Geschehen durch einen Feldstecher. Leander hatte ihn und Mephisto mit dem Equipment aus Groothues' Haus ausgestattet und darum gebeten, die Observationen auf Föhr für ihn zu übernehmen. Er selbst müsse unbedingt nach Sylt.

Das war mal wieder typisch! Mephisto und Tom erledigten die Furunkel fördernde und Stunden fressende Sitzarbeit, während der Herr sich auf Sylt mit seiner Franziska die Sonne auf den Bauch scheinen ließ. Was wäre der nur ohne seine Freunde? Nichts. Weniger als nichts.

Andererseits hatten diese sich auch nicht gewehrt, als er sie um Unterstützung gebeten hatte. Wenn Tom ehrlich war, hatte er sogar gerne eingewilligt, ein bisschen Detektiv zu spielen. Nur: Hätte Leander nicht auch spannendere Aufgaben für ihn haben können? Wenn Paulsen wenigstens irgendwo auf der Insel unterwegs wäre. So eine Verfolgung, bei der es darauf ankam, das Ziel nicht aus den Augen zu verlieren, ohne dabei selbst enttarnt zu werden, das wäre jetzt etwas gewesen. Tom war sich sicher, dass er geschickt genug war, um bei so einem Einsatz nicht zu verbrennen. Mephisto allerdings …

Verbrennen, hallte es in Tom nach, und er musste zugeben, dass genau das in weniger metaphorischem Sinne jetzt gerade mit ihm geschah. Die Sonne knallte ohne Rücksicht auf das Auto und ließ es zur Sauna mutieren. Tom kochte regelrecht im eigenen Saft, der sich in Strömen unter seinem T-Shirt in Richtung Sitz ergoss. Heute ging aber auch wieder kein Lüftchen, sodass selbst heruntergekurbelte Scheiben keine Erleichterung brachten. Hätte er wenigstens ein Handtuch dabei!

Paulsen schleuderte mit der rechten Hand nun reichlich Luft weg und rief seinen Männern noch etwas nach, als die längst mit ihrem schwarzen Pickup zum Tor hinaus waren. Dann wandte er sich schimpfend und kopfschüttelnd seinem Büro zu und verschwand im Eingang. Der hatte bestimmt eine Klimaanlage da drin.

Tom sah sich in der Umgebung um, konnte aber beim besten Willen keinen Schattenplatz entdecken, in den er hätte fahren können und von dem aus er trotzdem freie Sicht auf Paulsens Büro gehabt hätte. Er blickte auf die digitale Zeitanzeige in seinem Armaturenbrett: Es war gerade einmal kurz nach 14 Uhr. Wenn Paulsen nun bis zum Büroschluss um, sagen wir, 16.30 Uhr da drinnen blieb, konnte Elke mit dem Aufnehmer hierher kommen und den noch nicht verdunsteten Rest ihres Mannes in einen Eimer wischen. Mehr als zehn Liter würden bestimmt nicht von ihm übrig bleiben. Daran, dass Selbstständige möglicherweise gar keinen pünktlichen Feierabend hatten, dass sie sogar bis tief in die Nacht arbeiteten, wollte er jetzt lieber gar nicht erst denken.

Wenn er sich wenigstens etwas zum Korrigieren mitgenommen hätte! Zu Hause auf dem Schreibtisch lagen die Aufsätze seiner neunten Klasse, die er dringend zurückgeben musste, bevor am Freitag die Ferien begannen. Andererseits wäre auch das kein Vergnügen gewesen. Er hatte eine Klasse erwischt, in der bis auf wenige Ausnahmen stinkfaule Schülerinnen und Schüler auf eine Zukunft hindösten, von der sie sich gar nicht vorstellen konnten, dass sie anders als luxuriös aussehen konnte. Die waren doch allesamt dermaßen verwöhnt! Denen wurde alles hinten und vorne reingesteckt! Und wenn es in der Schule eng wurde, schrieben ihre Eltern unverschämte Mails, in denen sie sich darüber beklagten, dass ihr Deutschlehrer sie nicht zu motivieren verstand. Dass er sie völlig unpädagogisch überfordere und Dinge von ihnen verlange, die sie in diesem Alter noch gar nicht zu leisten in der Lage seien.

Pfff! Tom Brodersen und unpädagogisch! Da hörte sich doch alles auf. Er hatte in seinen fast 25 Dienstjahren Tausende Schüler und Eltern kommen und gehen gesehen. Ihm konnte man nichts mehr vormachen, fachlich schon gar nicht. Allerdings wurden beide, sowohl Schüler als auch Eltern, immer fordernder, immer respektloser, immer unverschämter im Ton. Und die Neunte, die er gerade zu unterrichten hatte, toppte all seine Erlebnisse noch. Wenn er nur daran dachte, was er in den Aufsätzen wieder würde lesen müssen. Als wenn er in den letzten Wochen im Unterricht rein gar nichts vermittelt hätte. Perlen vor die Säue! Gut eigentlich, dass er diese Ergüsse nun nicht auch noch zusätzlich zu ertragen hatte.

Am meisten ärgerte sich Tom aber darüber, dass er nicht einfach über den Dingen stand, dass ihm die unangebrachten Anwürfe nicht einfach meilenweit am Allerwertesten vorbeigingen. Er brauchte den Schülern doch bloß die verdienten Fünfen zu geben und die Elternmails direkt in den Papierkorb zu schieben, wo sie zweifellos hingehörten. Die brauchten nicht zu glauben, dass er als Beamter zur Freundlichkeit verpflichtet war, wenn sie ihm wie Schwarzwild begegneten. Wozu war er schließlich unkündbar?

Goethe ging ihm durch den Kopf: »Was kümmert es die stolze Eiche, wenn sich ein Borstenvieh dran wetzt?« Der Dichterfürst hatte Lebensweisheit und Selbstbewusstsein besessen. Das war genau die richtige Haltung, – die Tom aber leider nun einmal nicht hatte. Er hatte immer noch einen pädagogischen Anspruch an sich selbst, zu dem die heutigen Schüler bei aller Nachsicht seinerseits einfach nicht mehr passten. Und ihre Eltern in einigen Fällen schon gar nicht!

Und drüben auf Paulsens Betriebshof tat sich auch absolut gar nichts.

Tom seufzte tief. Für ihn stand fest, dass er zum frühestmöglichen Zeitpunkt in den Ruhestand treten würde. Abzüge bei den Pensionsansprüchen hin oder her. Er würde endlich seine *Große Geschichte Nordfrieslands* schreiben und damit Geld verdienen. Und zusätzlich hatte er sich ja gerade wegen der Altersvorsorge seine Photovoltaik-Anlage aufs Dach gebaut – und wegen der Nachhaltigkeit seines Lebens, seines CO_2-Footprint's, natürlich auch. Aber die Wirtschaftlichkeit einer solchen Anlage war nun einmal nicht zu verachten. Man konnte die niedrigere Pension durch einen Nebenjob ausgleichen, oder man konnte sein Dach für sich arbeiten lassen und Energiekosten sparen.

Überhaupt: Dieses Immer-mehr-verdienen-Müssen, um sich nur nicht weniger leisten zu können, entpuppte sich doch mehr und mehr zum völlig falschen Weg. Wohin hatte der ständig steigende Konsum die Welt denn geführt? An den klimatischen Abgrund! Verdammt, warum war ihm all das nicht schon viel früher klar geworden? Warum hatte er die Klimakatastrophe gebraucht, um die Augen geöffnet zu bekommen? Greta und die vielen jungen Leute, die weltweit mit ihr demonstrierten? Weil er ein Mensch war. Ein Mensch wie all die anderen, die im Gegensatz zu ihm zum Teil immer noch nicht einsehen wollten, dass sie so nicht weitermachen konnten. Der Mensch war eben eine völlige Fehlkonstruktion: dazu angetreten, sich in seiner Selbstherrlichkeit am Ende selbst zu vernichten.

Wie hatte Brecht das seinerzeit formuliert?

»Sie sägten die Äste ab,
auf denen sie saßen,
und schrien sich zu
ihre Erfahrungen,
wie man schneller sägen könnte,

und fuhren mit Krachen in die Tiefe,
und die ihnen zusahen,
schüttelten die Köpfe
beim Sägen und sägten weiter.«

Tom Brodersen seufzte, während er den Worten seines Lieblingsdichters nachspürte. Und dann blickte er das gefühlte tausendste Mal an diesem Nachmittag auf die Uhr: 15.37 Uhr.

Sieh mal einer an, Trübsal zu blasen, sich in Wut zu versteigen und in Weltschmerz zu baden, schienen durchaus Mittel zu sein, sich den Nachmittag zu vertreiben. Tom sah im Rückspiegel, wie sich ein Grinsen auf seinem Gesicht ausbreitete.

In diesem Moment trat aus Paulsens Büro eine junge Frau mit brünetten Zöpfen, bauchfrei und in Hot Pants gekleidet. Typ Bürokauffrau-Azubine. Sie griff nach einem Fahrrad, das neben der Tür an die Wand gelehnt stand, und schwang sich auf den Sattel. Fröhlich pfeifend radelte sie an Toms Auto vorbei in Richtung Stadt. Der rutschte zwar im Sitz tiefer, aber das wäre gar nicht nötig gewesen, weil sie ohnehin überhaupt keine Notiz von dem komischen Kauz nahm, der nichts Besseres zu tun hatte, als in der prallen Sonne hier draußen im tristen Gewerbegebiet in seiner Blechschüssel zu braten.

Eine halbe Stunde später tauchte der Pickup wieder auf und zog eine Staubfahne hinter sich her auf den Betriebshof. Die beiden Bauarbeiter sprangen heraus und gingen auf das Tor der großen Halle zu, die rechts an das Bürogebäude angebaut war. Merkwürdig, die sahen weder schmutzig noch verschwitzt aus. Musste man auf Paulsens Baustellen nicht arbeiten? Oder waren die beiden so etwas wie Vorarbeiter, die sich nicht mehr selbst die Hände schmutzig machten?

Sie kamen nun mit Werkzeug und Geräten wieder heraus. Tom erkannte Bolzenschneider, eine Flex, zwei Vorschlaghämmer und weiteres schweres Gerät, das sie auf die Ladefläche des Pickup legten. Er griff nach einer Digitalkamera und fotografierte das Geschehen. Henning würde Beweise verlangen.

Paulsen trat aus dem Büro und ging auf sie zu. Offenbar hatte sich bei allen die Wut wieder gelegt. Sie redeten kurz und friedlich miteinander. Paulsen zog ein paar Geldscheine aus der Tasche und teilte sie unter seinen Männern auf. Auch das dokumentierte Tom mit seiner Kamera. Dann stiegen sie ins Führerhaus des Pickup und wendeten das Fahrzeug in einer großzügigen Runde auf dem Hof. Paulsen grüßte sogar noch hinter ihnen her, als sie nun auf die Straße bogen. Pack schlägt sich, Pack verträgt sich, dachte Tom kopfschüttelnd.

Enno Paulsen drehte sich zu seinem Büro um und schloss, – Tom konnte sein Glück kaum fassen, – die Tür von außen ab. Er warf einen Blick auf seine Armbanduhr und eilte zu einem silbernen Mercedes-SUV. Nur Sekunden später rauschte er viel zu schnell von seinem Betriebsgelände auf die Straße, ließ reichlich Schotter und Staub hinter sich und gab noch mehr Gas, als er Asphalt unter den Rädern hatte.

Tom war völlig überrumpelt und hatte Mühe, sein Auto zu wenden und ihm zu folgen. Verdammt, warum hatte er nicht gleich in der richtigen Richtung geparkt? Anfängerfehler! Beim nächsten Mal würde er klüger sein. In dichtem Stadtverkehr, zum Beispiel in Hamburg oder Berlin, wäre seine Zielperson jetzt auf und davon gewesen. Nur gut, dass sie hier auf einem beschaulichen Eiland inmitten des Wattenmeeres lebten. So hatte Tom den SUV schon kurz vor Oevenum auf dem Hardesweg wieder eingeholt, allerdings nicht, ohne dafür die Geschwindigkeitsbegrenzung derart übertreten zu haben, dass es ihn garantiert den Lappen gekostet hätte, wenn Olufs Männer mit der Radarpistole auf der Lauer gelegen hätten. Beschauliches Eiland und Mitglied der

Gemeindevertretung hin oder her. Olufs war dafür bekannt, bei niemandem ein Auge zuzudrücken.

Paulsen bog vom Hardesweg rechts ab und fuhr durch das friedliche Dorf, bog von der Dörpstrat rechts in den Dorfmarkt und kurz vor der Friedenseiche nach links in die Buurnstrat. Vor einem der Häuser auf der rechten Seite hielt er an und stieg aus. Er klingelte an der Haustür. Kurz darauf öffnete eine Frau in einer geblümten Kittelschürze, wie es sie wohl nur noch in Bauerndörfern gab, die Tür. Enno Paulsen wechselte ein paar Worte mit ihr und übergab ihr einen Briefumschlag. Eine Rechnung oder einen Kostenvoranschlag, vermutete Tom. Dann grüßte er knapp mit der Hand und eilte zu seinem Auto zurück. Warum hatte er es nur so eilig?

Wieder auf dem Hardesweg, beschleunigte Paulsen in Richtung Midlum, bog rechts ab nach Alkersum, durchquerte inmitten der üblichen Blechlawine das Dorf und erreichte schließlich Süderende. War Tom schon durch die Hitze schweißgebadet, hatte ihm die Verfolgung über die Insel gleichsam den Rest gegeben. So stressig hatte er sich den Observationsauftrag nicht vorgestellt und er war heilfroh, als Enno Paulsen nun auf den Hof seines Anwesens am Rande Süderendes fuhr. Der Bauunternehmer sprang aus dem SUV und strebte der Haustür zu, die in dem Moment aufgerissen wurde, als er gerade den Schlüssel ins Schloss stecken wollte. Eine blonde Schönheit, die auch in Paulsens Alter zu sein schien, aber geradezu Laufsteg-Qualitäten aufzuweisen hatte, fiel ihm um den Hals und küsste ihn ausgiebig.

So wünschte sich Tom, von Elke auch einmal begrüßt zu werden. Bei so einer Ehefrau war ihm nun klar, warum Paulsen mitten am Nachmittag sein Büro verlassen und es so eilig gehabt hatte, nach Hause zu kommen. Gleichsam ahnte er aber auch, dass er nun wieder sehr lange vor einer verschlossenen Tür in seinem Wagen würde ausharren müssen.

Der dänische Vorarbeiter gab das Zeichen, der Bagger senkte seine Schaufel auf den Boden, sein Motor erstarb. Der Arbeiter, der nun aus dem Führerhaus kletterte, sah wie aus dem Wasser gezogen aus. In der Kanzel musste eine teuflische Hitze herrschen. Auch die anderen Maschinen wurden ausgeschaltet. Von überall her kamen Bauarbeiter von der Seeseite her den Deich herauf und stiegen auf der Inselseite wieder hinab, um unten die wartenden Transporter zu besteigen, die sie zu ihren Unterkünften fahren sollten. Die Männer wirkten erschöpft, so sehr hatte die Sonnenglut, der sie hier draußen schutzlos ausgeliefert waren, ihnen zugesetzt.

Mephisto duckte sich hinter das Gatter auf der Deichkrone. Er hatte mit gut einem Kilometer Abstand die Arbeiten der letzten Stunde verfolgt. Aus reiner Neugier, denn sein Ziel waren eigentlich die Saboteure, die sicher erst nach Einbruch der Dunkelheit auftauchen würden. Falls sie heute überhaupt kamen. Wenn es ganz schlecht lief, würde er hier mehrere Nächte in Folge verbringen müssen, bevor er überhaupt irgend jemanden vor seine Linse bekommen würde.

Das konnte er Diana niemals verkaufen! Sie war sowieso schon angefressen gewesen, als er ihr mitgeteilt hatte, dass sie an diesem Abend im Biergarten ohne ihn würde auskommen müssen.

»Wie stellst du dir das denn vor?«, hatte sie verständnislos gefragt. »Soll ich jetzt auch noch das Brot selbst backen? Reicht es nicht, dass ich die Zubereitung der Schinken- und Käseplatten alleine übernehmen muss und dazu noch den Service?«

Mephisto hätte ihr antworten können, dass es dann eben mal einen Abend kein frisches Brot geben würden. Aber das konnte er vor seinem eigenen Qualitätsanspruch nicht rechtfertigen. Und so war ihm nichts anderes übrig geblieben, als zerknirscht zu nicken, sich reuig zu geben und hoch und heilig zu versprechen, dass es sich um eine Ausnahme handle, einen Notfall, bei dem er Henning unmöglich im Stich lassen konnte. Wozu waren Freunde denn gut, wenn sie in der Not nicht zur Stelle waren?

Erstaunt hatte er zur Kenntnis genommen, dass Diana angesichts seines ungewohnten Unrechtsbewusstseins geradezu entwaffnet reagierte. Sie scheute offenbar davor zurück, einen angeschlagenen Gegner mit vernichtender Härte in die Knie zu zwingen. Darin lag seine Chance, wenn er in den kommenden Nächten auch noch hier draußen am Utersumer Klimadeich auf der Lauer liegen musste. Büßergewand an und Kopf auf die Brust senken, das war augenscheinlich ein Weg, mit dem er seine Interessen vergleichsweise leicht durchsetzen konnte. Hier lag die Schwäche Dianas. Gut zu wissen, das!

Jeder andere hätte angesichts dieser fiesen Gedanken ein schlechtes Gewissen bekommen. Nicht so Mephisto. Der ehemalige Priester war derart auf die Manipulation seiner Schäfchen getrimmt worden, darauf, sie bei ihrem Gewissen zu packen, dass ihm nicht einmal auffiel, wie gemein das Diana gegenüber war. Nicht umsonst hatten ihm seine Gemeindemitglieder den Namen Mephisto gegeben. Sie hatten ihn durchschaut. Er selbst hielt es für einen Ehrentitel.

Binnen weniger Minuten lag die Baustelle verwaist vor ihm. In den nächsten Stunden würde sicher nichts passieren. Mephisto konnte sich also genauso gut in seinen Wagen setzen, den er im Schutz des kleinen Wäldchens unten am Deichweg abgestellt hatte, und ein wenig auf Vorrat schlafen.

Enno Paulsen und seine Gattin verbrachten den Abend auf der Terrasse. Es gab bunte Salate und Folienkartoffeln, der Grill lieferte saftige Rindersteaks dazu, und begleitet wurde das Ganze von einem tiefdunklen Rotwein. Tom lief das Wasser im Munde zusammen, während er das Paar mit dem Fernglas aus seinem Versteck hinter dem rückwärtigen Friesenwall beobachtete. Er hatte sein Auto verlassen müssen, weil er von der Straße aus keinen Blick auf die Rückseite des Gebäudes gehabt hatte. So lag er nun hier auf dem Bauch, hinter sich die Weideflächen der offenen Marsch, vor sich eine gewaltige Rasenfläche, dazwischen die wilden Heckenrosen, die ihm einen guten Schutz boten. Wie gerne hätte er Fotos von dem Traumpaar gemacht, aber dummerweise hatte er seine Digitalkamera im Auto vergessen.

Plötzlich knurrte es bedrohlich, gefolgt von einem tiefen Grummeln, und Tom befürchtete schon, dass Paulsen einen Rottweiler oder etwas in der Art hielt, als ihm klar wurde, dass er diese Geräusche selbst erzeugte. Sein Magen rebellierte angesichts der Köstlichkeiten auf Paulsens Gartentisch so laut, dass die beiden es eigentlich bis auf die Terrasse hören mussten. Aber die bekamen nichts davon mit, dass sie observiert wurden.

Es wurde viel gelacht da drüben. Paulsen und die schöne Blonde verstanden sich offenbar prächtig. Ihre Liebe schien frisch und unverbraucht, keine Spur irgendeiner Gewöhnung, was Tom neidvoll ahnen ließ, dass es sich bei Paulsens Ehefrau offenbar um eine frisch angetraute handelte. Er wunderte sich, dass er sie nicht kannte. Bis jetzt hatte er sich eingebildet, so ziemlich jede Insulanerin und jeden Insulaner zumindest schon einmal gesehen zu haben.

Außer dem Gelächter drang kein Wort zu Tom durch, dafür war der Garten von Paulsens Anwesen zu groß. Schade eigentlich. Wenn er schon hier draußen auf der Lauer liegen musste, anstatt nun selbst auf seiner Terrasse mit Elke und den Kindern zu Abend zu essen, hätte er ja wenigstens ein bisschen Unterhaltung haben können.

Die Sonne stand nun hinter dem Haus und quälte den Hobbydetektiv nicht mehr ganz so sehr, wenngleich es einfach nicht abkühlen wollte. Dieser Sommer war wieder einmal einer von der ganz harten Sorte. Und das schon Ende Mai, bevor er noch richtig angefangen hatte.

Nun erhob sich die Blondine, tänzelte um den Tisch herum, machte ein paar laszive Hüftbewegungen und ergriff Paulsens Hand. Der stand ebenfalls auf und konnte gerade noch nach der Weinflasche und den Gläsern greifen, bevor er ins Haus gezogen wurde. Tom beobachtete durch die Schiebetür, die sie einfach offen stehen ließen, wie das Paar vom Wohnzimmer aus in den Flur gingen. Das Nächste, das er von ihnen sah, waren kurz darauf ihre Konturen hinter der Gardine im Obergeschoss des Hauses. Offensichtlich lag Paulsens Schlafzimmer zum Garten hinaus. Die beiden konnten sich ihrer Kleidung gar nicht eilig genug entledigen und entschwanden dann eng umschlungen den Blicken des Spanners hinter dem Friesenwall.

Tom seufzte. Das konnte nun dauern. Wahrscheinlich kam das Paar in dieser Nacht gar nicht mehr aus dem Bett. Vieles sprach dafür, dass Paulsen zumindest heute keine Sabotage an Baumaschinen auf einer Deichbaustelle mehr verüben würde. Höchstwahrscheinlich machte er sich sowieso nicht selbst die Hände schmutzig. Entsprechend überflüssig war es also, dass Tom die ganze Nacht hier ausharrte, anstatt nach Hause zu fahren, ausgiebig zu essen und sich dann nach erfolgreich absolviertem Tagwerk schlafen zu legen. Mit Elke, versteht sich.

Sollte sich Paulsen nach Einbruch der Dunkelheit aber doch noch auf den Weg machen, würde Tom das nicht mitbekommen. Dann hätte er seinen ersten Observationsauftrag versaut, und das würde Henning ihm nie verzeihen. Dann war es aus mit der Detektivkarriere im Nebenjob, bevor sie noch richtig gestartet war.

Was blieb ihm also anderes übrig, als sich auf eine lange Nacht einzustellen? Allerdings konnte er sich dann auch einen gemütlicheren Platz aussuchen, den Fahrersitz seines Autos zum Beispiel. Den konnte er nämlich zum Liegesitz herunterkurbeln. Einen kurzen Moment war Tom noch versucht, sich an den Resten auf dem Tisch zu bedienen. Die da oben würden nichts davon mitbekommen. Aber dann gab er den Gedanken auf und sich selbst einen Ruck und huschte wieder um das Grundstück herum zurück zur Vorderseite.

Mephisto wurde durch die Scheinwerfer eines Autos geweckt, die sich langsam an der Deichbaustelle vorbeibewegten und dabei durch die Bäume hindurch sein eigenes Fahrzeug streiften. Da nahm jemand ganz besonders gründlich die Baumaschinen in Augenschein. Anders war das Schleichtempo gar nicht zu erklären. Mephisto griff nach dem Nachtsichtgerät und schaute hindurch. Unglaublich, wie klar er nun alles vor sich sah, obwohl es doch tiefschwarze Nacht war. Für dieses Ding hatte Groothues sicher eine Stange Geld auf den Tisch legen müssen. Es war von der Marke *Swarovski* und konnte sogar Fotos schießen.

Das Fahrzeug beschleunigte nun wieder, und als es an Mephisto vorbeifuhr, dessen Wagen von der Straße aus nicht gesehen werden konnte, erkannte er, dass es sich um einen Polizeiwagen handelte. Olufs Männer patrouillierten, wie versprochen, auf ihrer Inselrunde auch entlang der Deichbaustelle. Nun würde es sicher wieder eine halbe Stunde dauern, bis sie erneut hier vorbeikamen. Mindestens.

Und damit begann nun die Phase, in der Mephisto besonders aufmerksam sein musste. Wenn nämlich jemand einen Sabotageakt verüben wollte, hatte er genau diese halbe Stunde Zeit.

Kaum hatte er den Gedanken zu Ende gedacht, tauchten erneut Scheinwerfer auf dem Deichweg auf und steuerten direkt auf die Querung zu, die zur Deichkrone hinauf und an der anderen Seite wieder hinunter führte. Durch das Nachtsichtgerät identifizierte Mephisto einen dunklen Pickup. Ein Mann sprang auf der Beifahrerseite heraus, lief zum Viehgatter und öffnete es. Der Pickup fuhr hindurch, das Gatter wurde wieder geschlossen, der Beifahrer stieg in den Wagen, und der setzte sich zügig in Bewegung. Sekunden später war er hinter dem Deich verschwunden.

Mephisto wurde nun seinerseits von Adrenalin geflutet. Hastig stieß er die Fahrertür seines Autos auf und kletterte vom Sitz. So schnell es seine stattliche Statur zuließ, hastete er aus dem Wäldchen, über die Straße und die steilen Treppenstufen auf den Deich hinauf. Auf der anderen Seite wählte er heftig schnaufend den schrägen Abstieg über das Gras, um sich dann zwischen Deich und Watt in Richtung Baustelle in Bewegung zu setzen.

Verflucht, was hatte er seinen Wagen auch so weit weg parken müssen? Er keuchte wie ein altersschwaches Dampfross und war froh über jede kurze Pause, die er einlegen musste, um durch sein Nachtsichtgerät zu überprüfen, ob er den Männern nicht direkt in die Arme lief. Gar nicht auszudenken, wenn die ihn erwischten. Entkommen konnte er ihnen dann sicher nicht. Mephisto sah sich schon als angefressene Leiche draußen auf einer Sandbank liegen. Vom ablaufenden Wasser hinausgetragen und zwischen den Seehunden abgelegt, bis ihn dann die nächste Ebbe hinaus ins offene Meer ziehen würde, wo er als Fischfutter in den Kreislauf der Natur zurückgeführt würde. Seine letzte Läuterung würden die Wattwürmer am Ende vornehmen. Und so würde der geniale Tausendsassa Dirk Wittkamp, alias Mephisto, seine sicherlich von keinem Gott, sondern von Satan höchstselbst eingefädelte Bestimmung als sandiger Kothaufen inmitten des schleswig-holsteinischen Wattenmeeres finden. Ein winziger Kringel zwischen Millionen anderen. Keine schöne Vorstellung, das alles!

Es war also in seinem ureigensten Interesse, sich nicht erwischen zu lassen. Und so wurde er nicht nur angesichts seiner körperlichen Verfassung immer langsamer und immer umsichtiger, je näher er der Baustelle kam.

Da drüben erkannte er nun den Pickup, unauffällig geparkt zwischen kleinen und größeren Raupen und Baggern. Aber wo waren die Männer abgeblieben? Mephisto schwenkte mit dem Nachtsichtgerät über die Baustelle. Kurz unterhalb der Deichkrone bewegte sich etwas. Tatsächlich: Da lagen zwei dunkle Gestalten und spinxten über den Deich. Sie schienen auf etwas zu warten. Als sich nach einiger Zeit die Scheinwerferkegel des wieder vorbeifahrenden Streifenwagens schleichend über die Krone bewegten und als flakähnliche Lichtspuren in der Finsternis verloren, duckten sich die Männer und rappelten sich erst wieder auf, als der Polizeiwagen schon fünf Minuten wieder weg war.

Nun machten sich die dunklen Gestalten an einem großen Bagger zu schaffen. Dumpf dröhnte der Klang von Metall auf Metall zu ihm herüber. Mephisto stellte ein wenig an seinem Katzenauge herum, bis alles nahezu taghell vor ihm lag. Der eine Mann bearbeitete den Bagger mit einem Vorschlaghammer. Glas zersplitterte, Blechteile fielen polternd zu Boden. Der andere Mann warf eine Flex an, die offenbar mit einem Akku betrieben wurde. Das Sirren des Gerätes verwandelte sich in Kreischen, als es sich nun, Funken speiend, durch

Metall fraß. Mephisto drückte in kurzen Abständen den Auslöser der eingebauten Kamera und hoffte, dass man anschließend auf den Fotos etwas erkennen konnte.

Tom fuhr hoch, als die Beifahrertür seines Wagens aufgerissen wurde.

»Was treiben Sie denn hier?«, donnerte eine tiefe Stimme.

Verflucht, Tom war eingeschlafen, und jetzt war er aufgeflogen. Paulsen, schoss es ihm durch den Kopf. Der Bauunternehmer hatte ihn auf frischer Tat ertappt.

Lachend ließ sich jemand auf den Beifahrersitz fallen. Tom quälte seine Augenlider gegen das Morgenlicht auf und erkannte schemenhaft – Mephisto. Das Speckgesicht des kleinen Gastwirts grinste ihn diabolisch an.

»Mein lieber Freund«, kam es hämisch aus dem feisten Grinsen, »wenn ich Henning erzähle, dass du einfach einpennst und gar nicht mitbekommst, wie Paulsen sein Haus verlässt, um am Utersumer Deich einen Bagger zu zerstören!«

»Mach keinen Scheiß!«, rief Tom erschrocken. »Paulsen hat tatsächlich …?«

»Nein, hat er nicht.« Mephisto war sichtlich zufrieden, dass er seinen Freund so gefoppt hatte.

»Verdammt, du Arsch!«, schimpfte Tom. »Musst du mich so erschrecken?«

Mephisto nickte selbstgerecht. »Strafe muss sein.«

Tom brachte seinen Fahrersitz wieder in eine aufrechte Stellung und linste hinüber zu Paulsens Haus. Da drüben war alles ruhig. Bestimmt lag der Bauunternehmer immer noch mit seiner Schaufensterpuppe in innigster Umarmung.

»Du kannst von Glück reden, dass ich nicht so eine taube Nuss bin wie du«, fuhr Mephisto fort und reichte Tom einen Gegenstand.

»Was ist das? Ein Nachtsichtgerät?«

»Und was für eins!« Mephisto küsste Daumen, Zeige- und Mittelfinger. »Schau mal rein. Ich habe Fotos gemacht. Erste Sahne!«

Tom suchte den Knopf für die Wiedergabe, drückte ihn und besah sich die Bilder. »Mein lieber Scholli«, stieß er schließlich aus, »dafür kriegst du den Pulitzer-Preis!«

Was sich da vor seinen Augen entfaltete, waren glasklare Beweisfotos für die Sabotageaktion an einem Bagger. Und die Täter waren genauso klar und deutlich zu erkennen, auch ohne Mephistos nun folgende Erklärung: »Das sind die Typen, mit denen Paulsen im Biergarten war und die den Dänen gedroht haben.«

Nun war es an Tom, zu triumphieren. »Aber die Kirsche auf der Sahne, die habe ich zu bieten.« Er hob Spannung erzeugend den Zeigefinger. »Ich habe gesehen und fotografiert, wie sie in Paulsens Beisein ihren Wagen beladen haben und von Paulsen Geld bekommen haben.« Er reichte Mephisto nun seinerseits die kleine Kamera.

»Nicht schlecht«, kommentierte der Gastwirt, was er da zu sehen bekam. »Damit haben wir ihn. Aus der Nummer kommt Paulsen nicht mehr raus. Und wie ging es dann bei dir weiter?«

Tom berichtete von der Fahrt durch die Dörfer, dem hollywoodgleichen Abendessen auf der Terrasse und dem Happy End im Schlafzimmer, von dem er ja zumindest unterstellen durfte, dass es stattgefunden hatte.

»Lass sehen«, forderte Mephisto ihn voll Vorfreude auf.

»Was?«

»Die Fotos, Mann. Jetzt sei doch nicht so schwer von Begriff!«

Tom drehte bedauernd die Handflächen nach oben.

»Wie bitte?« Mephisto war entrüstet. »Keine Fotos?«

»Tut mir leid.«

»Du bist wirklich eine absolute Flachpfeife«, stellte der Gastwirt fest und öffnete die Beifahrertür. »Nachdem ich meinen Teil geleistet habe, werde ich mich nun mit ein paar Stunden Schlaf belohnen.«

Tom nickte betreten. »Und ich warte ab, was hier noch passiert.«

Mephisto lachte, stieg ächzend aus und warf die Tür wieder ins Schloss. Als er mit seinem Wagen an Tom vorbei in Richtung Oevenum fuhr, rieb der sich ausgiebig die Augen und ruckelte sich auf dem Fahrersitz zurecht. Wer wusste schon, wie lange er hier noch aushalten musste?

In dem Moment öffnete sich die Haustür, und Paulsen und die Schaufensterpuppe kamen heraus. Nach einem langen Abschiedskuss bestiegen beide ihre Autos und fuhren nacheinander vom Grundstück. Tom startete seinen Wagen und folgte ihnen in einigem Abstand, bis sich ihre Wege kurz vor dem Wyker Hafen trennten. Paulsen bog ins Gewerbegebiet ab, seine Frau fuhr geradeaus weiter.

Tom überlegte kurz, wem er folgen sollte, und entschied sich für den Bauunternehmer. Der fuhr direkt in seine Firma und verschwand in seinem Büro. Zeit, nun ebenfalls ins Bett zu kommen, fand Tom.

19

Am nächsten Morgen rief Birte Franziska zum Telefon. Leander war noch im Bad und spürte der Nacht nach, die seit längerer Zeit endlich mal wieder sehr harmonisch verlaufen war. Die gelöste Stimmung am Vorabend auf der Terrasse und die Tatsache, dass Leander sich mit Thoralf angeregt über dessen Geschäfte einerseits und sein eigenes Pensionärsleben andererseits unterhalten hatte, hatten Franziska geradezu glücklich gemacht. Es war ihm auch gar nicht schwergefallen, das Gespräch aktiv am Laufen zu halten. Thoralf und Birte hatten sich ehrlich für die Fälle interessiert, in die Leander in den letzten Jahren trotz seines Ruhestandes auf Föhr verwickelt worden war. Auch Mephistos Sprüche und Anekdoten von Toms Heimatforschungseskapaden hatten zu allgemeiner Belustigung geführt. Franziska hatte schon lange nicht mehr so gelöst gewirkt. Und Leander hätte allen Grund gehabt, sich über sich selbst zu ärgern, wenn er das nicht anschließend zu nutzen gewusst hätte.

Als er zum Frühstückstisch auf die Terrasse trat, machte Franziska einen besorgten Eindruck. »Das war Andreesen«, berichtete sie. »Mein Reetdach hat es doch heftiger erwischt, als es den Anschein hatte. Seine Leute dichten es heute notdürftig ab. Er bestellt Ziegel, und sobald er Zeit hat, decken seine Leute es neu ein.«

»Du willst das schöne Reetdach also wirklich durch Betonziegel ersetzen?«, wunderte sich Leander.

»Was soll ich machen? Ich kann mir kein neues Reetdach leisten. Und Andreesen ist offensichtlich auch ganz froh, dass er bei all den Sturmschäden nicht auch noch Reet vernähen lassen muss.«

»Ach was!«, tönte Thoralf, der inzwischen, von den beiden unbemerkt, auf die Terrasse getreten war. »Dafür sparst du einen Haufen bei der Feuerversicherung. Außerdem eröffnet dir ein Ziegeldach ganz neue Möglichkeiten. Ich werde dir das bei Gelegenheit mal ausarbeiten.«

Nach dem Frühstück, bei dem Marei festgestellt hatte, dass Milch blöd war und Brötchen sowieso, was sie jedoch nicht daran hinderte, beides reichlich zu verputzen, beschlossen Franziska und Leander, mit ihr an den Strand von Wenningstedt zu gehen. Birte war offensichtlich froh darüber, den kleinen Quälgeist mal eine Zeit vom Hals zu haben, und Thoralf musste dringend ins Büro. »Geld für unser ärmliches Leben auf dieser teuren Insel verdienen«, wie er augenzwinkernd betonte.

Der Weg gestaltete sich allerdings etwas aufwendiger als erwartet. Die gewaltige Holztreppe, die zum Strand hinunterführte und erst 2016 für eine Million Euro erneuert worden war, hatte derart unter dem letzten Sturm gelitten, dass die Behörden sie gesperrt hatten. Zudem waren große Teile ohnehin in alle Richtungen verstreut worden. Sie mussten also einen Umweg in Kauf nehmen, standen aber endlich mit Marei, Bollerwagen und jeder Menge Sandspielzeug am Spülsaum. Der Strand um sie herum war dicht bevölkert.

Franziska hielt einen Fuß ins Wasser und zog ihn gleich wieder zurück. »Ganz schön kalt«, stellte sie fest. »Ich glaube nicht, dass ich da jetzt schon reingehen kann.«

»Lass uns ein Stück am Wasser entlanglaufen«, schlug Leander vor. »Hier ist mir eh zu viel los.«

Marei fing sofort wieder an zu quengeln und bearbeitete Leander mit ihren kleinen Fäusten. »Du bist blöd!«, stellte sie fest. »Ich will jetzt schwimmen, das habt ihr mir versprochen.«

»Weißt du was?«, rief Franziska. »Wir suchen uns jetzt da weiter hinten einen Platz, an dem nicht so viele Menschen sind, und dann buddeln wir den Henning ganz tief ein. Was hältst du davon?«

Leander blickte Franziska entgeistert an. Die zwinkerte ihm beruhigend zu und deutete mit dem Kopf auf Marei. Die Kleine quengelte zwar weiter, ließ sich aber dann doch auf diesen Vorschlag ein. So zogen sie mit dem Bollerwagen eine Weile am Spülsaum entlang, bis das Kind sie schließlich nachdrücklich darauf hinwies, dass jetzt kaum noch Leute um sie herum waren und sie endlich den Henning vergraben wolle.

Seufzend ließ sich Leander ein paar Meter oberhalb der Wasserlinie im trockenen Sand nieder und beobachtete mit einer wenig erfreulichen Vorahnung, wie Franziska eine Blechschippe aus dem Bollerwagen kramte, dazu eine kleinere aus Plastik und einen gelben Eimer mit zugehörigem Sieb und alles neben ihm in den Sand fallen ließ.

»Siehst du«, stellte Franziska fest, »der Henning freut sich schon riesig darauf, von dir eingebuddelt zu werden. Nicht wahr, Henning?«

»Und wie!«, rief der betont begeistert, weil er hoffte, dass Marei in ihrer grundsätzlich destruktiven und auf Kontra gebürsteten Art die Idee schon allein deshalb blöd finden könnte, weil er sie toll fand.

Aber stattdessen jubelte sie begeistert. Franziska nahm die Blechschippe und begann damit, ein langes und tiefes Loch zu graben. Marei half mit dem Plastikschäufelchen kräftig mit. Leander beobachtete die Buddelei und die immer dunkler werdende Farbe des Sandes mit einer bösen Vorahnung und musste sich mühsam zurückhalten, um den Strand nicht fluchtartig zu verlassen. Als die beiden das Loch für tief genug befanden, musste er sich in den feuchten, kalten Sand legen, und Franziska und Marei gingen sofort dazu über, ihn einzugraben, was die Kleine mit einem ebenso begeisterten wie nervtötenden Kreischen begleitete. Bald guckte nur noch Leanders Kopf aus dem Sand und war der brutzelnden Sonne schutzlos ausgeliefert, während von unten die Kälte unnachgiebig nach seinen Gliedern griff.

»Puh«, stöhnte Marei, »das ist aber ganz schön anstrengend. Warum ist der Henning eigentlich so groß und dick?«

Franziska lachte, griff nach einer winzigen Möwenfeder, die eigentlich nur aus Flaum bestand, und wedelte damit vor Leanders Nasenspitze herum. Das Kribbeln stieg langsam von der Nasenwurzel aus auf und bahnte sich unaufhaltsam seinen Weg. Leander musste niesen, was Franziska dazu veranlasste, einen kurzen Moment von ihm abzulassen. Noch während er darüber nachdachte, ob er ihr dafür angesichts seiner prekären Lage nicht geradezu dankbar sein müsste, setzte sie die Feder erneut an.

Leander dachte an den Staub und die Milben, die gewöhnlich mit Vogelfedern einhergingen und allergische Reaktionen wie Erstickungsanfälle hervorrufen konnten, traute sich aber nicht zu protestieren. Die Stimmung zwischen ihnen war bis gestern so angespannt gewesen, dass er die aktuelle Aufheiterung nicht gleich wieder aufs Spiel setzen wollte, auch wenn er sie selbst kaum teilen konnte.

Marei quietschte vergnügt. »Mach weiter, mach weiter!«, feuerte sie Franziska an, als die erneut einem heftigen Niesanfall auswich.

»Ich glaube, der Henning braucht jetzt erst mal eine Pause«, sagte Franziska schließlich und gab ihm einen Kuss auf den Mund.

Leander wollte in seiner Dankbarkeit, dass die Federmarter nun ausgesetzt wurde, automatisch nach ihr greifen, aber er konnte sich nicht rühren. Die beiden hatten ihn so tief in den Sand eingegraben, dass er sich wie in einer Zwangsjacke fühlte oder, schlimmer noch, wie in einem feuchtkalten Grab zwei Meter unter der Erde.

»Menno«, maulte Marei und zog eine Schnute. »Pause machen ist blöd!«

Franziska pustete die Feder in die Luft und griff nach der Sonnenmilch. Vorsichtig tupfte sie Leander kleine weiße Punkte auf Stirn, Nasenspitze, Wangen und Kinn. Das gefiel Marei. Ehe Franziska sich versah, griff die Kleine nach der Flasche und quetschte sprotzend einen dicken Stritz auf Leanders Stirn.

»Wie Sahne!«, gluckste sie erfreut. »Henning-Torte mit Sahne!«

Franziska lachte und zwinkerte Leander zu.

Dem fiel es langsam schwer, sich zu beherrschen. Er hatte sich auf einen Strandvormittag mit Franziska gefreut und wollte nichts weiter, als diesen ungewöhnlich heißen Frühsommertag mit seiner Freundin genießen. Ein bisschen am Spülsaum entlangbummeln, vielleicht hin und wieder in die noch empfindlich kalte Nordsee springen, anschließend im Sand liegen und sich von der Sonne trocknen und wärmen lassen. Die Welt um sich herum vergessen. Keine schlechte Laune, keine Aufräumarbeiten im Garten – und schon gar keine Marei. Nur Franziska und er, die Sonne, am besten ein nahezu menschenleerer Strand und das Meer mit seiner sanften Dünung. Romantik pur!

Stattdessen hatten sie nun die kleine Nervensäge an der Backe, die ihr Naturell als Quälgeist in vollen Zügen auslebte. Und Franziska unterstützte sie auch noch dabei, spornte sie geradezu an!

Während Leander den aussichtslosen Versuch startete, sich in seiner feuchten Zwangsjacke zurechtzuruckeln, deren

Kälte ihm inzwischen tief in die Glieder kroch und ihn frieren ließ, begann die Kleine nun, mit ihrem gelben Eimerchen Sandtürme über seinem Bauch aufzuhäufen. Franziska kämpfte inzwischen mit der Sonnenmilch, die sich in der Menge nicht auf Leanders Gesicht verstreichen lassen wollte und bereits brennend in seine Augenwinkel vordrang. Schließlich schabte sie den größten Teil mit dem Zeigefinger wieder ab, um ihn sich selbst auf die Arme und das Dekolleté zu streichen. Und Leander hatte keine Hände zur Verfügung, um sie dabei zu unterstützen!

Mareis Sandtürme wollten nicht halten. Sosehr sie sie auch festzuklopfen versuchte, sie fielen immer wieder in sich zusammen.

»Du musst Wasser nehmen«, erklärte Franziska zu Leanders Schrecken. »Der Sand muss nass sein, dann hält er besser.«

Marei überlegte einen Moment mit krauser Stirn und schien zu dem Ergebnis zu kommen, dass sie Franziskas Expertise vertrauen konnte. Sie sprang auf, griff ihr Eimerchen und lief hinüber zum Spülsaum, um Wasser zu schöpfen.

»Es reicht langsam, Franziska«, schimpfte Leander grimmig. »Mir ist kalt, und ich habe absolut keine Lust mehr, für euch den Narren zu spielen.«

»Ein paar Minuten noch«, wandte seine Freundin ein. »Sieh doch nur, was für einen Spaß sie hat.« Ihr Tonfall bat um Verständnis für die Kleine, hatte in Leanders Wahrnehmung aber auch einen gefährlichen Unterton, der ihn davor warnte, ein Spielverderber zu sein.

Er seufzte resigniert. Es war schon ziemlich gemein, wie skrupellos Frauen ihre Reize einsetzten, sie aber genauso entschlossen verweigern konnten, wenn Männer sich nicht so verhielten, wie sie es von ihnen erwarteten. Dergestalt in tiefstes Selbstmitleid verkrochen, versuchte er einen vorsichtigen Blick in Richtung des Quälgeistes, konnte aber nicht an den Sandhaufen auf seinem Bauch vorbeisehen. Erst als Marei ihren vollen Wassereimer heranschleppte, tauchte sie wieder in seinem Blickfeld auf. Die Kleine hob den Eimer an, und Franziska konnte im letzten Moment verhindern, dass sich ein eisiger Schwall Meerwasser über Leander ergoss.

»Pass auf«, sagte sie schnell, als Marei zu lautstarkem Protest ansetzen wollte, »ich zeige dir, wie man ganz tolle Türme mit Zinnen baut.« Sie tauchte kurz eine Handvoll Sand in den Eimer und träufelte die Masse, die zwischen ihren Fingern hervorquoll, auf Leanders Bauch. »Siehst du? So kannst du einen ganz hohen Turm bauen.«

Marei machte sich sogleich daran, den nassen Sand zu einem Quader zu formen. Dann folgte sie Franziskas Beispiel und setzte das nächste Stockwerk aus durchtränktem Sand darauf. Während ihre kleinen Hände auf diese Weise eine Burgmauer mit Türmen zurecht patschten und als Vollendung stachelige Zinnen darauf träufelten, stützte sich Franziska in den warmen trockenen Sand an Leanders Seite und sah ihr mit schief gelegtem Kopf belustigt dabei zu. Ihre roten Locken glänzten in der Sonne, ihre grüngrauen Augen funkelten, und das unbeschwerte Lächeln verzauberte ihr Gesicht in einer Weise, dass Leander ein Schwall Wärme durchflutete, der die Kälte des feuchten Sandes augenblicklich verdrängte. In Momenten wie diesen liebte er sie ganz besonders, weil sie die Sonne direkt in sein Herz zauberte.

Marei begutachtete zufrieden ihre Baumaßnahmen und ging dann dazu über, zu Leanders Füßen ein Loch zu graben.

»Was hast du vor?« Franziska klang ehrlich interessiert, während Leander Schlimmes ahnte, angesichts seiner eingeengten Lage aber den Kopf nicht weit genug anheben konnte, um nachzusehen, was da unten vor sich ging.

»Der Henning liegt im Verlies unter der Burg«, erklärte die Kleine mit vor Anstrengung verkniffenem Gesicht und buddelte, auf den Knien hockend, mit beiden Händen immer tiefer. »Er ist ein Gefangener und muss jetzt gefoltert werden.«

»Noch mehr Folter?«, stöhnte Leander. »Was hältst du denn davon, wenn du deinen Gefangenen begnadigst und wieder ausgräbst?«

»Das ist blöd«, erklärte Marei bestimmt. Damit war die Begnadigung eindeutig vom Tisch. Stattdessen buddelte sie nun waagerecht in Richtung seiner Füße. »Killekille!«, rief sie schließlich und strahlte aus Vorfreude über das ganze Gesicht. Weil Leander aber nicht reagierte, verfinsterte sich ihre Miene sofort wieder. »Ist der Henning gar nicht kitzelig?«, erkundigte sie sich enttäuscht bei Franziska.

»Wenn man ihn an den richtigen Stellen kitzelt, schon«, entgegnete die schelmisch und begann nun ihrerseits, seitlich von Leander in Achselhöhe in den Sand zu graben.

Marei buddelte ein Stück tiefer und rief erneut: »Killekille!«

Während Leander sich noch wunderte, dass er von den Attacken gegen seine Fußsohlen gar nichts spürte, richtete sich das Kind plötzlich auf und starrte erschrocken auf ihre Hände. »Oh!«, rief sie, »jetzt ist der Henning kaputt!«

Franziska lachte und blinzelte Leander belustigt zu. Der bemühte sich, wenigstens halbwegs freundlich zurückzulächeln. Als Franziska sich aber dann wieder der Kleinen zuwandte, erstarrte das Lachen in ihrem Gesicht und wich einer Art Schockstarre.

Marei blickte schuldbewusst zu ihr auf. Dabei kullerten die ersten Tränen aus ihren eisblauen Augen.

Es dauerte einen Moment, bis Franziska aus ihrer Starre erwachte und aus dem Sand hochschnellte. Auch Leander stemmte seine Schultern nun mit aller Kraft ein paar Zenti-

meter aus dem Sand und blickte mühsam über die einstürzen-
den Burgmauern hinweg auf das Kind. Als er erkannte, was
es da in seinen sandigen Fingern hielt, schoss ihm die eisige
Kälte mit einem Schlag wieder in die Glieder.

Marei starrte mit schreckgeweiteten Augen auf einen Fuß,
der offenbar am Knöchel von dem dazugehörigen Bein abgetrennt worden war. Eine rote Kruste aus Blut und Sand offen-
barte, dass es sich nicht um den Fuß einer Schaufensterpuppe
handelte.

Franziska sprang auf, griff nach dem Körperteil und kniete
sich so vor Leander in den Sand, dass sie Marei den Blick
versperrte. »Henning, lass die Späße!«, rief sie mit heiserer
Stimme und an Marei gewandt fügte sie hinzu: »Warte, ich
repariere ihn wieder.«

Sie begann damit, den Fuß wieder im Sand zu vergraben
und machte dabei Bewegungen, als schraubte sie dort herum.
Dann buddelte sie Henning in Windeseile so weit aus, bis er
sich selbst befreien und aufrappeln konnte.

»Siehst du?«, sagte Franziska zu der Kleinen. »Jetzt ist er
wieder heile. Der Henning macht oft solche Scherze.«

Marei weinte und trommelte mit ihren kleinen Fäusten
wütend auf Leanders Schienbeine. »Du bist blöd!«, stieß sie
dabei mit herzzerreißendem Schluchzen hervor.

Franziska nahm sie an die Hand und zog sie in Richtung
Wasser. Am Spülsaum angekommen, ging sie in die Knie und
wusch dem Kind hektisch die Hände ab.

Leander grub derweil im Sand nach dem Fuß und versicherte sich, dass das Körperteil tatsächlich echt war. Dann
griff er zum Handy und tippte die Notrufnummer der Polizei ein.

20

Wenig später war am Strand von Wenningstedt der Teufel los. Die Fundstelle war weiträumig abgesperrt, jeder Polizist der Insel war vor Ort und ausnahmslos damit beschäftigt, Schaulustige fernzuhalten. Davon unbeeindruckt, fotografierten und filmten Urlauber mit ihren Handys das Geschehen. Die örtliche Presse war in Gestalt eines Reporters der *Sylter Rundschau* ebenfalls da und versuchte, ein Interview mit Leander zu bekommen, der jedoch von Polizeichef Ole Peters abgeschirmt wurde.

Während Peters völlig entnervt mit dem Journalisten diskutierte, holte einer seiner Beamten eine Schaufel aus seinem Kofferraum und begann damit, auf der Suche nach weiteren Leichenteilen den Sand umzugraben. Leander tippte Peters auf die Schulter und deutete mit dem Zeigefinger dorthin. »Das sollte er besser lassen«, raunte er dem Polizeichef ins Ohr. »Wenn die Kriminaltechniker kommen, reißen die ihm den Allerwertesten auf. Und Ihnen gleich mit.«

Wütend pfiff Peters auf Daumen und Zeigefinger. »Sag mal, Frerk, tickst du noch ganz sauber? Hör gefälligst auf, den Fundort umzubuddeln!«

Frerk schulterte seine Schaufel und schlurfte beleidigt auf seinen Chef zu.

Als er an Leander vorbeikam, fragte der: »Sagen Sie mal, was hat man Ihnen eigentlich auf der Polizeischule beigebracht? Räumen Sie auch Tatorte auf, bevor die Spurensicherung da ist?«

Der Beamte warf den Kopf in den Nacken und wollte etwas erwidern, kam aber nicht dazu, weil Peters ihm die

Schaufel aus der Hand nahm und ihn grimmig anwies, sich am Absperrband zu postieren. »Pass auf, dass keiner hier durchkommt und deine Spuren zertrampelt, du Rindvieh!«

Während der Polizeichef sich entfernte, sagte Leander zu Frerk: »Es wird dauern, bis die Kripo aus Flensburg hier ist. Da braucht ihr mich in der Zwischenzeit ja wohl nicht mehr, oder?«

Er drehte sich zu Franziska um, die mit einigem Abstand von dem Trubel am Rand der Dünen saß und Marei zurückhielt, die am liebsten ganz nah an der Polizei gewesen wäre. Aber da hatte er die Rechnung ohne Frerk gemacht.

Der Polizeibeamte ranzte ihn an: »Sie bleiben hier!«

»Kann meine Freundin dann wenigstens das Kind nach Hause bringen?«

Frerk schnaufte abfällig. »Kommt gar nicht infrage. Niemand verlässt den Tatort, bevor die Kripo da ist.«

Leander war kurz versucht, dem Dorfpolizisten den Unterschied zwischen Tatort und Auffindeort zu erklären, unterließ es aber dann. Perlen vor die Säue, dachte er.

Nachdem er Franziska informiert hatte, dass sie und Marei auf die Kripo warten mussten, setzte er sich innerhalb der Absperrung etwas abseits und dachte über den Leichenteilfund nach. Der Fuß sah aus, als hätte er noch nicht allzu lange hier gelegen. Die Kälte so tief unten im Sand hatte den Verwesungsprozess zwar verlangsamt, aber er stammte eindeutig von einem Menschen, der erst wenige Tage tot war. Irgendwie schien Leander so etwas wie ein Leichenmagnet zu sein. Wie sonst war es zu erklären, dass er nun innerhalb weniger Tage bereits auf den zweiten Toten gestoßen war? Und das am weitläufigen Strand der Insel Sylt, wo außer ihm jedes Jahr Hunderttausende Touristen den Sand umbuddelten. Es war schon ein extremer Zufall, dass ausgerechnet er die Leiche gefunden hatte. »Es gibt keine Zufälle«, hört er in Gedanken

Diana sagen, die Freundin Mephistos, die als Heilerin arbeitete und die Theorie der Vorsehung in Form energetischer und universeller Gesetzmäßigkeiten vertrat.

Falls sie damit recht hatte, dachte Leander, bedeutete das in letzter Konsequenz, dass auch dieser Leichenfund in Zusammenhang mit dem Tod Kai-Uwe Groothues' stand, denn sonst hätte ja nicht Leander den Fuß gefunden.

»Unsinn!«, wies er sich zurecht. »Jetzt fang bloß nicht an, Gespenster zu sehen.«

Dass er dies einen Deut zu laut gesagt hatte, konnte er an Frerks Gesicht ablesen, der ihn mit skeptisch zusammengezogenen Augenbrauen musterte.

Eine Stunde später kreiste ein Hubschrauber über Wenningstedt und suchte nach einem geeigneten Landeplatz in Strandnähe. Da der nächstgelegene Parkplatz gerammelt voll war, musste er abdrehen und hinter dem Dorf auf einer Heidefläche landen. Peters schickte zwei seiner Wagen los, um die Beamten einzusammeln. Wiederum 20 Minuten später stapften Dieter Bennings und vier Kriminaltechniker durch den Sand. Als der Kriminalhauptkommissar Leander erkannte, kam er grinsend direkt auf ihn zu.

»Das hätte mich auch gewundert, wenn du nicht schon wieder vor mir am Ort des Geschehens gewesen wärst«, frotzelte er.

»Ich habe den Fuß gefunden«, erklärte Leander achselzuckend.

Bennings betrachtete ihn aus zu Schlitzen verengten Augen und schüttelte schließlich den Kopf.

»Und du?«, erkundigte sich Leander. »Warum bist du jetzt hier? Ist der Fall auf Föhr schon abgeschlossen?«

»Nein, im Gegenteil, im Fall Groothues verdichtet sich sogar der Verdacht, dass es sich um Mord handelt. Aber auf

Föhr war ich nunmal in der Nähe und konnte schneller hier sein als die Kollegen aus Flensburg. Aber jetzt zu dir: Wie bist ausgerechnet du schon wieder auf das Leichenteil gestoßen?«

Leander berichtete, wie Marei ihn zuerst eingegraben und schließlich versucht hatte, ihn an den Füßen zu kitzeln, und wie sie schließlich den Fuß aus dem Sand gezogen hatte.

»Das arme Kind«, meinte Bennings und schaute besorgt zu ihr und Franziska hinüber. »Die Kleine hat doch jetzt einen Schock fürs Leben.«

»Da kennst du Marei nicht«, widersprach Leander. »Außerdem hat Franziska super reagiert und das Ganze als einen Zaubertrick von mir dargestellt. Jetzt ist die Kleine zwar wütend auf mich, aber das erspart ihr das lebenslange Trauma.« Er lachte, als Mareis wütender Blick in seiner Erinnerung auftauchte. »Sag mal, brauchst du uns hier noch, oder reicht es, wenn wir später miteinander sprechen?« Er schilderte knapp, wie Dorfpolizist Frerk reagiert hatte, als er Franziska und Marei nach Hause schicken wollte.

Bennings nickte ihm zu. »Gib Peters deine Adresse. Ich melde mich dann bei dir.«

Leander beobachtete, wie Bennings durch den Sand zu dem Sylter Polizeichef stapfte und grimmig auf ihn einredete. Dabei deutete er abwechselnd auf Leander und Franziska mit dem Kind. Peters zog den Kopf zwischen die Schultern und senkte den Blick. Schließlich nickte er ergeben und beeilte sich dann, zu Leander zu kommen.

»Warum haben Sie mir nicht gesagt, dass Sie ein Kollege sind und Hauptkommissar Bennings kennen?«, schnaufte er wütend und zückte einen Notizblock.

»Erstens bin ich kein Polizist mehr, auch wenn ich früher beim LKA war, und zweitens konnte ich ja nicht wissen, dass Hauptkommissar Bennings kommen würde. Schließlich bearbeitet er gerade einen Mordfall auf Föhr.«

Peters schnaufte noch einmal missbilligend und ließ sich dann Leanders Sylter Adresse geben. »Sie halten sich zu unserer Verfügung!«, ordnete er an und steckte den Notizblock wieder ein.

»Selbstverständlich, Herr Polizeihauptkommissar«, entgegnete Leander grinsend, deutete einen Gruß mit zwei Fingern an einer imaginären Dienstmütze an und wandte sich Franziska und Marei zu.

Kaum hatte Leander die Absperrung verlassen, sprach ihn der Lokalreporter an und wollte genau geschildert haben, was vorgefallen war. Leander war schon im Begriff, ihn abzuweisen, überlegte es sich aber dann anders. Mit Blick auf Frerk, der die beiden misstrauisch beobachtete, forderte er den Reporter auf: »Lassen Sie uns woanders reden.«

Er informierte Franziska, dass sie mit der Kleinen nun nach Hause gehen könne und er selber in Kürze nachkomme. Dann verließ er mit dem Reporter den Strand. Der führte ihn über einen Holzsteg zum Bistro am Hauptzugang, das sie über einen Holzsteg erreichten. Ohne vorher nachzufragen, kaufte der Reporter zwei Flaschen Bier, mit denen sie sich an einen Tisch am Fenster setzten.

»Heiko Klaassen«, stellte der Mann sich vor und winkte direkt ab, als Leander etwas erwidern wollte. »Ich weiß, wer Sie sind.« Er prostete Leander zu und nahm einen tiefen Zug aus seiner Flasche. »Also? Ich höre!«

Leander erzählte die Geschichte von dem spielenden Kind und dem Fund.

»Kann ich mit der Kleinen sprechen?«

»Auf keinen Fall!«, beschied Leander und berichtete von Franziskas Täuschungsmanöver. »Ich will nicht, dass sie etwas merkt. Es ist ohnehin ein Wunder, dass sie uns nicht zusammengeklappt ist.«

Klaassen nickte und schwieg einen Moment. »Merkwürdig«, murmelte er dann.

»Was ist merkwürdig?«

»Na, so ein einzelner Fuß. Ich meine, normalerweise findet man doch Leichen am Stück und keine Einzelteile.«

»Normalerweise findet man gar keine Leichen am Strand«, entgegnete Leander. »Aber Sie haben natürlich recht, zerstückelte Leichen sind noch seltener.«

»Vor allem: Wo ist der Rest?«

Der Tonfall, in dem der Reporter das sagte, ließ Leander aufhorchen. »Sagen Sie, kann es sein, dass Sie eine Ahnung haben, wem der Fuß gehören könnte?«

»Krischan Randers«, antwortet Heiko Klaassen. »Der wird zumindest seit ein paar Tagen vermisst.«

»Wer ist Krischan Randers?«

»Na, Christian Randers, der Bauunternehmer aus Tinnum. Seine Frau vermutet, dass er abgehauen ist und sie mit der überschuldeten Firma alleine im Dreck sitzengelassen hat. Er hat nämlich kurz vor dem Konkurs gestanden.« Der Reporter grinste einen Moment vor sich hin. »Eigentlich stand Krischan immer kurz vor dem Konkurs.« Dann wurde er wieder ernst. »Bislang hat er sich mit der Renovierung von Ferienwohnungen über Wasser gehalten, aber davon kann ja heutzutage keiner mehr leben.«

»Wie kann er dann die Leiche sein, wenn er abgehauen ist?«

Klaassen schüttelte bestimmt den Kopf. »Krischan ist nicht der Typ, der sich einfach aus dem Staub macht, nur weil es finanziell eng wird. Das ist er, wie gesagt, gewohnt. Nee, nee, wenn der verschwindet, muss ihm etwas zugestoßen sein.«

»Aha«, reagierte Leander skeptisch. »Und Sie kennen ihn also besser als seine Ehefrau, die es sehr wohl für möglich hält, dass er abgehauen ist.«

Nun nickte Klaassen. »Liv ist eine patente Frau, aber Eifersucht vernebelt nun mal das Hirn.«

»Eifersucht!« Leander holte tief Luft. Er war offenbar schon wieder an jemanden geraten, dem er die Würmer aus der Nase ziehen musste.

»Genau. Liv vermutet, dass Krischan ein Verhältnis mit seiner Sekretärin hat und über Jahre mit ihr zusammen das Geld aus der Firma zur Seite geschafft hat, um sich nun irgendwo anders ein schönes Leben zu machen.«

»Heißt das, die Sekretärin ist auch verschwunden?«

Klaassen nickte. »Muss aber nichts heißen. Die kann auch bei ihrer Schwester auf dem Festland sein.«

Leander seufzte und verkniff sich die Frage, warum der Reporter das nicht längst überprüft hatte.

»Theoretisch hätten wir damit zwei Kandidaten für den Leichenjackpot«, erklärte Leander lapidar und erklärte auf Klaassens fragenden Blick hin: »Genauso gut wie Randers könnte es sich ja auch um seine Sekretärin handeln.«

»Oder um keinen von beiden, falls sie wirklich zusammen von der Insel abgehauen sein sollten.« Der Reporter hob und senkte die Achseln, als er den fassungslosen Blick seines Gegenübers bemerkte. »Alles ist möglich, oder etwa nicht?«

Leander dachte einen Moment darüber nach, wie ihn dieses Gespräch vielleicht doch noch weiterbringen könnte. »Kennen Sie einen Mann namens Kai-Uwe Groothues?«, fragte er schließlich.

»Den Schriftsteller?«

»Sie kennen Groothues also?«

»Wieso? Ist der etwa auch verschwunden?«

»Nein, der ist auch tot.«

Klaassen nickte, als habe er so etwas schon erwartet.

»Es gibt Hinweise, dass Groothues kürzlich auf Sylt gewesen sein könnte«, fuhr Leander fort, »und dass er hier einer

Story auf der Spur war. Ich bin bisher davon ausgegangen, dass es etwas mit den Küstenschutzmaßnahmen auf der Insel zu tun hatte, aber da nun auch ein Bauunternehmer verschwunden ist, liegt der Zusammenhang vielleicht in einem ganz anderen Bereich. Gibt es auf Sylt aktuell ein besonders brisantes Immobiliengeschäft, an dem Randers beteiligt ist und dem Groothues auf der Spur gewesen sein könnte?«

»Miese Immobiliengeschäfte sind auf den Inseln an der Tagesordnung«, antwortete Klaassen. »Sie glauben ja gar nicht, wie viel Geld hier Jahr für Jahr gewaschen wird und wer da alles seine schmierigen Flossen drin hat. Die richtig dicken Dinger laufen allerdings außerhalb des Geschäftsbereichs von Randers ab.«

»Haben Sie sonst etwas Konkretes, dem auch Groothues auf der Spur gewesen sein könnte?«

»Meine Güte, das könnte alles sein; jeder einzelne von den kleinen und großen schmutzigen Deals. – Aber ehrlich gesagt, glaube ich nicht, dass Krischan Randers daran beteiligt gewesen ist. Dafür ging es dem in letzter Zeit einfach zu dreckig. Außerdem hat er weder den nötigen Zugang zu den Bonzen hier noch besitzt er das Format, das man für solche Dinger braucht.«

Leander fiel die unschöne Szene in Mephistos Biergarten wieder ein. »Und Enno Paulsen auf Föhr? Sagt Ihnen der Name etwas?«

»Enno Paulsen?« Klaassen dachte einen Moment nach, dann schüttelte er den Kopf. »Ich glaube nicht, dass mir der Name schon einmal untergekommen ist. Wie kommen Sie auf den?«

Leander berichtete knapp von den Vorfällen im Biergarten und den Sabotageakten gegen die Baumaschinen der Dänen.

»Sieh mal an: Duplizität der Ereignisse«, murmelte Klaassen und erklärte dann: »Solche Sabotageaktionen hat es in letzter Zeit auf Sylt auch gegeben. Und sie haben sich auch gegen Maschinen der Dänen gerichtet, die bei uns die Sandvorspülungen durchführen. Die Küstenschutzmaßnahmen sind wirklich ein lohnendes Geschäft. Ich gucke mal, was ich darüber noch in Erfahrung bringen kann.«

Leander trank seine Bierflasche aus. Dann klopfte er auf den Tisch und stand auf.

»Ich schlage Ihnen einen Deal vor«, sagte Klaassen. »Wenn Sie irgend etwas herausfinden, sagen Sie es mir. Dafür unterrichte ich Sie über alles, was ich in Erfahrung bringe.«

»Und ich kann Ihnen trauen?«

»Sie sind keine Konkurrenz«, erklärte Heiko Klaassen lachend und hielt ihm die Hand hin. »Einverstanden?«

»Einverstanden.« Leander schlug ein, nickte dem Reporter zum Abschied zu und verließ das Bistro.

Als er in den Garten der Villa trat, saß Franziska im Schatten des Apfelbaums und schaute zu, wie Marei mit zwei Kaninchen spielte, die immer wieder von ihr weghoppelten, um in Ruhe Gras zu mümmeln. Leander ließ sich schwitzend neben seiner Freundin auf einen Stuhl nieder.

Sie nickte ihm wortlos zu und deutete grinsend mit dem Kopf auf das spielende Kind. Leander griff nach ihrem Glas auf dem Tisch und goss sich Apfelschorle ein. Marei schielte neugierig zu ihm herüber. Dann griff sie nach ihrem rechten Fuß und versuchte, ihn abzuschrauben. Dabei machte sie ein so angestrengtes Gesicht, dass Leander und Franziska lachen mussten. Schließlich sprang sie auf und kam zu ihnen.

»Wie hast du das gemacht?«, fragte sie Leander.

»Das verrät der Henning dir, wenn du groß bist«, antwortete Franziska schnell, bevor er etwas sagen konnte. »Solche Tricks sind noch nichts für Kinder.«

»Genauso ist das«, stimmte Leander zu. »Wenn man das

nicht richtig macht, bekommt man den Fuß nämlich nicht wieder angeschraubt und muss für den Rest seines Lebens auf dem Knöchel humpeln.«

»Menno, du bist blöd«, maulte Marei und drehte die Augen so weit nach oben, dass Leander nur noch das Weiße sah.

»Das solltest du auch nicht machen«, warnte er. »Wenn du die Augen so hochdrehst und die Kirchturmuhr genau in dem Moment schlägt, bleiben die Augen für immer so stehen.«

»Mensch, Henning!«, fuhr Franziska erbost auf. »Musst du dem Kind so einen Unsinn erzählen?«

Marei begann erschrocken zu weinen, woraufhin Franziska sie in den Arm nahm. »Du musst keine Angst haben, Liebling«, sagte sie und streichelte dem Kind über den Kopf. »Du hast ganz recht: Der Henning ist wirklich blöd!«

21

Am nächsten Vormittag hatte Marei wieder eine Voltistunde, und Leander schlug vor, mit Franziska eine Radtour über die Insel zu unternehmen. So konnte er sich unauffällig auf die Suche nach Hans Blank machen und vielleicht sogar einen Überblick über die Bedrohungslage der Insel gewinnen.

Vorab hatte er bereits im Internet versucht, die Adresse des Briefschreibers ausfindig zu machen, aber das digitale Telefonbuch verzeichnete keinen Hans Blank in Hörnum.

Wie nicht anders zu erwarten, handelte es sich bei Birtes und Thoralfs Pedelecs um High-End-Fahrzeuge, auf denen ihnen selbst der heute recht starke Gegenwind nichts anhaben konnte. Franziska war sehr schweigsam. Leander wusste, dass es die Ereignisse des vergangenen Tages waren, die auf ihr lasteten, aber er sprach sie lieber nicht darauf an. Der Ausflug heute würde sie auf angenehmere Gedanken bringen.

Sie wählten den Wattweg in Richtung Süden und radelten bald durch das idyllische Friesendorf Keitum mit seinen alten Kapitänshäusern, die so viel Ähnlichkeit mit denen in Nieblum auf Föhr und Nebel auf Amrum hatten. Getrübt wurde ihr Eindruck nur von der Tatsache, dass kaum eines dieser Häuser aktuell bewohnt war. Thoralf hatte Leander erzählt, dass die meisten nicht mehr im Besitz alteingesessener Insulaner waren, sondern reichen Hamburgern oder Wirtschaftskapitänen aus der gesamten Bundesrepublik gehörten. Auch Fußballspieler, Trainer und Schauspieler waren unter den Besitzern. Das hatte Keitum mit Kampen gemeinsam und somit auch, dass der Ort die meiste Zeit des Jahres unbewohnt und geradezu ausgestorben zwischen den Dünen lag, während die Nachfahren der Seefahrer, die diese Häuser gebaut hatten, sich das Wohnen hier nicht mehr leisten konnten.

Der Nösse-Koog führte die beiden Radfahrer am Waadens-Sill entlang zum Rantum-Becken. Sie stellten ihre Räder am Fuß des Deiches ab und stiegen hinauf, um sich das flache Gewässer anzusehen. Vor ihnen weitete sich ein Brackwassergebiet, das in Wiesen-, Sumpf- und Sandflächen überging. Zahllose Seevogelarten tummelten sich hier. Steinwälzer liefen durch den Schlamm und machten ihrem Namen Ehre, indem sie Steine auf der Suche nach Nahrung umdrehten. Sandregenpfeifer tummelten sich dazwischen und stachen mit den Schnäbeln immer wieder kurz in den Schlick. In einiger Entfernung stob ein Schwarm Knutts auf, als der Schatten einer Weihe über das Wasser schwebte.

»Wie ruhig es hier ist«, sagte Franziska und drehte ihr Gesicht in die Sonne. »Geradezu friedlich.« Sie schien beschlossen zu haben, sich nicht länger zu ärgern und den Tag zu genießen.

»Das war nicht immer so.« Leander dachte an die Freunde seines Großvaters, die im Zweiten Weltkrieg als junge Soldaten auf Sylt eingesetzt gewesen waren. »Die Nazis haben das Rantum-Becken 1936/37 für die Landung von Wasserflugzeugen angelegt. Die Nordsee war zu rau für die kleinen Flieger. Außerdem wäre die Luftwaffe von den Gezeiten abhängig gewesen, was natürlich keine kriegstaugliche Situation gewesen wäre. Allerdings ist das Becken im Krieg kaum genutzt worden, weil die Nazis sehr früh das dänische Festland besetzt und dort Flugplätze gebaut haben. Nach dem Krieg sollte es für die Landgewinnung zuerst trockengelegt werden. Aber dann hat Westerland es für die Ableitung seiner Abwässer genutzt.«

»Eine Kloake?« Franziska schüttelte ungläubig den Kopf. »Dieses wundervolle Gebiet?«

»Was sich für uns heute wie Frevel anhört, war im Grunde die Rettung vor der Trockenlegung«, wandte Leander ein. »1962 ist das Rantum-Becken schließlich renaturiert und zum Seevogel-Schutzgebiet erklärt worden. 1986 wurde es zum Europa-Reservat und steht seitdem endgültig unter dem Schutz der EU.«

Franziska legte die Stirn in Falten. »Schon merkwürdig, dass wir dieses Naturjuwel ausgerechnet den Kriegsplänen der Nazis zu verdanken haben.«

Leander lachte. »Alles ist antinomisch, würde Tom jetzt sagen.«

Sie stiegen wieder zu den Fahrrädern hinab und fuhren weiter in Richtung Rantum. Leander fand allmählich Gefallen daran, sich überhaupt nicht anstrengen zu müssen und mit wenigen Tritten eine gleichmäßig hohe Geschwindigkeit zu erreichen. Vielleicht sollte er einmal darüber nachdenken, seinen alten Volvo, den er ohnehin kaum noch benutzte und der auf dem Parkplatz am Heymannsweg vor sich hin gammelte, endgültig zu verkaufen und auf ein Elektrofahrrad umzusteigen. Andererseits hatte sein mit Muskelkraft angetriebenes Trecking-Fahrrad bislang auch ausgereicht.

Franziska blickte ihn grinsend von der Seite an. »Woran denkst du?«

Leander zögerte einen Moment, erzählte ihr aber dann von seinen Überlegungen. Zu seiner Überraschung enthielt sie sich eines Kommentars und fand das offensichtlich auch nicht abwegig oder gar lächerlich.

»Ich finde es gut, wie Birte und Thoralf sich hier auf Sylt eingerichtet haben«, sagte sie stattdessen. »Sie setzen ihre Überzeugungen einfach um und sind offenbar sehr zufrieden damit.«

Sie radelten nun durch Rantum, das regelrecht in die Dünenlandschaft gebaut worden war. Häuser mit Ziegeldächern wechselten sich mit modernen Reetdachhäusern ab. Der Ort wirkte wie für den Tourismus neu errichtet.

»Birte hat mir erzählt, dass Rantum im 19. Jahrhundert ständig von Wanderdünen bedroht worden ist«, berichtete Franziska. »›Dorf auf der Flucht‹ hat man es damals genannt.«

»Das erklärt, warum es hier kaum alte Bausubstanz gibt.«

Sie wechselten entlang eines weitläufigen Campingplatzes zur Seeseite. Die Dünen waren hier von wilden Heckenrosen überzogen, die in voller Blüte standen und einen schweren, süßen Duft verströmten, der die gesamte Luft auszufüllen schien. Bald erreichten sie die breite Strandpromenade, von der aus sie einen freien Blick auf die gekräuselte Oberfläche der Nordsee hatten. Das führte Leanders Gedanken zurück zu dem eigentlichen Grund seines Aufenthaltes auf Sylt. Während er sich über die Bedrohung der Insel durch die Sturmfluten ausließ, bemerkte er Franziskas skeptische Seitenblicke.

»Ich wusste, dass du nicht einfach nur meinetwegen hier bist«, sagte sie schließlich.

»Was meinst du?«

»Halt mich nicht für blöd«, fuhr sie Leander an, und dabei funkelten ihre Augen gefährlich. »Zuerst willst du von Sylt, Birte und Thoralf nichts wissen. Dann findest du eine Leiche im Watt, und plötzlich kann dich selbst die Aussicht auf Marei nicht mehr daran hindern, mir nachzureisen. Kaum bist du hier, buddelst du die nächste Leiche aus ...«

»Das ist unfair!«, warf Leander ein. »Es war ja wohl Marei, die den Fuß gefunden hat. Und das auch nur, weil ich mich auf eure Spielchen eingelassen habe, obwohl du genau weißt, wie sehr ich so etwas hasse.«

»Lenk jetzt nicht ab.« Franziska hatte offenbar nicht vor, dem drohenden Streit auszuweichen. »Willst du mir ernsthaft weismachen, dass wir hier einfach nur so durch die Gegend radeln und das alles nichts mit dem Fall auf Föhr zu tun hat? Hast du deshalb heute morgen so ausgiebig einen Namen gegoogelt?«

Leander seufzte. »Okay, du hast recht. Kai-Uwe Groothues hat vor seinem Tod einen sehr mysteriösen Brief von Sylt erhalten.« Er berichtete sinngemäß den Inhalt des Schreibens.

»Hans Blank aus Hörnum also, ja?« Franziska nickte grimmig, griff entschlossen den Lenker ihres Fahrrads und schob es in Richtung Dorf zurück.

Auf der Straße stieg sie auf und schlug den Weg nach Hörnum ein, sodass Leander nichts anderes übrig blieb, als ihr besorgt zu folgen. Die Insel wurde nun immer schmaler, während sich die Straße durch die Dünenlandschaft zog. An der engsten Stelle gewann Leander einen Eindruck davon, wie real die Bedrohung war, dass Sylt hier im Sturm auseinanderbrechen könnte.

Als sie den Ortskern erreicht hatten, stellte Franziska ihr Fahrrad vor einen Friesenwall und schloss es ab. »Du nimmst die rechte Straßenseite, ich die linke«, ordnete sie an und machte sich sogleich auf, zu der ersten Haustür zu gehen und den Namen am Klingelschild abzulesen.

Vermutlich ist das tatsächlich die einzige Möglichkeit, Hans Blank ausfindig zu machen, dachte Leander. Da es hier kaum noch Eingeborene gibt, wird sich nur schwer jemand finden lassen, der ihn kennt und uns die Adresse nennen kann.

Er folgte also Franziskas Beispiel und klapperte die Häuser auf seiner Straßenseite ab. Als er an einem kleinen Friesenhaus nach dem Namensschild suchte, öffnete sich die Haustür, und eine resolute Matrone in einem viel zu kurzen Röckchen, das freien Blick auf blaue Krampfadern bot, baute sich mit auf die Hüftringe gestützten Händen vor ihm auf.

»Was wollen Sie?«, fauchte sie ihn an. »Könnt ihr Aasgeier uns nicht einfach mal in Ruhe lassen? Ihr treibt es noch so weit, dass wir ein Schild in den Vorgarten stellen: ›Wir verkaufen nicht!‹«

»Entschuldigung, ich will Ihr Haus gar nicht kaufen«, reagierte Leander verdutzt. »Ich möchte nur …«

»Ich unterschreibe allerdings auch keine Petition gegen den Ausverkauf der Insel«, giftete die Frau weiter. »Das bringt sowieso nichts. Und gegen die Sandvorspülungen unterschreibe ich erst recht nicht. Schließlich sind wir darauf angewiesen, dass unsere Häuser geschützt werden.« Sie verschränkte die Arme vor der Brust und kniff verbittert die Lippen zusammen.

Leander nutzte die kurze Atempause. »Kennen Sie einen Mann namens Hans Blank?«

»Hans Blank? Nein. Wer soll das sein?«

»Er soll in Hörnum wohnen. Ich möchte ihn sprechen, habe aber keine Adresse von ihm.«

»Und da betreten Sie einfach fremde Grundstücke? Machen Sie, dass Sie weg kommen, aber schnell.«

»Entschuldigung«, sagte Leander noch einmal und trat den Rückzug an.

Franziska kam ihm entgegen. »Kein Hans Blank. Und du warst wohl auch nicht erfolgreich?« Sie deutete mit dem Kopf auf die Matrone, die immer noch mit vor der Brust verschränkten Armen in ihrer Haustür stand und ihnen grimmig nachblickte.

»Auf Fremde sind die hier offenbar nicht gut zu sprechen«, brummte Leander. »Die hat mich tatsächlich für einen Immobilienhai gehalten.«

Franziska lachte. »Lass uns zum Hafen gehen und nach ihm fragen«, schlug sie vor. »Vielleicht treffen wir da auf Einheimische. Und wenn er hier wohnt, wird ihn am ehesten einer von denen kennen.«

Aber auch im Hafen waren sie nicht erfolgreich. Ein alter Insulaner, der seine Angel ins Hafenbecken hielt, schüttelte missmutig den Kopf. Ohne seine kalte Pfeife aus dem Mund zu nehmen, nuschelte er in seinen verfilzten Vollbart: »Nee, den gift dat hier nich.«

So gingen sie unverrichteter Dinge zu ihren Rädern zurück und machten sich auf den Rückweg. Franziska radelte stramm vorneweg und hatte offenbar nicht vor, heute noch an einer friedlicheren Atmosphäre zwischen sich und Leander zu arbeiten. Der sah allerdings ein, dass das wohl eher seine Aufgabe war, wenngleich er nicht die geringste Ahnung hatte, wie er es bewerkstelligen sollte.

Als sie auf das Grundstück in Wenningstedt einbogen, standen Birtes BMW und Thoralfs Tesla vor dem Haus. Sie fanden die beiden auf der Terrasse, wo sie sich lachend unterhielten, während Marei im Sandkasten mit reichlich Wasser die Burg nachzubauen versuchte, die sie am Vortag auf Leander errichtet hatte.

»Na, ihr zwei?«, begrüßte Thoralf sie überschwänglich. »Wie weit seid ihr denn gekommen mit unseren Pedelecs.«

Er wollte offensichtlich eine Lobeshymne auf die Wunderwerke der Technik hören, aber Leander hatte nicht vor, ihm den Gefallen zu tun.

»Nur bis Hörnum«, antwortete er stattdessen. »Ich habe da nach jemandem gesucht, ihn aber nicht gefunden.«

Franziska setzte sich schweigend an den Tisch und goss sich mit finsterer Miene ein Glas Limonade ein, was Birte mit krauser Stirn schweigend beobachtete.

»Aha, und wen hast du da gesucht?« Thoralf beugte sich leicht vor und signalisierte Hilfsbereitschaft.

»Einen Mann namens Hans Blank. Ich habe einen Brief von ihm.« Leander zückte sein Smartphone, rief das Foto auf und zeigte es Thoralf.

Der nahm ihm das Gerät aus der Hand und las den Text mit wachsendem Staunen. Schließlich lachte er auf und reichte Birte das Smartphone. »Das musst du dir ansehen!«

Birte griff nach dem Gerät, scrollte mit zwei Fingern darauf herum und brach schließlich ebenfalls in Gelächter aus.

»Was ist daran so lustig?«, reagierte Leander grimmig.

Die beiden sahen sich an und schüttelten sich aus vor Lachen.

»Entschuldige«, brachte Thoralf schließlich mühsam hervor, während er sich Tränen von den Wangen wischte. »Da bist du offenbar einem Scherzkeks auf den Leim gegangen.«

Leander zog die Augenbrauen zusammen und wartete wortlos auf eine Erklärung, während Franziska dem Ganzen überhaupt nicht zu folgen schien. Deutlicher konnte sie nicht ausdrücken, dass sie an Leanders Recherchen kein Interesse hatte.

»Du verstehst immer noch nicht, was?«, fragte Thoralf und hatte sichtlich Mühe, nicht wieder loszulachen.

Birte legte ihm eine Hand auf den Arm und wandte sich dann mit fast schon mitleidigem Blick an ihren Gast: »Detlev von Liliencron?« Und als keine Reaktion kam: »*Trutz Blanke Hans*? Schon mal gehört?«

Leander hatte das Gefühl, im falschen Film zu sein. Was sollte der Blödsinn jetzt schon wieder?

»Also gut«, gab sich Thoralf großmütig, »dann pass mal auf: Hans Blank ist augenscheinlich ein Fakename. Der *Blanke Hans* ist die Bezeichnung für die Nordsee bei Sturmflut und ...«

»Das weiß ich auch«, erhitzte sich Leander. »Ich bin ja nicht ... au Scheiße!« Er fühlte, wie ihm heiß wurde und er in Rekordtempo errötete. »Was bin ich für ein Idiot!«

Nun lachte auch Franziska, allerdings vor Schadenfreude, weil auch sie langsam begriff, dass sich irgendjemand, der sich als Naturschützer und Gegner der Küstenschutzmaßnahmen aufspielte, ausgerechnet den Spitznamen der stürmischen Nordsee als Pseudonym ausgesucht hatte. Und das Beste war, dass ihr selbstgerechter Henning, der offensichtlich der Ansicht war, dass auf den Inseln kein Kriminalfall ohne seine Mitwirkung gelöst werden konnte, derart spektakulär darauf hereingefallen war. Die eigene Naivität stand ihrer Schadenfreude dabei offenkundig nicht im Weg.

»Aber das ergibt doch gar keinen Sinn«, versuchte Leander, sich aus der Situation zu retten. »Weshalb schickt jemand Kai-Uwe Groothues einen Brief mit dem Angebot, ihm Informationen zu liefern, und verheimlicht dann seinen Namen und die Adresse, die er dafür braucht, sich bei ihm zu melden?«

»Ein Spinner«, urteilte Thoralf. »Das ist doch sonnenklar. Ein Millionenskandal auf Sylt! Mal abgesehen davon, dass es hier bei jedem kleinen Immobiliengeschäft immer sofort um Millionen geht, ist das doch geradezu absurd. Der Typ wollte deinen Schriftsteller verarschen!«

»Oder er wollte ihn einfach nur auf die Insel locken«, dachte Birte laut nach. »Ich habe ein paar Romane von Groothues gelesen. Der hat seine Themen gründlich recherchiert. Vielleicht ist der anonyme Briefeschreiber davon ausgegangen, dass er schon auf die entscheidende Spur stößt, wenn er erst einmal hier herumschnüffelt.«

»Dann kann es sich nur um einen dieser Idioten handeln, die seit Jahren Stimmung gegen die Sandvorspülungen machen«, setzte Thoralf diesen Gedanken fort.

»Wie kommst du darauf?«, hakte Birte nach.

»Das ist doch das Einzige, auf das man zwangsläufig stößt, weil die Arbeiten in aller Öffentlichkeit am Strand durchgeführt werden«, erklärte Thoralf. »Außerdem behaupten die doch immer, dass die sogenannte ›Sandmafia‹ nur die Millionen der Steuerzahler abzocken wolle.«

»Ich dachte, das Thema sei längst erledigt«, beteiligte sich nun auch Franziska an dem Gespräch. »Gibt es denn überhaupt noch jemanden, der nicht einsieht, wie überlebenswichtig das ist?«

»Ein paar Unbelehrbare gibt es immer.« Thoralf winkte ab. »Der lächerliche Rest einer Bürgerinitiative – Spinner, die nicht damit leben können, dass sie den Kampf verloren haben.«

»Ohne die Sandvorspülungen würde es Sylt bald nicht mehr geben«, behauptete Birte. »Ich habe noch nie verstanden, wie man dagegen sein kann.«

»Küstenschutzgegner?«, zweifelte Leander. »Also, ich weiß nicht ...«

»Das sind auch keine Küstenschutzgegner«, widersprach Birte. »Die sind nur gegen die Sandvorspülungen.«

Leander fing einen Blick auf, den sie Thoralf zuwarf, woraufhin der ihr grinsend ein Auge zukniff. »Ihr denkt da an einen ganz bestimmten Spinner?«

Thoralf zögerte einen Moment und nickte schließlich. »Eberhard Korthals.«

»Doktor Eberhard Korthals!«, korrigierte Birte mit erhobenem Zeigefinger. »Auf seinen Doktortitel legt er großen Wert.«

»Der Mann ist Geologe und führt seit Jahren den Widerstand gegen die Sandvorspülungen an«, erklärte Thoralf und deutete mit wedelndem Zeigefinger auf Leanders Smartphone. »So ein Schwachsinn sieht dem ähnlich.«

»Sandvorspülungen also«, dachte Leander laut und musste sich eingestehen, dass dies die einzige Spur war, die er aktuell hatte. »Ist es wohl möglich, dass ich mir das mal vor Ort ansehe?«

»Natürlich!« Thoralf hob die Handflächen, als sei nichts einfacher als das. »Soll ich dir einen Kontakt herstellen?«

»Gerne, wenn es kein zu großer Aufwand für dich ist.«

»Quatsch! Das kostet mich einen Anruf.« Er sprang auf und lief ins Haus. Kurz darauf kam er zurück und grinste. »Morgen Vormittag um 11 Uhr am Strand von Hörnum. Arft Petersen vom Landesbetrieb Küstenschutz, Nationalpark- und Meeresschutz inspiziert dort den Fortschritt der Arbeiten. Bei der Gelegenheit kannst du dich ausführlich informieren. Aber den Brief von Hans Blank« – er zwinkerte Leander belustigt zu – »und den Namen Korthals erwähnst du ihm gegenüber besser nicht. Die Ökospinner sind ihm nämlich ein Dorn im Auge.«

<h1 style="text-align:center">22</h1>

Während Franziska und Birte sich mit Marei an den Strand aufmachten und Leander noch überlegte, wie er die Stimmung wieder kitten könnte, stand plötzlich Dieter Bennings vor der Tür.

»Hast du Zeit?«

Leander zuckte mit den Schultern. »Zumindest habe ich momentan nichts vor. Bist du wegen meiner Zeugenaussage hier?«

Bennings wiegte zweideutig den Kopf. »Ich dachte, wir könnten zusammen einen Hausbesuch machen und auf dem Weg dorthin die beiden Fälle durchsprechen.«

Leander zuckte erneut mit den Schultern, wofür er einen skeptischen Blick seines Freundes erntete. Er zog die Haustür hinter sich zu und folgte dem Hauptkommissar zu einem Streifenwagen, den er auf der Straße abgestellt hatte.

Während sie auf die Hauptstraße einbogen, berichtete Bennings: »Wir haben die Identität des Mannes geklärt, dem der Fuß gehört, den du gestern gefunden hast.«

»Christian Randers.«

Der Kriminalhauptkommissar sah Leander erstaunt an. »Jetzt sag nicht, du hast das schon gestern gewusst und kein Wort gesagt!«

»Es war nur eine Vermutung des hiesigen Lokalreporters. Aber damit hatte er ja augenscheinlich recht.«

Da Bennings grimmig schwieg, erkundigte sich Leander nach den Ergebnissen aus der Kriminaltechnik.

Der Hauptkommissar atmete tief durch, als müsste er einen erheblichen inneren Widerstand beiseiteschieben. »Peters hat eine Vergleichsprobe von Randers besorgt, sodass die Techniker einen DNA-Abgleich mit dem Fundstück machen konnten. Das Ergebnis war eindeutig. Der Fuß ist gewaltsam vom Knöchel gerissen worden. Möglicherweise von einer Maschine.«

»Einer Maschine?« Leander hatte schlagartig das Bild eines Mähdreschers vor sich, das aber so gar nicht passen wollte.

Bennings nickte. »Die Techniker halten es für denkbar, dass Randers Leiche draußen im Meer von einem dieser Baggerschiffe angesaugt und dabei zerstückelt wurde. Beim Anspülen an den Strand und später durch die Planierraupen sind die Einzelteile dann weit verstreut worden. Wir haben im größeren Umkreis weitere gefunden und werden heute noch einmal eine Staffel mit Leichenspürhunden den gesamten Strandabschnitt absuchen lassen.«

»Fragt sich nur, was Randers da draußen wollte«, überlegte Leander. »Vielleicht war er an den Sabotageanschlägen beteiligt.« Er berichtete seinem Freund, was er diesbezüglich von Heiko Klaassen erfahren hatte. »Dabei ist er dann erwischt worden, über Bord gegangen und ertrunken. Oder er wurde auf der Insel ermordet und dann ins Meer geworfen.«

»Möglicherweise ist er auch im Sturm verunglückt und so hinausgetrieben worden«, ergänzte Dieter Bennings. »Jedenfalls lässt sich durch die bisherigen Funde nicht feststellen, ob er noch gelebt hat, als er da draußen angesaugt wurde.«

»Lebend von einem Baggerschiff angesaugt, auseinandergerissen und durch ein Rohr gejagt?« Leander schüttelte sich. »Kein schöner Tod. Aber welcher Tod ist schon schön?« Er dachte einen Moment über das Gehörte nach. »Das kann doch alles kein Zufall sein«, sagte er schließlich.

»Was?« Bennings blickte ihn skeptisch von der Seite an.

»Naja, Groothues recherchiert auf Föhr über Bauunternehmen, Sabotage und Küstenschutz und wird anschließend tot im Watt gefunden. Randers ist Bauunternehmer auf Sylt, befindet sich in Konkurrenz zu denselben übermächtigen Mitbewerbern und zerstreut seine Leichenteile am Strand von Wenningstedt.«

»Das ist aber sehr weit hergeholt«, urteilte Bennings mit einem Unterton, als hätte Leander ihm eine Verschwörungstheorie aufgetischt. Als der nicht darauf reagierte, hakte er misstrauisch nach: »Oder verheimlichst du mir noch etwas?«

»Groothues hat sich möglicherweise mit Vorfällen auf Sylt befasst«, gestand Leander kleinlaut. »An seiner Pinwand haben Artikel gehangen, die nach dem Einbruch verschwunden waren. Und die haben sich mit dem Küstenschutz auf Sylt auseinandergesetzt.«

Bennings bremste so abrupt, dass ein nachfolgender Porsche nur im letzten Moment ausweichen konnte und hupend an ihnen vorbeischlitterte.

»Sag mal, wieso hältst du relevante Informationen vor mir zurück?«, brauste der Hauptkommissar auf. »Du hättest mir davon schon auf Föhr erzählen müssen!«

»Du hast recht«, gab Leander kleinlaut zu. »Natürlich hätte ich das.«

»Mann!« Bennings schlug wütend auf das Lenkrad. Dann gab er wieder Gas.

Eine Weile blieb es still zwischen den beiden Freunden, bis der Hauptkommissar sich wieder beruhigt zu haben schien. »Gibt es sonst noch etwas, das du mir sagen solltest?«, fragte er. »Oder hat der Presseheini noch etwas vermutet, das uns weiterhelfen könnte?«

Leander berichtete auch noch den Rest von dem, was er am Vortag erfahren hatte, und bemühte sich angesichts seines schlechten Gewissens um wortgetreue Wiedergabe und Vollständigkeit.

Bennings lachte auf, als er von der Vermutung hörte, der Bauunternehmer könnte mit seiner Sekretärin durchgebrannt sein. »Tja, da ist ja nun leider nichts dran. Es sei denn, er konnte auf der Flucht auf einen Fuß und einige andere Körperteile verzichten.«

Sie passierten Westerland und näherten sich Morsum. Kurz hinter dem Dorf lenkte Bennings das Fahrzeug nach links an den Ortsrand und hielt vor einem kleinen Haus, das für Sylter Verhältnisse regelrecht verfallen aussah. Auch das Reetdach war vollkommen vermoost und hatte eine faulig glänzende Farbe. Man konnte deutlich erkennen, dass der Bauunternehmer sein eigenes Haus in den letzten Jahrzehnten nicht in Schuss gehalten hatte. Leander und Bennings tauschten erstaunte Blicke.

Der Hauptkommissar klingelte an der Friesentür, die in besseren Zeiten einmal blau gestrichen gewesen sein musste. Abgesplitterte Farbreste erinnerten an diese Zeiten. Nach dem zweiten Klingeln öffnete eine Frau die Tür, deren Alter Leander nur schwer schätzen konnte. Sie war stilvoll auf jung geschminkt. Ihr Gesicht wirkte, als würde es einem täglichen Peeling unterzogen und regelmäßig gestrafft. Keine Andeutung irgendwelcher Fältchen oder Krähenfüße. Auch ihre

Kleidung schien den teuersten Boutiquen Westerlands zu entstammen und unterstrich die sportlich schlanken Körperformen mit jugendlich frischen Farben.

Und doch war da etwas im Gesicht dieser Frau, das Leander an der zur Schau gestellten Jugendlichkeit zweifeln ließ. Sie machte in dieser Umgebung einen geradezu lächerlichen Eindruck auf ihn.

Die Modepuppe passt nicht in dieses Haus, dachte Leander.

Dieter Bennings schien ähnliche Gedanken zu haben. Zumindest brauchte er einen verräterischen Moment, bis er sich auf den fragenden Blick der Frau hin auswies und darum bat, vielleicht drinnen miteinander reden zu können.

»Ich nehme doch an, dass Sie Frau Randers sind?«, schob er vorsichtshalber nach.

»Liv Randers, ja. Sie kommen wegen Christian.« Es klang wie eine Feststellung, nicht wie eine Frage.

Die Frau deutete mit der Hand ins Innere des Hauses und ließ die Besucher an sich vorbeigehen. Dann schloss sie die Haustür, überholte die Männer und führte sie ins Wohnzimmer.

Auch hier sah alles abgewohnt und eigentlich kaum noch nutzbar aus. Nur eine moderne Digitalkamera auf einem Stativ und zwei Softboxen fielen Leander auf. Sie standen in einer Ecke neben einem Tisch mit Kartons, wie Boutiquen sie zum Einpacken von Kleidungsstücken nutzten.

»Wann haben Sie Ihren Mann zuletzt gesehen oder von ihm gehört?«, eröffnete Bennings die Befragung.

»Das muss ... warten Sie ... ja, das ist jetzt drei Tage her. Montag Morgen, genau. Er ist nach dem Frühstück in die Firma gefahren und nicht wieder zurückgekommen.«

»Sie haben ihn vermisst gemeldet.«

Liv Randers nickte.

»Und Sie vermuten, wie ich gehört habe, dass er sich mit seiner Sekretärin aufs Festland abgesetzt hat?«

Nun sah sie Bennings erstaunt an, nickte aber wieder leicht.

»Frau Randers, ich muss Ihnen eine traurige Mitteilung machen: Wir haben gestern am Strand einen … nun ja … einen Teil der Leiche Ihres Mannes gefunden.«

Wenn er erwartet hatte, dass die Frau nun zusammenbrechen würde oder zumindest schockiert reagiert hätte, hatte er sich getäuscht.

»Der Fuß also«, stellte Liv Randers wie beiläufig fest.

»Sie haben das schon vermutet?«

»Die Geschichte geht auf Sylt rum wie ein Lauffeuer. Und nachdem Ole Peters Christians Zahnbürste abholen lassen hat, konnte ich es mir denken.« Sie senkte einen Moment den Kopf. »Die Kleine von Frerichs soll ihn gefunden haben. Schrecklich. Das arme Kind.«

»Frau Randers, verzeihen Sie mir bitte die Bemerkung, aber Sie machen auf mich nicht gerade den Eindruck, sonderlich geschockt von der Tatsache zu sein, dass Ihr Mann tot ist.«

Gleichmütig zuckte sie mit den Schultern. »Zumindest hat er mich nicht mit seiner Sekretärin sitzengelassen. Was, glauben Sie, ist schlimmer für eine Frau?«

»Ihre Ehe war …«

»Zerrüttet, ja.«

»Könnten Sie uns das etwas näher erläutern?«

»Natürlich. Nehmen Sie doch Platz, bitte. Kann ich Ihnen etwas anbieten?« Sie deutete auf eine fadenscheinige Polstergarnitur.

»Nein danke«, antwortete Bennings und ließ sich in einen Sessel nieder.

Leander schüttelte ebenfalls den Kopf und wählte den zweiten Sessel.

»Also, das ist so«, begann Liv Randers und setzte sich den Männern gegenüber auf das Sofa. Ihr Designerkleid wirkte auf dem abgewetzten Möbelstück geradezu surreal. Sie schlug das rechte Bein über das linke und legte die Hände in ihrem Schoß zusammen, sodass es auf Leander einen irritierend züchtigen Eindruck machte. »Christian und ich haben sehr jung geheiratet. Die ersten Jahre haben wir unsere ganze Energie in die Firma gesteckt. Es lief auch alles ganz gut damals, aber wir hatten keine Zeit, uns um die Familienplanung zu kümmern. Sie verstehen? Für Kinder war einfach kein Platz in einem Unternehmen wie dem unseren, in dem ich dauerhaft mitarbeiten musste. Und als wir dann Zeit gehabt hätten, hatten wir zu große finanzielle Sorgen.«

Das klingt wie einstudiert, dachte Leander.

»Ihr Bauunternehmen ist pleite«, stellte Bennings fest.

»Und das im Grunde schon seit Jahren«, bestätigte Frau Randers. »Wenn uns ein befreundeter Bauunternehmer nicht hin und wieder einen kleinen Auftrag über den Zaun geworfen hätte …«

»Aber Sie besitzen immerhin ein Haus«, wandte Leander ein. »Das ist auf Sylt doch eine Menge wert, selbst …«

»Selbst in dem Zustand, wollten Sie sagen.« Liv Randers lächelte verständnisvoll. »Ja, das ist wohl eine Menge wert. Und wenn Christian es mir nicht schon vor Jahren überschrieben hätte – ich habe seinerzeit darauf bestanden, damit wir nicht eines Tages auf der Straße sitzen –, würde es inzwischen auch den Banken gehören. Sie werden verstehen, dass ich nicht damit einverstanden war, es mit Hypotheken zu belasten, nur um die dann in der Firma zu versenken.«

»Hatte Ihr Mann Feinde?« Dieter Bennings gab sich mit den privaten Auskünften offenbar zufrieden.

Frau Randers dachte einen Moment über die Frage nach. »Abgesehen von den vielen Leuten, die noch Geld von ihm zu bekommen hatten, nicht. Nein. Wissen Sie, nur bedeutende Menschen haben Feinde – und Christian hatte keine große Bedeutung auf Sylt.«

»Besaß Ihr Mann eine Lebensversicherung? Ich meine, Sie müssen doch jetzt von etwas leben.«

»Die hat er schon vor Jahren zu Geld gemacht und mit dem Rückkaufswert die drängendsten Schulden bezahlt. Wenn Sie so wollen, habe ich jetzt nur noch das hier.« Sie deutete halbherzig um sich. »Wer soll denn nun die Firma führen?«

»Auf Sylt ist in den letzten Jahren doch gebaut worden wie verrückt«, warf Leander nun ein. »Wie kommt es, dass Ihr Mann davon nicht profitieren konnte?«

Nun lachte Liv Randers auf. »Sie kommen nicht von hier, oder? Alle großen Aufträge, bei denen auch nur ein bisschen hängenbleibt, teilen sich die beiden Großen untereinander auf. Unsereiner hat bei jeder Ausschreibung das Nachsehen.«

»Sagt Ihnen der Name Kai-Uwe Groothues etwas?«, wechselte Leander das Thema, weil er den Eindruck hatte, dass sie geradewegs in eine Sackgasse steuerten. Dabei ignorierte er den leicht irritierten Blick von Dieter Bennings.

»Ja, natürlich. Der Schriftsteller. Aber das ist kein Sylter, der lebt auf Föhr. Wieso?«

»War Herr Groothues in letzter Zeit einmal hier bei Ihnen oder im Büro Ihres Mannes?«

Nun zögerte Liv Randers einen Moment, bevor sie antwortete: »Sowohl als auch.«

Na bitte, dachte Leander, endlich mal ein Anhaltspunkt. »Was wollte er von Ihrem Mann und Ihnen?«

»Es ging ihm um den Zustand der Bauindustrie auf Sylt.«

»Geht das etwas konkreter?«, klinkte sich Dieter Bennings wieder ein.

Liv Randers sah ihn an, als wüsste sie beim besten Willen nicht, was er von ihr hören wollte.

»Was genau hat er Sie gefragt?«, konkretisierte Leander.

»Er hat sich danach erkundigt, wie die Auftragsvergaben auf Sylt laufen und ob wir vielleicht Hinweise auf Regelverstöße hätten.«

»Frau Randers, Groothues ging es doch nicht um Bauaufträge«, widersprach Leander. »Mit solchem Kleckerkram hat er sich nicht abgegeben. Von welchen Aufträgen war wirklich die Rede?«

Liv Randers schien einen Moment zu überlegen, mit wem sie es hier zu tun hatte, gab aber schließlich die gewünschte Auskunft: »Es ging um die Küstenschutzmaßnahmen. Genauer gesagt, um die Sandvorspülungen und die Planierarbeiten am Strand.«

»Und?« Bennings beugte sich weit vor. »Konnten Sie oder Ihr Mann ihm da weiterhelfen?«

»Nein. Unser Betrieb spielt, wie gesagt, keine große Rolle auf Sylt. Wir haben uns nie an den Ausschreibungen beteiligt, weil das von vornherein aussichtslos gewesen wäre.« Als sie die fragenden Blicke der Männer registrierte, seufzte sie, als koste sie alles Weitere sehr große Überwindung. »Also, damit Sie wirklich verstehen, wie das hier läuft: Wer auf Sylt einen der großen Aufträge ergattern will, muss entweder selber ein großes Unternehmen mit umfangreichem Maschinenpark haben, oder er muss sich zumindest mit anderen Unternehmern zusammenschließen und so einen starken Verbund bilden. Auf jeden Fall aber braucht er Kontakte zu den Behörden. Ohne deren Fürsprache läuft da gar nichts.«

»Und Ihr Mann hatte keine solchen Kontakte?«

»Im Gegenteil!« Sie schnaufte leicht auf. »Christian hat alles getan, damit man ihm im Rathaus die Tür vor der Nase zuschlägt und die anderen ihn nicht beteiligten. Er hat sich so oft über die Auftragsvergabeverfahren beschwert, dass sie ihn für einen Nestbeschmutzer hielten. Seine Beschwerden darüber, dass die Dänen mit ihren Baggerschiffen das größte

Stück vom Kuchen bekommen haben, hätten die anderen ja noch unterschrieben, aber mit seinen Angriffen auf die Sylter Konkurrenz hat er sich völlig isoliert.«

»Darf ich Ihnen etwas zeigen?«, fragte Leander und zog sein Smartphone aus der Tasche.

Da er keine ablehnende Antwort bekam, hielt er ihr das Display hin und ließ sie den Brief des ominösen Hans Blank lesen.

Liv Randers lachte hell auf. »Und den Unsinn nehmen Sie ernst?« Ihre Augen wanderten zwischen Leander und Bennings hin und her. »Mein Gott, offenbar tun Sie das wirklich! Hans Blank! Darauf fallen Sie rein?«

»Es geht nicht um das Pseudonym«, entgegnete Leander scharf. »Sie kennen den Brief also nicht?«

Er reichte das Smartphone an Bennings weiter, der nun ebenfalls den Brief las und dabei vielsagend die Augenbrauen zusammenzog.

»Ich habe diesen Brief noch nie gesehen«, antwortete Liv Randers bestimmt.

»Herr Groothues hat ihn nicht gezeigt oder zumindest erwähnt?«, wunderte sich Leander.

»Ich sage doch: nein!«

»Ist es für Sie denkbar, dass Ihr Mann diesen Brief geschrieben und an Groothues geschickt hat?«

»Christian?« Liv Randers riss ihre Augen weit auf, offenbar erstaunt darüber, dass überhaupt jemand auf eine so absurde Idee kommen könnte. »Es stimmt zwar, dass jedes Jahr wortwörtlich Millionen regelrecht im Sylter Sand verbuddelt werden, von denen kaum ein Sylter etwas mitbekommt, aber als Skandal würde ich das nicht bezeichnen. Außerdem hatte Christian überhaupt nicht den Zugang zu irgendwelchen Unterlagen, mit denen er Unregelmäßigkeiten oder Regelverstöße hätte beweisen können.«

»Ist das der einzige Grund, aus dem Sie ihn als Urheber ausschließen? Grundsätzlich würden Sie ihm einen anonymen Brief schon zutrauen?«

Leander hatte diese Frage völlig unüberlegt formuliert und war nun selbst erstaunt darüber, dass Liv Randers offenbar ernsthaft darüber nachdachte.

»Ach was«, antwortete sie dann. »Auch wenn so etwas schon zu ihm passen würde, weil er zuletzt nur noch wütend gewesen ist und sich geradezu verfolgt gefühlt hat: Er hätte am Ende ja tatsächlich Beweise liefern müssen.«

»Nun ja, vielleicht ging es ihm ja einfach nur darum, Staub aufzuwirbeln, wenn Groothues auf die Insel kommt und recherchiert.« Und als er keine Antwort mehr bekam, ergänzte er: »Wie auch immer: Kai-Uwe Groothues ist jedenfalls ermordet worden, nachdem er hier auf Sylt gewesen ist.«

Ein kurzes Flackern in Liv Randers Augen verriet, dass sie davon noch nichts gehört hatte und dass es sie zumindest leicht verunsicherte. Doch sie fing sich schnell wieder und blickte nun Dieter Bennings erstaunt an: »Heißt das etwa, Sie gehen davon aus, dass mein Mann ebenfalls ermordet wurde?«

»Wovon gehen Sie denn aus?«, reagierte der mit einer Gegenfrage.

»Na, von Unfall oder ...«

»Selbstmord?«

Diesmal kniff Liv Randers die Lippen zusammen und blickte zu Boden, während sie leicht mit den Schultern zuckte.

Bennings stand auf und machte ein paar Schritte auf den Flur zu, blieb aber plötzlich stehen und drehte sich noch einmal zu der Witwe um. »Geben Sie uns bitte die Schlüssel zur Firma«, sagte er. »Wir müssen uns einen Überblick über die Geschäfte Ihres Mannes verschaffen.«

Liv Randers drängte sich an ihm vorbei und entnahm einem Blechkasten neben der Haustür einen Bund mit Schlüsseln

verschiedener Größen. Wortlos reichte sie ihn dem Hauptkommissar.

»Sie bekommen ihn so schnell wie möglich zurück«, versprach er.

»Das hat keine Eile«, entgegnete sie. »Ich gehe schon seit
Monaten nicht mehr dorthin. Warum auch? Es gibt ja schon
lange fast nichts mehr zu tun. Und für den Kleckerkram hat
Christian eine Sekretärin.«

Dann öffnete sie die Tür und verabschiedete die Männer
mit einem Nicken.

Bennings startete den Wagen und lenkte ihn zurück auf die
Straße in Richtung Westerland. »Scheiße, Mann! Das ist
Unterschlagung von Beweismaterial. Aber wem sage ich das?«
Als Leander nicht reagierte, fuhr er fort: »Den Brief hättest
du mir längst zeigen müssen. Er könnte direkt zu Groothues'
und vielleicht auch Randers' Mörder führen.«

»Ich habe ihn für Spinnerei gehalten«, wich Leander aus.
»Er hat an der Pinnwand gehangen, als ich zum ersten Mal in
Groothues' Haus war. Nach dem Einbruch war er dann weg.«

»Wie die Zeitungsartikel!« Bennings grunzte missbilligend. »Du hättest uns sofort darüber informieren müssen.«

Für die nächsten zwei Kilometer herrschte eine geradezu
eisige Atmosphäre im Auto.

»Was hältst du von der Witwe?«, wechselte Leander
schuldbewusst das Thema, als ihm das Schweigen zwischen
ihnen zu laut wurde.

»Ich weiß es nicht. Sie war mir ... irgendwie zu glatt.«

Leander nickte. »So geht es mir auch. Eine Schickimi-
cki-Mieze in so einer Umgebung. Irgendwie passt das nicht
zusammen.«

»Es soll Frauen geben, die sich so geschmackvoll bei Dis-
countern oder in Second-Hand-Shops einkleiden können,

dass man ihnen die Billigpreise nicht ansieht«, behauptete Bennings.

»Oder sie hat einen Sponsor und war auf die paar Kröten, die ihr Mann erwirtschaftet hat, gar nicht angewiesen«, dachte Leander laut nach. »Sie hat doch etwas von einem Freund gesagt, der ihrem Mann gelegentlich Aufträge zugeschanzt hat. Vielleicht war dieser Freund ja nicht ganz so selbstlos.«

»Wir werden uns mal in der Firma umsehen«, stimmte Bennings zu. »Da müsste man ja nachlesen können, wie existenziell diese freundschaftliche Hilfe war.«

»Und vor allem, um wen es sich bei dem Freund handelt«, ergänzte Leander und ärgerte sich darüber, dass er die Witwe nicht direkt danach gefragt hatte.

23

Tinnum erschien Leander wie eine eigentümliche Mischung aus bäuerlicher Dörflichkeit und modernem Gewerbe. Irgendwie schien hier alles planlos zusammengewürfelt worden zu sein.

Christian Randers' Firma war von offenbar florierenden Betrieben umgeben und passte genauso wenig hierhin wie seine gestylte Frau auf das abgeranzte Sofa in ihrem heruntergekommenen Haus. Auf einem mit Maschendraht eingezäunten kleinen Hof reihten sich ein rostiger Bagger und zwei verbeulte Pritschenwagen vor einem einstöckigen Gebäude mit Flachdach aneinander. Der Anstrich war wohl irgendwann einmal weiß gewesen, jetzt changierte er zwischen angegraut und schmutzig gelb.

Bennings öffnete die Tür, die sich erstaunlich geräuschlos in den rostigen Angeln drehte. Von einem schmalen Flur mit braunem Linoleum als Bodenbelag ging ein Büro nach rechts ab, durch eine Glasscheibe von dem Gang getrennt. Offenbar handelte es sich um eine Art Sekretariat oder Anmeldung. Der Schreibtisch war bis auf den altersschwachen Röhrenmonitor, eine Tastatur und eine Maus leer. An der Wand hing ein großformatiger Kalender ohne Bilder, nur mit Kästchen für jeden einzelnen Tag des aktuellen Monats. Leander fiel besonders auf, dass fast alle unbeschriftet waren. Termine schien Christian Randers aktuell kaum gehabt zu haben. Blechregale boten einigen Reihen *Leitz*-Ordnern ein Zuhause.

Bennings wandte sich schon der Tür gegenüber zu. Dahinter befand sich Christian Randers' Arbeitsbereich. Auch hier herrschte übersichtliche Ordnung. Wenige Ringordner in den Regalen und ein paar gestapelte Bauzeichnungen auf dem Schreibtisch bildeten die einzigen Hinweise darauf, dass es sich um ein aktives Geschäft handelte. Als Leander jedoch die obersten Zeichnungen entfaltete und sich die Daten ansah, wurde ihm klar, dass das letzte Bauvorhaben, für das sich die Anlage eines Ordners gelohnt hatte, bereits drei Jahre zurücklag.

Bennings hatte inzwischen einen Ordner nach dem anderen aus den Regalen gezogen und aufgeschlagen. »Ich frage mich, warum der überhaupt noch ins Büro gefahren ist«, wunderte er sich. »Die Firma Randers scheint seit Jahren keine Aufträge mehr bekommen zu haben.«

»Und was ist mit denen, die Frau Randers erwähnt hat?«
Leander trat an Bennings' Seite und studierte die Rückseiten
der Ordner im Regal. »Die von dem Freund der Familie?«

»Nichts«, antwortete Bennings. »Ich gebe Peters Bescheid,
damit er das hier alles sicherstellen lässt.« Er griff nach seinem
Smartphone und wählte die Nummer des Reviers.

»Hier scheinen ein paar Ordner zu fehlen«, sagte Leander, nachdem der Kriminalhauptkommissar seine Anweisun-
gen durchgegeben und das Gespräch beendet hatte, und trat
eine Schritt zurück.

Damit gab er den Blick auf die geöffneten Schiebetüren
eines Aktenschrankes frei und deutete auf eine Lücke zwischen den grau-weißen Ordnerrücken.

»Hoffentlich ist uns hier keiner zuvorgekommen«, seufzte
Bennings.

»Wovon hat Randers gelebt?«, grübelte Leander laut. »Das
ist doch alles absolut trostlos. Wenn jahrelang kein Geld rein-
kommt, zieht selbst die gutmütigste Bank irgendwann die
Reißleine. Und von nichts kann Madame kein Brot kaufen,
geschweige denn Designer-Klamotten.«

»Wenn die Banken gewusst haben, dass eh nichts zu holen
war, haben sie den letzten Schritt vielleicht gescheut und gehofft,
dass er irgendwann die Kurve kriegt.« Bennings lauschte einen
Moment der eigenen Vermutung nach, dann griff er erneut nach
seinem Smartphone. »Kollege Peters, klären Sie doch bitte
mal beim Gewerbeaufsichtsamt, ob auf den Namen Christian Randers nur das Bauunternehmen eingetragen ist. Lassen
Sie sich dann bei den örtlichen Banken eine Auflistung seiner
Konten und Kredite machen. Und überprüfen Sie bei der Gelegenheit auch gleich Liv Randers. ... Ja, sowohl beim Gewerbeaufsichtsamt als auch bei den Banken. Danke.«

Während Bennings sich wieder dem Büro der Sekretärin
zuwandte, schlug Leander weitere Ordner auf und blätterte

durch Rechnungen und Angebote, ohne jedoch irgendetwas Auffälliges zu entdecken. Nebenan klingelte Bennings' Smartphone. Er hörte den Hauptkommissar reden, verstand aber nicht, was er sagte. Also verließ er ebenfalls Randers' Büro und wollte gerade den Flur durchqueren, als ihn eine schneidende Stimme zusammenfahren ließ.

»Was machen Sie denn hier?«

In der offenen Eingangstür stand eine Frau von Ende 20 oder Anfang 30 und starrte ihn wütend an. Ihre durchlöcherten Jeans weckten in Leander die Frage, warum der Schwachsinn eigentlich immer noch in Mode war. Das weiße, mit silbernen Dornen besetzte und sehr grobmaschige Netz-Shirt, das freien Blick auf einen schwarzen BH gewährte, passte zu den zahlreichen Nasen- und Lippenpiercings und den flammendrot gefärbten Haaren.

Bennings trat in den Flur und blieb abrupt stehen, als er diese Erscheinung sah.

»Was Sie hier machen, habe ich gefragt!«, fauchte die Frau, die sich offenbar auch vor zwei mutmaßlichen Einbrechern nicht fürchtete, und stemmte angriffslustig die Fäuste in die Hüften.

Aber vielleicht war sie ja auch einfach nur den unangemeldeten Besuch von Gläubigern gewöhnt.

Bennings zückte seinen Dienstausweis und stellte sich vor. »Das ist mein Kollege Leander. Und Sie sind?«

»Polizei?« Die Stimme der Frau machte ihren Zweifel deutlich, ihre Augen wanderten schnell zwischen den beiden Männern hin und her. »Was will denn die Polizei hier? Und wieso brechen Sie hier einfach so ein?«

»Frau Randers hat uns die Schlüssel gegeben«, erklärte Bennings.

»Liv?« Sie lachte spöttisch auf. »Das sieht der Ziege ähnlich! Wahrscheinlich hat Christian nicht die geringste Ahnung davon. Was hat sie Ihnen gesagt? Was soll Christian angestellt haben?«

»Zunächst einmal sagen Sie uns jetzt, wer Sie sind!« Bennings Tonfall ließ keinen Zweifel daran, dass er langsam die Faxen dick hatte und sich nicht länger anranzen lassen wollte.

»Cindy Ketelsen. Ich bin Herrn Randers' Sekretärin. Also, was machen Sie hier? Und wo ist mein Chef?«

»Vielleicht setzen Sie sich erst einmal, Frau Ketelsen«, schlug Leander in beruhigendem Tonfall vor und deutete auf ihr Büro.

»Verdammte Scheiße, ich will jetzt wissen, was hier los ist! Was wirft die blöde Tusse uns vor?«

»Gar nichts, falls Sie Frau Randers meinen«, wurde Bennings nun grimmig. »Wir sind hier, weil wir den Tod Ihres Chefs aufklären müssen.«

Das verschlug Cindy Ketelsen die Sprache. Ihr Gesicht entfärbte sich. Der knallrote Lippenstift sah plötzlich aus, als hätte jemand ihn einer Wasserleiche aufgetragen. Sie schlug die Augen nieder und quetschte sich nun doch zwischen den beiden Männern hindurch in ihr Büro, wo sie sich auf den Drehstuhl hinter dem Schreibtisch sinken ließ.

»Christian ist … tot?«, drang es tonlos durch ihre Lippen. »Aber wieso denn? Was ist denn passiert?«

»Das wissen wir noch nicht.« Auch Dieter Bennings' Stimme war nun wieder ruhig und mitfühlend. »Deshalb sind wir hier. Wann haben Sie Ihren Chef das letzte Mal gesehen?«

Die Sekretärin blickte auf, als müsste sie zunächst einmal nachdenken, weil das schon so lange her war. »Am Freitag«, antwortete sie dann. »Ich bin gegen Mittag nach Hause gegangen, weil ich über das Wochenende zu meiner Mutter aufs Festland wollte. Da war Christian noch in seinem Büro.«

»Was hat er denn den ganzen Tag gemacht?«, hakte Bennings nach. »Ich meine …« Er deutete mit einer ungenauen Handbewegung um sich.

Cindy Ketelsen nickte verstehend, antwortete aber nicht.

»Hatte die Firma Randers aktuell einen Bauauftrag?«, versuchte es Leander noch einmal.

»Wir haben schon lange keine Bauaufträge mehr«, sagte Cindy Ketelsen kraftlos. »Nur so Kleinkram. Eine Gartenmauer reparieren, für irgendeinen reichen Schnösel in Kampen einen Pool mauern, nur um dann endlos hinter der Kohle herrennen zu müssen. Nichts, das uns den Arsch gerettet hätte.«

»Und Herr Randers?«, zeigte sich Leander verständnislos. »Was hat der dann den ganzen Tag im Büro gemacht? Aus dem Fenster gestarrt und auf Aufträge gewartet, oder was?«

»Das war jedenfalls besser, als sich zu Hause endlose Vorwürfe anhören zu müssen.«

»Sie mögen Frau Randers nicht besonders«, stellte Bennings fest.

»Die dumme Kuh hat immer nur herumgenörgelt«, wurde Cindy Ketelsen nun wieder lebhafter. »Anstatt selber mal den Arsch hochzukriegen und arbeiten zu gehen. Und dann ist sie auch noch so verdammt eifersüchtig. Christian und ich – einfach lächerlich! Der war doch gar nicht mein Typ.«

Das konnte Leander nun wieder nachvollziehen, wenngleich er die umgekehrte Perspektive hatte und sich beim besten Willen nicht vorstellen konnte, dass ein Mann in Christian Randers' Alter sich mit einer jungen Frau eingelassen hätte, die am Flughafen durch keinen Metalldetektor gekommen wäre, ohne einen Großalarm auszulösen.

»Frau Ketelsen, wovon, wenn ich mal so direkt werden darf, hat Ihr Chef gelebt?« Bennings setzte sich mit einer Pobacke auf den Rand des Schreibtisches. »Und wie hat er Ihr Gehalt zahlen können, wenn es keine Bauaufträge gab?«

»Ach!« Die Sekretärin winkte ab. »Ich brauche nicht viel. Wenn er mir etwas zahlen konnte, hat er es mir gegeben.«

»Sie müssen doch Miete zahlen und Lebensmittel einkaufen«, wunderte sich der Kriminalhauptkommissar.

»Ich wohne bei meiner Großmutter und helfe ihr, damit sie in ihrem Häuschen bleiben kann. Dafür habe ich Kost und Logis frei.«

»Frau Ketelsen«, zeigte sich Leander ungläubig, »Sie wollen uns doch nicht ernsthaft weismachen, dass Ihr großes Herz Sie ohne Gehalt hier arbeiten lassen hat. Was war zwischen Ihnen und Christian Randers?«

»Nichts, das können Sie jetzt glauben oder nicht. Ist mir egal. Ich konnte hier kommen und gehen, wann ich wollte. Das ist besser, als von morgens um 8 Uhr bis nachmittags um 17 Uhr in irgendeinem stickigen Büro zu sitzen und Geschäftsbriefe zu tippen. Glauben Sie mir, es gibt beschissenere Jobs als einen unbezahlten.«

»Noch mal, Frau Ketelsen, wovon haben Ihr Chef und seine Frau gelebt, wenn der Laden nichts mehr abgeworfen hat?« Dieter Bennings wurde merklich ungehalten angesichts der Tatsache, dass sie bei der Sekretärin auf der Stelle traten.

Die zuckte zuerst nur mit den Schultern, besann sich aber dann offenbar – vielleicht, weil sie ihren toten Chef nicht mehr schützen musste. »Von den Provisionen, nehme ich an.«

»Provisionen? Wofür?«

»Kommen Sie, ich zeige es Ihnen.«

Cindy Ketelsen verließ ihr Büro und ging hinüber in das ihres Chefs. Dort wandte sie sich direkt dem Aktenschrank zu, stutzte und drehte sich mit erstauntem Blick um. »Sie sind weg!«

»Was ist weg?« Bennings Stimme klang inzwischen gefährlich gereizt.

»Die Ordner, sie sind weg.« Dabei deutete sie auf die Lücke im Schrank, die auch Leander schon aufgefallen war.

»Was war denn in den Ordnern?«, hakte der nach.

»Kauforders für CO_2-Zertifikate. Christian hat in letzter Zeit als Mittelsmann für jemand anderen Verschmutzungsrechte verkauft und CO_2-Kompensationen vermittelt.«

»Aha!« Bennings blickte Leander erstaunt an. »Und Kopien dieser Unterlagen gibt es nicht?«

»Nein, wozu?«

»Frau Ketelsen, für wen hat Herr Randers diese Geschäfte vermittelt?«

»Keine Ahnung.« Cindy Ketelsen blickte zwischen Leander und Dieter Bennings hin und her und schob, als sie merkte, dass sich der Hauptkommissar nicht mehr lange beherrschen konnte, nach: »Ehrlich, das hat er mir nicht gesagt.«

Leander signalisierte Bennings, dass er ihm die weiteren Fragen überlassen sollte. »Seit wann war er denn in diesen Geschäften tätig?«

»Das muss … ja, so ungefähr ein dreiviertel Jahr muss das jetzt her sein, da kam er eines Tages ins Büro gestürmt und hat gesagt: ›Cindy, wir sind gerettet. Jetzt haben wir das Tal der Tränen hinter uns!‹ Ich habe ihn gefragt, was er meint, und er hat gesagt: ›Ab heute machen wir in CO_2-Geschäften. Das ist die Zukunft. Sogar die EU hat ja jetzt den green deal ausgerufen.‹ Ich habe zuerst gedacht: Jetzt dreht er endgültig durch. Aber dann sind tatsächlich immer mal wieder Aufträge reingekommen. Mal für 100.000 Euro, mal auch für mehr.«

»Und er hat Ihnen nicht gesagt, wie er zu dem Geschäft mit den Zertifikaten gekommen ist?«

Die Sekretärin schüttelte vorsichtig den Kopf.

Leander lächelte sie an und sagte: »Frau Ketelsen, Sie sind doch nicht auf den Kopf gefallen. Wenn Ihr Chef plötzlich mit so etwas um die Ecke kommt, dann geben Sie sich doch nicht mit Ausflüchten zufrieden. Jemand wie Sie hat doch das Ohr an der Inselbevölkerung und kriegt alles mit, was es zu wissen gibt.«

Die Sekretärin schluckte hart. »Natürlich habe ich versucht, etwas herauszufinden. Aber alles, das ich weiß, ist, dass der Frerich seine Hände dick im Geschäft mit CO_2-Zertifikaten hat.«

»Thoralf Frerich?« Leander sah erstaunt auf.

Cindy Ketelsen nickte verlegen, als hätte sie Hochverrat begangen. »Ob der aber auch Christians Auftraggeber war …?« Sie zuckte mit den Schultern.

»Sie fassen hier bitte nichts mehr an«, befahl Dieter Bennings. »Meine Kollegen von der Kriminaltechnik werden die Büros auf Spuren untersuchen. So lange bleibt die Firma versiegelt.«

Damit schob er die Sekretärin vor sich her auf den Ausgang zu. Die ließ das auch widerstandslos mit sich geschehen.

»Heißt das, Christian wurde ermordet?«, fragte sie über die Schulter hinweg.

»Zum jetzigen Zeitpunkt lässt sich das nicht beurteilen, aber wir ermitteln natürlich in alle Richtungen. Händigen Sie mir bitte Ihre Firmenschlüssel aus.«

Cindy Ketelsen zog einen dünnen Schlüsselbund aus der Hosentasche und reichte ihn dem Hauptkommissar.

»Gibt es außer dem Wohnhaus und dem Büro hier weitere Gebäude, die der Firma gehören?«

»Nein, das ist alles.« Sie deutete zaghaft in die Runde, als schämte sie sich für die Firmenfahrzeuge und den heruntergekommenen Firmensitz. Dann wandte sie sich der Tür zu, drehte sich aber im Rahmen noch einmal um. »Bekomme ich die zurück?« Sie deutete auf die Schlüssel in Bennings' Hand.

»Sobald meine Leute hier durch sind«, versprach er.

Cindy Ketelsen nickte resigniert und verließ das Gebäude.

»Was hältst du von der Tippse?«, fragte Dieter Bennings, als sie wieder im Auto saßen und der jungen Frau nachsahen, die sich auf einem Fahrrad in Richtung Rantum entfernte.

»Harmlos«, urteilte Leander. »Ich glaube nicht, dass sie tatsächlich etwas mit ihrem Chef gehabt hat. Die ist einfach nur loyal.«

»Tja, so was ist selten heutzutage.« Bennings startete den Wagen.

»Irgendwie passt das nicht zusammen«, überlegte Leander und erklärte auf den fragenden Blick seines Freundes hin: »Die Sekretärin war jetzt schon die Zweite, die behauptet hat, Liv Randers sei fast schon krankhaft eifersüchtig.«

»So? Wer hat das noch behauptet?«

»Heiko Klaassen, der Inselreporter.«

Bennings nickte. »Du hast recht, auf mich hat die frische Witwe auch nicht so gewirkt, als sei zwischen ihr und ihrem Mann noch irgendwas gelaufen.«

»Es sei denn, sie ist so abgebrüht, dass sie in ihrer jetzigen Situation tatsächlich in der Lage ist, uns etwas vorzumachen.«

Bennings zuckte mit den Schultern. »Und dieser Thoralf Frerich? Das ist doch der, bei dem ihr wohnt, oder? Weißt du Näheres über den?«

Während sie in Richtung Wenningstedt fuhren, berichtete Leander, was er über Thoralf und dessen Geschäfte sagen konnte.

»Kannst du ihn mal vorsichtig fragen, ob er der ominöse Freund ist, der Randers unterstützt hat? Und ob er das vielleicht sogar Liv zuliebe getan hat?«

»Ich kann mein Glück versuchen«, versprach Leander.

Bennings' Handy klingelte. Der Hauptkommissar fingerte es umständlich aus der Hosentasche und reichte es Leander.

Der nahm das Gespräch an und drückte auf die Lautsprechertaste, sodass Ole Peters' Stimme durch den Polizeiwagen hallte: »Also, Randers hatte unter der Adresse seines Bauunternehmens noch eine Firma angemeldet. Makler für Umweltzertifikate. Was auch immer das heißt.«

»Dann liefen diese Geschäfte also offiziell«, antwortete Bennings. »Und wie weit sind Sie mit den Bankkonten?«

»Anfrage läuft. Dauert aber etwas, weil ich erst eine Freigabe durch die Staatsanwaltschaft beantragen musste. Ohne rücken die Geldheinis keine Daten raus. Morgen wissen wir mehr.«

»Dann sagen Sie den Jungs von der KT Bescheid, dass sie zu Randers' Firma kommen sollen. Ich bin in etwa einer halben Stunde mit dem Schlüssel vor Ort.«

»Geht klar!«

Leander drückte das Gespräch weg und grinste Bennings an. »Warum ist der bei dir so unterwürfig? Mir kam er am Strand eher widerborstig vor.«

»Das muss an meiner natürlichen Autorität liegen.«

24

Als Leander das Haus betrat, hörte er Franziskas Lachen von der Terrasse her. Sie saß gelöst in einem Gartenstuhl, einen von Gelb nach Rot verlaufenden Cocktail in der Hand, und teilte offenbar mit Birte und Thoralf Geschichten aus ihrer Jugend. Zumindest schloss Leander das, als er zu ihnen trat, aus Thoralfs scherzhaftem Einwurf: »Ihr wart ja böse Mädchen.«

Hatte Franziska Birte gerade noch gut gelaunt zugezwinkert, veränderte sich ihr Gesichtsausdruck, sobald sie Leander erblickte. Der fühlte sich augenblicklich wie ein Störenfried. Thoralf schien von dem Stimmungsumschwung nichts mitzubekommen. »Henning, Freund und Bruder, schön, dass du da bist! Auch einen *Sex on the beach*?« Dabei deutete er auf Franziskas Getränk. »Oder lieber was Härteres?«

»Wenn du ein Bier dahast?«

»Kommt sofort!« Thoralf spurtete durch die Terrassentür ins Haus, als müsse er zeitnah Erste Hilfe leisten.

Leander setzte sich auf den Stuhl neben Franziska. »Und ihr schwelgt in Jugenderinnerungen?«, fragte er bemüht fröhlich.

»Oh ja«, bestätigte Birte und zwinkerte in Franziskas Richtung. »Und weißt du was? Das ist beinahe so, als wäre es erst gestern gewesen.«

»Aha, lasst hören.«

»Das war vor deiner Zeit«, würgte Franziska die betont lockere Stimmung ab und ergänzte an Birte gewandt: »Henning hat damals noch nicht auf Föhr gelebt. Wir wollen ihn nicht damit langweilen.«

Birte nahm einen Schluck von ihrem Cocktail und blickte vorsichtig zwischen den beiden hin und her.

»Bitte sehr!«, tönte Thoralf, der mit unverminderter Geschwindigkeit auf die Terrasse trat, ein Bierglas aus einer beschlagenen Flasche füllte und beides vor Leander auf den Tisch stellte. »Eiskalt, wie sich das gehört.« Auch er bemerkte den Stimmungsumschwung nun, wollte den anderen das aber offenbar nicht durchgehen lassen. »Wir schmeißen gleich den Grill an. Ich habe echte Männersteaks mitgebracht«, verkündete er, als handle es sich um die verdiente Fleischration für Cowboys nach einem harten Tagesritt durch die Wildnis. »Die Damen können sich ja durch den Blattsalat mümmeln.«

»Das könnte dir so passen, mein Lieber!«, widersprach Birte und erhob sich. »Hilfst du mir in der Küche, Franzi?«

Ohne Leander eines Blickes zu würdigen, folgte Franziska ihrer Freundin. Der hatte allmählich die Nase gestrichen voll und auch keine Lust mehr, sich nur der Stimmung wegen unterwürfig anzubiedern.

»Mach dir nichts draus«, raunte Thoralf und klopfte ihm auf die Schultern. »Die beruhigt sich schon wieder. Was glaubst du, wie Birte manchmal drauf ist!«

Er prostete Leander zu, der nun seinerseits nach seinem Glas griff und es in einem Zug leerte, um sofort den Rest aus der Flasche einzufüllen.

»Na bitte, so gehört sich das«, lobte Thoralf und eilte mit der leeren Flasche ins Haus, um Sekunden später eine volle vor Leander zu stellen. »Für heute Abend habe ich genug davon kaltgestellt, und morgen lässt du dir von Birte ein *Aspirin* geben.« Er lachte verständnisvoll. »Aber jetzt zu dir: Bist du heute vorangekommen? Franziska hat erzählt, dass du mal wieder einen Mörder jagst.«

Leander ärgerte sich über Thoralfs kumpelhafte Art, musste aber gleichzeitig zugeben, dass er offenbar der Einzige war, der sich wenigstens etwas für die Belange seines Gastes interessierte. Also berichtete er von dem Auftrag, den er von Susanne Bremer bekommen hatte, von seinen vergeblichen Recherchen auf Föhr und dem Leichenfund im Watt.

»Schon komisch«, überlegte Thoralf kopfschüttelnd. »Kaum bist du hier, buddelst du gleich die nächste Leiche aus. Wenn ich richtig informiert bin, ist Christian Randers der Tote.«

»Kennst du ihn näher?«, nutzte Leander die unerwartete Chance.

Thoralf zuckte leicht mit den Schultern und zog seine Mundwinkel zusammen. »Wie man sich unter Geschäftsleuten auf einer Insel so kennt. Randers war nicht gerade erfolgreich, wenn ich das mal ganz vorsichtig ausdrücke. Wir haben uns immer alle gefragt, wovon er sein Unternehmen am Leben hält. Wie man so hört, hat er schon seit Jahren nur Miese gemacht. – Aber seine Frau ist eine Granate!« Er zwinkerte Leander grinsend zu.

»Findest du? Mir kam sie eher wie eine weltfremde Tussi vor.«

Thoralf lachte laut auf. »Da vertu dich mal nicht, mein Lieber! Die scharfe Liv hat es faustdick hinter den Ohren. In ihrer Jugend hat sie hier jeden um den Finger gewickelt, und wenn sie ein besseres Gespür für Männer hätte, würde sie heute in der Villa meines Kompagnons leben. Aber sie hat ihn damals abblitzen lassen und sich für Christian Randers entschieden. Shit happens!«

»Vielleicht hat sie ihn ja geliebt.«

»Natürlich, sonst wäre ihre Wahl ja gar nicht zu erklären. Am Geld kann es jedenfalls nicht gelegen haben. Randers hatte noch nie welches, nicht mal in besseren Zeiten, als hier jeder noch Aufträge mitbekommen hat. Und Liv hätte wirklich jeden haben können. Die jungen Männer haben damals Schlange gestanden, und Liv hat nicht wenige von ihnen ausprobiert.« Er zwinkerte Leander zu. »Wer weiß, welche besonderen Fähigkeiten Christian Randers zu bieten hatte.«

Leander ging nicht näher darauf ein, sondern lenkte das Gespräch lieber in die für ihn eigentlich interessante Richtung: »Er soll in letzter Zeit mit Umweltzertifikaten gehandelt haben.«

»Ach!« Thoralf schien ehrlich erstaunt zu sein. »Der und Umweltzertifikate? Das glaube ich nicht. Dafür war er doch eine viel zu kleine Nummer. Wer hätte dem denn so viel Geld anvertraut.«

»Vielleicht nicht ihm direkt«, entgegnete Leander, und als ihm Thoralfs verständnisloser Blick begegnete: »Möglicherweise hat er im Auftrag eines Kompagnons diese Geschäfte abgewickelt.«

»Ah, jetzt verstehe ich, woher der Wind weht! Nee, nee, mein Lieber, dafür kannte ich ihn nicht gut genug. Außerdem würde ich derart sensible Geschäfte keinem anvertrauen, der offensichtlich ein so schlechter Geschäftsmann ist.«

»Was ist denn daran derart sensibel?«

Thoralf nahm einen weiteren Schluck, bevor er antwortete: »Also: Wir gehen im Moment davon aus, dass wir die Erderwärmung im Mittel auf eins Komma fünf Grad begrenzen müssen, wenn uns der Planet nicht um die Ohren fliegen soll. Wenn wir das nicht schaffen und, sagen wir, eine mittlere Erderwärmung von drei Grad haben, bedeutet das über den Landflächen eine Erwärmung von sechs bis acht Grad.« Er nickte Leander bedeutungsschwer zu. »Das hört sich auf Anhieb nicht nach viel an, ist es aber. Die Hälfte Südamerikas und Afrikas und große Teile Indiens und Asiens würden unbewohnbar, weil dort Temperaturen herrschen würden wie heute in der Zentralsahara. Kannst du dir vorstellen, was das bedeutet? Die aktuellen Flüchtlingszahlen sind ein Dreck gegen das, was dann auf uns zukäme. Ein Drittel der Weltbevölkerung verlöre seine Heimat und würde sich auf den Weg nach Europa machen. Wir reden hier von Milliarden Menschen!« Er nahm einen Schluck und spürte ihm nach, als müsse er sich schon jetzt abkühlen. »Kein Wunder, dass die EU nun alles unternimmt, um das Szenario zu verhindern und CO_2 zu vermeiden, indem es teuer wird. Und damit sind wir bei den Zertifikaten. Aktuell sind die im privaten Bereich noch freiwillig. Ich habe dir ja das Beispiel von deinem Flug nach Malle erklärt.«

»Ja, das habe ich schon beim letzten Mal verstanden. Aber wieso sollte man Christian Randers nicht die Vermittlung anvertrauen?«

»Na, selbst bei einer so kleinen Summe von vielleicht 60 Euro für euch beide willst du dir doch sicher sein, dass du nicht übers Ohr gehauen wirst. Du willst möglichst eine Garantie dafür haben, dass du keinen Betrügern zum Opfer fällst, die sich von deinem Geld ein schönes Leben machen, anstatt tatsächlich Wald aufzuforsten.«

Leander nickte nachdenklich.

»Siehst du? Und wenn das schon bei deinen lächerlichen paar Kröten so ist« – er zeigte Leander entschuldigend die Handfläche – – »dann kannst du dir doch vorstellen, dass zum Beispiel ein Energieversorger, der seinen Anteil Kohlestrom im Netz grünwaschen will, seine Millionen erst recht in vertrauenswürdigen Händen wissen will.«

Leander nickte verstehend.

»Was glaubst du, was die großen Stahlkonzerne für das Recht bezahlen müssen, unser Klima mit ihrem CO_2 zu zerstören?«, fuhr Thoralf fort. »Für die lohnt sich demnächst der Umstieg auf grünen Wasserstoff garantiert. Aber bis dahin kann sich kein Stromversorger und kein Stahlriese erlauben, von Greta und Konsorten als Umweltsäue überführt zu werden, weil ihre Ausgleichszahlungen in miesen Kanälen versickern.«

»Jetzt verstehe ich, dass Christian Randers dir nicht seriös genug dafür war.«

»So ist es. Mag sein, dass ich ihm unrecht tue. Vielleicht war er ja ein guter Mensch, keine Ahnung. Aber was er garantiert nicht war, ist ein guter Geschäftsmann. Und daran muss ich nun einmal meine Partner messen.«

Das leuchtete Leander ein. »Liv Randers hat aber angedeutet, dass irgendjemand ihren Mann an seinen Geschäften beteiligt hat«, wandte er dennoch ein. »Und seine Sekretärin hat bestätigt, dass er Vermittlungsprovisionen für solche Deals bekommen hat.«

Thoralf zuckte mit den Schultern. »Keine Ahnung, wer das gewesen sein könnte. Vermutlich einer, der einfach nur Mitleid mit ihm hatte. Was weiß ich, aus alter Verbundenheit oder so. Wahrscheinlich ging es da um irgendeinen anderen Kleckerkram. Die Sache mit den Umweltzertifikaten glaube ich jedenfalls keine Sekunde.«

Leander fand Thoralfs Urteil einleuchtend. Aber dann meldete sich das alte Misstrauen ihm gegenüber zurück. Was, wenn er doch einen Teil der ihm anvertrauten Summen abgezweigt hatte, indem er schmutzige Deals über Christian Randers abgewickelt hatte? Nach dem Verschwinden der Akten, von dem er in dem Fall ja wissen musste, hatte er nicht zu befürchten, dass er nun noch aufflog.

Während er noch darüber nachgrübelte, kamen Birte und Franziska auf die Terrasse zurück und stellten Teller auf den Tisch.

»Wie ist denn das jetzt mit dem Grill?«, fragte Birte und stupste ihren Mann an.

»Selbstverständlich«, antwortete der und machte sich daran, den Gasgrill aufzuheizen. »Wenn die gnädige Frau mir das Grillgut bringt, können wir in einer Viertelstunde essen.«

Birte eilte zurück ins Haus und kam nur Sekunden später mit einer üppigen Fleischplatte zurück. Leander stellte sich neben Thoralf, der das steigende Thermometer nicht aus den Augen ließ.

»Wer ist denn dein Kompagnon?«, fragte Leander wie beiläufig.

Thoralf sah ihn erstaunt an. »Nommen Hinrichsen. Habe ich das nicht bereits erwähnt?«

»Nicht, dass ich wüsste. Und Hinrichsen ist seriös?«

»Sonst bekäme er ja nicht seit Jahren den Zuschlag für die Küstenschutzaufträge vom Landesamt. Die Dänen spülen mit ihren Hopperbaggern den Sand vor, und Nommen verteilt ihn mit seinen Maschinen entlang der Strände. Den Handel mit Umweltlizenzen betreiben wir gemeinsam. Nommen war sofort überzeugt davon, denn schließlich sieht er ja Tag für Tag, was der Klimawandel für eine Bedrohung darstellt. Bei nächster Gelegenheit stelle ich ihn dir vor, dann wirst du sehen, was für ein prima Kerl er ist.«

Nun hatte der Grill offenbar die benötigte Temperatur erreicht, sodass Thoralf damit begann, ihn zu beschicken. Erst jetzt sah Leander, dass er bei den Steaks nicht übertrieben hatte: Es waren so große und dicke Fleischscheiben, dass zwei davon für eine vierköpfige Familie ausgereicht hätten. Thoralf legte vier Steaks auf und strahlte vor Vorfreude wie ein kleiner Junge kurz vor der Bescherung an Heiligabend.

Merkwürdiger Kerl, dachte Leander. Wenn ich aus dir nur schlau würde!

Beim Abendessen vertiefte sich Franziska so intensiv in ihr Gespräch mit Birte, dass sie alles um sich herum vergessen zu haben schien – auch oder vor allem Leander. Der konzentrierte sich auf Thoralfs Erzählungen vom alljährlichen Polo-Turnier, zu dem eine Privatbank die Reichen und Schönen der Republik und, wie er grinsend betonte, auch diejenigen, die sich zwar dafür hielten, aber, gemessen an den meisten anderen, nichts von beidem waren, auf die Insel holte.

»Was sagen denn die normalen Sylter zu solch einem Schaulaufen?«, wunderte sich Leander.

»Die werden nicht gefragt«, entgegnete Thoralf achselzuckend. »Außerdem leben ja kaum noch welche von denen hier. Sylt ist zu teuer für Normalverdiener geworden. Stattdessen werden jeden Morgen Hunderte von Mitarbeitern der

Restaurants und Hotels vom Festland auf die Insel gekarrt und abends wieder zurück.«

»Und alles nur, damit sie für ihren Hungerlohn denen die Klamotten hinter dem Arsch wegräumen, die ihnen ihre Heimat genommen haben.« Leander war selbst erstaunt über seine harsche Wortwahl. Er hatte inzwischen wohl ein paar Gläser Bier zu viel getrunken.

Umso erstaunter war er, als Thoralf antwortete: »So kann man das sehen. Leider.«

In dem Moment klingelte Leanders Handy. Erstaunt zog er es aus der Hosentasche und erkannte Toms Nummer.

»Entschuldige«, sagte er. »Da muss ich dran.«

»Kein Problem. Lass dir Zeit.« Damit wandte sich Thoralf den Frauen zu, während Leander sich ins Haus zurückzog.

»Na, du Schwerenöter?«, dröhnte Toms Stimme an sein Ohr. »Machst du dir mit deiner Traumfrau ein schönes Leben? Genießt du die Fettlebe im reichen Hause?«

»Ach, hör auf.« Leander erzählte seinem Freund von seinem Streit mit Franziska. »Ehrlich, am liebsten würde ich morgen direkt nach Föhr zurückfahren.«

»Mach keinen Scheiß«, warnte Tom mit ernster Stimme. »Sieh zu, dass du die Sache mit Franziska wieder geradebiegst. Diese Frau ist das Beste, das dir in den letzten Jahren passiert ist. Und wenn du im Fall Groothues nicht weiterkommst, dann ist das eben so. Vergiss den Spinner und kämpf um Franziska. Hier wirst du im Übrigen auch gar nicht gebraucht.«

»Heißt das, ihr wart erfolgreich?«

»Und wie!« Tom berichtete von den Ergebnissen der Observationen. Er stellte Mephistos Heldentat nicht unter den Scheffel, sorgte aber dafür, dass sein Einsatz den Erfolg erst komplett gemacht hatte.

»Sag bloß!«, freute sich Leander. »Ihr habt tatsächlich Fotos?«

»Eindeutige Beweise!«, korrigierte Tom. »Soll ich sie dir zuschicken?«

»Nein, ich gönne euch den Erfolg. Bring sie zu Jens Olufs, damit die Säcke kriegen, was sie verdienen.«

»Das hättest du uns nicht zugetraut, was?«, fischte Tom weiter nach Komplimenten. »Dagegen langweilst du dich bestimmt zu Tode.«

»Du hast ja keine Ahnung!«, entgegnete Leander und berichtete nun seinerseits von dem Fund der Leichenteile am Strand.

»Ach du Scheiße! Das erklärt dann auch, warum ich Dieter Bennings nicht mehr gesehen habe. Der puzzelt jetzt tote Bauunternehmer auf Sylt zusammen!« Einen Moment schwieg er nachdenklich, dann schob er nach: »Das kann doch alles kein Zufall sein. Und ich kenne, glaube ich, auch die Verbindung zwischen Sylt und Föhr, nämlich über Paulsen. Wusstest du, dass der ursprünglich von Sylt kommt?«

»Woher sollte ich das wissen?«

»Siehst du? Wie gut, dass du Gehilfen wie uns hast, Sherlock Holmes. Ich habe mich mal ein bisschen ausführlicher mit Nelly Olsen vom Katasteramt unterhalten. Die kennt Paulsen näher und hat mir einiges über ihn erzählt.«

»Nelly Olsen, ja?«, warf Leander ein. »Weiß Elke von ihr?«

»Lenk jetzt nicht ab«, wich Tom aus. »Alles hat seinen Preis. Und wenn du Nelly kennen würdest, wüsstest du, dass eine Stunde im selben Büro mit ihr ein verdammt hoher Preis für die Informationen ist, die ich für dich habe.«

»Wer's glaubt! Na, dann schieß mal los.«

»Also: Enno Paulsen hat ein kleines Bauunternehmen von seinem Vater in Tinnum übernommen.«

»Tinnum?«

»Genau. Das liegt irgendwo …«

»Ich weiß, wo Tinnum liegt. Da ist auch Randers' Firma.«

»Sieh mal einer an. Wenn das mal nicht dieselbe Adresse ist. Also weiter: Paulsens Klitsche war zu klein, um gegen die Konkurrenz anstinken zu können. Also hat er den Laden verkauft und sein Glück auf Föhr versucht. Wir sind hier ja deutlich später in den Bau von Ferienhäusern eingestiegen als die Sylter. Und im Zuge des großen Wachstums damals unter Bürgermeister Roth gab es noch Platz für ein weiteres Bauunternehmen.«

»Vielleicht hat Randers den aussichtslosen Betrieb von Paulsen gekauft und erwartungsgemäß an die Wand gefahren. Das zeugt nicht von einem guten Geschäftssinn.«

»Eben. Paulsen soll aber, wenn man der schwatzhaften Nelly glauben darf, noch einen weiteren Grund gehabt haben, Sylt zu verlassen.«

»Eine unglückliche Liebe?«, kam es Leander direkt in den Sinn.

»Ganz genau. Woher du das schon wieder weißt! Obwohl: In Sachen unglückliche Liebe bist du ja eigentlich ein Experte.«

»Blödmann!«

»Um wen es sich dabei handelte, weiß Nelly nicht. Sie sagt, Paulsen lenke immer gleich ab, wenn sie etwas darüber erfahren will. Überhaupt spricht er nicht über seine Kontakte auf Sylt. Und wenn Nelly nichts rauskriegt, dann schafft das auch sonst keiner.«

»Was heißt das? Sind die Waffen der Frauen bei ihr besonders ausgeprägt?«

»Eigentlich nicht«, gab Tom zu und klang für Leanders Ohren geradezu enttäuscht. »Aber sie ist die größte Nervensäge, die ich kenne. Der würde ich auf einer Party alles erzählen, nur damit sie mich in Ruhe ließe.«

»So schlimm?«

»Schlimmer!«

»Dann muss ich dir ja doppelt dankbar sein, dass du dich mit ihr in ein Büro eingeschlossen hast, nur um Informationen für mich zu sammeln.«

»Da siehst du mal, wie viel mir unsere Freundschaft wert ist.« Tom musste nun selber lachen.

Als Leander wieder auf die Terrasse trat, erschien ihm die Stimmung noch gelöster, das Lachen noch lauter, Franziskas Ignoranz ihm gegenüber noch deutlicher als zuvor bereits. Er war sich schlagartig klar darüber, dass er sich darauf heute nicht mehr einlassen wollte. Außerdem ging ihm nicht aus dem Kopf, was Tom ihm eben erzählt hatte. Also beschloss er, einfach ins Bett zu gehen.

25

Die Kälte hatte Leander aus dem Bett getrieben.

Er war aufgewacht und hatte sich leer gefühlt, ausgesaugt, jeglicher Energie beraubt. Ob er in der Nacht etwas geträumt hatte? Keine Ahnung. Da war nichts, das in ihm nachklang – außer dieser Leere. Dieser depressiven Enge. Er hatte nichts davon mitbekommen, als Franziska irgendwann im Laufe der Nacht ins Bett gekommen war. Als er aufgewacht war, hatte sie ihm wie sinnbildlich den Rücken zugedreht und leise und gleichmäßig im Schlaf geatmet. Das hatte ihm einen Stich versetzt, und vielleicht war es das gewesen, das ihn hatte flüchten lassen.

Er hatte sich seine Klamotten gegriffen, war so lautlos wie möglich aus dem Zimmer geschlichen – jetzt angesprochen zu werden und sich erklären zu müssen, wäre ihm unmöglich gewesen –, hatte sich im Bad die Zähne geputzt, schnell angekleidet und still und heimlich das Haus verlassen. Er hatte sich Thoralfs Pedelec gegriffen und war Richtung Norden geradelt. Dabei hatte er die Tatsache verflucht, dass er sich auf einer Insel befand. Zum ersten Mal seit Jahren war ihm eine Insel zu eng, verhinderte die grenzenlose Flucht. Dieses Gefühl hatte er nicht mehr gehabt, seit er und Ilka sich getrennt hatten. Er wusste noch genau, wann es ihn das erste Mal überfallen hatte: als seine Frau ihm ihr Verhältnis zu einem Kollegen gebeichtet und ihn aufgefordert hatte, aus dem gemeinsamen Haus auszuziehen.

Bis dahin waren ihm Ilka und er wie eine Einheit vorgekommen. Jeder hatte seinen Beruf gehabt, das schon, aber sie hatten sich gemeinsam eine Familie aufgebaut. Die Kinder, das Haus, gelegentliche Ausflüge an den Wochenenden, der gemeinsame Urlaub einmal im Jahr. Leander war sich sicher gewesen. In jeder Beziehung. Jeder ging beruflich seiner Wege, aber in ihrem Gefühl füreinander waren sie eins. Das hatte für ihn außer Frage gestanden. Vor allem hatte es seinerseits keiner ständig wiederkehrenden Bekenntnisse füreinander bedurft.

Die Trennung war dann für Leander wie der Einschlag einer Bombe in das sicher geglaubte Lebensgebäude gewesen. Das Ergebnis: ein Trümmerfeld. Aus der unzertrennlichen

Einheit waren zwei feindliche Parteien geworden, obwohl Leander das gar nicht hatte begreifen können, weil er selber niemals so gefühlt hatte. Mit einem Schlag war die Basis weg gewesen, auf der er bisher gestanden hatte, die ihm die Kraft für die energieraubende Ausübung seines Berufes gegeben hatte. Ohne Vorwarnung hatte sich Ilkas Liebe als Einbildung seinerseits entpuppt, als Schimäre, am Ende gar als Lüge. 20 Jahre Ehe wurden gesprengt durch beruhigend gemeinte Sätze wie »Es war ja nicht alles schlecht« und »Es hat ja auch gute Zeiten gegeben«.

Damals war sein Urvertrauen zerstört worden. Das Vertrauen darin, dass zwei Menschen füreinander bestimmt sein konnten. Dass sie eins sein und auf einander bauen konnten, was auch immer ihnen begegnete. Das Vertrauen in sich selbst und den Sinn seiner Existenz.

Er hatte nur noch weggewollt. Am liebsten ganz weg aus dieser Welt, aus diesem Leben.

Dann hatte er einige Jahre mit Lena verbracht, aber immer war da diese merkwürdige Vorsicht gewesen, die verhindert hatte, dass er sich noch einmal bedingungslos verlieben konnte. Mit Eiken war es gar nicht erst so weit gekommen, aber allein die Tatsache, dass Eiken überhaupt möglich gewesen war, hatte er als Symptom für eine nicht funktionierende Beziehung zu Lena verstehen müssen. Erst Franziska hatte die innere Mauer in ihm eingerissen. Wie ein Orkan war sie über ihn gekommen und hatte ihn im Sturm erobert. Alles vor ihr war nur ein Übergang gewesen, und Franziska war das Ziel, auf das er hingelebt hatte. Diese Sicherheit hatte sich in ihm verfestigt.

Bis heute! Denn jetzt war genau dieses Gefühl wieder da, dieses Trümmerfeld, dieses Nichts, vor dem er stand!

Der Motor des Pedelecs tat seinen Dienst, obwohl Leander die Pedale nahezu kraftlos bewegte. Das war nicht seine Energie, die ihn immer weiter in Richtung Norden zog.

Die Dünenlandschaft um ihn herum bestätigte die Leere in seinem Inneren. Wüste. Da war nichts als trockener Sand. Und Wind. Leichter Seewind, der über die Sandhügel strich und Leander frösteln ließ. Oder kam die Kälte von innen?

Er lenkte das Fahrrad auf einen Parkplatz, der aus großen Betonplatten bestand, die aussahen, als seien sie Überreste des Zweiten Weltkrieges. Von hier führte ein Sandweg über die Dünen an den Strand. Dorthin würde er gehen. Der Parkplatz war um diese Zeit noch leer. Erst jetzt wurde Leander bewusst, wie früh es war. Der Himmel war hell, aber die Sonne war noch nicht aufgegangen.

Er schloss das Fahrrad ab und wandte sich dem Dünenweg zu. Schwer stapfte er durch den Sand, der unter seinen Füßen wegzurieseln schien und keinen Halt bot. Das musste an dem Gewicht liegen, das auf Leander lastete, das seine Brust umklammerte und ihn hinunterzog, um ihn in die Knie zu zwingen. Scheiß Selbstmitleid!, dachte Leander halbherzig.

Als er den Dünenkamm erreichte und sich der Blick über den menschenleeren Strand auf die sanften Wellen der Nordsee weitete, blieb er stehen und atmete tief ein. Die Luft stieß auf Widerstand, drang nur dünn zur Lunge durch. Die Brust schmerzte. Erst als er die Hand darauf legte, ging sein Atem nach und nach freier. Automatisch setzten sich seine Füße wieder in Bewegung.

Der Seewind war erfrischend kühl. Er schmeckte nach Salz und Tang. Ein leichter Fischgeruch schwang mit und wurde stärker, je näher Leander dem Spülsaum kam. Das Rauschen des Meeres, das Plätschern der Dünung, Möwenschreie über ihm – das alles drang nur beiläufig zu ihm durch. Er wandte sich nach rechts in Richtung Ellenbogen.

Der Himmel begann, sich gelb zu färben, dann orange. Der Sonnenaufgang im Osten lag von hier aus hinter der Insel, färbte aber die Wolkenschleier im Westen, die sich gekräuselt auf der Wasseroberfläche spiegelten. ›Morgenrot – Schlechtwetterbot‹, dachte Leander. Da bahnte sich schon wieder etwas an.

Der Sand unter Leanders Füßen war nass und fest. Zum ersten Mal an diesem Morgen hatte er das Gefühl, aus eigener Kraft voranzukommen.

Je weiter er lief, desto freier konnte er denken, und desto klarer wurde ihm, dass er nicht weglaufen konnte. Er fühlte die Spannung, die zwischen ihm und Franziska herrschte. Die fast schon feindliche Kälte, seit er nach Sylt gekommen war. Nein, nicht erst seitdem. Sie war schon länger da gewesen, nur hatte sie ihn nicht so bedrängt wie hier.

Leander hatte das Gefühl, nicht sein zu dürfen, wie er war. Franziska war sauer, weil er wieder einen Auftrag angenommen hatte, nicht nur, weil er ihr nichts davon erzählt hatte. Und er hatte ihr genau deshalb nichts davon erzählt: weil er wusste, dass sie dann sauer sein würde. Sie hatte kein Verständnis dafür, dass es ein Teil von ihm war, Menschen zu helfen, die sich in Not befanden. Rätsel zu lösen, die sich ihm stellten, ohne dass er etwas dafür getan hatte, dass es sie gab.

Sein Beruf als Polizist hatte ihn krank gemacht – so krank, dass er seinen Dienst schließlich quittiert hatte. Aber es waren nicht die Aufgaben eines Polizisten an sich gewesen, die er nicht ertragen hatte. Es war das System gewesen, in dem er als Beamter hatte funktionieren müssen, ohne es beeinflussen zu können. Der Einsatz für die Sicherheit von Menschen, die auf seinen Schutz angewiesen waren, und der Kampf gegen das Schlechte, das Böse in der Welt waren Teil seiner Persönlichkeit, seines Selbstbildes. Immer noch! Und genau hier lag das Problem.

Eine innere Überzeugung, einen Teil seiner Persönlichkeit konnte man nicht ablegen, wie man ein schlecht laufendes Geschäft in Wittdün schließen konnte. Vielleicht war der Vergleich mit Franziskas Kunstgewerbeladen unfair. Natürlich war er das. Aber er war genauso wahr.

Wäre Franziska ein Pensionär, der nichts anderes zu tun hatte, als da zu sein, wenn sie es wollte, lieber? Ein Mann, der nichts anderes tat, als auf seinen Tod zu warten und die Zwischenzeit mit gemeinsamen Strandspaziergängen zu überbrücken? Warum konnte sie ihn nicht so akzeptieren, wie er nun mal war? Er tat das umgekehrt doch auch. Niemals hätte er sie zur Aufgabe ihres Geschäftes gezwungen. Er hätte gar nicht das Recht dazu gehabt, weil es ein Teil von ihr gewesen war. Umgekehrt aber erwartete sie von ihm, dass er genau das tat. Er hätte Susanne Bremer wegschicken sollen in ihrer Not, hätte sie an die Polizei verweisen sollen, obwohl die nichts unternahm. Er hätte Kai-Uwe Groothues' Leiche im Watt Dieter Bennings überlassen sollen, weil sie ihn nichts anging. Er hätte an ihrer Seite an Thoralfs Lippen hängen und mit Birte lachen sollen, egal, wie langweilig das für ihn war. Und warum? Weil Franziska es wollte!

Leander blieb stehen und blickte über das Meer. Die Konturen eines Offshore-Windparks irgendwo weit draußen flimmerten im Dunst. Davor zog ein Containerschiff vorbei. Die ersten Sonnenstrahlen traten in seinem Rücken über die Dünenkante und ließen die weißen Wellenkämme blitzen.

Der Strand weitete sich nun kurz vor dem Rechtsknick. Der Sand war gröber hier im Norden der Insel, mehr mit Muschelresten durchsetzt. Felder kleiner Steinchen breiteten sich aus, dazwischen Messerscheiden, Sandklaffmuscheln und die länglichen Schulpe von Tintenfischen. Dunkelgrün häuften sich die ledrigen Reste des Seetangs auf. Das Ei eines Katzenhais lag schwarz direkt vor Leanders Füßen.

Vor sich konnte er die Konturen der Insel Römö erkennen, als er nun den Ellenbogen in Angriff nahm. Dänemark schien von hier aus zum Greifen nah. Als hätte er lediglich ins Wasser steigen und hinüberschwimmen müssen.

Aber auch dann wäre er nur wieder auf einer Insel gestrandet.

»Mach keinen Scheiß«, hörte er Toms Stimme durch das Meeresrauschen. »Diese Frau ist das Beste, das dir in den letzten Jahren passiert ist.«

Abrupt blieb Leander stehen. Tom hatte recht. Natürlich hatte er das. Aber Leander hatte auch recht. Wie, verdammt noch mal, sollte er die zwei Seelen in seiner Brust in Einklang bringen? Konnte er tatsächlich eine Entscheidung treffen? Hatte er überhaupt eine Wahl? Wäre die Welt wieder in Ordnung, wenn er statt Franziskas sich selbst verriet und den Fall aufgab? Nein! Er musste diesen verfluchten Fall lösen. Erst dann war er wieder frei genug, um seine Beziehung zu Franziska zu kitten. Wenn sie das dann noch zuließ. Und wenn nicht …

Noch bevor er den Knick des Ellenbogens erreicht hatte, drehte Leander um und machte sich auf den Weg zurück zu seinem Fahrrad.

26

Der Wind hatte aufgefrischt, als Leander den Strand von Hörnum erreichte. Von Westen breiteten sich Wolkenschlieren aus und verdrängten allmählich das tiefe Blau. Die Wellen brandeten mit weißen Schaumkronen auf den Sand und rollten grau zurück. Rauschen erfüllte die Luft und bildete einen starken Kontrast zu der Stille der vergangenen Tage. Möwen nutzten die Windstöße für halsbrecherische Flugmanöver, während sich die Seeschwalben trotz durchzausten Gefieders nicht von ihrer Flugroute entlang des Spülsaums abbringen ließen. Den Blick aufmerksam nach unten gerichtet, zogen sie ihre Bahn und stießen ein ums andere Mal in die Wellen hinab, um mit einem Fisch im Schnabel wieder aufzutauchen.

Leander entdeckte eine kleine Gruppe Männer direkt an der Abbruchkante der Dünen. Das mussten die Beamten des Landesbetriebs für Küstenschutz, Nationalpark und Meeresschutz sein. Einige von ihnen hatten Klemmbretter in den Händen, einer ein Tablet, auf dem er herumscrollte und den anderen, die sich darüberbeugten, offensichtlich etwas erklärte. Auch der Inselreporter Heiko Klaassen war unter ihnen und notierte eifrig, aber im Vergleich altmodisch, etwas auf einen Spiralblock. Als er Leander erkannte, grüßte er, löste sich von der Gruppe und kam auf ihn zu.

»Sie sollten Reporter werden«, rief er schon aus einigen Metern Entfernung. »Sie scheinen einen Riecher dafür zu haben, wenn irgendwo etwas los ist.«

Leander lachte. »Ich bin hier verabredet«, erklärte er. »Mit Arft Petersen.« Er deutete mit dem Kopf zu der Gruppe hinüber. »Ist er dabei?«

»Der mit dem iPad, ja. Verabredet, sagen Sie?« Und als Leander nur beiläufig nickte: »Sie scheinen ja richtig gute Connections zu haben.«

»Man muss nur jemanden kennen, der jemanden kennt«, versuchte Leander, sich nicht in die Karten schauen zu lassen. Aber da hatte er die Rechnung ohne den pfiffigen Reporter gemacht. »Richtig, Sie wohnen ja bei Frerichs. Und Thoralf Frerich ist der Kompagnon von Nommen Hinrichsen, der wiederum seine Aufträge von Arft Petersen bekommt. Na, da kennen Sie ja genau die, die hier auf Sylt in sämtlichen Töpfen rühren.«

»Wenn Sie meinen!« Leander zog die Brauen zusammen. Es war ihm überhaupt nicht recht, dass hier offenbar jeder den Weg seiner Kontakte nachvollziehen konnte.

Klaassen winkte ab und wandte sich wieder neugierig dem Mann vom Landesbetrieb zu, der nun in ihre Richtung durch den Sand stapfte.

»Sie müssen Henning Leander sein«, rief er schon aus einigen Metern Entfernung, als begrüße er einen lang erwarteten wichtigen Gast. »Arft Petersen vom LBN.« Damit streckte er Leander die Hand entgegen.

»Freut mich«, antwortete Leander und wunderte sich im nächsten Moment über den schraubstockartigen Händedruck. »Ich hoffe, ich halte Sie nicht von etwas Wichtigem ab.«

Petersen schüttelte leichthin den Kopf. »Das Wesentliche habe ich geklärt. Den Rest kriegen meine Leute ohne mich hin. Wissen Sie, mein Vorgänger hat den Fehler gemacht, sich für unersetzlich zu halten. Entsprechend hat er immer alles alleine gemacht. Als ihn der Herzkasper dann aus dieser Welt beförderte, habe ich Monate gebraucht, um mich halbwegs einzuarbeiten. Daraus habe ich gelernt. Wenn ich irgendwann abtrete, kann mein Nachfolger weitermachen, als hätte es mich nie gegeben.«

»Ich weiß nicht, ob ich das an Ihrer Stelle so tröstlich fände«, wandte Leander ein.

»Also, ich bin unersetzlich«, tönte Heiko Klaassen, als müsse er mit Gewalt auf sich aufmerksam machen. »Außerdem will meinen Job sowieso niemand machen.«

»Letzteres kann ich mir vorstellen«, erwiderte Petersen und zwinkerte Leander zu. »Ersteres hingegen nicht. Wir sind alle von heute auf morgen austauschbar. Wer das nicht rechtzeitig begreift, wird irgendwann sehr enttäuscht werden.«

Leander gefiel die unaufgeregt bescheidene Art des Mannes, der immerhin mit seinen Entscheidungen jedes Jahr Millionenbeträge bewegte.

»Was kann ich denn nun für Sie tun?«, wandte sich Petersen endgültig Leander zu.

»Mir einen Überblick über die Küstenschutzmaßnahmen geben«, antwortete der. »Und mich bei der Gelegenheit überzeugen, dass der ganze Aufwand nötig ist.«

»Wenn's mehr nicht ist!« Petersen lachte und schien sich gar nicht erst die Frage zu stellen, welchen Beweggrund Leander haben könnte, geschweige denn, welche Bedeutung. Dass Nommen Hinrichsen den Kontakt vermittelt hatte, schien wichtig genug zu sein. »Na, dann kommen Sie mal.«

Er drehte sich um und stapfte durch den fließend feinen Sand zu der Stelle zurück, an der er eben noch mit seinen Leuten gestanden hatte, die nun aber längst einige 100 Meter weitergezogen waren. Dicht vor den Dünen blieb er stehen.

»Das hier ist im Grunde unsere Dauerbaustelle.« Er vollzog mit dem Arm in Richtung Süden die Dünenlinie nach. »Im letzten Jahr ist der Sand hier auf einer Länge von 850 Metern und 60 Metern Breite abgebrochen und weggespült worden. Sylt verliert eine Million Kubikmeter pro Jahr. Die müssen wieder aufgespült werden – und damit gleichen wir nur die Verluste aus.« Seine hochgezogenen Augenbrauen unterstrichen die Bedeutung seiner Schilderungen. »Das ist die Menge von 77.000 Lkw-Ladungen und kostet jedes Jahr sieben Millionen Euro.«

»Verdammt viel Geld«, warf Leander ein.

»Das ist relativ.« Petersen winkte leichthin ab. »Erstens würde es uns auf Dauer viel mehr kosten, wenn wir nicht rechtzeitig gegen die Zerstörung der Insel anarbeiten würden, und zweitens ist allein das Steueraufkommen Sylts ein Vielfaches davon. Also sind die Maßnahmen auch nicht zu teuer. Und Schleswig-Holstein zahlt jedes Jahr für den Küstenschutz 60 Millionen Euro. Daran gemessen sind die sieben Millionen hier Peanuts.«

»Das sehen aber nicht alle so«, entgegnete Heiko Klaassen, der sich unaufgefordert an ihre Fersen geheftet hatte. »Es gibt auch Insulaner, die behaupten, der Küstenschutz sei billiger zu haben, und die Beteiligten stopften sich nur die Taschen voll.«

»Unsinn!« Arft Petersen schleuderte heftig Luft weg. »Es gibt keine Alternative zu den Sandaufspülungen, denn jeder Abbruch an der Küste ist sonst ein bleibender Verlust, der die Lage verschärft.« Tiefe Falten furchten nun seine Stirn. »Das sind gefährliche Spinner, die sich immer noch dagegen stellen. Immerhin sichert Sylt zusammen mit den Halligen und Deichen ganz Schleswig-Holstein.« Und an Leander gerichtet, fuhr er fort: »Allerdings ist das ein ständiger Wettlauf gegen die Zeit, denn die Arbeiten müssen bis Oktober abgeschlossen sein. Dann beginnt die Sturmsaison.«

»Die den ganzen Sand wieder wegspült«, vollendete Leander den Gedanken. »Entschuldigen Sie, aber für mich klingt das wie ein Schildbürgerstreich. Sie spülen für einen Haufen Geld Sand vor, nur damit er dann wieder weggespült wird.«

Petersen nickte und zog geräuschvoll Luft durch die Nase, als habe er es mit einem besonders begriffsstutzigen Menschen zu tun, für den er nun bei Adam und Eva wieder anfangen müsse. »Dann will ich Ihnen das mal ganz genau erklären. Bis in die 8oer Jahre hat es keine Sandvorspülungen gegeben, und die Abbrüche wurden zu einer Bedrohung für Sylt. Hörnum war kurz davor, mit seinen 1000 Einwohnern vom Rest der Insel abgetrennt zu werden und im schlimmsten Fall unterzugehen. Dann kamen wir mit unseren Rettungsmaßnahmen, und heute, über 40 Jahre später, stehen die Häuser sicherer denn je an ihrem Ort. Lediglich die Südspitze sichern wir inzwischen nicht mehr, sondern lassen sie mit der Strömung gen Osten wandern. Irgendwann wird sie wohl verschwunden sein.« Petersen sah Leander plötzlich mit weit offenen Augen an, als sei ihm etwas eingefallen. »Sie kommen von Föhr, hat Nommen gesagt. Dann wird Sie das besonders interessieren: Neuerdings haben wir auch Deichverstärkungen und Sandvorspülungen bei Dunsum und Utersum geplant.«

»Ich weiß«, entgegnete Leander. »Die Arbeiten am Deich sind schon in vollem Gange. Ich habe auch gehört, dass Sie hier vor Hörnum ein Sanddepot für Föhr anlegen.«

Petersen nickte. »Das ist eine viel intelligentere Lösung, als den Sand mit Schiffen ins flache Watt vor Utersum zu transportieren, und zudem noch kostengünstiger.« Er deutete hinaus aufs Meer, das immer aufgewühlter wurde und inzwischen braune Wellen aufbaute, die sich rollend brachen. »Die nötigen 800.000 Kubikmeter Sand spülen wir zunächst in den Vorstrand von Hörnum ein. Da drüben. Von dort werden sie durch die Strömung ins Tief zwischen Amrum und Sylt getragen und können von uns bei Bedarf dort wieder entnommen werden.«

»Nicht schlecht. Wenn es denn funktioniert.«

»Das funktioniert.« Petersen nickte eifrig. »Wir haben es ausgiebig getestet.«

»Wenn das Wasser den Sand von hier draußen bis vor die Küste Utersums transportiert, könnte es dann auch größere Gegenstände dorthin tragen?«

Der Geologe sah ihn fragend an und nickte schließlich nachdenklich, als er keine weitere Erklärung bekam. »Wenn Sie an einen Baumstamm oder etwas in der Art denken … ja klar, warum nicht?«

Ein Baumstamm, dachte Leander, oder eine Leiche. Toms Theorie schien tatsächlich realistisch zu sein. Als Leander Petersens skeptischen Blick bemerkte, räusperte er sich und fragte: »Und das lassen sich die Sylter so ohne Weiteres gefallen?«

Der Geologe blickte ihn verständnislos an.

»Ich meine«, erklärte Leander, »Sie geben die Südspitze Hörnums auf, lagern dort aber Sand für Föhr. Ich kann mir vorstellen, dass so mancher Hörnumer der Ansicht ist, dass der Sand auch Sylts Südspitze sichern könnte.«

Nun nickte Petersen. »Natürlich hat es von den üblichen Leuten Widerstand gegeben. Aber das sind die Querulanten, die immer etwas zu meckern haben. Unsere Erfolge interessieren die gar nicht. Die ignorieren sie einfach.« Er drehte sich um und deutete nun in Richtung Norden den Strand entlang. »Wir haben zum Beispiel von Frühjahr bis Herbst 2016 eins Komma vier Millionen Kubikmeter Sand auf einer Länge von zehneinhalb Kilometern aufgespült. Schwerpunkte waren die bröckeligen Strände vor List, das Klappholtal, Kampen, Rantum, Hörnum und Westerland. Vor Westerland haben wir sogar zum ersten Mal den Vorstrand verstärkt, der sich unter Wasser befindet. Das hat dazu geführt, dass Sylt insgesamt inzwischen sogar wächst. Die Küstenforscher vom Alfred-Wegener-Institut haben das eindeutig nachgewiesen. Sie haben an der Westküste einen 20 bis 50 Meter breiten Sandzuwachs gemessen. Sehen Sie sich mal an, wie hoch die

Wellen schon bei diesem leichten Seewind gehen.« Sein Finger zeichnete die rollenden Wogen nach. »Sylt ist deshalb in so großer Gefahr, weil kein flaches Watt die Wellen bremst, sondern das zehn Meter tiefe Meer sie sich aufbauen lässt. Früher hat man Mauern gebaut, die zwar die Siedlungen geschützt, den Sand davor aber in Gefahr gebracht haben. Auch Buhnen und Tetrapoden sind eingebaut worden, die aber immer nur den Bereich, vor dem sie liegen, sicherten. Dafür wüteten die Fluten in der Nachbarschaft umso stärker und richteten dort Schäden an, die wir ohne diesen falsch verstandenen Küstenschutz gar nicht gehabt hätten. Erst die Kombination mit den Vorspülungen hat den erhofften Erfolg gebracht.«

»Was für das eine gut ist …«, murmelte Klaassen und kritzelte fleißig etwas auf seinen Block.

»Wie genau muss ich mir diese Vorspülungen technisch vorstellen?«, fragte Leander.

Petersen, der sichtlich erfreut über das Interesse war, deutete nun wieder auf die offene See hinaus. »Das Entnahmegebiet liegt da drüben etwa acht Kilometer vor Westerland. Ein Baggerschiff baggert einen Trichter in den Meeresboden, und ein Spülschiff treibt dann einen Stechkopf in den Sand und saugt ihn an. Nach einer Stunde hat das Schiff sich mit Sand vollgesaugt. Das sind 2.000 Kubikmeter pro Ladevorgang. Dann fährt es zur Dükerleitung vor Hörnum«, der Finger wanderte in Richtung Südwesten, »die an einer Boje hängt, und dockt dort an. Der Sand wird nun mit Wasser vermischt, um ihn pumpfähig zu machen, und über eine eins Komma zwei Kilometer lange Druckrohrleitung an den Strand gespült. Der Sand hier ist extrem feinkörnig und fließt sehr gut.« Petersen legte die Hand über die Augen und suchte den Horizont ab. Schließlich deutete er auf den Umriss eines Schiffes, der sich nur noch schwach vom Grau des Himmels abhob. »Das da draußen ist so ein Baggerschiff: der Hopperbagger *Idun R.* Bei ruhigerer See haben wir sogar mehrere solcher Schiffe im Einsatz.«

Leander stellte sich das ganze aufwendige Verfahren vor. »Wenn der Sand so feinkörnig ist«, hakte er nach, »und obendrein mit Wasser vermischt wird, fließt er dann nicht gleich wieder zurück?«

»Gute Frage!«, lobte Petersen und ergänzte, an Heiko Klaassen gerichtet: »Der Mann denkt mit.« Dann wandte er sich wieder Leander zu. »Aber nein: Nur die dunklen Sedimente werden vom Wasser wieder weggetrieben, der schwerere Sand bleibt liegen und wird anschließend von Baggern und Raupen verteilt.«

»Das heißt, Sie kommen hier auf Sylt komplett ohne Beton und Asphalt aus?«, wunderte sich Leander und dachte an den asphaltierten Deich vor Utersum und die gewaltigen Tetrapoden, die er auf Helgoland gesehen hatte.

»Schön wär's.« Petersen lachte. »Kommen Sie, ich zeige Ihnen, wie wir die verschiedenen Techniken miteinander verbinden.«

Er wandte sich in Richtung Süden und lief so raumgreifend an den Dünen entlang, dass Leander und Klaassen Mühe hatten, ihm im feinen Sand zu folgen. Als der Strand deutlich schmaler wurde und die Wellen heftig aufliefen, kamen gewaltige Tetrapoden in Sicht, wie Leander sie vor der Hafenmauer Helgolands gesehen hatte, und Bagger, die gerade damit beschäftigt waren, sie ineinander verzahnt aufzuschichten. Leander las den Firmennamen »Hinrichsen« an den Baumaschinen.

»Hier unten an der Odde reicht die Sandvorspülung allein nicht aus«, rief Petersen durch den Lärm der Bagger. »Hier brauchen wir Wellenbrecher, um Hörnum zu schützen. Wir verlängern sie von Jahr zu Jahr weiter nach Süden. Insgesamt verbauen wir hier draußen auf 400 Metern Länge 2.300 Tetrapoden von je sechs Tonnen Gewicht. Die sind zwar schon nach fünf Tagen mit Sand zugespült, zeigen aber Wirkung, denn wo sie nicht sind, frisst sich der Sturm tief in die Insel.«

»Warum gibt es denn dann Gegner dieser Maßnahme?«, wunderte sich Leander. »Ich habe gehört, dass Naturschützer sich gerade über den angeblichen Unsinn im Sand vergrabener Tetrapoden aufregen.«

»Weil die von gestern sind«, antwortete Arft Petersen grimmig, hob dann aber einlenkend die Handflächen in Leanders Richtung, als der ihn mit gefurchter Stirn fragend ansah. »Und weil sie die Verknüpfung unterschiedlicher Methoden nicht verstehen. Das ist so: In den 70er Jahren wurden die Tetrapoden am Dünenfuß verbaut. Das war ein Fehler, weil sie schlicht mit dem Sand abgerutscht sind. Das meinen die Idioten. Als wären wir es und nicht sie, die nichts dazugelernt haben. Wir wissen nämlich heute ganz genau, wo die Tetrapoden wirksam eingebaut werden müssen. Und dass der Sand dazwischen festgehalten wird und sie schon nach fünf Tagen fast vollständig zugesandet sind, zeigt doch, wie hoch die Wirkung ist.«

»Dann könntet ihr auch die Südspitze retten!«, wurde Klaassen jetzt ohne Vorwarnung grimmig.

Leander hatte fast den Eindruck, als hätte der Reporter nur darauf gewartet, einen Angriffspunkt zu finden, um dann gnadenlos zuzustoßen.

»Sind Sie auch einer von denen, ja?«, donnerte Petersen zurück. »Gehören Sie auch zu den Leuten wie diesem Korthals, die nicht begreifen wollen, dass man sich der Kraft der Natur nicht überall entgegenstellen kann? Viel klüger ist es doch, sie zu lenken und in seinem Sinne zu nutzen.« An Leander gewandt, fuhr er deutlich friedlicher in erklärendem Tonfall fort: »Die unbewohnte Südspitze verlagert sich weiter nach Osten, und dieser natürliche Prozess soll auch nicht aufgehalten werden. Wir haben es aufgegeben, gegen die Natur zu arbeiten, und versuchen nun, uns den natürlichen Gegebenheiten möglichst so anzupassen, dass man damit leben kann. Dazu berechnen wir, wie die Wellen verlaufen und wie man die Energie sinnvoll umwandeln und nutzen kann, um mit der Natur zu arbeiten.«

»So nennen Sie das also, wenn für unser Steuergeld im Mai bei List 160.000 Kubikmeter Sand aufgespült werden, die bereits im September bei Windstärke fünf und Wellen von gerade einmal einem Meter Höhe wieder weggespült werden. An den dänischen Inseln lagern sie sich wieder an und vergrößern sie dadurch, während hier im Süden bei Hörnum jedes Jahr 20.000 Quadratmeter Dünenlandschaft verloren gehen. Deutsches Steuergeld nur für dänischen Landgewinn!«

»Das ist doch Unsinn«, hielt Petersen dagegen. »Euer eigener Küsten- und Katastrophenausschuss hier auf der Insel kontrolliert ständig vor Ort und meldet die Daten an uns weiter. Und der bestätigt den guten Schutz durch die Tetrapoden. Beim Orkan Xaver 2017 sind die Wellen 15 bis 20 Meter an den Dünen hochgelaufen. Ohne Tetrapoden wären die verloren gewesen.«

»Wieso sind Ihre Gegner dann so unbelehrbar?«, wunderte sich Leander. »Wenn ich richtig informiert bin, ist dieser Doktor Korthals doch ebenfalls Geologe.«

»Weil sie verbohrt sind!«, war die wütende Antwort. »Zum Glück ist es ja nur noch eine Handvoll, die hier die große Verschwörung wittert und sich gegen unsere Erfolge sperrt. Und ein Doktortitel allein ist kein Nachweis von umfassender Expertise.«

»Sie kennen diese Handvoll?«, fragte Leander und zog trotz Thoralfs Warnung sein Smartphone aus der Tasche, um Petersen den Brief des ominösen Hans Blank zu zeigen. Dabei achtete er genau auf seine Reaktion.

Petersen schüttelte wütend den Kopf und schimpfte über die unbelehrbaren Holzköpfe. »Verschwörungstheorien haben heutzutage Konjunktur. Hans Blank! So ein Spinner! Das sind unhaltbare und unsinnige Vorwürfe. Bestimmt steckt Korthals dahinter, dem traue ich so einen Schwachsinn sofort zu. Wenn die Leute von der Bürgerinitiative heute immer noch gegen die Aufspülungen protestieren, dann richten sie sich gegen die eigene Sicherheit. Das ist doch absurd. Fällt Sylt, dann gehen die Wellen durch und zerstören zuerst Amrum und Föhr und dann die gesamte norddeutsche Küste.«

Leander deutete auf das Display seines Smartphones. »Korthals also, ja?« Er war so nah dran, das fühlte er!

»Tut mir leid«, antwortete Petersen, der sich sichtlich darüber ärgerte, dass er schon zu viel erzählt hatte. »Mehr werden Sie von mir nicht hören. Ich habe letztlich keine Beweise und bin froh, wenn ich so wenig Ärger wie möglich bei meiner Arbeit habe. Außerdem habe ich wirklich gedacht, dass die jetzt Ruhe geben.«

»Sagt Ihnen der Name Kai-Uwe Groothues etwas?« Leander wollte sich nicht geschlagen geben. »Kann es sein, dass er sich auch an Sie gewandt hat?«

Nun blickte Petersen ihn verständnislos an. »Groothues? Nein, den Namen habe ich noch nie gehört. Wohnt der auch in Hörnum?«

Bevor Leander antworten konnte, rauschte ein großer Landrover durch das flach auslaufende Wasser am Spülsaum, dass es nach links und rechts wegspritzte, und hielt dann quer über den Strand direkt auf sie zu. In einigem Abstand vor ihnen kam er schließlich zum Stehen. Petersen winkte hinüber, verabschiedete sich abrupt von Leander, als sei er froh, einen Anlass gefunden zu haben, das Gespräch zu beenden, und eilte auf den Wagen zu.

»Bengt Röde«, sagte Heiko Klaassen und deutete mit dem Kopf auf den drahtigen und sportlich wirkenden Mittfünfziger, der aus dem Wagen sprang. »Der Statthalter der dänischen Baggerkönige, die unsere ›Königin der Nordsee‹ mit Sand beglücken. Ohne die Dänen geht im Küstenschutz hier oben nichts mehr. Mal abgesehen von den Schiebearbeiten. Die sind fest in der Hand von Nommen Hinrichsen.« Er deutete auf den Bagger, der eine weitere schwankende Tetrapode über den Strand transportierte. »Den kriegen die Dänen bis jetzt noch nicht ausgebootet. Der hat nämlich alle Entscheidungsträger auf Sylt im Sack. Und mit Hinrichsen ist auch Ihr Freund Frerich auf der sicheren Seite. Röde, Hinrichsen und Frerich – die Dreifaltigkeit des Sylter Küsten- und Klimaschutzes.« Er spuckte angewidert in den Sand.

Leander beobachtete, wie Röde Arft Petersen auf die Schulter klopfte und ihm einen Aktenordner übergab. Sie unterhielten sich lachend wie alte Freunde.

Da kam Leander eine Idee: »Sie haben mir doch von Sabotage an Baumaschinen erzählt. Wann hat es die letzten Vorfälle dieser Art gegeben?«

Klaassen sah ihn erstaunt an. »In letzter Zeit nicht mehr. Aber bis vor Kurzem ist kein Tag vergangen, an dem nicht irgendein Bagger beschädigt worden ist. Zweimal hat es sogar Anschläge auf eines der Baggerschiffe da draußen gegeben.«

»Wann genau hat das aufgehört?«

Der Reporter überlegte kurz. »Vor gut einer Woche.« Dabei sah er Leander fragend an.

Der beobachtete indes, wie Röde sich von Petersen verabschiedete, in seinen Wagen stieg und Sand aufspritzend wendete, während Petersen ihm noch lange nachguckte. Dann wandte sich der Geophysiker ab und stiefelte in Richtung Norden zurück, ohne sich noch einmal zu Leander und Klaassen umzudrehen.

»Sie waren ja eben plötzlich auf 180, als es um die Tetrapoden ging«, wandte sich Leander nun offensiv an den Reporter.

»Ach!« Der winkte heftig ab. »Um die Tetrapoden geht es mir gar nicht. Das wird schon seine Richtigkeit haben. Was mich auf die Palme bringt, ist diese Scheinheiligkeit. Die spülen hier jedes Jahr für Millionen und Abermillionen Euro Sand vor, der im nächsten Jahr schon wieder weg ist. Und dann stellt der Kerl sich hin und begründet, warum man Sylts Südspitze den Naturgewalten überlassen muss. Wenn die Odde erst mal weg ist, dann ist Hörnum als Nächstes dran. Da leben auch Menschen. Die kann man doch nicht einfach aufgeben.«

»Können Sie mir denn wenigstens sagen, wer dieser Mann namens Korthals ist?«

Der Journalist winkte ab. »Doktor Eberhard Korthals, ein Geologe und der Vorsitzende einer Bürgerinitiative, die jahrelang alles versucht hat, um diesen Millionenwahnsinn hier draußen zu stoppen. Aber inzwischen haben die den Kampf aufgegeben. Gegen die Dänen, Hinrichsen und Frerich kommt man einfach nicht an. Stattdessen versuchen Korthals und seine Mitstreiter nun, wenigstens die schlimmsten Bausünden auf Sylt zu verhindern. Die Kasernen zum Beispiel, die der Gemeinde übereignet worden sind, sollen abgerissen werden, obwohl sie sich für den sozialen Wohnungsbau ideal eignen. Es steht zu befürchten, dass da stattdessen weitere Luxuswohnungen gebaut werden. Ein Irrsinn, wohin sich die Preise auf Sylt entwickeln. Das kann sich kein normaler Mensch mehr leisten. Der Hoboken-Weg in Kampen ist inzwischen die teuerste Straße der Bundesrepublik mit einem Quadratmeterpreis von 35.000 Euro. Können Sie sich das vorstellen?« Klaassen schüttelte den Kopf und verzog angewidert das Gesicht. »Dabei sind diese Wohnungen nur wenige Wochen im Jahr bewohnt und stehen die übrige

Zeit leer, obwohl die Kinder von Insulanern und die Kleinverdiener dringend bezahlbaren Wohnraum brauchen. Wenn Sie mich fragen, ist das ein Verbrechen. Auch auch dagegen wird die Bürgerinitiative nichts machen können. Dreimal dürfen Sie raten, wer da nämlich auch die Finger drin hat.«

27

Schon in der Diele nervten Leander die lauten Stimmen und das alberne Gelächter aus Richtung der Terrasse. Auf Thoralf und Birte hatte er nun wirklich gar keine Lust, und auch Franziska wollte er im Moment lieber aus dem Weg gehen. Was hatten die drei sich eigentlich den ganzen Tag zu erzählen?

So überlegte er zunächst, ob er gleich auf sein Zimmer gehen und in Ruhe über die Zusammenhänge nachdenken sollte, von denen er heute erfahren hatte. Aber dann mahnte er sich, dass es nicht nur unhöflich sei, sondern den Disput mit Franziska garantiert verschärfen würde. Außerdem hatten die anderen ihn nicht hierher gebeten – er war aus eigenem Antrieb hier. Da konnten sie schon erwarten, dass er sich zumindest zusammenriss. Seufzend wandte er sich also dem Wohnzimmer und der Terrasse zu.

»Da ist ja unser Sherlock Holmes«, begrüßte Thoralf ihn lautstark und kümmerte sich gar nicht darum, dass weder Birte noch Franziska Leander auch nur eines Blickes würdigten. »Konnte mein Freund Petersen dir weiterhelfen?«

Leander wiegte zweideutig den Kopf. »Das kann ich jetzt noch nicht sagen. Aber interessant war es allemal.«

Thoralf nickte heftig. »Wenn einer Ahnung vom Küstenschutz hat, dann Arft.«

»Es war ein Brief für dich in der Post«, warf Birte wie beiläufig ein. »Liegt im Wohnzimmer auf der Anrichte.« Dann wandte sie sich wieder Franziska zu, die tat, als sei sie in ein intensives Gespräch mit ihrer Freundin vertieft.

Leander spürte, wie etwas in ihm aufbrodelte und wütend auszubrechen drohte, und so drehte er sich schnell um und trat durch die breite Schiebetür zurück ins Wohnzimmer. Er nahm den Brief von der Anrichte und zog sich in das Gästezimmer zurück. Hier ließ er sich in einen Korbsessel am Fenster fallen.

Was dachte sich Franziska eigentlich dabei, ihn so zu behandeln? Musste er sich das bieten lassen? Absolut nicht, fand Leander! Wütend ballte er eine Faust und wurde durch das Knistern darauf aufmerksam, dass er immer noch den ungeöffneten Briefumschlag in der Hand hielt.

Er faltete ihn wieder auseinander und strich ihn notdürftig glatt. Als er auf den Absender sehen wollte, richtete er sich verwundert in seinem Sessel auf: Es gab keinen. Auch die Anschrift des Adressaten fehlte. Stattdessen stand da nur Leanders Name in Druckbuchstaben, von einem Drucker oder einer Schreibmaschine aufgestanzt. Es gab auch keine Briefmarke. Der Brief konnte also nicht mit der normalen Post gekommen sein. Jemand musste ihn direkt in den Hauspostkasten gesteckt haben.

Leander zog sein Taschenmesser aus der Hosentasche und

schlitzte den Umschlag vorsichtig auf. Als er ihn auseinanderzog, fand er einen zweimal gefalteten Zettel, auf den nur ein Satz aufgedruckt worden war: »*Wenn Sie wissen wollen, wer Kai-Uwe Groothues und Christian Randers ermordet hat, kommen Sie heute um Mitternacht zur Strandtreppe am Roten Kliff.*«

Mit einem Satz war Leander wieder auf den Beinen und lief zurück zur Terrasse, wo immer noch lautes Gelächter einen krassen Gegensatz zu seinem eigenen Gefühlsleben bildete. Er stellte sich direkt neben Birte und fragte, als sie erstaunt zu ihm aufsah: »Hast du gesehen, wer den Brief gebracht hat?«

»Nein, er war zusammen mit der anderen Post im Briefkasten.« Ihre Augen drückten Unverständnis über die Frage aus. »Stimmt etwas nicht?«

»Doch, doch, alles in Ordnung. Der Brief hat nur keinen Absender und keine Marke, also muss ihn jemand selbst vorbeigebracht haben. Hätte ja sein können, dass du …«

»Tut mir leid.«

»Wie weit ist es von hier zum Roten Kliff?«

»Nicht weit. Ein paar Minuten. Wieso?«

»Nur so. Ich dachte, ich sehe es mir heute Abend mal an. Der Sonnenuntergang soll da besonders schön sein.«

Franziska fixierte ihn aus zusammengekniffenen Augen.

»Du kannst mein Auto nehmen, wenn du willst«, schlug Birte vor. »Der Schlüssel hängt am Brett direkt neben der Haustür.«

Leander nickte nachdenklich. »Danke, das mache ich.«

Dann drehte er sich wieder um und ging zurück ins Gästezimmer. Er musste versuchen, den Brief in die bisherigen Ereignisse einzuordnen, sonst würde er sich am Abend einer unkalkulierbaren Situation aussetzen. Die ganze Sache wurde allmählich immer undurchsichtiger. Ein Brief lockte den Schriftsteller auf die Insel, wo er ermordet wurde. Folgerichtig reiste Leander dem Absender des Briefes nach, aber der war nicht ausfindig zu machen. Stattdessen wurde er nun durch einen zweiten Brief – – möglicherweise desselben Absenders – – an den nächtlichen Strand bestellt. Hatte Groothues auch so eine Einladung erhalten? War er dort ermordet und ins Meer geworfen worden, um vor Utersum auf einer Sandbank wieder angespült zu werden? Hatte der Mörder die Strömungsverhältnisse gekannt und die Leiche quasi als Botschaft auf den Weg geschickt? Dann musste es sich um einen Insider handeln, der die neuesten Erkenntnisse der Küstenschützer kannte. Oder war es ein Missgeschick, und Groothues hatte eigentlich spurlos in der Weite der Nordsee verschwinden sollen?

Fragen, für die es noch keine Antworten gab. Nur eines war Leander klar: Er durfte nicht alleine zu dem nächtlichen Treffen gehen. Entschlossen zog er sein Smartphone aus der Hosentasche.

28

Sylts Flugplatz befand sich in Tinnum und war für eine Nordseeinsel von erstaunlicher Größe. Das lag sicher daran, dass die Urlauberklientel sich zu einem nicht unerheblichen Teil aus wohlhabenden Bundesbürgern rekrutierte, die aus allen

Teilen der Republik am Wochenende mal eben schnell einen Abstecher auf »die Insel« machen wollten und sich das einiges kosten ließen.

Die kleine *Cessna* kreiste vor bleigrauem Himmel einmal über die gesamte Breite Sylts hinweg, bevor sie zur Landung ansetzte. Dabei wurde sie in den immer heftiger werdenden Windböen kräftig durchgeschüttelt. Von Westen her bahnte sich inzwischen ein handfester Sturm an, der sich über den Tag immer mehr aufgebaut hatte. Schließlich setzte die Maschine leicht hüpfend auf dem Rollfeld auf. Am Ende der Landebahn drehte sie nahezu auf der Stelle und rollte langsam in Richtung Wartehalle, wo sie mit einem letzten scheppernden Aufjaulen des Motors zum Stehen kam.

Mephisto sprang als Erster heraus, eine Reisetasche in der Hand, gefolgt von Tom, der sich einen Rucksack über die Schulter warf. Während die beiden auf Leander zu liefen, sprang der Motor wieder an, und die *Cessna* rollte zur Startbahn zurück. Sie erhob sich mit erstaunlicher Beschleunigung in die Luft und drehte, getrieben von Windböen, nach Osten ab.

»Da ist ja unser vierter Mann«, begrüßte Mephisto Leander. »Du hast uns vorgestern gefehlt, mein Lieber. Gib's zu, du hast uns nur deshalb hierher beordert, weil du ohne Skat nicht leben kannst.«

»Dir kann ich eben einfach nichts vormachen«, entgegnete Leander lachend und schlug dem kleinen, korpulenten Gastwirt zur Begrüßung auf die Schulter.

»Du hast Glück, dass jetzt Wochenende ist und ich deinem Ruf einfach so folgen konnte.« Tom grinste wie ein Honigkuchenpferd, als er Leander mit High Five begrüßte. »Sonst wüsste ich allerdings nicht, wie du ohne uns klarkommen würdest. So ein Polizistenhirn ist schon von Berufs wegen nicht das aktivste, und bei dir kommt erschwerend die Trägheit des Ruhestands hinzu.«

»Wie man ja auf Föhr gesehen hat«, bestätigte Mephisto. »Kaum nehmen wir die Dinge in die Hand, ist der Fall auch schon geklärt.« Er nickte sich selbst heftig Zustimmung zu und ergänzte: »Quod erat demonstrandum, wie die gebildeteren unter uns zu sagen pflegen.«

»Jetzt weiß ich, was mir am meisten gefehlt hat«, freute sich Leander lachend. »Dein messerscharfer analytischer Verstand. – Schön, dass ihr es so schnell geschafft habt.«

»Dank Hansman«, entgegnete Tom. »Mit dem Schiff wären wir erst morgen hier. Aber so ein Flieger hüpft ja schnell mal eben von Insel zu Insel. Außerdem macht das viel mehr Spaß, vor allem, wenn das Wetter es so gut mit uns meint.«

Leander erinnerte sich an seinen Flug mit Hansmans kleiner Maschine nach Helgoland vor ein paar Jahren und an die geradezu für einen Herzinfarkt prädestinierte Landung auf der kurzen Landebahn der Düne. Entsprechend fragwürdig erschien ihm der Spaßcharakter so eines Fluges bei Windverhältnissen wie den aktuellen.

»Und er hatte so einfach Zeit, euch hierher zu fliegen?«, wunderte er sich.

»Es geht eben nichts über gute Beziehungen«, tönte Mephisto und begann, »Ein Freund, ein guter Freund, das ist das Beste, das es gibt auf der Welt« vor sich hin zu trällern, als sie sich nun in Richtung Parkplatz auf den Weg machten.

»Das gibt's ja nicht!«, rief Tom. »Ein i3!« Mit glänzenden Augen betrachtete er das Fahrzeug, auf das Leander zusteuerte. »Sag bloß, den nehmen wir jetzt?«

Leander tat betont beiläufig und öffnete mit der Fernbedienung die Türen. »Willst du fahren?«

»Was für eine Frage!« Tom warf seinen Rucksack in den Kofferraum und war mit zwei Schritten an der Fahrertür. »Ein Irrsinn, dass BMW seinen Vorsprung nicht genutzt und die Produktion dieses Wunderwerks der Technik eingestellt hat. Wusstet ihr, dass die Karosserie aus Karbon ist?« Dabei streichelte er liebevoll das Dach.

»Ich wusste es nicht.« Mephisto drehte sich schwerfällig ächzend durch die sich umgekehrt öffnende Hintertür auf den Rücksitz. »Und es ist mir auch herzlich egal.«

Leander lachte und nahm auf dem Beifahrersitz Platz.

»Du Banause«, schimpfte Tom über die Schulter hinweg. »Das hier ist die Zukunft der Mobilität! Ein Stück Materie gewordene Science Fiction.«

»Unsinn«, kam es unbeeindruckt von der Rückbank. »Das Einzige, das sich hier gerade materialisiert, ist deine historische Ignoranz. Elektroautos hat es schon vor der Erfindung von Otto- und Dieselmotoren gegeben. Die kommen in der technischen Evolution gleich nach der Pferdekutsche. Das hier ist ein Auto, mehr nicht. Und jetzt setz dich endlich in Bewegung! Oder können diese Dinger gar nicht fahren?«

»Perlen vor die Säue«, murmelte Tom kopfschüttelnd und drückte auf den Startknopf. »Wohin?«, wandte er sich an Leander.

»Ich habe euch zwei Zimmer im *Gästehaus Diedrichsen* in List reserviert«, antwortete der. »Dort könnt ihr euer Gepäck lassen, und dann suchen wir uns ein nettes Restaurant und halten erst einmal Kriegsrat ab.«

Tom nickte zustimmend und trat so heftig auf das Strompedal, dass die Reifen durchdrehten und erst packten, als er den Fuß etwas zurücknahm. »Was für ein Antritt«, freute er sich. »Sportmodus rein und festhalten, Freunde, wir heben ab!«

»Die Strafmandate zahlst du!«, warnte Leander, während er von der Beschleunigung in den Sitz gedrückt wurde.

»Scheint so, als bräuchte man einen Flugschein für die Dinger«, stellte Mephisto fest. Dabei beugte er sich zwischen den

Vordersitzen durch und schien mit einem Mal auch Interesse für das Fahrzeug zu entwickeln.

Nachdem sie ihr Reisegepäck bei *Diedrichsen* abgestellt hatten, zogen die drei Freunde durch die Straßen Lists und suchten nach einem passenden Restaurant. Das *Piratennest* am Hafen war ihnen zu groß und zu überlaufen. Im *Alten Gasthof* wurden sie schließlich fündig, genauer gesagt in dessen Biergarten, dessen Ambiente vor allem Mephisto gefiel. Er sah sich so auffallend neugierig um, als sammelte er Anregungen für seinen eigenen Betrieb, und strich mit der Hand über eine der rustikalen, grob behauenen Tischplatten.

»Also, dann erzählt mal«, forderte Leander seine Freunde auf, nachdem sie sich niedergelassen hatten. »Was hat Jens Olufs zu euren Fotos gesagt?«

»Gesagt?« Mephisto war sichtlich empört über diese Untertreibung. »*Gesagt*? Gejubelt hat er. Und womit? Mit Recht! Schließlich haben wir ihm einen kapitalen Fang auf den Tresen gelegt.«

»Paulsens Männer sind festgenommen und verhört worden«, berichtete Tom sachlich. »Du glaubst gar nicht, wie die gesungen haben.«

»Natürlich!« Mephisto wandte sich Tom zu, als müsse er ihm das Wesen des Seins erklären. »Schließlich wollten die nicht alleine für diese Sauerei herhalten.«

»Enno Paulsen hatte dann auch keine andere Wahl mehr, als zu gestehen«, fuhr Tom unbeeindruckt fort. »Er ist übrigens heute Mittag mit der *Adler* nach Sylt gefahren. Ich habe ihn zufällig im Fährhafen gesehen.«

»Und dafür, dass ihm wegen der Sabotage, die ihm zwei ausgesprochen talentierte Nachwuchsdetektive nachweisen konnten, nun großes Ungemach droht«, Mephisto klopfte sich selbst auf die Schulter, »soll er sogar ziemlich gut gelaunt gewesen sein, wenn man unserem Schulmeister hier glauben darf.«

Tom nickte zustimmend.

»Paulsen ist auf Sylt?« Leander blickte zuerst auf Tom, der ihm gegenübersaß, und dann auf Mephisto, der am Kopfende die gesamte Breite des Tisches einnahm. »Sieh mal einer an: so kurz nach Christian Randers' Tod. Ob er wohl nur kondolieren will?«

»Bestimmt!« Tom zog mit dem Zeigefinger das rechte untere Augenlied runter und formte lautlos mit dem Mund den Namen »Nelly Olsen«.

Mephisto verfolgte derweil die Kellnerin mit seinen Blicken, bis sie in ihre Nähe kam, und rief ihr schließlich zu: »Drei große Helle!« Dann wandte er sich wieder seinen Freunden zu. »Da man Schulmeistern im Allgemeinen und diesem Exemplar hier im Besonderen« – er deutete auf Tom – »grundsätzlich nichts einfach so abnehmen sollte, habe ich meine Kontakte in meiner ehemaligen Gemeinde reaktiviert.« Er zog vielsagend die Augenbrauen hoch. »Nun ja, was soll ich sagen? Paulsen soll tatsächlich wegen einer unglücklichen Liebe seine Heimatinsel verlassen haben.«

»Schön, dass die alten Tanten bei dem Kaffeekränzchen mit dem harmlosen Herrn Pastor das nun bestätigt haben«, reagierte Tom beleidigt.

»Also, bei meinen Kaffeekränzchen waren schon immer eher junge, hübsche Frauen anwesend, und das durchaus zahlreich.« Mephisto begleitete seine Worte mit einem geradezu anzüglichen Blick auf die Bedienung, die das Bier auf den Tisch stellte und drei Speisekarten dazulegte.

»Dann müssen Sie aber einen netten, jungen Vikar dabeigehabt haben«, mutmaßte die Frau mit abschätzigem Blick und entfernte sich unter Toms und Leanders Gelächter wieder.

Mephisto warf ihr Luft hinterher und machte sich daran, die Speisekarten zu verteilen. Als er sie aufschlug, stieß er entzückte Laute aus und murmelte: »Wahrlich, dieses Lokal war eine gute Wahl.«

Leander nahm einen Schluck Bier und folgte dann dem Beispiel seines Freundes. Die Speisekarte warb mit der Sylter, zumindest aber Schleswig-Holsteiner Herkunft der Tiere, deren Fleisch in der Küche frisch verarbeitet werde, und ihrer artgerechten Haltung.

Das ließ auch Tom anerkennend nicken, zumindest, bis er die Preise studiert hatte. »Holla, die Waldfee«, stieß er zischend aus. »Der günstigste Fisch kostet 27,50, Filet vom Weideochsen sogar 39,50. Seid ihr sicher, dass ihr hier essen wollt?«

»Ihr seid natürlich eingeladen«, beruhigte Leander ihn.

»Na dann«, schlussfolgerte Mephisto, ohne mit der Wimper zu zucken, »sollten wir unbedingt einen Hummersalat vorweg nehmen.«

Tom ließ zischend Luft ab. »29,50!« Sein Kopfschütteln verriet, wie unverschämt er das fand.

»Tut euch keinen Zwang an«, erwiderte Leander. »Das seid ihr mir wert.«

Diese Großzügigkeit sorgte schlagartig für Sorgenfalten auf Toms Stirn. »Oha, dann ist unser Auftrag hier zumindest lebensgefährlich, wenn nicht gar ein Himmelfahrtskommando.«

»Ihr könnt immer noch zurück«, bot Leander an.

»Aber erst nach dem Essen!« Mephisto hob schulmeisterlich den Zeigefinger und drehte ihn dann ansatzlos in den Wind, um die Bedienung herbeizuzitieren.

»Also, was sollen wir für dich tun?« Tom schob seinen leeren Teller von sich, auf dem sich eben noch ein Weideochsenfilet in seiner Soße geräkelt hatte, und griff nach dem Bierglas, während er mit krauser Stirn beobachtete, wie Mephisto die letzte Soße seines Lammrückens mit Baguette aufwischte.

Leander berichtete in groben Zügen von seinen bisherigen Recherchen und kam schließlich auf den Brief zu sprechen, den Birte in der Post gefunden hatte.

»Und da willst du tatsächlich hin?«, wunderte sich Tom. »Meinst du nicht, das könnte eine Falle sein? Immerhin sind schon zwei Leute ermordet worden.«

»Deshalb habe ich euch ja hierhergeholt. Ich brauche Rückendeckung und eine schnelle Eingreiftruppe, falls es hart auf hart kommt.«

»Naja, schnell …?« Tom blickte zweifelnd auf den korpulenten Mephisto. »Aber vielleicht eignet er sich ja wenigstens als Kugelfang, wenn die Luft bleihaltig wird.«

»Umpf«, kam es zwischen zwei Baguette-Bissen mehrdeutig von Mephisto zurück. Dann war auch er fertig und schickte einen dumpfen Rülpser hinterher.

»Es sprach der deutsche Landfunk«, kommentierte Tom mit gerümpfter Nase.

»Immerhin.« Mephisto wischte sich mit der Serviette den Mund ab. »Wer so spricht, der lebt noch.«

»Ihr habt mir gefehlt«, kommentierte Leander lachend. »Wenn ihr wüsstet, wie trist die letzten Tage hier waren.«

»Also, zur Sache: Ich hoffe, du hast eine Strategie ausgearbeitet«, drängte nun auch Mephisto wichtigtuerisch.

»Habe ich, mein Lieber, habe ich. Hört zu …«

29

Der Weg zum nächtlichen Treffpunkt war kein Vergnügen. Und das lag nicht nur an den heftigen Böen, die den Wagen immer wieder von der Seite trafen und wegzuschieben drohten. Leander hätte seine Freunde am liebsten bei voller Fahrt aus dem Auto geworfen. Tom schwärmte erneut wie ein verliebter Teenager über die Antrittsstärke von Elektroautos, und Mephistos hielt schon aus Prinzip dagegen. Er stänkerte über die Kinderarbeit beim Kobalt-Abbau im Kongo, über die Versalzung des Grundwassers bei der Litium-Gewinnung in der Atacama-Wüste, über den verbrecherisch hohen Anteil grauer Energie bei der Batterieproduktion und verstieg sich schließlich in die vernichtende Prognose: »Vergiss diese Elektrokarren! Die setzen sich niemals durch!«

Es folgte Toms aufgebrachte Reaktion: Das Kobalt für Elektroautos werde, ganz im Gegensatz zu dem für Smartphones, Glas, Jeans und so weiter, mit Maschinen in Australien abgebaut; die Atacama-Wüste liefere seit Jahrzehnten Streusalz für deutsche Straßen, ohne dass sich jemals jemand darüber aufgeregt habe, und das Litium sei einfach nur ein Abfallprodukt bei dem Salzabbau; Hersteller wie Tesla und VW setzten verstärkt auf regenerative Energie auch in der Zellfertigung, während Verbrennerfahrzeuge nach wie vor mit Strom aus fossilen Energieträgern gefertigt würden; und überhaupt sei es ja wohl unerträglich, dass über all diese Missstände erst gesprochen werde, seit die Fahrzeughersteller und die Mineralölindustrie die Elektromobilität verhindern wollten.

Die erhitzte Diskussion hätte Leander sicherlich in den Wahnsinn getrieben, wenn er die beiden Streithähne nicht endlich ein paar 100 Meter vor dem Parkplatz zum Roten Kliff hätte absetzen und den Rest alleine weiterfahren können. Das hatten sie im Restaurant so abgesprochen, für den Fall, dass seine Ankunft beobachtet würde. Direkt vor dem Strandzugang parkte er den i3 in Fluchtrichtung, legte den Schlüssel auf das linke Hinterrad und machte sich dann planmäßig auf den Weg über den Holzsteg durch die Dünen.

Mephisto fand indes am Straßenrand immer weitere Argumente gegen Elektroautos, und Tom war nahe daran, handgreiflich zu werden und dem dicken Stänkerer das Maul zu stopfen, als er plötzlich dessen diabolisches Grinsen bemerkte. Der Widerling hatte ihn in voller Absicht bis aufs Blut gereizt und genoss nun den Erfolg seiner bösen Tat. Tom ärgerte sich schwarz, dass er ihm so auf den Leim gegangen war.

»Arschloch!«, presste er gequält hervor.

»Wie bitte? Willst du mich etwa beleidigen?«, tat Mephisto empört.

»Entschuldige«, ätzte Tom, »ich konnte ja nicht wissen, dass du eine so feine Andeutung verstehst«, wofür er ein meckerndes Lachen erntete.

»Also los«, gemahnte Mephisto schließlich, als müsse er einen besonders unzuverlässigen Gesellen an ihre Vereinbarung erinnern. »Genug Zeit vertrödelt. Henning verlässt sich auf uns!« Dabei ließ sein erhobener Zeigefinger keinen Widerspruch mehr zu. »Versau es nicht!«

So machten sie sich in verschiedenen Richtungen auf den beschwerlichen Weg durch die Dünen.

Ein feister Vollmond quälte sich durch die schnell dahintreibenden Wolken und ließ die sich hoch aufbäumenden Wogen der Nordsee im wechselnden Licht mal aufleuchten, mal in bedrohlichem Dunkel versinken. Das Rote Kliff erhob sich düster und warf schwarze Schatten auf den hellen Strand. Ein gefährliches Tosen lastete über allem.

Leander trat vom Holzsteg in den feinen Sand und stemmte sich gegen den Sturm. Er hoffte, dass die Rückendeckung seiner Freunde funktionierte und Mephistos Tollpatschigkeit ihnen keinen Strich durch die Rechnung machte. Ein Blick auf die Uhr: 23.11. Leander zog sich in den Schatten dicht am Kliff zurück und duckte sich tief, um dem Wind so wenig Angriffsfläche zu bieten wie möglich.

Jetzt hieß es: warten.

Mephisto stapfte durch den fließenden Sand bis zum Parkplatz vor, ließ sich hinter einer Düne schwerfällig nieder und robbte so weit hoch, dass er durch das Gras den i3 im Blick hatte. Zum Glück kam der Wind von hinten und peitschte den stechenden Sand nur in seinen Nacken und nicht in seine Augen. Er würde den Informanten ankommen sehen, würde rechtzeitig erkennen, wenn es sich um mehrere Männer handelte, und Leander mit seinem Smartphone warnen. Auch falls sich irgendwer am Auto zu schaffen machte, würde er es sehen. Hier konnte niemand einen Hinterhalt aufbauen, ohne dass er es mitbekam. Leander konnte froh sein, einen derart verlässlichen Freund im Rücken zu haben.

Hauptsache, Tom baute keinen Mist. Der war ja vorhin wirklich auf 180 gewesen. Mephisto kicherte zufrieden. Er fühlte sich sauwohl in seiner Haut.

Tom huschte derweil weiter in Richtung Strand, immer darauf bedacht, zwischen den Sandhügeln nicht gesehen zu werden. Man konnte ja nicht wissen, ob die anderen nicht schon da waren. Kurz vor der Kliffkante duckte er sich hinter ein Büschel Dünengras, lugte vorsichtig zum Strand hinunter und lauschte seinem Herzklopfen nach. Er hatte so ein scheiß

Gefühl, als würde die Aktion heute Nacht nicht gut gehen. Und das lag nicht nur an dem tosenden Sturm, der ihm den Sand in die Augen trieb.

Zum Glück waren sie wenigstens zu dritt – sofern man Mephisto überhaupt für voll nehmen konnte.

Leanders Blick streifte über die im Mondlicht glitzernden Wogen bis weit aufs stürmische Meer hinaus, während ihm der Wind um die Ohren pfiff. Dabei dachte er über Paulsens Vergangenheit auf Sylt nach. Hatte er tatsächlich seinen Betrieb auf der selbsternannten »Königin der Nordsee« an Randers verloren? Und wer war die Frau gewesen, die sich gegen ihn entschieden hatte? Liv? Oder vielleicht Birte? Leander wusste selbst nicht, wie ihm plötzlich dieser Gedanke gekommen war. Gab es eine Verbindung zwischen Paulsen und Thoralf und damit auch zu Hinrichsen, dessen Partner Thoralf war? Oder handelte es sich um Hinrichsens Frau? War der überhaupt verheiratet? Spielte das alles heute überhaupt noch eine Rolle? Wen konnte er danach fragen? Birte und Thoralf, die möglicherweise selbst bis zum Hals in der Sache steckten?

Leander verfluchte die Verwicklungen in diesem Fall. Als Nicht-Sylter fehlte ihm einfach der Durchblick. Auf Föhr hätte er wenigstens auf Mephistos Expertise zurückgreifen können, der als ehemaliger Priester so manches Beichtgeheimnis kannte. Hier auf Sylt durchschaute er ja nicht mal die Rollen der Leute, die ihm Gastfreundschaft gewährten. Und wie würde Franziska reagieren, wenn er ihre engsten Freunde des Doppelmordes überführte? Gar nicht auszudenken, was ihm da blühen konnte!

Nur eines war Leander in diesem Moment sonnenklar: Das hier war nicht seine Insel. Und zwar in keiner Hinsicht. Schöne Strände hin oder her. Hier ging es ihm zu sehr ums Geld. Ein hinterhältiger Verdacht glomm leicht in ihm auf, während ihm dies alles bewusst wurde: Konnte es sein, dass mehr von seinem antikapitalistischen Vater in ihm steckte, als er sich das bisher eingestanden hatte? Dabei war Leander doch immer so stolz darauf gewesen, dass er keinerlei Ähnlichkeiten mit seinem Erzeuger erkannt hatte. Verflucht, dieser Nebenkriegsschauplatz hatte ihm gerade noch gefehlt!

Mephisto versuchte gerade vergeblich, eine bequeme Liegeposition zu finden, in der nicht ständig Sand in seinen Kragen fegte und sich auch nicht von seinen Fettwülsten davon abhalten ließ, bis in seine Unterhose vorzudringen, als ein schwarzer VW Passat mit knirschenden Reifen auf den Parkplatz einbog. Etwa 20 Meter von dem i3 entfernt kam der Wagen rutschend zum Stehen. Der Mann am Steuer öffnete die Fahrertür. Im Licht der Innenraumbeleuchtung erkannte Mephisto, dass er allein war. Er stieg aus, schlug die Tür zu, zündete sich mit dem Rücken zum Wind umständlich eine Zigarette an. Dann machte er sich auf den Weg. Vom Holzsteg aus verriegelte er das Auto mit einer Funkfernbedienung über die Schulter hinweg, ohne noch einmal zurückzusehen. Es machte elektronisch verzerrt »Uit-uit«, die Blinker leuchteten zweimal auf. Der Mann stemmte sich gegen den Sturm und entschwand nach wenigen Sekunden Mephistos Blick.

Tom entdeckte zuerst das Aufglimmen einer Zigarette, dann sah er einen Schattenriss den Holzsteg entlangkommen. Als der Mond für ein paar Sekunden durch eine Wolkenlücke stieß, erkannte er, dass es ein Mann und dass dieser alleine war. Er hatte es offenbar eilig, zum Strand zu gelangen. Auf der Schräge entschwand er Toms Blick, tauchte aber kurz darauf unterhalb des Kliffs wieder auf, blieb stehen, sah sich um, versuchte mit verdrehtem Handgelenk, seine Uhr abzulesen, machte ein paar Schritte in Richtung Wasser, blieb wieder stehen, verharrte mit Blick aufs Meer. Dieser Mann fürchtete offensichtlich keinen Hinterhalt. Das beruhigte Tom ein wenig.

Leander drückte sich noch enger an das lehmige Kliff, als er von rechts jemanden auf den Strand treten sah. Der Mann blickte sich nur oberflächlich um, zog an einer Zigarette, stieß Rauch aus, der direkt vor seinem Mund weggerissen wurde, zog noch einmal, warf die Kippe vor sich in den Sand, trat sie mit drehenden Bewegungen der Schuhspitze aus. Dann machte er mit hochgezogenen Schultern ein paar Schritte in Richtung Meer und verharrte mitten am Strand.

Das sah nicht so aus, als fürchtete er, hinterrücks überfallen zu werden. Entweder fühlte er sich sicher, weil niemand wusste, dass er hierher kommen würde, oder er fühlte sich überlegen, weil er selbst der Fallensteller war und nicht mit Gegenwehr rechnen musste. Leander blickte auf die Uhr: 23.55. Fünf Minuten vor der Zeit ist des Soldaten Pünktlichkeit, dachte er und löste sich langsam aus dem Schatten des Kliffs.

Was war das? Mephisto glaubte, einen Schemen ausgemacht zu haben. Im Augenwinkel nur, aber es bestand kein Zweifel: Da war etwas gewesen! Angestrengt durchbohrten seine Augen die Nacht. Und schlagartig wurde ihm klar, dass es ein Fehler gewesen war, Groothues' Equipment nicht mit nach Sylt genommen zu haben. Jetzt hätte er ein Nachtsichtgerät gut gebrauchen können.

»Ich bin hier«, rief Leander im Rücken des Mannes.

Der drehte sich erschrocken um. »Verdammt, müssen Sie sich so anschleichen?«

»Tut mir leid, aber ich muss selbst vorsichtig sein. Schließlich kenne ich Sie nicht und weiß nicht, was Sie von mir wollen.«

Der Mann nickte und kramte nervös seine Zigarettenschachtel hervor. Mit bebenden Händen versuchte er, sich eine anzuzünden, gab aber schließlich auf und warf die Zigarette weg.

»Korthals«, stieß er hervor. »Doktor Eberhard Korthals. Ich bin Geologe und …«

»Ich weiß«, sagte Leander. »Sie haben die Bürgerinitiative gegen die Tetrapoden gegründet und kämpfen heute gegen die Immobiliengeschäfte auf der Insel.«

Korthals nickte.

»Sie können mir etwas über den Tod von Kai-Uwe Groothues sagen?«, fragte Leander.

Der Geologe deutete mit dem Kopf in Richtung Kliffkante. »Da oben ist es ruhiger. Lassen Sie uns ein paar Schritte gehen.«

Da vorne, zwischen den Dünenkämmen: ein Mann, nein, zwei. Sie liefen nebeneinander, hatten ein klares Ziel: den Parkplatz. Der Erste hatte nun den dort abgestellten Passat erreicht, leuchtete mit einer Taschenlampe hinein und zeigte schließlich dem Zweiten etwas auf dem Rücksitz. Der hob die rechte Hand und schlug mit einem Gegenstand, den er darin hielt, die Seitenscheibe ein. Der Erste griff durch das Loch und holte etwas aus dem Auto, das von Mephistos Standpunkt aus wie eine Aktentasche aussah. Dann rannten sie zusammen auf den Strandzugang zu.

Kurz vor dem Scheitelpunkt der Düne teilten sie sich auf. Gebückt huschten sie v-förmig in Richtung Kliff. Mephisto überlegte, was er tun konnte. Mühsam rappelte er sich im fließenden Sand auf und kämpfte mit wedelnden Armen gegen das Abrutschen an. Der Sturm traf ihn mit voller Wucht und warf ihn fast um. Verdammt, warum war er nur so fett und unbeweglich? Es hatte keinen Sinn, den Männern zu folgen. Er konnte nichts weiter tun, als Leander zu warnen und dann den Rückzug vorzubereiten. Mit zitternden Fingern zog er sein Smartphone aus der Tasche und tippte und wischte sich durch seine Kontaktliste.

»Kai-Uwe Groothues hat mich besucht und mir einen Brief gezeigt«, berichtete Korthals. »Er hat vermutet, dass ich ihn geschrieben habe. Hans Blank!« Der Geologe lachte verächtlich auf. »So ein Blödsinn! Dann hat er mich nach den Sandvorspülungen gefragt und ...«

Leanders Smartphone klingelte. Er zog es aus der Tasche und las auf dem leuchtenden Display »Mephisto ruft an.« Hoffentlich ist dem Kerl nicht einfach nur langweilig, dachte er.

Eberhard Korthals verfolgte mit missbilligend zusammengezogenen Brauen, wie Leander das Gespräch entgegennahm.

»Ihr müsst da weg!«, brüllte Mephistos Stimme aus dem Telefon. »Zwei Männer, mindestens! Ich mache das Auto klar.«

Leanders nächste Bewegung war reiner Reflex.

Tom beobachtete, wie Leander und der Mann unterhalb des Kliffs entlangschlenderten. Dann leuchtete Leanders Smartphone-Display auf. Er hielt es sich an sein Ohr, duckte sich plötzlich und riss den Fremden mit sich in Richtung des Lehmhanges.

In dem Moment knallte es rechts von Tom. Ein Schuss! Noch einer. Leander und der Mann schlugen Haken, Sand spritzte im Mondlicht auf.

Verflucht, sie waren am Strand leichte Beute!

Leander hörte den Schuss erst, als der Sand neben seinen Füßen schon aufspritzte. Reflexartig duckte er sich im Lauf, als hätte er hier am Strand irgendeine Deckung finden können. Korthals! Der Schuss hatte Korthals gegolten. Wem sonst?

Leander griff nach dem Arm des Geologen, der wie versteinert dastand und in die Richtung blickte, aus der der Knall gekommen war. Kaum hatte er ihn zu sich gezogen, peitschte schon das nächste Projektil in den Sand.

»Weg!«, schrie Leander ihn an. »Los! Da rüber!«

Leanders Beine schienen wie von selbst zu laufen. Ohne Widerstand ließ Korthals sich in Richtung Kliff ziehen. Sie mussten so dicht wie möglich an die Lehmwand heran, wenn sie eine Chance haben wollten.

Da ertönte der nächste Schuss.

Tom beobachtete, wie der Mann im Laufen einknickte, strauchelte, schwer in den Sand fiel. Der nächste Schuss würde Leander gelten. Da draußen hatte er keine Chance, den Schützen zu entgehen.

Ohne länger nachzudenken, sprang Tom auf und brüllte in das Tosen des Sturms: »Halt, Polizei! Werfen Sie Ihre Waffe weg und ergeben Sie sich!«

Das nächste Projektil schlug dicht neben ihm in den Sand ein. Er warf sich zur Seite, rollte sich ab, bis er hinter einer Düne in Sicherheit war. Vorsichtig nahm er den Kopf hoch, versuchte, in der Dunkelheit etwas zu erkennen. Da vorne rannten zwei Männer. Sie entfernten sich in Richtung Strand und liefen unten in die entgegengesetzte Richtung, weg von Leander und dem Fremden.

Leander hörte Toms Rufe: »Halt, Polizei! Werfen Sie Ihre Waffe weg und ergeben Sie sich!« Was für ein Wahnsinn! Dann ein Schuss, der offensichtlich diesmal nicht ihm und Korthals galt. Hoffentlich war Tom nicht getroffen!

Korthals stöhnte leise. Er war verwundet, aber nicht tot.

Leander beugte sich über ihn. »Können Sie aufstehen, wenn ich Ihnen helfe? Wir müssen hier weg, sofort!«

Schwer ließ sich der Geologe hochziehen, knickte aber sofort wieder ein. »Mein Bein!«, stöhnte er. »Es geht nicht.«

Da war Tom plötzlich neben den beiden. »Stellen Sie sich nicht so an!«, zischte er und zog Korthals am anderen Arm in die Höhe.

Gemeinsam hoben Leander und Tom ihn an und beeilten sich, in die Deckung des Kliffs zu kommen. Schwer atmend blieben sie stehen.

»Ich glaube, die sind weg«, presste Tom schnaufend hervor.

»Wir müssen zum Parkplatz kommen«, drängte Leander. »Wenn wir das Auto erreichen ...«

»Das schaffe ich nicht«, jammerte Korthals.

»Scheiße, Mann«, fuhr Tom ihn an, »natürlich schaffen Sie das. Jetzt reißen Sie sich verdammt noch mal zusammen!«

Da dröhnte 100 Meter von ihnen entfernt die Hupe eines Autos. Scheinwerfer zerschnitten die Nacht und erleuchteten vom Holzweg aus den Strand.

»Mephisto?«, staunte Leander. »Verflucht, was für ein Teufelskerl!«

Gemeinsam wuchteten er und Tom den Geologen wieder hoch und schleppten ihn in Richtung Strandzugang. Da stand tatsächlich der i3, der in der Breite gerade so eben auf den Bohlenweg passte. Tom öffnete die Beifahrertür und kämpfte einen Moment mit der sich gegenläufig öffnenden Hintertür, die ihm vom Wind fast aus der Hand gerissen wurde.

»Scheiße, Mann, warum kann BMW kein normales Auto bauen?«, schimpfte er.

Sie wuchteten Korthals vorsichtig auf den Rücksitz. Tom schob ihn so weit wie möglich ins Auto und quetschte sich neben ihn. Leander schlug die Tür hinter ihm zu und sprang auf den Beifahrersitz.

»Schaffst du das?«, fragte er Mephisto. »Rückwärts über den Steg zum Parkplatz?«

»Ist der Papst katholisch?«, entgegnete der entrüstet und gab Strom.

Der Wagen raste in halsbrecherischem Tempo über den Holzsteg, als befände er sich auf einer breit ausgebauten Bundesstraße. Wenn er jetzt nur nicht seitlich wegrutschte! Leander wagte gar nicht, hinauszusehen. Das Holpern auf den Bohlen erschien ihm angesichts der fehlenden Motorgeräusche ohrenbetäubend. Sekunden später schlingerte der i3 neben Korthals Passat auf den Parkplatz. Mephisto schaltete den Wahlhebel auf D und trat das Pedal durch.

Kies spritzte auf, das Auto machte einen Sprung nach vorne, Leander wurde in den Sitz gedrückt, Korthals stöhnte laut auf, Tom brüllte: »Verdammt, willst du uns alle umbringen?«

Mephisto lachte sein meckerndes Lachen, raste unbeeindruckt über die Inselstraße in Richtung Westerland, trieb in Kampen wütende Passanten hupend von der Fahrbahn und nahm den Fuß erst wieder vom Pedal, als sie die Zufahrt zum Krankenhaus erreichten. Mit kreischenden Bremsen kam der i3 direkt vor dem Eingang zur Notaufnahme zum Stehen.

Fassungslos blickte Leander seinen schwergewichtigen Freund auf dem Fahrersitz an.

Der streichelte jenseitig lächelnd das Lenkrad und sagte: »Oh Scheiße, diese Elektrokarren sind wirklich geil!«

30

Schussverletzungen sind meldepflichtig, und so war Leander nicht erstaunt, als Dieter Bennings plötzlich in der Tür stand. Der Kriminalhauptkommissar verharrte mitten in der Bewegung, als er Leander am Fenster stehen sah. »Sag mir, dass das nicht wahr ist«, zischte er. »Sag mir bitte, dass du nicht schon wieder dabei warst.«

»Ich freue mich auch, dich zu sehen«, erwiderte Leander und deutete mit nach oben gedrehten Handflächen an, dass er ja nun auch nichts dazukönne.

Bennings warf einen Blick auf den im Dämmerschlaf daliegenden Mann im Bett, dann deutete er mit dem Kopf hinaus auf den Flur. Leander folgte dem Freund unterwürfig. Er musste gut Wetter machen, wenn er weiter an den Ermittlungen teilhaben wollte.

»Ich hoffe, du hast eine Erklärung, die mich davon überzeugt, dir nicht auf der Stelle die Freundschaft kündigen zu müssen«, grummelte Bennings ihn an.

Leander verkniff sich ein Grinsen. Er kannte den Kriminalbeamten gut genug, um zu wissen, dass der gerade keinen Spaß verstand und sich nur mühsam zurück hielt. Statt also auf Konfrontationskurs zu gehen, lotste er ihn in eine Sitzecke und legte ihm detailliert dar, was am Roten Kliff vorgefallen war. Nur die Beteiligung Toms und Mephistos verschwieg er, damit nicht allzu deutlich wurde, dass er mal wieder sein ganz eigenes Ding geplant hatte. Bennings' Gesicht entspannte sich, je länger er zuhörte, verlor aber nichts von seiner ernsthaften Ausstrahlung.

»Und du bist nicht auf die Idee gekommen, mich vorher

zu informieren?« Das klang jetzt geradezu enttäuscht. »Dir muss doch klar gewesen sein, dass es sich um einen Hinterhalt handeln könnte.«

Leander zuckte mit den Schultern, las in Bennings' Blick aber, dass der ihm seine Naivität nicht abnahm. »Der Hinterhalt galt Korthals, nicht mir«, schob er wenig überzeugend nach.

»Du kannst von Glück reden, dass offenbar keine echten Profis auf euch gewartet haben.«

»Daran habe ich auch schon gedacht«, gab Leander zu.

»Woran?«

»Dass die Männer, die auf uns geschossen haben, keine Berufskiller gewesen sein können. Die hätten sich nicht so leicht ins Bockshorn jagen lassen. Außerdem hätten sie besser getroffen.«

Bennings schüttelte fassungslos den Kopf. Leander setzte eine derart treue Unschuldsmiene auf, dass der Kriminalbeamte schließlich resigniert seufzte.

»Kannst du wenigstens Angaben machen, die mir weiterhelfen?«

Leander ließ die Nacht am Strand noch einmal vor seinem geistigen Auge Revue passieren. Fernsehkommissaren gelang es mit dieser Taktik immer, sich Gesichter und Randereignisse ins Bewusstsein zu rufen, die sie in den Sekundenbruchteilen des Geschehens gar nicht wahrgenommen hatten und die nun irgendwo in den Tiefen des Unterbewusstseins nur darauf warteten, in den Fokus gerückt zu werden. Sogar Fahrzeugkennzeichen konnten sie so abrufen, obwohl sie in der jeweiligen Situation gar nicht darauf geachtet hatten. Ein besonders überzeugendes Exemplar dieser künstlich überhöhten Berufsgattung war in der Lage, sich in die Position aufgefundener Leichen zu bringen und von dort aus zu sehen, was der Tote kurz vor dem

Schuss gesehen hatte. Der lag dann immer sehr erfolgreich auf Böden oder Tischplatten herum. Und genau diese Szenen waren es, die Leander zur Fernbedienung greifen und hektisch weiterzappen ließen.

Entsprechend schüttelte er nun den Kopf. »Es war einfach zu dunkel. Mehr als zwei Schatten habe ich nicht erkennen können.«

»Aber dass es sich um Männer gehandelt hat, ist sicher?«

»Den Bewegungsabläufen nach, ja.«

»Und Korthals hat dir wirklich keine wichtigen Informationen gegeben?«

»Nur, dass Groothues mit dem ominösen Brief bei ihm gewesen ist, den Korthals aber nicht geschrieben haben will. Zu mehr sind wir nicht gekommen. Plötzlich fielen Schüsse, und wir mussten um unser Leben rennen.«

Bennings nickte nachdenklich. Er hatte sich offenbar wieder beruhigt und in den Profimodus geschaltet. »Was sagen die Ärzte denn?« Dabei deutete er mit dem Kopf in Richtung des Krankenzimmers, in dem der Geologe vor sich hin dämmerte.

Leander winkte ab. »Ein harmloser Streifschuss am Oberschenkel. Wenn er den Schock überstanden hat, können wir ihn vernehmen.«

»*Wir*?« Bennings richtete sich drohend auf. »Du hältst dich ab sofort aus der Sache raus!«

»Nichts da«, wehrte Leander entrüstet ab. »Heute Nacht wäre ich fast draufgegangen. Da ist es ja wohl selbstverständlich, dass ich herauszufinden versuche, wer dahinter steckt. Du kannst entscheiden, ob wir das zusammen machen, oder ob ich alleine weitere Nachforschungen anstelle.«

»Sag mal, wofür hältst du dich eigentlich?« Bennings wurde nun ernsthaft sauer. »Glaubst du wirklich, ich ließe mich erpressen?«

Leander zuckte grinsend mit den Schultern, was so viel heißen sollte, wie: »Glaubst du ernsthaft, du hättest eine Wahl?«

Doktor Eberhard Korthals erklärte sich nach dem Frühstück bereit zu einer Befragung. Leander und Dieter Bennings saßen links und rechts von seinem Bett. Leander hatte den Geologen zuvor gebrieft, dass er nichts von Tom und Mephisto sagen sollte, da diese von dem Kommissar nicht gut gelitten seien. An einem kleinen quadratischen Tisch beugte sich ein junger blondgelockter Inselpolizist über sein Notebook und war offensichtlich nicht glücklich darüber, dass er für den Kollegen vom Festland Protokoll führen musste.

»Herr Doktor Korthals«, Bennings versicherte sich mit einem Seitenblick, dass der Polizeibeamte mit seinen zwei hilflos über der Tastatur kreisenden Fingern nicht schon bei der Anrede überfordert war, »Sie haben Herrn Leander erzählt, Kai-Uwe Groothues sei bei Ihnen gewesen und habe Ihnen einen Brief gezeigt.«

Der Geologe nickte. »Der Absender nannte sich Hans Blank.« Er versuchte ein Lachen, verzog aber sofort das Gesicht und hielt sich mit der linken Hand den rechten Oberschenkel. »Groothues dachte, ich hätte den Brief geschrieben«, kam es dann zwischen den zusammengepressten Zähnen hervor.

»Aha, und wie kam er darauf?«

»Nun ja, wenn man auf Sylt nach jemandem sucht, der seit vielen Jahren gegen den Irrsinn der Sandvorspülungen und der Verbauung von Tetrapoden kämpft, kommt man nun mal nicht an mir vorbei. Ich habe die Bürgerinitiative gegründet und Gutachten erstellt, mit deren Hilfe wir mehrfach vor Gericht gezogen sind, um einstweilige Verfügungen zu erwirken.«

»Mit Erfolg?«

»Leider nein.« Korthals Blick verfinsterte sich. »Gegen so viel Geld und politischen Einfluss kommt man nicht an.«

Der Verschwörungston des Briefes passt also auch zu ihm, dachte Leander.

»Was sind denn Ihre Argumente? Ich meine, dass die Inseln und die Küste vor den zunehmenden Sturmfluten geschützt werden müssen, dürfte doch auch Ihnen klar sein«, sagte er mit verständnislosem Tonfall.

»Natürlich, aber nicht mit diesen Mitteln! Die Sache ist nämlich folgendermaßen: Die Tetrapoden führen am südlichen Ende des Einbaugebietes zu Strudeln, durch die gerade an der Odde viel mehr Sand abgetragen wird als vorher. Wir haben in nur fünf Jahren durch diese Lee-Erosion 500 Meter Strand verloren. Dagegen hatten wir bis 2012 durch die alleinige Vorspülung eine relativ stabile Lage, weil der Sand in den Stürmen nach Süden verdriften konnte. Jetzt blockieren die Tetrapoden den Weg.« Der Geologe blickte zwischen Bennings und Leander hin und her, als müssten diese Fakten doch jeden Idioten überzeugen. »In der gesamten Zeit zwischen 1800 und 1967 hat es eine Menge Orkane gegeben, aber die Insel war ohne die angeblichen Schutzmaßnahmen nicht nur nicht bedroht, sie hat sogar einen Kilometer an Länge gewonnen, weil die natürliche Strömung den Sand von den Stränden im Süden wieder anlagern konnte. Erst durch den Bau der Kersig-Siedlung und die damit verbundenen Schutzmaßnahmen durch Buhnen, die 270 Meter weit ins Meer hinaus gebaut wurden, ist das natürliche Strömungsverhalten durcheinandergeraten, und die Lee-Erosion hat eingesetzt. Aus diesen Fehlern hätte man lernen müssen. Stattdessen werden sie heute potenziert.«

»Warum sollten die zuständigen Behörden das denn machen?«, zweifelte Leander. »Ich hatte nicht den Eindruck, dass Arft Petersen vom Landesamt für Küstenschutz seinen Job nicht versteht.«

»Ach der!« Korthals' Hand wirbelte die gesamte Luft des Krankenzimmers durcheinander, was direkt durch einen Schmerz in seinem Oberschenkel bestraft wurde. »Scheiße, tut das weh«, stöhnte der Geologe auf, atmete tief durch und fuhr mit gepresster Stimme fort: »Haben Sie eine Ahnung, um wie viel Geld es bei der ganzen Sache geht? Oder was glauben Sie, warum die gegen ihr eigenes Gutachten verstoßen? 2008 hat das Landesamt nämlich überprüfen lassen, ob die Tetrapoden als Wellenbrecher etwas taugen. Das Ergebnis war eindeutig: Die Gutachter haben dringend empfohlen, die Dinger wieder aus dem Meer zu entfernen, und meine eigenen Forschungsergebnisse damit bestätigt.«

»Die Lee-Erosion?«, versicherte sich Leander, dass er bislang alles verstanden hatte.

Korthals nickte grimmig, anstatt das weiter zu erläutern. »Und was hat das Landesamt gemacht? Statt den Empfehlungen zu folgen, ließ es 2012 und 2013 weitere Tetrapoden als Wellenbrecher parallel zum Strand in Richtung Süden bauen, was die gefährliche Lage noch verschärft hat. Trotz oder vielleicht sogar wegen der Vorspülungen verliert die Odde seitdem jedes Jahr etwa 100 Meter, die dann im darauffolgenden Jahr wieder vorgespült werden müssen. Das ist ein völlig sinnloser Kreislauf. Wenn man Sylts Südspitze retten will, muss man nur die Tetrapoden wieder entfernen, aber dann verlieren ein paar Leute hier ihre regelmäßige Einnahmequelle, die in Summe immerhin sieben Millionen Euro pro Jahr wert ist. Dieses Geld wäre dringend nötig, um ganzheitliche Konzepte zu entwickeln, die das Wattenmeer beim Meeresspiegelanstieg vor dem Ertrinken retten können.«

»Nehmen Sie es mir nicht übel«, warf Dieter Bennings ein, »aber das Bild eines Meeres, das ertrinkt, erschließt sich mir irgendwie nicht.« Er wechselte zweifelnde Blicke mit Leander.

Korthals seufzte, als sei er es gewohnt, dass die Menschen

schwer von Begriff sind. »Also dann für Dumme ganz von vorne: Der Klimawandel führt zum Abschmelzen der Pole und des Grönlandeises und damit zu einem Anstieg des Meeresspiegels. Soweit sind sich alle ernstzunehmenden Wissenschaftler heute einig. Nur die ganz Bekloppten leugnen das noch. Allein das Grönlandeis hat das Potenzial, den Meeresspiegel weltweit um bis zu sieben Komma fünf Meter ansteigen zu lassen.«

»Sieben Komma fünf Meter«, kam es spöttisch von dem jungen Beamten am Tisch. »Ja nee, is klar!«

Korthals warf einen vernichtenden Blick hinüber, unterhielt sich aber lieber weiter mit den Männern an seinem Bett als mit dem Grünschnabel in Uniform. »Der Eisschild Grönlands ist gigantisch: Er erstreckt sich mehr als 1.000 Kilometer von Osten nach Westen und 2.500 Kilometer von Norden nach Süden. Dabei ist er im Schnitt eins Komma fünf Kilometer dick.« Der Geologe maß Breite, Länge und Dicke im Miniaturformat mühsam mit seinen Händen ab. »Bis heute verwendet man fehlerhafte Simulationsmodelle, nach denen das Eis nicht so schnell ins Meer gleitet, wie es das in der Realität macht. Bisher wurde bis 2100 mit einem Anstieg des Meeresspiegel um null Komma fünf bis ein Meter gerechnet. Wie stark er aber wirklich in den nächsten Jahren ansteigen wird, weiß noch niemand. Für die Stürme, die ebenfalls in erheblichem Maße zunehmen werden, bedeutet das unberechenbare Zerstörungs- und Überflutungsgewalt.« Er blickte die beiden Männer zu seinen Seiten abwechselnd mit hochgezogenen Brauen an. »Verstehen Sie, meine Herren, was das für uns auf Sylt konkret bedeutet? Die geldgeilen Unternehmer, die sich hier mit sinnlosen Küstenschutzmaßnahmen die Taschen füllen, spielen mit unser aller Leben!«

Diese Erkenntnis hing eine Weile wie eine düstere Wolke im Raum.

Leander war der Erste, der sie durchbrach: »Und das haben Sie auch Kai-Uwe Groothues erklärt.«

»Natürlich! Ich erkläre es seit vielen Jahren jedem, der es hören will – und den anderen auch.«

»Wir gehen davon aus«, übernahm Bennings nun wieder, »dass Kai-Uwe Groothues mit jenem Brief auf die Insel gelockt worden ist, um genau darauf gestoßen zu werden. Wenn Sie ihn nicht geschrieben haben ...« – er wartete einen Moment, um dem Geologen die Gelegenheit zu geben, dies nun doch zuzugeben – »... wer außer Ihnen könnte denn noch ein Interesse daran gehabt haben?«

»Tja, da kann ich Ihnen leider auch nicht weiterhelfen.«

»Haben Sie denn eine Ahnung, wer ihn getötet haben könnte?«

»Wenn Sie nach einem Motiv suchen ...« – Korthals weitete vielsagend seine Augen – »... welches Motiv sollte wohl stärker sein als das der Gewinnsucht?«

»Vielleicht die Liebe?«, kam es von dem jungen Polizeibeamten.

Korthals lachte abschätzig auf. »Da sieht man mal, wie dumm junge Leute noch sind!«

»Der Typ verschweigt uns was«, stellte Dieter Bennings fest, als er und Leander das Krankenhaus verließen. Zuvor hatte er angeordnet, dass der junge Inselpolizist vor Korthals' Zimmer Wache halten sollte, bis die Ablösung vom Personenschutz eintreffen würde.

»Ich weiß langsam nicht mehr, was ich glauben soll«, gestand Leander. »Die Darstellung von Arft Petersen hat mich genauso von der Richtigkeit der Küstenschutzmaßnahmen überzeugt wie Korthals davon, dass sie falsch sind.«

»Das ist heutzutage das Problem«, stimmte Bennings zu. »Mit Gutachten lässt sich die Wahrheit genauso beweisen wie ihr Gegenteil.« Er blieb stehen und versperrte Leander den Weg. »Und jetzt schickst du mir, verdammt noch mal, diesen Brief auf mein Smartphone!«

Leander zog grinsend sein Handy aus der Tasche.

31

Franziska schwankte zwischen Wut und Sorge, nachdem Leander ihr im Vertrauen von den nächtlichen Vorkommnissen am Strand berichtet hatte. Er hatte sogar zwischenzeitlich die Hoffnung, dass das Pendel zu seinen Gunsten ausschlagen würde. Schließlich hätte er an Franziskas Stelle die ganze Nacht nicht geschlafen, wenn sie unangekündigt nicht nach Hause gekommen wäre. Am Ende siegte jedoch ihr Dickkopf, der es offensichtlich nicht zuließ, ihn einfach so aus der Schuld zu entlassen. Und im Beisein ihrer Freunde hier auf der Terrasse würde sie nun schon gar nicht kleinbeigeben. Denen hatte Leander nur von dem Anschlag auf den Geologen Korthals berichtet, nicht aber davon, dass er selbst und seine Freunde ebenfalls dabei gewesen waren.

Thoralf, der entweder gar nicht mehr selber arbeiten musste oder sich die Zeit für seine Gäste freigeschaufelt hatte, nickte Leander beruhigend zu, was so viel hieß wie: »Kopf hoch, wird schon wieder.«

Hast du eine Ahnung!, dachte Leander. Du kennst Franziska nicht.

»So langsam mache ich mir schon Sorgen um unser schönes Eiland«, stellte Thoralf fest. »Nicht, dass hier immer nur Friede, Freude, Eiergrog herrschen, aber zwei Tote und ein Mordanschlag in wenigen Tagen, das ist schon ein bisschen heftig.«

»Hat die Polizei denn schon Anhaltspunkte über die Zusammenhänge?«, erkundigte sich Birte. »Ich meine, dieser Schriftsteller ist doch gar nicht auf Sylt gefunden worden, oder?«

»Das nicht«, bestätigte Leander. »Wir sind uns aber sicher, dass seine Leiche vor Sylt ins Meer geworfen und dann durch die Strömung ins Tief vor Föhr getragen wurde. Auf jeden Fall war Kai-Uwe Groothues hier, um im Küstenschutz zu recherchieren.«

Er beobachtete genau, wie Thoralf auf seine Ausführungen reagierte und ob er sich womöglich verriet.

Der nickte jedoch nur nachdenklich und sah ehrlich besorgt aus. »Weiß man denn schon etwas über den Tod von Christian Randers? Ist das nachweislich ein Mord gewesen?«

»Das lässt sich aus den paar Leichenteilen nicht sagen. Die Kriminaltechnik versucht noch herauszufinden, auf welche Art der Leichnam zerstückelt worden ist, bevor er überall am Strand verteilt wurde.«

»Ich habe von ihrer Theorie gehört.« Thoralf zögerte einen Moment und schüttelte dann den Kopf. »Obwohl ich mir das eigentlich kaum vorstellen kann.«

»Was meinst du?« Birte blickte ihn verständnislos an.

»Nun ja, die Leichenteile haben sich überall am Strand gefunden. Vergraben, wenn ich das richtig verstanden habe?«

»Richtig.« Leander nickte bestätigend.

»An dem Abschnitt ist erst vor Kurzem der Sand neu vorgespült worden«, fuhr Thoralf in Birtes Richtung fort. »Die
Polizei hält es nun für möglich, dass Christian irgendwie da
draußen bei den Spülschiffen in den Sog der Pumpe geraten
ist. Das würde erklären, dass er hier oben am Strand nur noch
in Einzelteilen angekommen ist. Die Bagger haben ihn dann
fein säuberlich verteilt und untergegraben.«

»Also wirklich, Thoralf!« Birte war entrüstet. »Das ist sehr
unappetitlich. Und überhaupt: Wie sollte er denn da draußen
angesaugt werden?«

»Als Leiche vielleicht«, setzte ihr Mann seinen Gedanken-
gang fort. Dann zögerte er, als koste ihn die nächste Über-
legung Überwindung, und fuhr schließlich fort: »In letzter
Zeit hat es mehrfach Sabotage-Anschläge auf die Hopperbagger gegeben. Bei euch auf Föhr soll es ja auch immer wieder
solche Attacken gegen die Maschinen auf der Klimadeich-
Baustelle geben?«

Leander nickte und wartete gespannt, was Thoralf da aus-
brütete.

»Christian stand immer kurz vor der Pleite. Keine Ahnung,
wie er sich all die Jahre trotzdem über Wasser halten konnte.
Das mit den Provisionen für CO_2-Zertifikate kann ich mir,
wie gesagt, kaum vorstellen. Jedenfalls ist er mit seinen Bemühungen, bei den Küstenschutzmaßnahmen ein Stück des
Kuchens abzubekommen, gescheitert, weil eine kleine Klitsche wie seine kein verlässlicher Partner bei Großaufträgen
ist. Ich habe schon länger darüber nachgedacht, ob er vielleicht hinter den Sabotage-Akten gestanden haben könnte.«

»Christian?« Birte schüttelte ungläubig den Kopf. »Traust
du ihm so etwas wirklich zu?«

»Eigentlich nicht, aber wer weiß, wozu man fähig ist, wenn
man mit dem Rücken an der Wand steht. Also, angenom-

men, da draußen ist etwas schiefgegangen, als er wieder einmal ein Schiff der Dänen außer Betrieb setzen wollte, dann könnte es doch sein, dass er über Bord gegangen ist und angesaugt wurde.«

»Ein Unfall also?« Birtes Frage klang wie die Hoffnung, dass alles doch nicht so schlimm sein könnte.

»Oder es hat einen Kampf gegeben, weil die dänischen Arbeiter ihn erwischt haben.«

Leander nickte nachdenklich. »So könnte es gewesen sein. Aber genauso gut kann es auch Mord gewesen sein, denn schließlich ist Groothues ja ebenfalls umgebracht worden.«

Thoralfs nach oben gedrehte Handflächen deuteten an, dass er auch diese Alternative nachvollziehen konnte.

»Sagt dir eigentlich der Name Enno Paulsen etwas?« Leander ließ das so beiläufig klingen, als wolle er sich nun über einen alten Freund unterhalten.

»Enno? Na klar!«, warf Birte dazwischen. »Der stammt doch von hier und wohnt bei euch drüben auf Föhr, oder? Franzi, du erinnerst dich doch auch an den dicken Enno, oder?«

»Kennst du ihn näher?«, hakte Thoralf ein. »Wie geht's ihm denn jetzt so? Sein Baugeschäft soll ja ganz gut laufen, wie man so hört.«

»Er kämpft genauso mit den Dänen wie Christian Randers, weil die ihm die Großaufträge vor der Nase wegschnappen«, berichtete Leander.

»Tja, so ist das nun mal. Ohne die Firma Rasmussen läuft im Küstenschutz nichts mehr.«

»Erinnerst du dich, wie er damals von Liv abserviert worden ist?«, fragte Birte Franziska. »Das war schon richtig tragisch. Die beiden sind jahrelang ein Paar gewesen. Nachdem er seinen Meister gemacht hatte, wollten sie sogar heiraten. Aber dann kam Christian dazwischen, und Enno war von einem Tag auf den anderen abgemeldet.«

»Stimmt.« Jetzt erinnerte sich auch Franziska. »Dabei war Enno gar nicht übel. Nur ein bisschen dick halt.«

»Das ist er heute nicht mehr«, brachte sich Leander wieder in das Gespräch ein. »Also war Liv Randers der Grund dafür, dass Enno Paulsen Sylt verlassen hat?«

»Ich denke schon«, bestätigte Birte. »Dabei hat sie ihn sowieso ständig betrogen. Ich glaube, er war der Einzige, der das nicht mitbekommen hat. Liv hatte immer irgendwen parallel laufen.«

»Und mit Christian Randers hat sich das geändert?«

Birte zuckte mit den Schultern. »Zumindest hat man nichts mehr davon gehört, falls sie weiterhin fremdgegangen ist.«

Thoralf kniff Leander feixend ein Auge zu. »Wenn Birte nichts davon weiß, dann war da auch nichts.«

»Vorsicht, mein Lieber!« Birte drohte ihrem Mann scherzhaft mit der Faust.

»Das ist übrigens komisch, dass du ausgerechnet heute nach Enno Paulsen fragst«, verkündete Thoralf nun. »Er ist nämlich hier auf Sylt. Ich habe ihn heute Morgen gesehen, als ich in die Fima gefahren bin. Er ist mir kurz vor Westerland im Auto entgegengekommen. Zuerst war ich mir nicht sicher, aber dann hat er mich auch erkannt und freundlich gegrüßt.«

»Vielleicht hat er von Christians Tod gehört und besucht Liv, um ihr zu kondolieren.« Birte sagte das so, als vermute sie ein gesellschaftliches Geheimnis dahinter, das sich wunderbar als Lästerthema für ein Kaffeekränzchen mit ihren Freundinnen eignete.

Leander wusste auf einmal wieder, was ihn an Franziskas Cousine immer so abgestoßen hatte.

32

»18!« Mephisto hielt seinen Kartenfächer wie einen Schutzschild vor sich und linste mit listig zusammengekniffenen Augen darüber hinweg.

»18 habe ich immer«, behauptete Tom dreist im Tonfall dessen, der sich jeden Zweifel daran empört verbat.

»20 auch noch?« Mephistos Augen glichen denen einer Schlange, während er Tom fixierte.

»Bei 20 bin ich ganz weit weg.« Tom schob seinen Kartenfächer zusammen und war plötzlich die Gleichmut in Person.

»Gib's zu«, knurrte Mephisto grimmig, »du hattest nicht einmal 17 einhalb.«

Tom grinste ihn vielsagend an, dann wandte er sich an Leander: »Was ist mit dir? Bist du noch dabei oder sagst du weg, und wir jagen den kleinen feisten Kerl gemeinsam?«

»Zwo«, ignorierte Leander Toms Gefrotzel.

»22 ist genau mein Spiel«, stellte Mephisto klar.

»Dann bist du ja bei Null weg«, schlussfolgerte Leander.

»Wer sagt das?« Für Mephisto spielte Logik grundsätzlich keine Rolle. »Bei Null fange ich gerade erst richtig an.«

»Vier auch noch?«

»Jetzt bist du zu weit gegangen!« Mephisto hob drohend Stimme und Zeigefinger in Leanders Richtung. »Bei Vier bin ich weg. Aber du wirst schon sehen, was du davon hast. Hochmut kommt vor dem Fall.«

Tom brauchte keine Sekunde, um sich schlagartig mit Mephisto zu verbünden. »Ich habe gute 40 Augen auf der Hand. Wenn du dafür sorgst, dass die bei uns bleiben, zeigen wir dem gescheiterten Bullen mal, wie Profis Skat spielen.«

»Du und ein Profi!«, machte sich Leander lustig. »Ich spiele Kreuz.«

»Und ich sage Kontra!«, dröhnte Tom triumphierend dagegen. »Weshalb habe ich sonst die 18 gehalten?«

»Die Frage stellt sich in der Tat«, entgegnete Leander unbeeindruckt. »Mit Re!«

»Und ich darf das am Ende wieder alles bezahlen«, jammerte Mephisto und blitzte Tom zornig an.

»Mit deinen Trümpfen und meinen Punkten kann der gar nicht gewinnen«, rechtfertigte sich der Lehrer.

»Wer sagt denn, dass ich Trümpfe habe?«, begehrte Mephisto nun auf. »Und wenn ich sie hätte, wäre es ja wohl meine Sache gewesen, Kontra zu sagen. Du elendiger vorlauter Schulmeister!«

»So, meine Lieben, dann lasst mal die Hosen runter«, tönte Leander siegessicher. »Du kommst raus, Tom.«

Der seufzte Mitleid erregend, als sei er von Mephisto wieder einmal aufs Glatteis geführt worden, griff nach einer Karte, zog sie heraus, ließ sie zögernd in der Luft schweben, steckte sie wieder weg, zog eine andere, ließ auch die nach angemessen quälenden Sekunden wieder an ihren Platz zurück wandern, wählte eine dritte, zögerte erneut.

»Was ist jetzt?«, fuhr Mephisto ihn ungeduldig an. »Wird das heute noch was?«

»Lass ihn«, zeigte sich Leander großmütig. »Er will euren Untergang hinauszögern. Das wird euch zwar nichts bringen, aber ich genieße euer langsames Dahinsiechen um so ausgiebiger.«

»Scheiße«, jammerte Tom. »Ich kann mich drehen und wenden, wie ich will: Der Arsch ist immer hinten.«

»Los jetzt«, forderte Mephisto ihn auf. »Auf dem Tisch müssen sie sterben. Je eher du dich durchringst, desto schneller haben wir das Gemetzel hinter uns.«

Tom seufzte noch dramatischer und beförderte schließlich wie unter Schmerzen ein Karo Ass auf den Tisch. Leander übernahm mit dem Kreuz Ass, Mephisto bediente mit der Sieben.

»Noch zwei solche Stiche und ich habe gewonnen«, freute Leander sich und zog die Kreuz Sieben nach. »Die Kleinen holen die Großen.«

Mephisto warf die Karo Zehn ab, und Tom übernahm mit der Kreuz Acht.

»Was machst du denn da, seniler alter Mann?« Leander hob die Karo Zehn auf, um sie großmütig zurückzugeben, und belehrte den Gastwirt: »Kreuz ist Trumpf!«

»Ich weiß«, antwortete der feixend. »Aber wie ich schon sagte: Ich habe keine Trümpfe.«

Tom lachte auf und spielte die Karo Acht nach. »Jetzt ist Karo so gut wie Trumpf! Du sollst stechen, bis du tot umfällst!«

In diesem Moment begriff Leander, dass er wieder einmal auf Toms Theater hereingefallen war. Der Lehrer hatte fünf hohe Trümpfe gegen ihn in der Hand und zudem mit Karo eine lange Farbe, die Leander zum Stechen zwang und ihm somit jegliche Stärke nahm. Mephisto würde ihm nur Luschen gönnen und die Vollen in Toms Stiche buttern. Leander hatte keine Chance, dieses Spiel zu gewinnen.

»Zur Kasse denn nun!«, jubelte Tom am Ende folgerichtig und rieb sich die Hände.

»So spielt man mit Studenten«, behauptete Mephisto und war sichtlich zufrieden. »Ich muss unserem Lehrer Lämpel Abbitte leisten. Diesmal bin sogar ich auf ihn hereingefallen. Und das will etwas heißen!«

Leander blieb nichts anderes übrig, als den Verlust mannhaft zu tragen und sich nicht anmerken zu lassen, wie sehr es ihm gegen den Strich ging, den beiden durchtriebenen Freunden sein Geld über den Tisch zu schieben.

Sie saßen auf der Terrasse des Bistros *Buhne 16* am Strand von Kampen. Der Zustrom immer neuer Gäste riss nicht ab, während draußen über dem Meer ein dramatischer Sonnenuntergang bühnenreif dafür sorgte, dass auch der leicht schräg abfallende Sandstreifen dicht bevölkert war. Der Sturm war am Morgen abgeflaut, hatte einem sonnigen Tag Platz gemacht, und so tauchte nun ein glühender Ball von hollywoodtauglicher Größe langsam ins Meer ein, und es hätte niemanden gewundert, wenn das unter Zischen und reichlich Dampfentwicklung geschehen wäre.

Mephisto hatte während des ganzen Abends einen fast neidisch wirkenden Blick auf das rege Treiben auf der Bistroterrasse geworfen. »Was für eine Goldgrube«, murmelte er nun. »Kein Vergleich zu den Hütten an unserem Südstrand.«

»Vielleicht solltest du über eine Dependence auf Sylt nachdenken«, schlug Tom vor, wobei sein hämisches Grinsen verriet, dass dies kein ernst gemeinter Vorschlag war.

»Niemals!« Mephisto schüttelte heftig den Kopf. »Sieh dir doch nur mal an, wie die hier schuften müssen, um alle Gäste zu versorgen.«

»Aus deiner Komfortzone solltest du natürlich raus«, stimmte Tom zu. »Und mindestens 25 Kilo abnehmen müsstest du, um das tägliche Laufpensum zu überleben.«

Mephisto bedachte ihn mit einem tödlichen Blick.

»An unser wöchentliches Skatspiel wäre dann auch nicht mehr zu denken«, untermauerte Leander die Argumentation. »Hier könntest du die ganze Arbeit nämlich nicht auf Diana abwälzen.«

»Ganz zu schweigen von deinem Alter!« Tom wedelte mit der Hand, als gelte es nun, ein besonders heißes Eisen anzufassen.

»Recht hast du«, war Mephistos überraschende Reaktion. »Einen alten Baum soll man nicht verpflanzen.«

»Das ist das erste Mal, dass er zugibt, für irgendetwas zu alt zu sein«, wunderte sich Leander, an Tom gewandt. »Ich fürchte, das ist der Beweis dafür, dass er wirklich langsam alt wird.«

»Ein Ringschluss!«, freute sich Tom mit erhobenem Zeigefinger. »Und was für ein gelungener!«

»Unsinn!«, begehrte Mephisto auf. »Wer redet denn von mir? Ich habe an Diana gedacht.«

»Oh, wie rücksichtsvoll!« Leander grinste und zwinkerte Tom zu.

Der winkte nur ab, als sei Mephisto ohnehin nicht zu ernst zu nehmenden Wortmeldungen in der Lage, und gab im Auslaufen der Handbewegung der Bedienung ein Zeichen. »Wir hätten gerne noch drei Pils!« Dann wandte er sich wieder Leander zu: »Da wir schon einmal bei euren besseren Hälften sind: Du hast uns noch gar nicht erzählt, wie Franziska auf deine nächtliche Aktion reagiert hat.«

Leander seufzte schwer. »Frag besser nicht.«

»So schlimm?«

»Schlimmer, fürchte ich. Momentan habe ich das Gefühl, dass ich machen kann, was ich will. Irgendwie ist es immer das Falsche.«

»Vielleicht hast du ja ganz am Anfang etwas falsch gemacht«, versuchte Mephisto eine vorsichtige Deutung. »Der Sündenfall ...«

»... ging ursprünglich von Eva aus!«, fiel Tom ihm ins Wort. »Nicht von Adam, um das mal von vornherein klarzustellen. Auch wenn ihr Pfaffen es gewohnt seid, die Tatsachen so lange zu verdrehen, bis eure kruden Glaubensgrundsätze passen – Henning solltest du nicht die Schuld zuschieben.« Dabei klopfte er Leander sanft auf den Arm und nickte aufmunternd, als sei er der einzige Freund, den dieser noch habe.

»Nein, Mephisto hat schon recht«, gab Leander kleinlaut
zu. »Ich muss mich allmählich entscheiden, ob mir meine
kriminalistischen Interessen wichtiger sind als meine Beziehung zu Franziska. So viel habe ich inzwischen auch kapiert.«

»Hört, hört!« Mephisto hob Zeigefinger und Brauen in
Toms Richtung.

»Du willst doch nicht etwa hinschmeißen?« Toms Tonfall
war Entrüstung pur. »Wir stehen so kurz vor der Lösung des
Falles, und unser Einsatz, bei dem wir ganz nebenbei unser
Leben aufs Spiel gesetzt haben, was ich nicht überbewer-
ten, aber wenigstens mal erwähnt haben möchte, soll jetzt
umsonst gewesen sein?«

»Mein lieber Mann!« Mephisto nickte anerkennend. »Du
kannst Sätze bilden!«

»Wir sind also der Lösung ganz nah, ja?« Leander merkte
selbst, dass er zu gereizt klang. »Und woran, bitte schön,
machst du das fest?«

»Nun ja«, Tom hob Schultern und Handflächen, »immerhin haben wir offensichtlich einige Leute so nervös gemacht,
dass sie uns ihre Killer auf den Hals gehetzt haben. Das belegt
doch, dass wir auf der richtigen Spur sind.«

»Zumindest bedeutet dieser Geologe für bestimmte Leute
eine Gefahr«, schränkte Mephisto Toms Überschwang ein.
»Ah, das sieht aber gut aus!« Letzteres galt den Biergläsern,
die gerade heranbalanciert wurden.

»Oh, vielen Dank«, reagierte die Bedienung geschmeichelt,
der man nicht ansehen konnte, ob sie ihre gegerbte Gesichts-
haut der Meeresbrise oder der 50 Jahre lang viel zu dick auf-
getragenen Schminke verdankte, und stellte das Bier vor ihren
Gästen ab. »Ich freue mich immer über Komplimente.«

Tom blickte ihr kopfschüttelnd nach. »Wie schlimm muss
man eigentlich dran sein, um auf das vermeintliche Lob dieses hässlichen alten Mannes angewiesen zu sein?«

»Im Gegensatz zu unserem verhinderten Kriminalisten hier«, Mephisto deutete auf Leander, »bin ich mit der Damenwelt im Reinen, wie du gerade live bewundern konntest.«

»Ich halte das ja eher für eine Wahrnehmungsstörung«, beschied Tom und ließ dabei offen, ob er die Bedienung oder Mephisto meinte. Dann wechselte er unvermittelt wieder das Thema: »Was sagt Korthals denn nun? Hat er eine Ahnung, wer ihm ans Leben will?«

Leander berichtete von dem Gespräch, das er und Dieter Bennings am Morgen mit dem Geologen geführt hatten. »Dieter ist derselben Auffassung wie ich: Wenn Korthals' Position jemandem gefährlich werden kann, dann allenfalls dem Landesamt oder den Dänen. Immerhin geht es um Millionenaufträge. Angenommen, Korthals erreicht es durch seine Hartnäckigkeit, dass neue und diesmal unabhängige Gutachten erstellt werden, die zu seinen Gunsten ausfallen. Dann wären die politisch Verantwortlichen samt ihren Beamten nicht zu halten, und den Dänen fielen die Einnahmen weg.«

»Nicht nur den Dänen«, wandte Mephisto ein. »Auch diesem Hinrichsen und damit indirekt deinem Freund Thoralf.«

Leander schüttelte den Kopf. »Thoralf verdient sein Geld nicht im Küstenschutz sondern mit Ablasszahlungen von CO_2-Sündern.«

»Eben!« Toms Logik war offensichtlich nur für ihn selbst nachvollziehbar, denn beide Freunde reagierten mit fragenden Blicken. »Na, denkt doch mal nach!« Er riss erwartungsvoll die Augen auf. Als aber keine Reaktion kam, fuhr er seufzend fort: »Wenn an den Vorspülungen irgendetwas faul wäre, ginge das nicht schon so lange gut. Korthals und seine Mitstreiter haben eine Menge Sand aufgewirbelt, wenn ich diese Metapher in dem Zusammenhang mal anbringen darf, aber letztlich nichts erreicht. Und um wie viel geht es da überhaupt? Sieben Millionen!«

»Pro Jahr!« Mephistos Mimik war ein einziges Ausrufezeichen.

Tom winkte lässig ab. »Ich bitte euch, das sind in Zeiten des Klimawandels, der Finanzdauerkrise und Coronas doch wirklich Peanuts. Die Griechen wären froh über solch geringe Schulden. Aber die Ausgleichszahlungen für den CO_2-Ausstoß sind eine ganz andere Hausnummer. Da werden Milliarden bewegt. Und es werden von Jahr zu Jahr mehr, weil sich die Regierung auf ein CO_2-Ziel verpflichtet hat, das die Industrie so schnell gar nicht einlösen kann.«

»Milliarden?« Mephisto blickte seinen Freund an, als habe der völlig den Verstand verloren.

Der jedoch nickte unbeeindruckt.

»Wie muss ich mir das eigentlich vorstellen?«, hakte der Gastwirt nach. »Angenommen, ich bin ein Stromkonzern, der seinen Kohlestrom sauberrechnen will, um ihn als Ökostrom anbieten zu können ...«

»Prima Beispiel«, lobte Tom und setzte Mephistos Satz fort: »... dann wendest du dich in unserem Fall an die Firma von Hennings Freund Thoralf, die dir Angebote für eine Kompensation macht. Für dein Geld werden dann zum Beispiel Wälder im Amazonas-Gebiet wieder aufgeforstet, deren CO_2-Speicherkapazität gegen das CO_2 deines Kohlestroms aufgerechnet wird. Bilanziell ist dein Strom nun sauber.«

»Und was den Energieriesen recht ist, ist den Stahlkonzernen billig«, ergänzte Leander.

»Genau. Und den Mineralölkonzernen, den Pharmafirmen, den Automobilherstellern ...«

»Da ist was dran«, gab Mephisto zu. »So kommen in der Tat Milliarden zusammen.«

»Sag ich doch!« Tom hob beide Handflächen in die Höhe. »Selbst wenn es weltweit einige Anbieter von Kompensationsgeschäften gibt, sind das für die Platzhirsche immer noch sehr viele Millionen. Und wenn du dich mal recht erinnerst, dann hat auch Christian Randers etwas mit diesen Geschäften zu tun gehabt.«

»Der war doch eine ganz kleine Nummer.«

»Alleine gesehen, ja, aber er hat, wenn ich das richtig verstanden habe, für jemand anderen gehandelt. Was, wenn er für den große Summen bewegt hat?« Tom dachte einen Moment darüber nach und nickte sich dann selber Zustimmung zu. »Thoralf ist der große Zampano im Emissions- und Ausgleichshandel auf Sylt …«

»Richtig«, antwortete Leander. »Aber der hat mir versichert, dass Randers nicht für ihn gehandelt hat.«

»Das kann stimmen, muss es aber nicht.« Tom winkte ab. »Und falls es stimmt: Wer ist auf jeden Fall Thoralfs Kompagnon?«

»Nommen Hinrichsen.«

»Voila!«

»Wie: voila?«

»Naja, Hinrichsen hat in allen Bereichen viel zu verlieren. Mehr jedenfalls als jeder andere hier auf Sylt. Und soweit ich das sehe, ist er mit seinem Bauunternehmen schon ziemlich eingespannt. Da liegt es doch nahe, dass er sich für den Kompensationshandel Unterstützung gesucht hat.«

»Und selbst wenn: Dann soll ausgerechnet Christian Randers sein Strohmann sein?«, zweifelte Mephisto. »So eine inkompetente Knallcharge?«

Leander nickte zustimmend. »Da würde ich an seiner Stelle lieber auf Thoralf bauen.«

»Es sei denn …« Tom zog nachdenklich die Stirn kraus und blickte in Richtung Meer, sodass sein Gesicht blutrot angestrahlt wurde.

»Was?« Leander sah ihn fragend an.

Aber Tom schüttelte nur den Kopf. »Ich ahne, dass ich da

einen genialen Gedanken habe, aber den kann ich noch nicht so recht fassen. Und wenn er für mich noch nicht reif ist, ist er es erst recht nicht für euch kleine Geister.«

»Das hätte von mir kommen können«, stellte Mephisto bewundernd fest.

»Die Wahrheit ist, dass du dich verrannt hast«, widersprach Leander Tom. »Dein angeblich so genialer Gedanke ist nichts als heiße Luft, du Spinner.«

»Ich habe eine Idee, wie wir weitermachen sollten«, zeigte sich Tom so unbeeindruckt, als habe er Leanders Einwurf gar nicht gehört, und deutete mit beiden Händen wedelnd an, dass seine Freunde mit den Köpfen zusammenrücken sollten. »Also, passt mal ganz genau auf …«

33

Von der Zielperson war weit und breit nichts zu sehen. Vor dem Haus stand ein rotes BMW-Cabrio, die Jalousien waren halb heruntergelassen, das Anwesen brütete in sommerlicher Stille.

Mephisto brachte den Sitz seines Smart EQ fortwo, den er sich bei einer Autovermietung in Westerland geliehen hatte, in eine halbwegs bequeme Position, was sich angesichts der beschränkten Fahrzeuggröße im Verhältnis zu seiner Körperfülle schwierig gestaltete. Statt des kleinen Smart hätte er viel lieber einen Mercedes EQC gemietet, aber Leander hatte das große Fahrzeug für zu auffällig erklärt. Schließlich komme es bei Observationen ja gerade darauf an, nicht auf sich aufmerksam zu machen. Mephistos Argument, auf Sylt falle man gerade durch Understatements besonders auf, hatte er nicht gelten lassen. Tom war in dieser Frage auffällig zurückhaltend gewesen und hatte ebenfalls einen Smart gemietet, aber Mephisto waren die sehnsüchtigen Seitenblicke auf den silbernen Porsche Taycan nicht entgangen. Letztlich schien sich der Lehrer aber durch die Tatsache, dass er das letzte Cabrio bekam, das im Angebot war, einigermaßen damit abfinden zu können. Wenigstens waren es Elektroautos, was beiden wie selbstverständlich erschienen war – Tom aus fast schon religiös anmutenden Grundsätzen, Mephisto angesichts seines Erlebnisses mit dem i3 durchaus auch aus ehrlicher Überzeugung.

Die Sonne zeigte sich heute mal wieder erbarmungslos, sodass selbst die feinen Wattegespinste im tiefen Himmelsblau Mephisto eher wie Hohn vorkamen. In seiner Not hatte er die Fenster auf beiden Seiten hinuntergefahren. Wenn er allerdings geglaubt hatte, dadurch eine Querlüftung herstellen zu können, hatte er sich getäuscht. Statt des erhofften frischen Luftzuges fühlte er sich nun von beiden Seiten von einer Art Hitzewoge in die Zange genommen. Binnen Sekunden wurde seine Kleidung vom Schweiß durchtränkt und färbte sich dunkel. Mephisto schimpfte über Leanders Vorsicht und wünschte sich in den mit Sicherheit vollklimatisierten EQC. In diesem Moment verfluchte er die Vernunft im Allgemeinen und die Leanders im Besonderen. Aber wenigstens ging es Tom bestimmt nicht anders, denn bei der Sonneneinstrahlung war an die Öffnung des Verdecks wohl kaum zu denken. Das besänftigte Mephistos schwarze Seele.

Tom genoss den sanften Luftzug und den Blick gen Himmel. Er hatte einen Platz im Schatten eines Containers gefunden, der am Rande des Firmengeländes direkt gegenüber dem Zielobjekt stand. Er hatte beide Fenster geöffnet und das Dach weggeklappt und beobachtete mit hinter dem Nacken verschränkten Händen die dünnen Schleierwölkchen, die langsam durch das endlos scheinende Blau des Himmels zu driften schienen und ein Bild des Friedens abgaben. Kein Vergleich zu dem Sturm der letzten Nacht. Als hätte es ihn nie gegeben. In diesem Moment war Tom mit der Welt und sich im Reinen.

Der kleine Smart war erstaunlich bequem und wirkte mit dem spartanisch bestückten Armaturenbrett rührend bescheiden. Vielleicht war das ja ein erster Schritt in Richtung eines der Klimalage angemessenen Weniger-ist-mehr. Tom musste diese Frage unbedingt mit Elke besprechen. Dieses Auto gab es ja auch für vier Personen, also allemal ausreichend für eine Familie auf einer Nordseeinsel. Zudem war es nicht Tom, der damit zwecks Familienzusammenführung regelmäßig aufs Festland fahren musste. Diese zugegebenermaßen etwas fiese Feststellung ließ ihn schmunzeln. Kleine Gemeinheiten waren ganz nach seinem Geschmack. Das brachte ihn gedanklich zu Mephisto. Und als er sich nun auch noch den korpulenten Freund in seinem Smart vorstellte, der darin wie eine Wurst in der Pelle steckte, hätte er beinahe laut losgelacht.

In diesem Moment wurde seine Aufmerksamkeit von einem luftig vorbeiwehenden Röckchen auf die andere Straßenseite gelenkt. Eine junge reichlich gepiercte Frau radelte auf das Grundstück, stellte ihr Fahrrad neben dem roten Ziegelweg ab, entnahm dem Korb ein Handtäschchen und diesem einen Schlüssel, schloss damit die Tür auf und verschwand in Christian Randers' Büro. Hennings Beschreibung des hohen Metallgehalts nach war das die Sekretärin des toten Bauunternehmers gewesen. Offensichtlich hatte sie von der Polizei den Büroschlüssel zurückbekommen, und ebenso offensichtlich ließ sie sich vom Ableben ihres Chefs nicht von der Arbeit abhalten – – was Tom zu der Schlussfolgerung brachte, dass die Geschäfte möglicherweise auch ohne ihn weiterliefen. Sollte das ein Hinweis darauf sein, dass Randers tatsächlich nur ein Strohmann gewesen war?

Die Haustür öffnete sich, und eine blonde Schönheit trat heraus. Mephisto war auf Anhieb beeindruckt von Liv Randers und verglich ihre Ausstrahlung erstaunt mit der des heruntergekommenen Hauses. Er hob den Fotoapparat und schoss ein paar Fotos, während die Frau auf dem Podest zur Seite trat und einen Mann an sich vorbeiließ: Enno Paulsen. Da hatte Henning also tatsächlich recht gehabt, dass der Wyker Bauunternehmer zum Kondolieren auf Sylt war. Die alte Verbundenheit ließ nach dem Tod des Kontrahenten einen neuerlichen Kontakt demnach zu. Und die Art, in der Liv sich Paulsen nun zuwandte und ihn anlächelte, wies darauf hin, dass sie sich nichts nachtrugen. Mephisto schoss Fotos in Serie.

Paulsen beugte sich vor und wollte Liv Randers einen Kuss geben, aber die entzog sich ihm und blickte sich um, als fühlte sie sich bei etwas Verbotenem beobachtet. Inselbewohner liebten Gerüchte, das wusste Mephisto nur zu gut. Da konnte eine frische Witwe, noch dazu eine so attraktive, gar nicht vorsichtig genug sein. Paulsen winkte ihr zum Abschied zu, bestieg sein Auto und rauschte von dannen. Kaum war er Mephistos Blick entschwunden, näherte sich ein schwarzer SUV und fuhr auf das Grundstück. Ein großgewachsener Mann kletterte heraus und lief auf Liv Randers zu, die ihn in der Haustür erwartete. Diesmal trat sie wie selbstverständlich in den Flur zurück, ließ den Besucher an sich vorbei und schloss hinter ihm die Haustür, sodass Mephisto die Begrüßung nicht beobachten konnte. Hatte die Frau den Mann erwartet? Fast schien es Mephisto so.

Er ließ sich die soeben geschossenen Fotos noch einmal auf dem Display anzeigen. Liv Randers' Gesichtsausdruck unterschied sich bei der Ankunft des zweiten Besuchers deutlich von dem freundschaftlichen Lächeln gegenüber Paulsen. Sie machte einen geradezu geschäftsmäßigen Eindruck. Klar, die Geier kreisten über dem Kadaver. Mephisto drehte sich im Sitz so weit, wie die Enge es zuließ, und warf einen Blick auf den SUV, in der Hoffnung, die Tür könnte ein Firmenschriftzug zieren, aber da war nichts. Er seufzte. Zu gerne hätte er das Gespräch belauscht, das da drinnen jetzt geführt wurde. So aber blieb ihm nichts weiter, als abzuwarten.

Und seine Geduld wurde auf eine harte Probe gestellt. Der Mann blieb über eine Stunde bei der Witwe. Als er schließlich wieder aus der Haustür trat, machte er ein Gesicht, das mühsam unterdrückte Unzufriedenheit, wenn nicht gar Wut spiegelte. Auch Livs Worte, die durch ein um Verständnis bittendes Lächeln begleitet wurden, schienen ihn nur mäßig beruhigen zu können. Schließlich nickte er leicht, stieg in sein Auto und verließ das Grundstück. Langsam fuhr er auf der Straße davon. Mephisto blickte ihm nach und überlegte, ob er ihm nicht folgen sollte, um herauszufinden, wer das war. Was würde Henning in diesem Moment machen? Ohne sich länger zu martern, startete Mephisto den Smart und folgte dem SUV, der bereits weit vor ihm war. Bei einem kurzen Blick in den Rückspiegel sah er gerade noch, wie der rote BMW auf die Straße bog und in die Gegenrichtung verschwand. Verdammt, warum musste ausgerechnet Mephisto immer wieder in solche Dilemma-Situationen kommen?

Aber da er nun einmal einen Entschluss gefasst hatte, blieb er auch dabei und folgte weiter dem SUV. Der fuhr auf der Hauptstraße lang über die Insel bis zu einer Baustelle gleich hinter dem Ortsausgang von Kampen, auf der gerade ein renovierter Altbau mit frischem Reet gedeckt wurde. Nach einem kurzen Gespräch mit dem Vorarbeiter der Dachdecker wendete der Mann den SUV und schlug nun die Gegenrichtung ein. Schließlich bog er in eine Straße am Rande von Westerland ab, in der anscheinend mehrere Firmen ihre noblen mehrstöckigen Bürogebäude hatten. Er fuhr auf einen reservierten Parkplatz direkt neben dem Haupteingang des imposantesten Gebäudes, dessen Fassade in schwarzem Marmor erstrahlte.

Bingo, dachte Mephisto, als er das große Messingschild neben dem Eingang erblickte:

Nommen Hinrichsen
Hoch- und Tiefbau
Küstenschutz

Tom beobachtete die junge Frau, die anfangs lediglich als geschäftiger Schatten hinter den Fenstern des Firmengebäudes auszumachen gewesen war, nun aber rauchend am geöffneten Fenster stand. Immer wieder hob sie ein Taschentuch an die Augen und wischte sich Tränen weg. Tom hatte in diesem Moment keinen Zweifel daran, dass die Sekretärin ihren Chef sehr gemocht hatte. Möglicherweise war zwischen ihnen sogar mehr gewesen als das berufliche Verhältnis. Ihn biss geradezu sein Gewissen, als er aus seinem Versteck heraus fotografierte, wie sie da drüben traurig in eine ungewisse Zukunft starrte.

Da bog ein rotes BMW Cabrio in die Straße und hielt direkt vor der Firma Randers. Tom staunte nicht schlecht, als er Frau Paulsen aussteigen sah, die schnellen Schrittes auf den Eingang zusteuerte und, ohne zu zögern, eintrat. Die Sekretärin schnippte ihre Zigarette hinaus, sprang erschrocken in den Raum zurück und schloss das Fenster. Durch die Scheibe beobachtete Tom, wie Frau Paulsen in das Büro stürmte und gleich heftig auf die junge Frau einredete, die den Blick senkte und geradezu schuldbewusst wirkte. Dann trat Frau Paulsen ans Fenster und öffnete es wieder mit einer Selbstverständlichkeit, als hätte sie hier das Hausrecht.

Vielleicht hat sie es ja auch, dachte Tom und war selbst erstaunt über diesen Gedanken. Natürlich! Wie hatte sich Mephisto doch ausgedrückt? Ausgerechnet eine Flachpfeife wie Christian Randers sollte Teil einer Geldmaschine sein, die Millionen in einem Milliardenmarkt bewegte? Hier konnte nun die Antwort liegen: Randers war nicht etwa Hinrichsens Strohmann oder der Thoralf Frerichs. Nein, er war der Strohmann Enno Paulsens, dessen Frau hier nun die Geschäfte übernahm! Zudem fiel Tom wieder ein, dass sie nach seinem letzten Observationseinsatz in Richtung Hafen gefahren war. Während Enno Paulsen auf Föhr die Geschäfte führte, pendelte dessen Gattin hin und her und bestimmte auf Sylt für ihn das Geschehen!

Tom wollte sich schon hochleben lassen angesichts seiner begnadeten Kombinationsgabe, als ihm ein Fünkchen Vernunft auf die Schulter tippte und zaghaft anfragte, ob er tatsächlich Enno Paulsen für den großen Zampano im Milliardenspiel des Kompensationshandels halte. Enno Paulsen aus Wyk auf Föhr? Enno Paulsen, der dänische Baumaschinen sabotierte, weil er scharf auf den öffentlichen Auftrag war? Ernsthaft? Jeder wusste doch, dass gerade öffentliche Aufträge nicht wirklich lukrativ waren, zumal man ewig lang auf die Begleichung der Rechnungen warten musste. Warum schloss er nicht einfach seine Baubude und verlegte sich ganz auf das Geschäft mit Zertifikaten und Kompensationen? Der europäische Markt erwachte doch gerade erst, und dank des Drucks von *Fridays for Future* würde er in den kommenden Jahren explodieren, wenn Deutschland seine CO_2-Ziele auch nur annähernd erreichen wollte. Verflucht, da passte etwas nicht zusammen!

In dem Moment bog Mephisto vor ihm ein, wendete seinen Smart mit einem sanften Geräusch, das entfernt an ein Flugzeug oder ein Ufo aus Science-Fiction-Filmen erinnerte, und parkte direkt hinter ihm im Schutz des Containers. Sekunden später fiel der behäbige Freund bedenklich ächzend neben Tom auf den Beifahrersitz.

»Puh!«, presste der hervor und hielt sich die Nase zu. »Du stinkst ja wie ein Iltis.«

»Kunststück«, schnaufte Mephisto. »Brate du mal stundenlang im eigenen Saft in dieser winzigen Blechschüssel. Ich hatte keinen so netten Schattenplatz wie du.«

Tom atmete flach durch den Mund. Musste er sich so den Gestank eines Skunks vorstellen, wenn der in die Enge getrieben wurde? »Warst du wenigstens erfolgreich?«

»Und ob!« Mephisto berichtete hastig von seinen Beobachtungen und der Erkenntnis, dass Nommen Hinrichsen Kontakt zu der Witwe gesucht habe. Auch seinen genialen Einfall, dem zu diesem Zeitpunkt noch Unbekannten zu folgen, ließ er nicht unerwähnt. »Verfolgungsjagd«, fügte er wichtigtuerisch hinzu. »Aber, ich habe mich natürlich nicht abhängen lassen!«

»Glückwunsch«, reagierte Tom halbherzig. »Ich bin ja mal gespannt, was Henning dazu sagt, dass du deinen Auftrag nicht erfüllt und Liv Randers aus den Augen verloren hast.«

»Tja, mein Lieber«, triumphierte nun Mephisto. »Geniale Geister können sich in der Regel darauf verlassen, dass sie hoch in der Gunst Fortunas stehen.«

»Häh!«

Mephisto deutete auf das rote Cabrio.

»Ja«, entgegnete Tom gereizt. »Frau Paulsen ist hier. Und?«

»Frau Paulsen, was?« Mephisto schüttelte mitleidig den Kopf über so viel Unverständnis. »Das, mein lieber Watson, ist nicht das Auto deiner ominösen Frau Paulsen. Das ist das Auto von Liv Randers. Und die blonde Schönheit da drinnen«, er deutete auf das offene Fenster, »ist besagte Liv Randers.«

Tom blickte ihn verständnislos an, bis die Nachricht zu ihm durchdrang. Dann stöhnte er auf und schlug sich mit der Hand vor die Stirn. »Natürlich!« Das Bild, wie sie völlig selbstverständlich das Fenster geschlossen hatte, als besitze sie das Hausrecht, zog wieder an ihm vorbei. Sie hatte das Hausrecht! Sie war die Frau des Chefs! Und das war Christian Randers gewesen und nicht Enno Paulsen.

»Aber was«, überlegte Tom laut, »hatte Liv Randers dann auf Föhr zu suchen?« Und als müsse er es auf den Punkt bringen: »Im Bett von Enno Paulsen, Sherlock Holmes?«

34

»Also ist der Kontakt zwischen Enno Paulsen und Liv Randers damals nicht endgültig abgebrochen«, schlussfolgerte Leander. »Ob Christian Randers davon gewusst hat? Gab es vielleicht sogar weiterhin eine geschäftliche Verbindung zwischen den beiden?«

»Zumindest hat Liv das Bindeglied zwischen den beiden Männern verkörpert.« Tom nickte.

»Verkörpert ist schön in dem Zusammenhang«, sinnierte Mephisto.

Leander griff nach einem der Fotoapparate und ließ die Bilder auf dem Display an sich vorbeilaufen.

Eine Weile blieb es still zwischen den Freunden. Sie hockten auf Bett und Stuhl in Mephistos Zimmer, wo dieser völlig schamlos vor sich hin dünstete. Ein beobachtender Erzähler hätte die Stimmung als sichtbaren Ausdruck von Ratlosigkeit beschrieben.

»Dass Paulsen jetzt so offen hier auf Sylt auftaucht, könnte zumindest ein Hinweis darauf sein, dass er und Liv sich nun offiziell privat und geschäftlich zusammentun«, kombinierte er. »Jedenfalls hat sie gleich nach seinem Besuch das Regiment in der Firma übernommen.«

»Sie ist übrigens nach zwei Stunden wieder gefahren«, berichtete Tom. »Und sie hat einen Aktenordner mitgenommen. Die Sekretärin hat nach ihrem Besuch einen deutlich orientierteren Eindruck gemacht und ist gleich darangegangen, Ordner aus den Regalen zu räumen.«

»Sah eigentlich nach Geschäftsauflösung aus«, wandte Mephisto ein.

»Glaube ich nicht«, widersprach Tom. »Oder sah sie für dich unglücklich aus?« Auf Mephistos verständnislosen Blick hin ergänzte er: »Na, denk doch mal nach, Meisterdetektiv! Wenn du die Firma abwickeln musst, in der du für deinen geliebten Chef jahrelang gearbeitet hast, guckst du dann so eifrig und optimistisch aus der Wäsche wie unser junges Metallwarenmodel? Nein, tust du nicht! Du hast dann nämlich das Ende vor Augen, und diese junge Dame sah nach Neuanfang aus.«

»Da ist was dran, Watson«, gab Mephisto großmütig zu.

»Meisterdetektiv? Watson?« Leander blickte belustigt von einem zum anderen. »Ist mir da etwas entgangen?«

»Gut kombiniert, Sherlock«, gab Mephisto zurück. »Auf dem Weg hierher hatten Tom und ich eine Idee von epochaler Tragweite, aber davon berichten wir dir, wenn unser erster gemeinsamer Fall erfolgreich abgeschlossen ist.«

»Erster gemeinsamer Fall, soso. Mir schwant Furchtbarstes«, unkte Leander, hakte aber lieber nicht weiter nach. »Also, Liv hat, eurer fragwürdigen Beobachtung nach, das Heft des Handelns in die Hand genommen. Das heißt erstens, dass sie in geschäftlichen Dingen nicht ganz so unbedarft ist, wie wir bisher angenommen haben.«

»Wenn überhaupt jemand so etwas angenommen hat, dann du«, korrigierte Mephisto. »Ich halte mich mit vorschnellen Urteilen aus Prinzip zurück, denn wenn jemand die Untiefen der Menschen kennt, dann ich. Und die Dame hier« – er tippte auf Liv Randers Konterfei auf dem Kameradisplay – »ist mit allen Wassern gewaschen!«

»Und zweitens«, ignorierte Leander das selbstgerechte Geschwätz, »heißt das, dass sie nahtlos übernehmen kann und möglicherweise nun dabei ist, Beweise verschwinden zu lassen.«

»Was denn für Beweise?« Tom blickte verständnislos zwischen Leander und Mephisto hin und her.

»Falsche Frage. Die richtige lautet: Was ist das für ein Aktenordner, den Liv aus dem Büro ihres mutmaßlich ermordeten Gatten mitgenommen hat?« Leander sprang auf, trat ans Fenster und tippte Dieter Bennings' Nummer ins Smartphone.

Der Hauptkommissar war nach wenigen Sekunden in der Leitung. Leander setzte ihm in knappen Sätzen auseinander, was er inzwischen in Erfahrung gebracht hatte, ließ dabei seine Freunde aber weiterhin unerwähnt. Als er das Gespräch beendet hatte, wandte er sich zu ihnen um.

»Du hättest einen Teil des Ruhms ruhig uns gönnen können«, tadelte Mephisto ihn.

»Keine Sorge«, entgegnete Leander. »Ihr bekommt schon noch euren Anteil an Ruhm und Ehre. Aber vorerst ist es mir lieber, wenn Dieter nichts von euch weiß. Möglicherweise benötige ich euch noch einmal als Geheimwaffe.« Dann nickte er Tom zu. »Was ist, kommst du mit in den Biergarten?«

»Und ich?« Mephisto sprang auf und stemmte seine Fäuste angriffslustig in die Hüften.

»Du gehst erst einmal unter die Dusche und kommst dann nach«, stellte Leander klar.

»Genau, Meisterdetektiv«, stimmte Tom schadenfroh grinsend zu. »So nehmen Mama und Papa dich jedenfalls nicht mit ins Restaurant.«

»Was wollte Hinrichsen bei Liv Randers?«, überlegte Leander.

»Du glaubst also auch nicht daran, dass er einfach nur kondolieren wollte«, stellte Tom fest.

»Nicht, nachdem die umtriebige Witwe direkt nach den Gesprächen mit ihm und Paulsen umgehend die Geschäftsführung übernommen hat. Ich gehe eher davon aus, dass beide ihr Angebote für das Unternehmen ihres Mannes gemacht haben. Vielleicht hat sie eines davon angenommen und lässt jetzt erst einmal ausmisten. Oder sie hat beide abgelehnt und steigt selbst ein. Naja, das werden wir ja hoffentlich morgen erfahren.« Leander nahm von der Bedienung sein Bierglas entgegen und dann zwei weitere, die er vor Tom und vor einen freien Platz stellte. »Dieter hat jedenfalls sofort jemanden losgeschickt, der das geschäftige Treiben unterbindet. Morgen sollen dann seine Kollegen vom Wirtschaftsdezernat das Büro unter die Lupe nehmen.«

»Und was machen wir bis dahin?« Tom hob sein Glas, prostete Leander zu und nahm einen großen Schluck. »Ah«, machte er schließlich und wischte sich den Schaum von der Oberlippe.

»Kombinieren, wie das alles zusammenhängt«, kam die Antwort unerwartet von Mephisto, der sich unbemerkt genähert hatte und nun auf den freien Stuhl setzte. Die Hinsetzbewegung, der Griff nach dem Bierglas und der erste Schluck gingen so fließend ineinander über, als hätte sich eine computergesteuerte Maschine in Betrieb gesetzt. Und genauso übergangslos ging es weiter, als er nun das Glas wieder absetzte: »Unter der Dusche ist es mir förmlich wie Schuppen aus den Haaren gefallen.«

»Schuppen okay, aber welche Haare?«, fragte Tom und fuhr seinem Freund mit der Hand über die Glatze.

Mephisto ignorierte den Nichtswürdigen. »Wenn Paulsen für die Sabotage auf Föhr verantwortlich ist, war Randers es möglicherweise tatsächlich auf Sylt«, mutmaßte er. »Nur ist er dabei von den Dänen auf ihrem Hopperbagger erwischt und über die Planke geschickt worden. Dass er anschließend angesaugt und wieder an Land gespuckt worden ist, wird ungewollt passiert sein. Niemandem kann schließlich daran gelegen sein, dass Urlauber im Paradies Leichenteile am Strand sammeln.«

»Nur können wir deine fragwürdige Theorie nicht beweisen«, wandte Tom ein.

»Jedenfalls ist es eine denkbare, die einzige noch dazu, solang du keine bessere aufzuweisen hast«, beschied Mephisto und fuhr fort: »Kommen wir also zu der hübschen blonden Liv. Sie hat die Sabotageakte auf Föhr und Sylt koordiniert und ist bei der Gelegenheit zwischen den Betten hin und her gereist.«

»Was wir ebenfalls nicht beweisen können«, stellte Tom fest. »Vielleicht war es schlicht eine außereheliche Liebesbeziehung, die sie auf unsere schöne grüne Insel gelockt hat. Theorie zwei: Randers ist dahintergekommen, hat Paulsen unter einem Vorwand nach Sylt gelockt und zur Rede gestellt, sodass es in einem Zweikampf der Rivalen zum Totschlag gekommen ist, als dessen bedauernswertes Opfer Christian Randers auf der Strecke blieb, den Paulsen dann aufs offene Meer befördert hat, respektive in die Nähe eines Hopperbaggers, wo er dann angesaugt und beim Vorspülen wieder ausgespuckt wurde, sodass Henning, Franziska und Marei ihn stückweise aus dem Sylter Sand gebuddelt haben.«

»Welch ein Satz«, freute sich Mephisto. »Noch dazu, ohne Luft zu holen. Aber zurück zu deiner Theorie: auch denkbar. Zumal es meine Theorie von den Sabotageakten nicht nur nicht ausschließt, sondern geradezu erweitert.«

»Welch ein Lob! Und das aus deinem erlauchten Munde!«, gab Tom in Mephistos Tonfall zurück.

»Es ist aber nur scheinbar klug kombiniert, Watson«, setzte Mephisto zum Widerspruch an, »was mich gezwungenermaßen zu einer denkbaren Variante meiner Theorie führt: Randers ist hinter das Verhältnis seiner Frau mit seinem alten Freund gekommen. Aus Rivalitätsgelüsten, die ich ihm nicht mal verdenken kann, wenn ich mir die hübsche Liv so ansehe, hat er den Dänen einen anonymen Tipp gegeben, sodass jene unseren Freund Randers auf frischer Tat ertappen konnten. Es kam zum Kampf, Randers ging über Bord und wurde – – schlrfff – vom Rüssel angesaugt. Sehr durchtrieben, der gute Enno, wenn ich das mal bewundernd anmerken darf.«

»Oder« – Tom hob theatralisch den Zeigefinger – »sie sind zusammen da rausgetuckert, und unser Freund Enno hat seinen Komplizen Christian über die Bordkante geschubst, sodass dieser statt vom Boot vom Schnorchel des Hopperbaggers an den Sylter Strand zurückbefördert worden ist.« Während er triumphierend in die Runde blickte wie jemand, der im Alleingang den kniffligsten Fall gelöst hatte, wurde er auf das Stirnrunzeln Leanders aufmerksam, der dem Geplänkel seiner Freunde mit skeptisch verengten Augen gefolgt war. »Warum ist unser Mastermind so schweigsam?«

»Weil es beeindruckt ist«, antwortete Mephisto wie selbstverständlich.

»Und womit?« Tom hob beide Augenbrauen. »Mit Recht!«

»Oder weil ich einfach nur der Ansicht bin, dass euer Geschwätz für schlechte Romane taugt, wie es sie zuhauf über diese Insel gibt, aber nicht für die Aufklärung unseres Falles«, stellte Leander klar.

»Also!« Mephisto stemmte entrüstet die Fäuste in die Hüften und richtete sich so weit auf, wie seine geringe Körpergröße es hinter der Tischplatte zuließ. »Also, das ist ja wohl …« Allerdings ließ er offen, was es seiner Ansicht nach wohl war.

»Lass ihn«, reagierte Tom gelassen. »Ich halte es in solchen Fällen mit meinem guten, alten Freund Goethe: Was kümmert es die stolze Eiche, wenn sich ein Borstenvieh dran wetzt?«

»Viel spannender finde ich die Frage, die schließlich unser Ausgangspunkt war, wenn ihr euch erinnern mögt«, zeigte sich Leander unbeeindruckt von den literarischen Kenntnissen seines Freundes. »Nämlich, welche Rolle Kai-Uwe

Groothues in der Sache gespielt hat.« Leander orderte per Handzeichen Getränkenachschub bei der vorbeieilenden Bedienung, die wortlos nickte. »Der ist nämlich auch tot, wenn ich das bescheiden in Erinnerung rufen darf.«

»Und der Geologe Korthals ebenso, will sagen: fast«, ergänzte Tom. »Das nur zur Vollständigkeit. Du magst es ja offenbar kompliziert.«

»Also, ich hätte dann jetzt auch Hunger«, merkte Mephisto an, als der Biernachschub kam.

»Ich bringe Ihnen die Karte«, versprach die Bedienung und war auch schon wieder weg.

»Gutes Personal haben die in diesem Laden«, stellte Mephisto fest und schaute ihr bewundernd nach. »Höchst motiviert, die jungen Damen, und flink!«

»Und dabei muss man bedenken«, ergänzte Tom, »dass sie, wie die meisten Servicekräfte, wahrscheinlich jeden Tag über den Hindenburgdamm zwischen Sylt und dem Festland pendeln muss.«

»Endlose Stunden sinnlosen Dahintreibens«, fabulierte Mephisto. »Wir auf Föhr dagegen haben Platz genug, aber immer einen Mangel an brauchbarem Personal.« Er dachte einen Moment lang nach. »Ich werde ein Auge auf die junge Dame haben. Mal sehen, wie sie sich an den kommenden Abenden bewährt. Vielleicht mache ich ihr am Ende ein Angebot, das sie nicht ablehnen kann.«

»Ein Mitbringsel von der ›Königin der Nordsee‹, sozusagen«, kommentierte Tom lachend. »Da bin ich aber mal gespannt, wie Diana darauf reagiert.«

»Erfreut, mein Lieber, höchst erfreut!« Mephisto hob Zeigefinger und Brauen.

»Also, ihr Kombinationsgenies«, unterbrach Leander das Geplänkel, »fassen wir einmal zusammen, was wir bisher wissen und nicht nur wild vermuten: Auf Föhr und Sylt sind Großaufträge im Küstenschutz zu verteilen, die sich die Dänen an Land ziehen. Das ruft Unmut hervor und die heimischen Bauunternehmer auf den Plan, in diesem Fall Enno Paulsen und Christian Randers, die von Jugend an befreundet sind und sich wissentlich oder einseitig unwissentlich die hübsche Liv teilen. Jeweils auf ihrer Insel sabotieren sie die Baumaschinen der Dänen.«

»Was im Falle Christian Randers' eine reine Vermutung ist«, warf Tom ein. »Nur weil du so sehr auf nachweisbaren Fakten bestehst.«

Leander dachte nicht daran, sich unterbrechen zu lassen. »Dabei kommt Christian ums Leben, wird aus dem Ansauggebiet auf den Sylter Strand gespült und dort fein säuberlich verteilt. Kai-Uwe Groothues recherchiert im Umfeld dieses Treibens, wird durch einen anonymen Brief nach Sylt gelockt, dort ermordet und aus demselben Ansauggebiet ins Sandlager für den Utersumer Strand verfrachtet. Ein Sturm transportiert ihn dann genau dorthin. Es überleben bislang Enno Paulsen und die hübsche Liv, die fortan ihm allein gehört.«

»Das ist Ensemble Nummer eins in der Tragödie«, übernahm Tom unaufgefordert den Staffelstab. »Ensemble Nummer zwei ist nun ausschließlich auf Sylt zu verorten: Partner der Dänen hier ist Nommen Hinrichsen, der eine Geschäftsbeziehung zu Thoralf Frerich hat. Diese Akteure sind die großen Zampanos im Millionengeschäft des Küstenschutzes und ebenso im Milliardenpoker mit CO_2-Kompensationen. Ihr direkter Gegenspieler ist der Geologe Eberhard Korthals mit seiner Bürgerinitiative. Auf Letzteren wird ebenfalls ein Anschlag verübt, dem dieser nur mit der Hilfe todesmutiger Privatermittler rund um Mastermind Henning Leander entgeht.«

»Wohl formuliert, Watson«, lobte Mephisto.

»Die Dänen fallen folglich aus der Riege der Verdächtigen heraus«, schlussfolgerte Leander unvermittelt.

»Wieso das?« Tom sah ihn verständnislos an.

»Na, überleg doch mal. Die kennen sich nachweislich hervorragend mit den Meeresströmungen aus, denn schließlich nutzen sie diese für den intelligenten Küstenschutz.«

»Verstehe!«, sagte Tom. »Die Dänen hätten die Leichen geschickter entsorgt, nämlich so, dass sie auf Nimmerwiedersehen ins offene Meer getrieben worden wären.«

Leander nickte Zustimmung.

»Fällt euch etwas auf?«, entfuhr es Mephisto, wobei sein Gesicht erstrahlte, als werde es von plötzlicher Erkenntnis regelrecht von innen heraus beleuchtet.

»Nö, was?«, gab Tom sich verständnislos.

»Wer sich mit den Dänen anlegt, wird eiskalt beseitigt. Die Dänen selbst fallen aber als Killer weg. Wer also kommt dann noch infrage?«

»Derjenige, der mit ihnen zusammenarbeitet und folglich genauso viel zu verlieren hat wie sie«, antwortete Tom. »Nommen Hinrichsen!«

»Und eben dieser Nommen Hinrichsen taucht nun bei Liv Randers auf, mutmaßlich, um ihr ein geschäftliches Angebot zu unterbreiten«, fuhr Mephisto fort. »Es sollte mich schwer wundern, wenn er sich auf die Art nicht einen Kontrahenten einverleiben will.«

»Hat er das denn jetzt noch nötig?«, goss Leander Wasser in den Wein der Erkenntnis. »Ich meine, Christian Randers ist tot. Und Liv ist doch nun wirklich keine ernst zu nehmende Konkurrentin, selbst wenn sie auf die Idee käme, das Geschäft weiterzuführen. Zumal es ohnehin kein erfolgreiches ist.«

»Wenn da nicht Enno Paulsen wäre«, warf Tom ein. »Wenn der anstelle seines Freundes Christian nun auf Sylt einsteigt? Immerhin hat er ein halbwegs gesundes Unternehmen auf Föhr in der Hinterhand und nun durch seine Geliebte die

Chance, zurück nach Sylt zu expandieren. Und das in doppeltem Sinne: geschäftlich und privat.«

»Womit die bezaubernde Liv sich plötzlich in einer Schlüsselposition befände«, sinnierte Mephisto, als spräche er zu sich selbst, und legte nachdenklich den Zeigefinger an die Lippen.

»Dann könnten wir sie damit konfrontieren«, schlug Tom vor.

»Genau das sollten wir tun«, stimmte Mephisto zu.

»Und ihr glaubt ernsthaft, sie offenbart sich uns?« Leander schüttelte den Kopf. »Vielleicht, weil ihr zwei so schöne blaue Augen habt?«

»Unsinn! Ich habe da eine ganz andere Idee«, verkündete Mephisto und griff beherzt mit der rechten Hand nach der Speisekarte, die ihm nun gereicht wurde.

Tom und Leander wechselten besorgte Blicke.

»Du machst hier keine Alleingänge!«, warnte Leander seinen Freund.

»Lass mich mal machen«, entgegnete der und wehrte mit der Linken Leanders drohende Nachfrage ab.

35

»Unsere Leute von der Wirtschaft nehmen sich gerade Christian Randers' geschäftliche Unterlagen vor«, berichtete Dieter Bennings, während er und Leander zu Liv Randers fuhren.

Der Hauptkommissar hatte sich zuvor Leanders Überlegungen hinsichtlich der Zusammenhänge angehört und war zu demselben Schluss gekommen wie dieser: Die Fäden liefen bei der Witwe zusammen. Nun wollten sie herausfinden, ob dieser das bewusst war oder ob sie von Nommen Hinrichsen respektive Enno Paulsen einfach nur benutzt wurde.

»Hast du deine Leute auf die ominösen Kompensationsgeschäfte hingewiesen, die Randers angeblich abgewickelt hat?«, hakte Leander nach.

»Sie suchen gezielt danach«, antwortete der Kriminalhauptkommissar. »Als ich angedeutet habe, dass möglicherweise etwas Derartiges hinter der maroden Fassade lauern könnte, wurden sie sofort hellhörig. Da scheinen tatsächlich gigantische Summen im Spiel zu sein.«

»Jedenfalls würde es die skrupellosen Morde erklären«, meinte Leander. »Und Groothues' Geheimnistuerei ebenfalls.«

»Hast du inzwischen eine Vermutung, wer den anonymen Brief verfasst hat?«

»Jemand, der ein Interesse daran hat, auf Sylt Staub aufzuwirbeln«, antwortete Leander. »Korthals zum Beispiel, aber der behauptet, nichts damit zu tun zu haben. Oder Inselreporter Klaassen, der jedoch ebenfalls nichts davon wissen will.«

»Hinrichsen hat jedenfalls kein Interesse an dem Wirbel, den der Brief auslösen konnte«, ergänzte Bennings.

»Christian Randers kommt noch infrage«, fuhr Leander fort. »Möglicherweise wollte er bei Hinrichsen Druck aufbauen, um so ein größeres Stück vom Kuchen zu erpressen.«

»Angenommen, Hinrichsen ist darauf eingegangen«, nahm Bennings den Gedanken auf, »dann könnte ebenfalls Randers nach Erreichen seines Ziels Groothues aus dem Weg geräumt haben: Der Mohr hat seine Schuldigkeit getan, der Mohr kann gehen.«

»Denkbar. Und nachdem diese Gefahr gebannt war, hat Hinrichsen dann Randers beseitigen lassen. So einer wie der lässt sich doch nicht erpressen.«

»So könnte es gewesen sein«, stimmte Bennings zu. »Dazu passt auch der Anschlag auf seinen Gegenspieler Korthals.«

»Das würde bedeuten, dass Hinrichsen einen Killer engagiert hat«, schlussfolgerte Leander. »Selber wird er sich wohl kaum die Finger schmutzig gemacht haben.«

»Glaube ich nicht. Dafür waren die beiden Hanseln, die euch am Strand aufgelauert haben, zum Glück zu dilettantisch. Wir waren uns ja einig, dass das keine Profikiller gewesen sind.« Bennings schüttelte den Kopf und bog nun auf Liv Randers' Grundstück ein. »Wahrscheinlich hat er unter seinen Arbeitern Leute fürs Grobe, die er auf so etwas ansetzen kann.«

»Und wie willst du ihm das nachweisen?«

»Das geht nur durch die Hintertür«, gab Bennings zu. »Hoffen wir also, dass unsere Jungs bei Randers etwas finden oder dass die Witwe uns einen Hinweis geben kann.«

Als sie aus dem Auto stiegen, öffnete sich die Haustür, und ein untersetzter Mann im Priesterornat trat heraus. Auf dem Absatz wandte er sich noch einmal um und sagte salbungsvoll: »Wenn du in Not bist, meine Tochter, dann kannst du dich jederzeit an mich wenden. Meine Telefonnummer hast du ja nun. Ich bin Tag und Nacht für dich da.«

»Scheiße«, fluchte Leander leise, und auch Dieter Bennings schien an seiner Seite regelrecht zu erstarren.

»Danke, Herr Pastor«, antwortete Liv Randers, wobei man ihrem Tonfall anhören konnte, dass sie nichts für unwahrscheinlicher hielt, als einen Priester zu kontaktieren.

Der drehte sich um, nickte den Neuankömmlingen mit frömmelnd unterwürfig gesenktem Haupt leicht zu und wandte sich in Richtung Straße, wo Leander nun den Smart entdeckte, der ihm zuvor gar nicht aufgefallen war. Dieter Bennings wollte ihn stoppen und zur Rede stellen, aber Leander legte ihm sanft die Hand auf den Arm und schüttelte leicht den Kopf. Bennings zögerte noch einen Moment, blitzte seinen Freund grimmig an und wandte sich dann der Witwe zu.

»Wir müssen noch einmal mit Ihnen sprechen, Frau Randers«, begrüßte er sie.

»Das passt mir im Moment überhaupt nicht«, reagierte die schroff und verstellte den Männern den Weg. »Ich war mitten in der Aufzeichnung, als der Pfaffe vor der Tür stand. Und das Video muss heute Abend noch raus.«

Bennings blickte Leander fragend an, aber auch der hatte keine Ahnung, wovon die Witwe sprach, und zuckte nur mit den Schultern.

»Wir können das Gespräch auch auf dem Revier führen, Frau Randers«, entgegnete Bennings energisch. »Dann nehmen wir Sie jetzt gleich mit. In einer Mordermittlung verstehen wir nämlich keinen Spaß.«

Liv Randers presste die Lippen zusammen, nickte aber schließlich widerwillig und gab den Weg frei. Leander und der Kriminalhauptkommissar schoben sich an ihr vorbei und gingen sofort durch ins Wohnzimmer. Dort war eine Art Studio aufgebaut: Eine Kamera auf einem Stativ stand vor einem Tisch, hinter dem sich ein Roll-Up mit leuchtend blauem Hintergrund und der Aufschrift »BeautyBitch Liv« ausbreitete. Beleuchtet wurde die Szenerie von mehreren Softboxen. Auf dem Tisch stapelten sich Pappkartons der feineren Sorte, deren Aufdrucke verrieten, dass sich darin edle Dessous aus Sylter Boutiquen befanden. Leander erinnerte sich, dass ihm dieses Equipment bei seinem ersten Besuch auch schon aufgefallen war.

»BeautyBitch?«, stieß Dieter Bennings hervor und starrte Liv, die hinter ihnen das Wohnzimmer betrat, an, als habe er es mit einer Irren zu tun.

»YouTube«, antwortete die leichthin. »Da braucht man auffällige Künstlernamen, sonst erreicht man nicht die Zahl an Followern, die man braucht, um damit Geld zu verdienen.«

»Sie verdienen Geld mit YouTube-Videos?« Bennings konnte es nicht fassen.

»Mode mit Stil hat ungeheures Potenzial, wenn man weiß, wie man sie präsentieren muss.«

»Und Sie wissen das.«

Liv Randers zog zur Bestätigung Augenbrauen und Schultern hoch. »Mehr als 200.000 Abonnenten. Und monatlich werden es mehr.«

»Was präsentieren Sie da?«, klinkte sich nun Leander mit Blick auf die Schachteln ein.

»Alles, was die Sylter Boutiquen so hergeben. Im Gegenzug bekomme ich über die Affiliate-Links unter meinen Videos einen prozentualen Anteil an den Bestellungen. Inzwischen schicken mir alle großen Labels Muster ihrer neuen Kollektionen zu, damit ich sie meinen Followern präsentiere. Und die verlassen sich auf mich. Deshalb ist es auch wichtig, dass ich absolut pünktlich meine neuesten Videos ins Netz stelle. Heute um 20 Uhr ist Dessous-Time, da sind die Zugriffszahlen immer besonders hoch.«

Darauf wette ich, dachte Leander und verstand nun, wie es sein konnte, dass die Frau eines am Rande des Konkurses stehenden Bauunternehmers wie ein Model gekleidet herumlief.

»Oder glauben Sie etwa, das Geld, von dem wir seit Jahren leben, hätte Christian mit seiner maroden Bude verdient?«, ergänzte Liv nun, als hätte sie Leanders Gedanken gelesen.

»Womit wir beim Thema wären«, übernahm Bennings die Regie. »Sie waren gestern im Büro und haben dort die Geschäftsnachfolge Ihres Mannes angetreten?«

»Sah das für Ihren Mann draußen im Auto so aus?« Liv grinste hämisch. »Wenn Ihre Leute alle solche Flaschen sind, werden Sie den Mörder meines Mannes nie finden.«

Bennings warf einen raschen Blick in Leanders Richtung, aber der wich aus. Er konnte später noch beichten, jetzt war nicht der richtige Zeitpunkt dafür.

»Also?« Die Stimme des Kriminalhauptkommissars drückte nun unverhohlen seinen Ärger aus.

»Ich war im Büro, um die Sekretärin meines Mannes anzuweisen, mir eine Übersicht zu erstellen. Schließlich muss ich wissen, wie die Lage aussieht, bevor ich mich entschließe, das Erbe anzutreten oder abzulehnen.«

»Haben Ihnen Enno Paulsen und Nommen Hinrichsen Angebote für das Unternehmen unterbreitet, als sie Sie gestern aufgesucht haben?«, schoss Dieter Bennings die nächste Frage ab.

»Sieh an«, reagierte Liv Randers belustigt. »Dann haben Sie also auch jemanden vor meinem Haus postiert. Na, der hat sich dann offenbar etwas geschickter angestellt als der Typ im Cabrio für Arme vor dem Büro.«

»Beantworten Sie bitte meine Frage«, zeigte sich Bennings unerbittlich. »Sonst müssen Ihre Follower heute Abend auf ihr Gute-Nacht-Video verzichten.« Dabei deutete er mit dem Kopf auf die Dessous-Schachteln.

Liv Randers lächelte mitleidig. »Enno Paulsen ist ein lieber alter Freund der Familie. Er war hier, um mir zu kondolieren und seine Unterstützung anzubieten.«

Das wissen wir besser, dachte Leander, beschloss aber, sich noch nicht in die Karten sehen zu lassen.

»Und Nommen Hinrichsen?« Bennings blieb hartnäckig in der Spur.

»Da haben Sie allerdings recht«, gab die Witwe zu. »Ich hatte tatsächlich den Eindruck, dass es ihm weniger darum ging, mir sein Beileid auszudrücken, als darum, mir ein Angebot zu unterbreiten. Und bevor Sie weiterfragen: Ich habe abgelehnt, bevor er mir einen Betrag genannt hat. Zunächst möchte ich mir, wie gesagt, einen Überblick über den tatsächlichen Wert des Unternehmens machen.«

»Weiß die Sekretärin Ihres Mannes, dass Sie darüber nachdenken, eventuell zu verkaufen?«, fragte Leander und dachte an Toms Schilderung, dass sie nach dem Besuch ihrer Chefin erleichtert und beschwingt gewirkt habe.

»Muss ich meine Angestellten über meine strategischen Überlegungen informieren?«

»Nein, natürlich müssen Sie das nicht«, gab Leander zu. »Was wissen Sie denn über die Kompensationsgeschäfte, die Ihr Mann getätigt hat?«

»Kompensationsgeschäfte?« Liv Randers zeigte sich erstaunt. »Ich weiß wirklich nicht, wovon Sie reden. Was sollte Christian denn zu kompensieren gehabt haben? Von seiner Unfähigkeit, ein Bauunternehmen zu führen, einmal abgesehen.« Sie lachte kurz auf, riss sich dann aber sofort wieder zusammen.

»Meine Leute haben heute ebenfalls damit begonnen, sich ein genaues Bild von Ihrem Unternehmen zu machen«, unterrichtete Bennings die Witwe.

»Noch ist es nicht meines«, korrigierte die.

Komisch, dachte Leander, die Sekretärin hat sie eben sofort für sich vereinnahmt.

»Wir werden die Akten natürlich so schnell wie möglich

wieder freigeben, damit Sie sich ebenfalls rechtzeitig informieren können«, fuhr Bennings fort. »So lange bleibt das Büro allerdings versiegelt.«

Liv Randers nach oben gedrehte Handflächen deuteten an, dass sie wohl nichts dagegen machen könne.

Bennings drehte sich um und wollte den Raum schon verlassen, als Leander nachschob: »Wir hätten dann gerne noch den Aktenordner, den Sie gestern aus dem Büro mitgenommen haben.«

»Ich weiß nicht, wovon Sie reden.« Die Stimme der Witwe verriet nun, dass sie darauf nicht vorbereitet gewesen war.

»Frau Randers«, entgegnete Leander mit beinahe mitleidigem Tonfall, als wollte er sagen: »Für wie blöd halten Sie uns eigentlich?«

»Muss ich Ihnen den Ordner übergeben?«, wandte sie sich nun unsicher an Dieter Bennings. »Es handelt sich ohnehin nur um private Korrespondenz.«

»Davon würden wir uns gerne selber überzeugen«, gab der zurück. »Und ja, wir sind berechtigt, die Unterlagen vorübergehend zu beschlagnahmen.«

Liv Randers rauschte wütend aus dem Raum.

»Was, zum Teufel, geht hier eigentlich ab?«, schnauzte Bennings Leander leise an.

»Das erkläre ich dir später ganz in Ruhe«, entgegnete der und schaute ungeduldig in die Richtung, in die die Witwe verschwunden war. »Was, wenn sie uns jetzt irgendeinen Ordner andreht?«

»Dann haben wir Pech gehabt«, gab Bennings grimmig zurück. »Wenn du mich vorher informiert hättest, wäre ich vorbereitet gewesen und hätte einen Durchsuchungsbeschluss erwirkt. Jetzt sind mir die Hände gebunden.«

Es dauerte eine Weile, bis Liv Randers zurück war. Sie trug einen *Leitz*-Ordner bei sich und übergab ihn an Dieter Bennings. »Den will ich aber wiederhaben!«, fuhr sie den Kommissar an.

Der nickte ihr zu und verließ nun grußlos das Haus. Leander folgte seinem Freund. Kaum waren sie aus der Haustür getreten, wurde diese hinter ihnen lautstark ins Schloss geworfen.

»Verdammt durchtrieben, die Dame«, stellte Leander fest, als sie wieder im Auto saßen.

»Und da ist sie nicht die Einzige«, fuhr Bennings ihn an und drehte seinen Oberkörper komplett in seine Richtung, anstatt den Wagen zu starten und loszufahren. »Also, raus mit der Sprache: Was treibst du hinter meinem Rücken? Oder soll ich lieber sagen: ihr?«

Leander seufzte und beschloss, ihn nun vollständig zu informieren. So berichtete er von Toms und Mephistos Einsatz und den Beobachtungen, die seine beiden Freunde gemacht hatten.

»Waren die beiden auch schon auf der Insel, als der Anschlag auf Korthals und dich verübt worden ist?«

Leander seufzte und vervollständigte seine Beichte.

»Ich sollte euch Idioten einsperren!«, schnauzte Bennings ihn an. »Was hättest du zu deiner aktiven Zeit mit solchen Arschlöchern angestellt, die sich in deine Ermittlungen eingemischt hätten?«

»Ich wäre ihnen gehörig auf die Füße getreten«, gab Leander zu.

»Und hättest dafür gesorgt, dass das nie wieder passiert«, ergänzte Bennings wütend.

»So weit würde ich jetzt nicht gehen«, schränkte Leander grinsend ein.

»Mann, kannst du froh sein, dass wir befreundet sind«, grunzte Bennings. »Und jetzt fahren wir zu den anderen beiden Armleuchtern.«

»Das ist Amtsanmaßung!«, donnerte Dieter Bennings. »Vorspiegelung falscher Tatsachen ist das. Erschleichen einer Beichte!«

»Unsinn«, zeigte sich Mephisto unbeeindruckt. »So einen Straftatbestand gibt es garantiert nicht.«

Sein Ornat hing auf einem Bügel außen an der Schranktür. Tom, der kleinlaut an der Wand lehnte, warf einen vorsichtigen Blick darauf.

»Der Staatsanwalt wird dir schon sagen, weswegen er dich anklagt, wenn Liv Randers dich anzeigt«, wies Leander ihn grimmig zurecht. »Wie oft habe ich dir schon gesagt, dass du endlich deine alte Dienstkleidung wegwerfen sollst?«

»Ach was!« Mephisto schleuderte heftig Luft weg. »Die Ziege wird mich nicht anzeigen. Dann stände nämlich Aussage gegen Aussage, denn sie hat ja gar keine Zeugen.«

»Und was ist mit uns?« Bennings Tonfall drückte Fassungslosigkeit angesichts dieser dreisten Behauptung aus.

Mephisto winkte leichthin ab, was genauso gut »Als wenn ihr gegen mich aussagen würdet!« heißen konnte, wie »Wer wird euch zwei Wachtmeistern schon glauben?« Dann tippte er mit seinem Wurstfinger Leander auf die Schulter und erklärte in Bennings' Richtung: »Außerdem hat Henning mich dazu angestiftet.«

»Was habe ich?« Leander war ebenfalls fassungslos über so viel Unverfrorenheit.

»Hast du mich nun um Hilfe gebeten oder nicht?« Mephistos Gesicht war die Unschuld pur. »Eben! Und wenn ein Freund, ein so guter noch dazu, mein bester im Grunde, wenn der in der Not um Hilfe fleht, dann muss er damit rechnen, dass ich ihm mit allen mir zur Verfügung stehenden Mitteln selbstlos und aufopferungsvoll zur Seite stehe. Da frage ich doch nicht, ob ich vielleicht eine kleine Ordnungswidrigkeit begehe. Da bin ich selbstverständlich zur Stelle!«

»Los!«, polterte Bennings wütend in Leanders Richtung. »Lass uns machen, dass wir hier rauskommen, bevor ich die Beherrschung verliere.«

»Moment«, warf nun Leander ein, »nicht so schnell. Wenn Mephisto schon als falscher Priester bei Liv Randers aufgetreten ist, dann wird er uns jetzt wenigstens verraten, was sie ihm anvertraut hat.«

»Ich weiß nicht«, gab sich Mephisto plötzlich kleinlaut, »das Beichtgeheimnis ...«

»Mephisto!«, fuhr Bennings ihn an. »Du packst jetzt sofort aus, sonst buchte ich dich wirklich ein!«

»Ganz schön bigott, der Herr Hauptkommissar«, tadelte Mephisto mit vorwurfsvollem Blick. »Aber gut, ich beuge mich der plumpen Gewalt des Staates – wenn auch unter Protest.«

36

»Liv Randers hat mir ihr Herz geöffnet«, begann Mephisto salbungsvoll und ignorierte die genervten Blicke seiner Freunde. »Sie hat mir von ihrer Jugend erzählt, von der Zeit, in der sie zwei Verehrer hatte: Enno Paulsen und Christian Randers.«

»Wissen wir«, drängte Leander. »Quatsch jetzt keine Opern, erzähl uns die wichtigen Dinge.«

»Was wichtig ist und was nicht«, belehrte Mephisto ihn, »werden wir hinterher wissen. Und jetzt unterbrich mich nicht, sonst dauert es noch länger. Also: Sie hat sich schweren Herzens für Christian Randers entschieden, weil sie das Gefühl hatte, dass er sie mehr brauche als Enno.«

»Wie selbstlos!«, kam es ironisch von Tom.

Mephisto ignorierte ihn. »Paulsen habe auch schließlich das Feld geräumt, sei nach Föhr gegangen und habe sich dort erfolgreich etabliert. Christian indes sei von Anfang an erfolglos gewesen und habe sich immer am Rande des Konkurses bewegt. Dennoch habe sie zu ihm gehalten.«

»Die Gute«, ätzte Tom erneut.

»Sag das nicht so abfällig«, fuhr Mephisto ihn nun an. »Das ist heutzutage gar nicht mehr so selbstverständlich. Ich könnte dir da Sachen aus meiner aktiven Zeit als Priester erzählen ...«

»Das wirst du nicht machen«, ging Leander dazwischen, während Bennings nur schwer an sich halten konnte. »Weiter im Text!«

»Beugen wir uns also eurer Ungeduld und machen wir einen Zeitsprung«, kündigte Mephisto fügsam an. »Die Jahre drifteten für die arme Liv ziemlich farblos dahin, bis sie dann in letzter Zeit das Gefühl gehabt habe, dass da etwas nicht stimmt. Irgend etwas tief in ihrem Inneren habe ihr geflüstert, dass Christian ein Verhältnis habe.«

»Aha«, wurde Bennings nun doch aufmerksam. »Hat sie eine Vermutung geäußert, mit wem?«

»Hat sie.« Mephisto nickte heftig.

Als nichts weiter kam, fuhr Bennings ihn an: »Und mit wem, verdammt?«

»Mit seiner Sekretärin.« Mephisto hob Brauen und Zeigefinger und ließ seine Worte erst einmal gründlich wirken.

»Weiter, Mann!« Leander hätte ihn am liebsten am Kragen genommen und heftig durchgeschüttelt.

»Liv, das arme Kind, war so verunsichert, dass sie irgendwann sogar angenommen hat, Christian sei in Wahrheit gar nicht pleite, sondern er hätte es sie nur glauben gemacht, um unbemerkt Geld für ein neues Leben mit seiner Geliebten beiseiteschaffen zu können. Deshalb habe sie ihm nachspioniert und auch sein Handy kontrolliert, wenn er unter der Dusche war. Allerdings habe sie keine Hinweise auf eine andere Frau gefunden. Sie habe schon an sich selbst und ihrem Gefühl gezweifelt. Aber dann, am Tag vor seinem Verschwinden, habe sie ein Telefonat mitangehört: Christian habe sich mit jemandem am Strand von List verabredet.«

»Na bitte«, kommentierte Leander in Dieter Bennings' Richtung und deutete mit erhobener Handfläche auf Mephisto, als wollte er sagen: »Da sage noch mal einer, der Mann sei zu nichts zu gebrauchen.«

»Am Abend sei sie ihm dann gefolgt«, fuhr Mephisto fort.

Leander, Dieter Bennings und Tom beugten sich gespannt vor, was dem falschen Priester in ihrer Mitte deutlich Genugtuung verschaffte.

Er senkte theatralisch die Stimme: »Sie habe sich in den Dünen versteckt und beobachtet, wie Christian sich mit Nommen Hinrichsen getroffen habe. Der habe einen Aktenkoffer bei sich getragen. Weil Hinrichsen jedoch nicht alleine gewesen sei, sondern einer seiner Vorarbeiter in einigem Abstand auf ihn aufgepasst habe, wovon ihr Mann sicher nichts bemerkt habe, habe sie sich nicht getraut, ihnen bis an den Strand zu folgen. Stattdessen sei sie nach Hause gefahren, um Christian später zur Rede zu stellen. Der sei aber nicht heimgekommen, und da habe sie geglaubt, er habe von Hinrichsen das nötige Geld erpresst, um nun endgültig mit seiner ›Schlampe‹ durchzubrennen. Originalton Liv.«

»Erpresst«, echote Dieter Bennings ungläubig.

»Genauso habe ich auch reagiert.« Mephisto tat erstaunt, als hätte er dem Hauptkommissar eine solche gedankliche Leistung gar nicht zugetraut. »Und mehr noch: Ich habe sie gefragt, womit Christian den Mann denn erpresst haben könnte.« Triumphierender Augenaufschlag in alle Richtungen.

»Und was hat sie geantwortet?« Man konnte Tom ansehen, dass er angesichts der Show, die Mephisto hier abzog, in diesem Moment zu einem Totschlag fähig gewesen wäre.

»Ich weiß es nicht.«

»Wie, du weißt es nicht?«, herrschte Leander Mephisto an. »Bist du jetzt auch noch dement? Oder bist du während ihrer Antwort zum Klo gegangen, oder was?«

»Quatsch! Natürlich weiß ich, was sie gesagt hat. Sie hat gesagt: Ich weiß es nicht«, stellte Mephisto ungehalten klar. »Ich habe sie dann gefragt, ob sie denn eine Vermutung zu Unregelmäßigkeiten in der Firma habe. Nein, hat sie geantwortet. – Ob sie Hinrichsen grundsätzlich für erpressbar halte? Nein, Hinrichsen sei ein ehrenhafter Unternehmer, der Christian überdies immer den einen oder anderen Auftrag über den Zaun geworfen habe. – Warum er das gemacht habe?« Mephisto ratterte Fragen und Antworten nun im Telegrammstil herunter. »Weil er ein Auge auf Liv geworfen habe und ihr einen Gefallen habe tun wollen. – Ob sie seine Gunst erwidert habe? Selbstverständlich nicht!« Er holte tief und geräuschvoll Luft. »Ob sie es für möglich halte, dass Hinrichsen oder sein Vorarbeiter etwas mit dem Tod ihres Mannes zu tun haben könnten? Eigentlich nicht. – Was heißt eigentlich? Na ja, immerhin sei der zeitliche Zusammenhang schon merkwürdig. Aber sie traue Hinrichsen so etwas nicht zu. Es sei denn …« Mephisto legte erneut eine Kunstpause ein, in der er schnaufte wie nach einem Marathon.

»Ja?«, drängte Tom.

Mephisto grinste breit und blickte erneut zeitschindend in die Runde. »Es sei denn …« Er hob den rechten Zeigefinger.

»Ich bringe ihn um«, raunte Bennings. »Ich schwöre: Irgendwann bringe ich ihn um.«

»Sofern ich dir nicht zuvorkomme«, wurde Leander nun laut und griff nach Mephistos Gurgel. »Es sei denn?«

»… es wäre ein Unfall gewesen.«

Tom ließ zischend Luft ab.

»Hast du ihr das geglaubt?«, hakte Dieter Bennings nach.

»Frag lieber, ob ich ihr heute überhaupt irgendein Wort geglaubt habe«, korrigierte Mephisto.

»Und? Hast du?«

»Nicht ein einziges!«

»Was hältst du von der ganzen Sache?«, fragte Bennings Leander, als sie wieder in Richtung Kampen fuhren.

»Ich glaube, Liv Randers hat Mephisto gestern vor ihrem Haus gesehen und heute wiedererkannt. Sie hat ihre Chance genutzt, um ihm einen Bären aufzubinden.«

»Und warum sollte sie das deiner Meinung nach getan haben?«

»Um uns mit irreführenden Informationen zu versorgen.«

»Also gut, dann lass uns mal zusammenfassen, auf welche Spur sie uns geschickt hat.«

»Sie hat uns auf Nommen Hinrichsen angesetzt. Dabei war sie allerdings schlau genug, ihn nicht direkt des Mordes zu verdächtigen, weil sie das niemals beweisen könnte.«

»Aber was hat sie davon?«, überlegte Bennings.

»Entweder verdächtigt sie Hinrichsen wirklich«, antwortete Leander, »oder sie will von jemand anderem ablenken.«

»Paulsen«, schlussfolgerte Dieter Bennings. »Sie hat schließlich ein Verhältnis mit ihm.«

»So sehe ich das auch. Paulsen ist der Einzige, der von Christian Randers' Tod und einer Verhaftung Hinrichsens gleichermaßen profitieren würde.«

»Inwiefern?« Bennings blickte Leander zweifelnd an. »Randers war so gut wie pleite, und das Format, Hinrichsens Geschäft zu übernehmen, hat auch Paulsen nicht.«

»Erstens muss er das nicht genauso sehen, und zweitens reißt es eine gewaltige Lücke, wenn Hinrichsen aus dem Geschäft ist, die so schnell wie möglich geschlossen werden muss. Es geht schließlich um den Küstenschutz.« Leander dachte einen Moment darüber nach und ergänzte: »Ich könnte mir das so vorstellen: Liv übernimmt die Firma ihres Mannes, Enno Paulsen übernimmt Liv, beide steigen in Hinrichsens Geschäft ein, sobald der aus dem Weg ist. Fragt sich nur, was sie gegen ihn in der Hand haben. Entweder im Zusammenhang mit Randers' Tod oder mit illegalen Geschäften, die ...«

»... er mithilfe von Christian Randers abgewickelt hat«, vervollständigte Bennings den Satz. »Am besten ohne dessen Wissen. Damit wäre Hinrichsen erpressbar.«

»Aber genau dafür müsste es dann auch Beweise geben. Beweise, die man entweder bei Hinrichsen finden könnte oder in Christian Randers' Büro.«

»Warten wir also ab, was unsere Leute da ausgraben«, schloss Bennings. »Für eine Durchsuchung bei Hinrichsen ist die Faktenlage noch zu dünn. Die kriege ich bei keinem Richter durch.«

»Und in der Zwischenzeit observieren wir Paulsen.«

»Du observierst niemanden mehr«, stellte Bennings klar. »Das machen meine Leute. Und du sorgst dafür, dass sich die beiden Kasper, die du deine Freunde nennst, ab sofort raushalten!«

Sie hatten inzwischen Wenningstedt erreicht, bogen nun von der Hauptstraße ab und näherten sich dem Haus von Birte und Thoralf.

»Ich müsste sowieso mal wieder einen Abend mit Franziska verbringen und an meiner Beziehung arbeiten«, lenkte Leander ein. »Lässt du mich wissen, was die Durchsuchung von Randers' Büro ergeben hat? Und natürlich, was sich in dem Ordner befindet, den Liv mitgehen lassen hat.«

Bennings hielt vor der Zufahrt. »Geht klar. Grüß Franziska von mir.«

Leander blickte dem Hauptkommissar leicht wehmütig nach, als der sich in Richtung Westerland entfernte. Zu gerne hätte er mit ihm zusammen Livs Ordner gesichtet und auch die Unterlagen aus dem Büro, die sich inzwischen vermutlich auf Bennings' Schreibtisch stapelten. Allerdings konnte er nachvollziehen, dass sein Freund ihn so weit wie möglich aus den Ermittlungen heraushielt. Leander selbst hätte es im umgekehrten Fall nicht anders gemacht.

Seufzend wandte er sich dem Haus zu und wunderte sich, dass keines der Autos vor der Tür stand. Offenbar waren die anderen noch unterwegs. Als er feststellte, dass dieser Gedanke geradezu Hoffnung in ihm auslöste, bekam er gleich wieder ein schlechtes Gewissen.

Verdammt, Henning, reiß dich zusammen, dachte er und schloss die Haustür auf. Drinnen war alles still und auf der Terrasse war auch niemand. Tatsächlich, Franziska war mit ihren Freunden auf Tour.

Leander ging in sein Zimmer und ließ sich auf das Bett fallen. Liv Randers ging ihm nicht aus dem Kopf. Mit der Dame war etwas oberfaul, das hatte er im Gefühl. Er griff nach seinem Laptop und fuhr das Betriebssystem hoch. Im Internet ging er auf die Seite von YouTube und suchte nach dem Kanal der »BeautyBitch«. Volltreffer!

Leander scrollte sich durch die umfangreichen Playlists: Videos über Abendgarderobe, Brautkleider (ob Birte ihre

Ware auch von Liv präsentieren ließ?), Strandmode und Dessous. Er klickte auf ein Video über die angesagtesten Bikinis und wurde Zeuge einer Präsentation, bei der Franziska ihn besser nicht überraschen sollte. Verdammt, Liv hatte ein Talent dafür, die knappsten Oberteile so zu präsentieren, dass sich bei Männern unweigerlich eine körperliche Reaktion einstellte. Leander konnte sich vorstellen, dass die Links zu den Verkaufsplattformen anschließend sehr erfolgreich waren. Wenn Liv auch nur einen kleinen einstelligen Prozentsatz des Umsatzes bekam, dürften dabei erkleckliche Summen zusammenkommen.

Und noch etwas stellte Leander erstaunt fest: Auch technisch waren die Videos perfekt. Da in Livs Wohnzimmer alles so aussah, als nähme sie ihre Filme ohne fremde Hilfe auf, musste sie in Sachen Aufnahmetechnik einiges auf dem Kasten haben.

Nachdem er sich ein Bild von den vielseitigen Talenten der Witwe gemacht hatte, fuhr Leander den Laptop wieder herunter und stellte ihn beiseite. Er hatte Liv Randers unterschätzt. Die »BeautyBitch« war mit allen Wassern gewaschen. Sie war eine Selfmade-Frau mit einem erfolgreichen You-Tube-Channel, enormem technischem und künstlerischem Talent und offensichtlich abgebrüht genug, um wenigstens den Versuch zu starten, die Kriminalpolizei an der Nase herumzuführen. Und so eine Klassefrau sollte sich tatsächlich nur an einen erfolglosen Bauunternehmer und dessen ehemaligen Kumpel auf Föhr verschenkt haben? Das passte irgendwie nicht zusammen. Und hatte Thoralf nicht ebenfalls erwähnt, dass sie am liebsten mehrgleisig fuhr? Die Lady leimte sie alle, das hatte Leander im Gefühl.

In diesem Moment beschloss er, sein Abendprogramm zu ändern.

37

»Mach dir um mich keine Sorgen«, hatte Franziska gesagt. »Ich habe sehr unterhaltsame Gesellschaft.« Und mit diesen Worten hatte sie Leander im Wohnzimmer stehen gelassen und war zu Birte, Thoralf und Marei auf die Terrasse gegangen.

Was ihn aber so richtig ins Mark getroffen hatte, war die Tatsache, dass sie dort übergangslos in ein fröhliches Gespräch mit ihren Freunden eingestiegen war, als hätte ihr Lebensgefährte ihr nicht gerade erst eröffnet, dass er an diesem Abend schon wieder keine Zeit für sie hatte. Wenigstens ein bisschen enttäuscht hätte sie für seinen Geschmack schon sein können. So fühlte er sich wie ein Anhängsel, auf das sie gar nicht angewiesen war. Leander sah zwar ein, dass es schon ein Unterschied war, ob man selber jemanden versetzt oder ob man von dem anderen so gar nicht vermisst wird. Aber besänftigen konnte ihn diese Selbstkritik dennoch nicht.

Und so spürte er selbst jetzt noch einen Druck auf der Brust, während er im Schutz einiger ungepflegter Gartensträucher Liv Randers' Haus observierte. Halbherzig rief er sich zur Raison: Er musste sich auf seine Aufgabe konzentrieren, sonst würde er noch ewig an diesem Fall arbeiten. Birtes i3 mit der Brautmoden-Werbung hatte er sicherheitshalber zwei Straßen weiter geparkt. Er konnte diesmal nicht riskieren, von der Witwe entdeckt zu werden.

Liv war zu Hause. Ihr Cabrio stand vor der Tür, und hin und wieder bewegte sich ihr Umriss hinter der Gardine des Küchenfensters. Leander blickte auf seine Uhr: Es war gerade einmal kurz nach 20 Uhr. Lange Stunden lagen vor ihm, falls

Liv sich zu einem Fernsehabend entschlossen haben sollte. Sinnlos im Gebüsch verbrachte Stunden, während Franziska sich im Freundeskreis vergnügte. Scheiße, dachte Leander.

Als sich die Tür des Nachbarhauses öffnete und eine Frau mit einem struppigen Kläffer an der Leine herauskam, duckte sich Leander so weit wie möglich in das Geäst. Das fehlte gerade noch, dass er als Spanner aus den Büschen gejagt würde. Und als hätte die Töle seine Gedanken gelesen oder direkt Witterung von ihm aufgenommen, zog sie nun an der Leine in seine Richtung und steigerte ihr Kläffen zu einem wütenden Furor.

»Was ist denn nun schon wieder?«, fuhr seine Herrin den Kläffer an und hielt mit ihrem Körpergewicht dagegen. »Jetzt komm und mach nicht ständig so ein Theater.«

Sie zog den Hund mit einem Ruck in Richtung Straße, was das Tier jaulen und Leander erleichtert aufatmen ließ. Für Hunde hatte er nicht so viel übrig, er war eindeutig ein Katzenmensch. Bella und Poirot musste er nur die Tür zum Garten öffnen, alles andere erledigten sie alleine, während die Hälfte seiner Nachbarn jeden Tag dreimal mit ihren Kötern Gassi gehen mussten. Und das bei Wind und Wetter. Nee, nee, da waren Leander die unabhängigen Stubentiger schon lieber.

Er wollte sich gerade wieder zwischen den kratzigen Ästen aufrichten, als Liv Randers' Haustür sich öffnete und die kesse Witwe Kurs auf ihr Cabrio nahm. Sie hatte sich ordentlich herausgeputzt. Ihr rotes Kleid mit einem geradezu verboten tiefen Ausschnitt wollte so gar nicht zu der Tatsache passen, dass erst vor Kurzem ihr Mann gestorben, mutmaßlich sogar ermordet worden war.

Leander wartete, bis das Auto aus der Einfahrt auf die Straße gefahren war, dann hechtete er aus dem Gebüsch und sprintete am Haus vorbei und über das Nachbargrundstück. Er konnte nun keine Rücksicht mehr darauf nehmen, von niemandem gesehen zu werden, wenn er sein Auto erreichen und Liv nicht aus den Augen verlieren wollte. Verflucht, warum hatte er nur so weit weg geparkt? Beim Sprung über einen niedrigen Friesenwall blieb er an den Stacheln einer Heckenrose hängen und fluchte laut, während sich das Brennen in die Haut fraß.

Endlich hatte er den i3 erreicht. Das Auto startete mit einer musikalischen Begrüßung, darüber hinaus jedoch lautlos, und setzte sich mit durchdrehenden Reifen nur widerspenstig in Bewegung, als Leander heftig auf das Strompedal trat. Es dauerte ein paar Minuten, bis er das Cabrio weit vor sich sah. Der rote Wagen durchquerte im Schritttempo Kampen, das jetzt am Samstagabend vor nobel gekleideten Menschen geradezu überquoll. Bei der High Society und allen, die dazugehören wollten, war Party angesagt. Hoffentlich suchte sich Liv jetzt nicht einen Parkplatz und tauchte in der Szene unter. Dann konnte Leander seine Mission vergessen, und er hatte es sich mal wieder völlig umsonst mit Franziska verscherzt.

Mühsam quetschte er sich durch die Massen, die den teuren Restaurants und Bars zustrebten, und atmete erleichtert auf, als er Liv schließlich wieder auf freier Strecke vor sich hatte. Hinter dem Ort bog sie nach links ab, fuhr nun erheblich zu schnell durch die Dünenlandschaft und bog schließlich in die Zufahrt zu einer ausladenden weißen Reetdach-Villa ein, die hier auf Sylt sicher einen bedeutenden zweistelligen Millionenbetrag wert war. Das Cabrio hielt direkt vor dem von Säulen gesäumten Hauseingang. Liv sprang jugendlich leicht heraus, zog einen Schlüssel aus ihrem Handtäschchen und schloss die Haustür auf, als wäre sie hier zu Hause.

Leander fuhr an dem Grundstück vorbei und parkte sein Auto in der Deckung einer Düne direkt neben dem hölzernen Bohlenweg, der hinüber an den Strand führte. Wenn er hier von der Inselpolizei erwischt wurde, kostete das sicher ein sattes Strafmandat, aber darauf konnte er jetzt keine Rücksicht nehmen. Er stieg aus und umrundete das Grundstück im Schutz der Sandhügel. Links von ihm rauschte das Meer, rechts öffnete sich der Dünengürtel und gab den Blick auf die Rückseite der Villa und eine breite Terrasse mit Sitzlandschaft unter einem riesigen weißen Sonnensegel frei. Ein großzügiger Pool glitzerte blau im Licht der schräg stehenden Sonne. Dieses Anwesen hätte genauso gut irgendwo in der Karibik liegen können.

Und da war auch Liv Randers wieder. Sie hing am Hals eines Mannes, dessen Hände ihren Hintern bearbeiteten, während sie sich innig küssten. Als sie nun von ihm ab- und sich in einen der Korbsessel sinken ließ, erkannte Leander Nommen Hinrichsen. Natürlich, wer außer Hinrichsen hätte wohl in dieser einzigartigen Dünenlandschaft die Baugenehmigung für ein solches Anwesen bekommen? Und was Liv anging: Er hatte recht behalten, die »BeautyBitch« verarschte sie alle und führte nicht nur ein Doppel-, sondern mindestens ein Dreifachleben.

Leander hockte sich hinter eine der Erhebungen und zog zischend die Luft durch die Zähne, als der salzige Sand in dem Kratzer an seinem Bein brannte. Vorsichtig schubbelte er ihn mit den Fingerspitzen ab und legte so eine tiefe blutige Risswunde frei. Hoffentlich entzündete sich das nicht! Geschieht dir recht, würde Franziska gefühllos sagen. Bei uns auf der Terrasse wäre dir das nicht passiert.

Aber für sein männlich ausgeprägtes Schmerzempfinden war nun keine Zeit und schon erst recht nicht für Selbstmitleid. Leander wandte sich wieder der Terrasse zu und beobachtete durch die spärlichen Halme des Dünengrases, wie Hinrichsen Liv einen Cocktail servierte, während sie sich in ihrem Sessel räkelte und den Blick auf das offene Meer genoss. In ihrem roten Kleid und dem wie angeborenen High-Society-Gehabe erschien die Villa wie ihr natürliches Biotop. Kein Zweifel, dies war der Lebensstil, den Liv Randers für angemessen hielt und der auch zugegebenermaßen zu ihr passte. Ihr Leben an Christians Seite musste ihr wie eine Verschwendung vorgekommen sein.

Auch Nommen Hinrichsen teilte offensichtlich Leanders Eindruck. Der Bauunternehmer ließ sich nun seinerseits mit einem Glas in der Hand Liv gegenüber nieder und zog sie regelrecht mit seinen Blicken aus. Leander erkannte das lüsterne Glitzern in seinen Augen bis hierher.

Wie stockend rieselnder Sand in einer fast verstopften Eieruhr drang nun zu ihm durch, was das alles bedeutete: Liv Randers, die am Nachmittag noch dem ermittelnden Kriminalbeamten gegenüber angegeben hatte, dass Hinrichsen sich am Strand mit ihrem Mann getroffen habe und dass dieser von dem Treffen nicht mehr lebend zurückgekommen sei, unterhielt offensichtlich eine stürmische Liebesbeziehung mit dem von ihr indirekt Beschuldigten. Wen, verdammt noch mal, verarschte die eigentlich noch alles?

Oder nein! Leander durchzuckte die Erkenntnis wie ein Blitz. Was, wenn das alles auf Hinrichsens Mist gewachsen war? Hatte Liv die Polizei nur deshalb auf seine Fährte gesetzt, damit Bennings und er genau die Zusammenhänge vermuteten, die sie am Nachmittag nachvollzogen hatten? Sollten sie vielleicht nach gründlicher Überprüfung des Bauunternehmers zu der Erkenntnis kommen, dass Hinrichsen unschuldig und der Einzige, der von all dem zu profitieren hoffte, Paulsen war? War Liv tatsächlich so durchtrieben, eine derartige Scharade zu spielen, bei der sie selbst aus dem Fokus geriet? Überhaupt: Wo war Paulsen eigentlich abgeblieben? Wenn der wüsste, dass seine Geliebte die kommende Nacht mit einem anderen verbringen würde! Oder hatte Paulsen sie vielleicht auf Hinrichsen angesetzt?

Leander hielt nun einfach alles für möglich. Ihm rauchte regelrecht der Schädel, während er beobachtete, dass auf der Terrasse von zwei Mädchen in schwarz-weißer Hausangestellten-Kluft das Abendessen serviert wurde. Auf einer breiten Silberplatte streckte ein roter Hummer seine Glieder. Liv setzte ihr Cocktailglas ab und rieb sich voll Vorfreude die Hände, während Hinrichsen mit einer Hummerzange den Panzer des Tieres knackte und seiner Geliebten die schönsten Stücke des weißen Fleisches auf den Teller legte, während Leander sich schmerzhaft bewusst wurde, dass er seit dem Frühstück nichts mehr gegessen hatte.

Tom und Mephisto warteten auf die Dunkelheit. Sie hatten vor Stunden beobachtet, wie zuerst Liv Randers vom Hof gefahren und Henning direkt danach aus seinem Gebüsch gesprungen und durch die Gärten gehetzt war. Seitdem war es still in der Nachbarschaft. Lediglich die Frau mit ihrem Hund, die kurz vor Livs Aufbruch ihr Haus verlassen hatte, war höchstens zehn Minuten später schon wieder zurückgekommen. Die kläffende Töle hatte angesichts der Kürze des Ausfluges nicht gerade zufrieden gewirkt und war zusätzlich in Raserei verfallen, als sie die Witterung der beiden Observanten aufgenommen hatte. Aber das genervte Frauchen hatte das aufjaulende Tier waagerecht durch die Luft ins Haus gezogen. Tierliebe sah anders aus.

Mephisto und Tom hingegen waren an diesem Abend sehr zufrieden mit sich. Die beiden Freunde hatten es diesmal geschickter angestellt. Ihren Smart hatten sie im Ort geparkt und sich dann von hinten dem Haus genähert. Zum Glück war das Grundstück so verwildert, dass sie in der Deckung eines verfallenen Gartenschuppens gefahrlos abwarten konnten, bis sich ihnen die Gelegenheit bieten würde, unbemerkt auf die Terrasse und an die Hintertür zu gelangen. Und das

Beste an all dem war, dass Henning von ihrer Aktion nicht einmal etwas ahnte.

Als er und Dieter Bennings am Nachmittag abgefahren waren, ohne sie über die weiteren Schritte der Ermittlungen in Kenntnis zu setzen, hatten sie zunächst ihrer Entrüstung über so viel Undank Luft gemacht, dann aber beschlossen, auf eigene Faust tätig zu werden. Mephisto war es schließlich gewesen, der den Verdacht geäußert hatte, dass der Ordner, den Liv Bennings ausgehändigt hatte, bestimmt nicht der gewesen sei, den sie aus dem Büro mitgenommen hatte. Ergo musste der richtige Ordner sich noch in ihrem Haus befinden. Und genau das wollten sie nun überprüfen.

So wie die Dame aufgebretzelt gewesen war, mussten sie nicht vor Mitternacht mit ihrer Rückkehr rechnen – wenn überhaupt, es gab ja nun keinen Ehemann mehr, der zu Hause auf sie wartete. Zeit genug jedenfalls für die Mission der beiden Nachwuchsdetektive. Henning würde Augen machen, wenn sie ihm morgen einen Ordner überreichten, in dem die Beweise für illegale Geschäfte – welcher Art auch immer, da waren sie sich nicht einig geworden – fein säuberlich abgeheftet waren.

Tom hatte zwar die Befürchtung geäußert, dass ihr Freund von ihren Extratouren nicht begeistert sein würde, aber nachdem sie hatten beobachten dürfen, dass auch er sich auf Abwegen befand, die sein Freund Dieter sicher nicht abgesegnet hatte, war selbst er beruhigt gewesen.

»Jetzt müssen wir uns nur noch etwas einfallen lassen, wie wir da reinkommen sollen«, stellte Tom in einem Tonfall fest, der so weit von Zuversicht entfernt war wie Mephisto von seinem Idealgewicht. »Ich hatte gehofft, das Haus hätte einen Keller und damit auch ein altersschwaches Kellerfenster, das wir knacken könnten – aber Pustekuchen.«

»Zerbrich dir da mal nicht den Kopf«, entgegnete Mephisto großspurig. »Zum Denken hast du ja zum Glück mich dabei.«

»Aha, und du hast auch schon eine Idee, wie wir ins Haus kommen, nehme ich an.«

»Na, durch das Badezimmerfenster natürlich«, entgegnete Mephisto, als sei das genau der Weg, den man immer in ein Haus nahm. Dabei deutete er mit dem Zeigefinger auf den Giebel unter dem halb verfaulten Reetdach. »Die hübsche Liv hat es löblicherweise und ganz nach den korrekten Lüftungsregeln für Feuchträume nach dem Duschen auf Kipp gestellt.«

»Ach ja, du Schlaumeier?«, konterte Tom entnervt und musterte betont auffällig die Körperform seines Einbruchkomplizen, »und wie kommen wir da rauf?«

Mephisto seufzte schwer. Sein Zeigefinger wanderte langsam in Richtung Terrasse, damit der Begriffsstutzige ihm auch folgen konnte. »Da steht ein Tisch«, erklärte er im Ton einer Erzieherin im Inklusions-Kindergarten dem geistig Gehandicapten. »Siehst du das eckige graue Ding da vorne? Das ist eine Mülltonne. Und die stellen wir auf den Tisch da drüben. Darauf nun wieder klettere ich und helfe dir mit einer Räuberleiter hoch zum Fenster.«

»Das ich dann wie aufbekomme?«

»Hast du dich noch nie selbst ausgesperrt?«, antwortete Mephisto mit einer Gegenfrage und zog einen großen Schraubendreher aus der Tasche. »Damit hebelst du das Fenster hoch. Ich habe ihn mir von unserer Vermieterin geliehen und behauptet, ich müsste einem Freund bei der Reparatur einer Schranktür helfen. Handwerklich geschickt, wie ich nun einmal von Natur aus wirke, hat sie es mir auf Anhieb geglaubt.«

Tom schüttelte den Kopf, kommentierte die Geschichte aber lieber nicht. »Und du glaubst tatsächlich, die Mülltonne und der Tisch hielten uns beide aus?«

»Also, mich schon!« Mephistos Blick wanderte abschätzend an Tom hinauf und wieder herunter. »Dir sieht man allerdings schon an, dass du in letzter Zeit das eine oder andere Bier zu viel gehabt hast. Treibst du eigentlich gar keinen Sport?«

»Weißt du, Mephisto, manchmal beneide ich dich um deine Wahrnehmungsstörung«, entgegnete Tom. »Damit lebt es sich bestimmt leichter, und ohne eine solche hättest du wahrscheinlich schon längst Selbstmord begangen.«

»Ich könnte jetzt beleidigt sein«, kommentierte Mephisto das, als spräche er zu sich selbst. »Ich könnte ihn aber auch einfach schwafeln lassen. Ja, ich denke, ich entscheide mich für Letzteres. Der Klügere gibt nach.«

Tom ächzte schwer und schüttelte den Kopf. Da waren Hopfen und Malz verloren. Gegen einen Narziss wie Mephisto kam er einfach nicht an.

So kippte die Sonne allmählich über den Horizont, und die Blaue Stunde tauchte den Garten in sanftes Dämmerlicht.

Leander wohnte als Zaungast einem fürstlichen Mahl aus fünf Gängen bei. Zu jedem wurde ein anderer Wein gereicht, und als es allmählich dunkel wurde, entzündete Nommen Hinrichsen ein Terrassenfeuer in einer abgeschirmten Schale, die ein sanftes Flackern durch kunstvoll gefräste Schlitze auf die Sitzgruppe warf. Das da drüben war Romantik pur. Leander beschloss, sich die Inszenierung zum Vorbild zu nehmen und Franziska nach ihrer Rückkehr nach Föhr in gleicher Weise zu verwöhnen. Das würde sie besänftigen. Nur die Bediensteten würde er sich sparen.

Hatte er von den Gesprächen aufgrund der Entfernung den ganzen Abend über nichts mitbekommen, drang das Gelächter des Paares mit zunehmendem Alkoholkonsum immer lauter zu ihm herüber. Schließlich schlug Liv beide Arme vor ihre Brust, womit sie deutlich machte, dass es ihr nun zu kühl wurde. Nommen Hinrichsen sprang auf und wollte ihr sein Jackett um die Schultern legen, aber Liv wehrte es sanft ab, griff stattdessen nach seiner Hand und zog ihn in Richtung Haus. Hinrichsen lachte erwartungsvoll und folgte ihr hinein.

Kaum waren die beiden verschwunden, tauchten die jungen Angestellten wieder auf und räumten Geschirr und Gläser ab. Das ging in einem Tempo vor sich, das auf eine Menge Routine hindeutete. Zurück blieb nur das flackernde Terrassenfeuer, als sie nun auch die Schiebetür schlossen und das Licht im dahinter liegenden Wohnzimmer löschten. Jetzt war nur noch ein Gaubenfenster im Dachgeschoss erleuchtet, und Leander hatte eine ziemlich genaue Vorstellung davon, was sich dahinter gerade abspielte.

Die Mülltonne ächzte bedenklich, als Mephisto schwerfällig von der wackeligen Tischplatte aus hinaufkletterte. Wundersamerweise hielt der Kunststoffdeckel das Gewicht aber aus, was nicht zuletzt daran lag, dass der übergewichtige Gastwirt die Füße so weit wie möglich am Rand platzierte, während er gefährlich hin und her wankte.

»Jetzt du«, befahl er und reichte Tom die Hand, um ihn ebenfalls hinaufzuziehen.

Die so entstehende Konstruktion aus Gartentisch, Mülltonne, Mephisto und Tom auf der Räuberleiter neigte sich unheilvoll. Der Lehrer hätte sich nun gerne in einer vollen Haarpracht festgekrallt, aber da war ja bei seinem Freund nur glänzende Leere über den buschigen Augenbrauen, und in denen wollte er sich angesichts der zu erwartenden Reaktion lieber nicht verhaken. Es blieb ihm also nichts anderes übrig, als unter Körperspannung und mit Schwung todesmutig nach oben zu greifen, während Mephisto ihn zentimeterweise in Richtung Fenster schob.

Nun hatte er den Sims erreicht, konnte sich am Rahmen des gekippten Fensters festhalten und angelte vorsichtig nach dem Schraubendreher, den er in seine Hosentasche gesteckt hatte. Einen Moment lang durchzuckte ihn die Sorge, das Werkzeug könnte ihm entgleiten und mit einer Zwischenlandung auf Mephistos Glatze und einer weiteren auf dem Tisch schließlich laut klappernd auf die Terrasse fallen. Dann hätten sie die akrobatische Aktion noch einmal von Anfang an durchführen müssen. Es sei denn, der Schraubendreher bliebe in der Glatze stecken, sodass Tom sie nur wieder herauszuziehen brauchte. Diese Vorstellung und vor allem Mephistos zu erwartendes dummes Gesicht fand er derart komisch, dass er glucksend lachen musste. Sein Oberkörper bebte derart, dass Mephisto Mühe hatte, den Freund auszubalancieren, ohne den Stand auf der Tonne zu verlieren.

»Sag mal, was treibst du da oben eigentlich?«, fluchte der, seine aufbrausende Wut nur mühsam unterdrückend.

»Sekunde«, gab Tom schwer atmend zurück. »Ich bin gleich soweit.«

Er setzte den Schraubendreher unter dem Fensterflügel an und hebelte ihn mit einem Ruck hoch. Das Fenster sprang auf und schlug, nur noch am unteren Scharnier hängend, nach innen, um lautstark an die Wand zu krachen.

»So«, flüsterte Tom, »das war's. Wenn du mich jetzt noch 30 Zentimeter höher liften könntest, wäre ich so gut wie drin.«

»30 Zentimeter?«, ächzte Mephisto. »Wie soll das denn gehen? Zieh dich, verdammt noch mal, hoch, du Schlaffsack.«

»Ist ja schon gut«, gab Tom zurück, steckte den Schraubendreher wieder in die Hosentasche und griff mit beiden Händen an die innere Fensterbank. Hier krallte er sich fest und schwang sich hinauf, allerdings nicht, ohne vorher noch genussvoll zweimal heftig auf Mephistos Schultern wippend Schwung zu holen, was den heftig fluchen ließ.

Grinsend ließ sich Tom bäuchlings in das Badezimmer gleiten, kam mit einem Satz wieder auf die Füße und schwenkte den Fensterflügel vorsichtig zurück, um ihn in seine Ausgangsstellung zu bringen. Liv sollte ja bei ihrer Rückkehr nicht merken, dass jemand im Haus gewesen war.

Dann machte er sich auf den Weg durch das Obergeschoss zur Treppe, huschte hinunter und öffnete Mephisto von innen die Terrassentür. Der stand jedoch nicht davor. Also umrundete Tom das Haus, um nach seinem Freund zu sehen, und fand ihn an der Straßenseite, wo er gerade die Mülltonne an ihren angestammten Platz zurückstellte.

»Ordnung muss sein«, belehrte Mephisto ihn, stapfte an Tom vorbei zur Terrasse zurück und lupfte die eine Seite des Gartentisches hoch. »Fass mal mit an, Mensch!«

Als sie auch den Tisch mit vereinten Kräften wieder zurückgestellt hatten, betraten sie das Haus. Mephisto rieb sich fluchend seine linke Schulter.

»Du bist aber auch schwer, verdammt!«

»Quatsch«, konterte Tom. »Das ist Arthrose. In deinem Alter ist das ganz normal. Kalkschulter.«

»Ich geb dir gleich Kalkschulter! Und jetzt mach hin, wer weiß, wann die Tussi zurückkommt.«

Sie schlossen die Haustür hinter sich, ließen Küche und Wohnzimmer links und rechts liegen und steuerten zunächst auf ein kleineres Zimmer am Ende des Flurs zu.

Leander hörte ein lautes Platschen und fuhr hoch. Verflucht, da war er doch glatt eingeschlafen! Er rieb sich die Augen und rollte sich an den Rand der Düne, um einen vorsichtigen Blick auf die Terrasse zu werfen. Die Wohnzimmertür stand weit offen. Im erleuchteten Pool planschten Liv und Hinrichsen wie verliebte Teenager. Der Bauunternehmer nahm sie auf die Schulter und warf sie von dort weit hinter sich, was schon allein deshalb ein erquicklicher Anblick war, weil die hübsche Witwe nicht einmal einen Bikini trug. Sie tauchte wieder auf, spritzte Wasser in Richtung ihres Geliebten und ergriff dann heftig kraulend die Flucht, als er sich lachend auf sie stürzte.

Nach einer Viertelstunde war das Schauspiel vorbei. Liv stieg die Leiter hoch, angelte sich ein Badetuch und rubbelte sich eilig trocken. »Verdammt, ist das kalt!«, rief sie.

»Weichei«, erwiderte Hinrichsen und entstieg betont cool dem Wasser.

»Von wegen Weichei! Schau dich doch mal an«, Liv deutete prustend vor Lachen auf Hinrichsens Unterleib, »dann siehst du, wie kalt es ist.«

»Wie bitte?«, entgegnete der entrüstet. »Na warte, dir werde ich helfen!«

Sie ließ das Badetuch fallen und rannte kreischend ins Haus zurück. Hinrichsen folgte ihr, ohne sich abzutrocknen, und schob die Terrassentür wieder zu. Dann lief er ihr nach und verschwand aus Leanders Blick. Garantiert ging das Sparring da oben nun in die zweite Runde.

Leander hatte genug. Liv hatte recht, es war empfindlich kalt geworden. Er schlug die Arme um den Oberkörper und rappelte sich hoch. Für diese Nacht hatte er genug gesehen. Bestimmt kamen die beiden vor morgen Früh nicht noch einmal heraus. Und dann würden sie sich von ihren Bediensteten ein Frühstück mit Ham and Eggs, Sekt und Orangensaft und allem, was in diesen Kreisen als notwendig galt, auf der Terrasse servieren lassen. Leanders Magen knurrte laut bei dieser Vorstellung. Hoffentlich hatten ihm Franziska und ihre Freunde etwas vom Abendessen übrig gelassen.

Über ihm strahlte ein abnehmender Mond vom wolkenlosen Himmel. Sterne funkelten millionenfach. Dies war eine Nacht, die er eigentlich an Franziskas Seite hätte verbringen müssen. Sie beide, eng aneinander geschmiegt, am Strand oder in seinem Garten, ein Glas Rotwein, vielleicht auch ein paar mehr … Stattdessen fror er sich hier draußen wie ein Spanner in den Sylter Dünen alleine den Ast ab.

Scheiße!, fluchte Leander. Dies war garantiert sein letzter Fall!

»Wie du geächzt hast, als ich auf deine Schultern gestiegen bin«, erinnerte sich Tom lachend. »Ich habe gedacht, du brichst gleich unter mir zusammen.«

»Ich und zusammenbrechen?« Mephisto schnaubte verächtlich. »Wenn du dich nicht so ungeschickt angestellt hättest, hätte ich dich mit Leichtigkeit zum Fenster hochgelupft.«

»Gelupft?« Tom konnte sich vor Lachen nicht halten. »Gelupft hätte er mich! Der alte Mann mit seiner Kalkschulter!«

»Noch ein Wort und du läufst nach Hause!«, drohte Mephisto.

Sie waren auf dem Rückweg in Richtung List und höchst zufrieden mit sich und ihrem Einsatz.

»Henning wird Augen machen«, prophezeite Mephisto. »Jede Wette, dass er damit nicht rechnet.« Er deutete mit seinem Daumen über die Schulter.

»Das ist schon ein dolles Ding«, stimmte Tom zu und warf einen kurzen Blick auf den Ordner, der auf dem Rücksitz lag. »Den präsentieren wir ihm morgen gleich nach dem Frühstück.«

»Apropos«, kam es plötzlich nachdenklich von Mephisto. »Hast du eine Ahnung, wo wir jetzt noch etwas zu essen herbekommen? Ich hatte ja keine Ahnung, wie hungrig dieser Investigativkram macht.«

38

»Ich frage lieber nicht, wo ihr den herhabt«, ranzte Leander seine Freunde an.

Sie saßen in Toms Zimmer, Mephisto auf der Bettkante, Tom und er an dem kleinen Tisch am Fenster.

»Och, frag ruhig«, entgegnete Mephisto. »Vielleicht kannst du von uns ja noch etwas lernen.«

Leander blickte ihn grimmig an und kniff die Lippen zusammen. Je weniger er wusste, desto weniger konnte er Dieter Bennings beichten. Wenn der Ordner unrechtmäßig erlangt worden war, war er als Beweismittel wertlos. So konnte Bennings immer noch behaupten, er habe ihn anonym zugespielt bekommen.

»Jetzt guck schon rein!«, wurde Tom ungeduldig, nahm Leander den Ordner aus der Hand, schlug ihn auf und schob ihn ihm wieder hin. »Du wirst staunen.«

Leander blätterte widerwillig durch die abgehefteten Dokumente: alte Aufträge für Reparaturen an Ferienwohnungen und Privathäusern, Kostenvoranschläge, Rechnungen, nichts Aufregendes und schon gar nichts Rechtswidriges. Genervt schlug er den Ordner wieder zu.

»Wollt ihr mich verarschen?«, fuhr er seine Freunde an. »Was soll denn daran so spannend sein?«

»Er hat es nicht bemerkt«, stellte Tom zufrieden fest und nickte Mephisto zu.

»Ich sage doch, er kann von uns noch viel lernen«, entgegnete der selbstgefällig grinsend.

»Wisst ihr, was ihr mich mal könnt?« Leander stand auf und wandte sich der Tür zu. Er hatte genug von dem Gekasper.

»Jetzt will er einfach abhauen«, zeigte sich Tom entrüstet. »Wir liefern ihm den Knaller auf dem Silbertablett, und er merkt es gar nicht.«

Mephisto erhob sich schwerfällig von seinem Stuhl, nahm den Ordner in die Hand, schlug ihn auf und hielt ihn Leander, der immer noch den Türgriff in der Hand hatte, vor die Nase. »Was glaubst du wohl, warum die kluge Liv einen Ordner mit nach Hause nimmt und vor der Polizei versteckt, in dem sich nur alte Rechnungen und dergleichen unwichtiges Zeug befinden? Und warum hat sie euch den nicht einfach ausgehändigt, als ihr danach gefragt habt? Na?« Er wartete einen Moment, und als von Leander keine Antwort kam, befahl er: »Mach die Tür zu und setz dich wieder hin, dann erklären wir es dir.«

»Ich hoffe für euch, dass ihr wirklich etwas habt. Sonst verliert ihr hier und jetzt euren besten Skatbruder.« Leander folgte Mephistos Aufforderung und nahm an dem kleinen Tisch Platz.

»Also«, begann Tom, »als wir den Ordner in Livs Vorratsraum im Regal zwischen Nudeln und Fertigsuppen gefunden haben, waren wir zuerst genauso enttäuscht wie du.«

»Das sei dir zu deiner Beruhigung einmal zugestanden«, ergänzte Mephisto großmütig.

»Wir haben uns natürlich auch gefragt, was an alten Rechnungen so geheimnisvoll sein soll«, fuhr Tom fort. »Und dann hatten wir eine Idee: Diesen Ordner hat garantiert während der letzten Jahre kein Mensch mehr aus dem Regal in Randers' Büro gezogen. Die jüngsten Rechnungen sind fünf Jahre alt. Das heißt, dass sich dieser Ordner ganz besonders dazu eignet, etwas darin zu verstecken.«

»Etwas«, Mephisto hob gewichtig den Zeigefinger, »das auch Christian Randers nicht zu sehen bekommen sollte.«

»Aha, und was soll das sein?«

»Genau die Frage haben wir uns auch gestellt. Haargenau dieselbe Frage.« Mephisto war begeistert, weil dies offenbar der Beweis dafür war, dass Leander auch nicht klüger war als seine Aushilfsdetektive.

»Nachdem sich kein geheimes Dokument gefunden hat, haben wir den Ordner selbst also ganz genau unter die Lupe genommen und diese Spuren entdeckt.« Tom deutete auf Klebereste auf der Innenseite des Ordnerrückens ober- und unterhalb des runden Lochs. »Und dann fiel uns dein Bericht über Livs Filmleidenschaft ein. ›BeautyBitch‹! Du erinnerst dich?«

»Bingo!«, bestätigte Mephisto.

»Wie: Bingo?« Leander hatte allmählich den Eindruck, dass seine Freunde übergeschnappt waren.

»Er begreift es nicht!« Tom schlug sich mit der flachen Hand vor die Stirn. »Und dabei spielt er immer den großen Kriminalisten.«

»Da waren wir aber deutlich fixer mit der Birne«, stimmte Mephisto zu. »Mensch, Henning, da hat etwas geklebt!«

»Nein!« Leander konnte nur noch mit Ironie reagieren. »Ihr habt aus Kleberesten messerscharf geschlossen, dass da etwas geklebt hat. Genial!«

»Jaaaa.« Tom tippte sich mit dem Zeigefinger an die Stirn. »Aber wir haben im Gegensatz zu dir sofort an eine kleine Kamera gedacht.«

»Eine Spionagekamera, um genau zu sein«, ergänzte Mephisto. »Liv hat doch bei eurer ersten Befragung angegeben, sie habe den Verdacht gehabt, dass ihr Mann eine Affäre mit seiner Sekretärin gehabt habe. Was liegt da bei einer Frau, die ein Profi in Sachen Videotechnik ist, näher, als dass sie eine Kamera in seinem Büro installiert, um ihn auf frischer Tat zu ertappen?«

»Also, mir würden da durchaus auch noch andere Sachen einfallen als eine Spionagekamera«, wandte Leander ein.

»Wir sind dann auf die Suche nach dieser kleinen Kamera gegangen«, überhörte Tom den Einwand. »Und was soll ich dir sagen? Wir haben sie gefunden! In demselben Regal zwischen Nudeln und Fertigsuppen.« Er schob ein kleines schwarzes Etui über den Tisch, öffnete es und holte eine handelsübliche Actioncam heraus. »Voila, eine *GoPro*, und die passt wie angegossen.« Zum Beweis hielt er die Kamera so vor das Ordnerloch, dass die Linse in der Mitte hindurch guckte und die Ränder passend auf den Klebespuren lagen. »Und hier«, er nahm die Kamera wieder heraus und deutete auf die Kanten, »findest du genau dieselben Klebereste.«

»Nach Büroschluss musste sie nur noch die Speicherkarte holen und konnte dann zu Hause am Rechner erleben, was ihr Mann so trieb.« Mephisto sah sehr zufrieden aus.

»Hm«, machte Leander. »Jetzt gibt es zwei Möglichkeiten: Entweder hatte Randers tatsächlich eine Affäre mit seiner Sekretärin, und Liv hat ihn auf diese Art ertappt, oder er hatte keine.«

»Was kümmert uns denn Randers' Liebesleben?«, fuhr Tom ihn fassungslos an.

»Tut es nicht?«

»Natürlich nicht! Mensch, du Triefnase, jetzt denk doch mal kriminalistisch. Stell dir mal vor, die eifersüchtige Liv hat auf den Videos nicht ihren Mann beim Seitensprung gesehen, sondern Beweise für illegale Geschäfte, die er abzog.«

Leander dachte einen Moment nach. »Du meinst, auf den Videos könnte sein Auftraggeber zu sehen sein? Das wäre durchaus möglich.«

»Eben«, wurde Mephisto nun resolut. »Und deshalb rufst du jetzt deinen Freund Bennings an und sorgst dafür, dass Livs Computer beschlagnahmt wird. Wenn sie die Filme nicht gelöscht hat, sind sie bestimmt auf der Festplatte. Und sonst kann die Kriminaltechnik sie wiederherstellen, oder?«

Leander nickte. »Aber ich rufe ihn nicht an. Am Telefon glaubt er mir die Story nicht. Ich fahre hin und zeige ihm den Ordner und die Kamera.« Er sprang auf und wollte schon den Raum verlassen, als ihm noch etwas einfiel. Also drehte er sich wieder um und grinste seine beiden Freunde breit an. »Gute Arbeit, Männer!«

»Wissen wir.« Mephisto winkte leichthin ab.

»Ist aber trotzdem schön, dass du es zu würdigen weißt«, ergänzte Tom mit demselben Understatement in der Stimme.

»Den Ordner wird mir jeder Wald- und Wiesenanwalt vor Gericht um die Ohren schlagen«, schimpfte Dieter Bennings. »Illegal beschafftes Beweismaterial ist nicht zulässig.«

»Wieso illegal beschafft?«, tat Leander unschuldig.

»Wenn ihr bei Liv Randers einbrecht und den Ordner entwendet, ist das illegal!«

»Wer sagt denn, dass der Ordner aus Livs Haus stammt?«

Bennings sah Leander an, als habe der nicht mehr alle Tassen im Schrank.

Aber der hatte sich auf dem Weg hierher einen passenden Ausweg einfallen lassen: »Überleg doch mal. Liv hat uns gegenüber behauptet, lediglich private Korrespondenz aus dem Büro mitgenommen zu haben. Also keine Geschäftsunterlagen! Den Ordner mit der Korrespondenz hat sie uns ausgehändigt, folglich kann sich in ihrem Haus kein weiterer Ordner aus dem Büro ihres Mannes mehr befunden haben, da sie ja keinen mehr mitgenommen hat.«

»Ach, und wo habe ich den hier dann so plötzlich her?«

»Aus Christian Randers' Büro natürlich. Wenn Liv ihn nicht mitgenommen hat, hat er logischerweise noch dort im Regal gestanden.« Nun feixte Leander diebisch.

Auch Bennings' Gesicht hellte sich jetzt auf. »Da ist was dran. Und du kannst bezeugen, dass sie das so gesagt hat.«

»Mehr als das: Ich war sogar dabei, als du ihn unter all dem anderen Krempel auf deinem Schreibtisch entdeckt hast! Wir sind doch nicht blöd. Wenn die Dame glaubt, uns vorführen zu können, ist sie schief gewickelt. Wir schlagen sie einfach mit ihren eigenen Aussagen.«

Bennings griff mit einem Grinsen zum Telefon und tippte eine Nummer ein. Der Staatsanwalt war direkt in der Leitung und versprach, einen Durchsuchungsbeschluss für das Haus der Witwe in die Amrumer Polizeidienststelle zu mailen.

»So, und jetzt habe ich auch noch etwas, das dich freuen wird.« Dieter Bennings war sichtbar zufrieden nach diesem Telefonat und rieb sich die Hände. Er zog einen Zettel aus einem Aktendeckel und schob ihn Leander hin.

Der griff danach, überflog ihn und fragte irritiert: »Na und, das ist der Brief von Hans Blank, den ich dir gemailt habe. Du hast ihn einfach ausgedruckt.«

»Eben nicht.« Bennings holte einen zweiten Zettel aus dem Aktendeckel. Der war im Gegensatz zu dem ersten mit grauen Sprenkeln bedruckt, so wie das Foto in Leanders Smartphone. »Das ist dein Brief. Und der andere da ist ein neuer Ausdruck. Wir haben die Datei unter den gelöschten Daten auf Randers' Festplatte gefunden. Die Kriminaltechniker haben dein Foto mit dem Ausdruck verglichen und eindeutig nachgewiesen, dass beide Briefe auf demselben Drucker ausgedruckt worden sind.«

»Das heißt also, Randers ist Hans Blank?« Leander schüttelte ungläubig den Kopf. »Warum sollte er denn jemanden nach Sylt locken und auf Geschäfte aufmerksam machen, in die er selber verstrickt ist?«

»Wir wissen ja nicht, was mit dem Millionenskandal gemeint ist. Falls es um die Sandvorspülungen geht, hat er keinerlei Beteiligung an den Geschäften. Im Gegenteil: Er hat ein Interesse daran, dass Unregelmäßigkeiten, die er bei der Vergabe der Aufträge vermutet hat, aufgedeckt werden.«

»Und falls doch die Geschäfte mit den CO_2-Kompensationen gemeint sein sollten, könnte auch Liv auf dem Computer ihres Mannes diesen Brief geschrieben haben, um ihm eins auszuwischen«, ergänzte Leander. »Wir werden ja sehen, ob auf den Videos seine Seitensprünge zu sehen sind oder vielleicht sogar der Kompagnon, für den Randers die Kompensationsgeschäfte getätigt hat.« Er dachte einen Moment darüber nach und schränkte dann ein: »Sofern an denen etwas faul ist.«

»Also, holen wir uns den Beschluss, und dann nichts wie ab zur hübschen Liv!« Bennings klatschte voller Tatendrang in die Hände.

»Und auf der Fahrt dorthin erzähle ich dir dann, was die lustige Witwe an ihren Abenden noch so alles treibt und vor allem mit wem«, kündigte Leander an.

»Da sind meine gesamten YouTube-Daten drauf!« Liv Randers stellte sich einem Kriminaltechniker in den Weg. »Wenn Sie die mitnehmen, bin ich aufgeschmissen.«

»Sie werden Ihre Festplatten und den Computer so schnell wie möglich zurückbekommen«, versuchte Dieter Bennings, sie zu beruhigen.

»Und was mache ich in der Zwischenzeit?«

»Urlaub«, antwortete der Kriminaltechniker und schob sie resolut zur Seite.

»Das ist unerhört!«

»Sie können einen Rechtsanwalt zu Rate ziehen«, belehrte Bennings sie. »Das hat allerdings keinerlei aufschiebende Wirkung.« Damit wandte er sich ab.

Liv Randers schnaubte wütend und rauschte aus dem Wohnzimmer. Bennings winkte zwei Beamten und deutete mit dem Zeigefinger an, ihr zu folgen und sie nicht aus den Augen zu lassen. Die Männer nickten und eilten hinterher.

»Wir werden das ganze Haus auf den Kopf stellen«, versprach Bennings Leander, der zwar bei der Aktion dabei sein, aber selber nichts anfassen durfte.

»Was hat denn die Durchsuchung in Randers' Büro ergeben?«, erkundigte Leander.

»Noch nichts. Die Jungs von der Wirtschaft sind dran. Sobald sie etwas haben, melden sie sich.«

Dann wandte sich der Hauptkommissar einem Beamten zu, der ihm vom Flur her ein Zeichen gegeben hatte. Leander folgte den beiden nach oben ins Liv Randers' Schlafzimmer. Die Polizeibeamten hatten sämtliche Kleidung aus Schrank und Schulfächern geräumt und auf das Bett gestapelt.

Einer der Männer hielt grinsend ein kleines schwarz-oranges Kästchen hoch. »War in einem Schuhkarton versteckt«, berichtete er. »In die Spitze der Pumps geschoben.«

»Was ist das?«, erkundigte sich Leander.

»Eine SSD.« Und als Leanders Gesicht ein deutliches Fragezeichen ausdrückte: »Eine ultraschnelle Festplatte. Eignet sich vor allem für große Datenpakete wie Filme und dergleichen.«

Bennings klopfte dem Mann auf die Schulter. »Gut gemacht. Wertet sie als Erstes aus.«

Der Techniker nickte und setzte seine Sucharbeit fort.

»Unsere Arbeit wird immer schwieriger«, erklärte Bennings Leander. »Du glaubst ja gar nicht, wie klein Datenträger heutzutage sind. Manchmal finden wir Micro-SD-Karten hinter Steckdosen und in Lichtschaltern.«

Das erklärte, warum ein Techniker dabei war, eben diese aus den Wänden zu schrauben.

»Und dann sind da noch die Clouds«, fuhr Bennings fort. »Um die im World Wide Web zu finden und darauf zugreifen zu können, müssen wir echte Detektivarbeit leisten: Rechnungen oder Abbuchungen finden, die auf die Existenz der Clouds hinweisen; dann die Zugangsdaten zum Teil aus verschlüsselten Datentresoren auf versteckten Festplattenpartitionen ausfindig machen; Firewalls umgehen. Ehrlich, ich beneide die Wirtschaftstypen nicht. Die haben ja fast nur noch mit Daten zu tun, die international hin und her geschoben werden. Ganz zu schweigen vom Darknet!«

»Und ich habe mich früher beschwert, wenn ich Observationen durchführen musste«, bekannte Leander, der froh war, nicht mehr unter diesen neuen Bedingungen ermitteln zu müssen.

Als drei Stunden später alles abtransportiert wurde, was die Beamten gefunden hatten, stand Liv Randers mit verschränkten Armen in der Einfahrt. Bennings ging zu ihr, um sich zu verabschieden, aber sie starrte ihn ausdruckslos an. In diesem Moment schien die ewig junge Witwe um Jahre gealtert. So hatte ihr nicht einmal der Tod ihres Mannes zugesetzt. Allein der verkniffene Mund, mit dem sie den abfahrenden Autos hinterhersah, zeigte an, dass mehr dazu gehörte, sie in die Knie zu zwingen.

39

»Man hört ja beunruhigende Dinge«, begann Thoralf mit einem vorsichtigen Seitenblick auf Leander.

Sie saßen alle zusammen auf der Terrasse. Nur Marei war nicht dabei, die würde heute bei einer Freundin schlafen, damit die Erwachsenen mal einen Abend für sich hatten. Franziska hatte darauf bestanden, dass Leander ebenfalls anwesend war, und der hatte nicht gewagt, dem zuwiderzuhandeln.

»So? Was hört man denn?«, fragte Leander und fing sich dafür einen warnenden Blick von Franziska ein.

Versau jetzt bloß nicht die Stimmung!, bedeutete dieser Blick.

»Durchsuchungen in Randers' Firma und sogar bei seiner Frau zu Hause«, antwortete Thoralf. »Stimmt es, dass die Polizei nun ernsthaft einen Zusammenhang mit den Sandvorspülungen vermutet?«

»Das ist eine Möglichkeit«, bestätigte Leander. »Es könnte aber auch noch eine ganz andere Sache dahinter stecken, ein viel größeres Thema.«

Thoralf nickte verstehend. »Die Kompensationsgeschäfte.« Er schwieg einen Moment und ergänzte dann: »Wie man es auch dreht und wendet, am Ende fällt immer auch ein Schlaglicht auf meinen Kompagnon Nommen Hinrichsen. Er steht mit jeweils einem Fuß in beiden Geschäftsbereichen. Ich habe heute mit ihm gesprochen, und du wirst dir vorstellen können, dass ihm das ganz und gar nicht gefällt.«

Und was ist mit dir?, verkniff sich Leander und hob statt dessen nur bedauernd beide Handflächen. »Wie siehst du das Ganze denn?«, fragte er dann vorsichtig.

Thoralf wiegte nachdenklich den Kopf hin und her. »Ich verstehe das alles nicht. Soweit ich es einschätzen kann, geht bei den Ausschreibungen im Küstenschutz alles mit rechten Dingen zu. Die Dänen und Hinrichsen sind nun mal die größten Player, die am preiswertesten anbieten können. Und nur sie haben auch die nötige Expertise.«

»Und die Kompensationsdeals?«

»Das läuft alles ganz kontrolliert unter der Aufsicht der Bundesanstalt für Finanzdienstleistungsaufsicht und internationaler Controlling-Firmen ab. Die Summen werden ja auch durch die Firmen, die mich beauftragen, selbst angemeldet und gegengerechnet.«

»Und es gibt keine Möglichkeiten, das zu umgehen?«

Thoralf zögerte einen Moment, bevor er zugab: »Die gibt es bestimmt. In allen Wirtschaftsbereichen gibt es schließlich kriminelle Energie und Kreativität. Aber mir ist noch nichts davon untergekommen.«

»Die Projekte, in die ihr investiert, müssen doch bestimmt auch zugelassen werden«, vermutete Franziska. »Gibt es da keine Qualitätssiegel oder so etwas?«

»Natürlich wird genau überprüft, wo das Geld landet und wie nachhaltig das ist. Und es wird auch nicht jedes Projekt freigegeben. Vielleicht erinnert ihr euch, dass wir vor Jahren die Idee hatten, CO_2 aus der Atmosphäre zu entziehen oder direkt im Produktionsprozess abzuscheiden und im Meeresboden zu verpressen, die sogenannte ›Carbon Capture and Storage-Technik‹.«

Leander nickte. Er war im Rahmen seiner Ermittlungen auf Helgoland mit diesen Plänen konfrontiert worden.

»Das hat sich zum Beispiel zerschlagen. Für uns hier wäre es natürlich ein gigantisches Projekt gewesen, und die Briten haben ja auch schon Rechte für riesige Seegebiete beantragt. Aber am Ende hat sich die Ansicht durchgesetzt, dass es zu gefährlich sei, derart große CO_2-Depots unter dem Meeres-boden anzulegen, weil sie ja bei einem Seebeben plötzlich als todbringende Wolke wieder freigesetzt werden könnten. Das ist zwar höchst unwahrscheinlich, aber das Ärgerliche ist halt, dass wir uns in Deutschland immer von diesen Bedenkenträ-gern regieren lassen.«

»Heißt das, woanders wird die Methode angewandt?« Leander zog erstaunt die Augenbrauen hoch.

»Natürlich. In Norwegen zum Beispiel. Bei der Erdgas-förderung in der Nordsee fällt eine Menge CO_2 an, und weil die CO_2-Steuer in Norwegen sehr hoch ist, wird es abge-schieden und in den leeren Gaskavernen verpresst. Wenn es da Jahrmillionen sicher gelagert war, warum sollte das dann jetzt nicht mehr gelten?«

»Je stärker also in den nächsten Jahren auch bei uns die CO_2-Preise steigen, desto lohnender wäre es, das CO_2 im Meeresboden zu lagern«, schlussfolgerte Leander.

Thoralf nickte zustimmend. »Aber wie gesagt, das Thema ist bei uns ad acta gelegt worden. Da müssten sich schon die politischen Verhältnisse ändern, damit wir eine Freigabe bekämen.«

»Und wer dann vorbereitet ist, macht das große Geschäft«, dachte Leander laut.

40

»Das kannst du mit mir nicht machen!«, brüllte Christian Randers Nommen Hinrichsen an.

»Jetzt spiel dich nicht so auf«, gab Hinrichsen unbeeindruckt zurück.

Randers stand weit vorgebeugt hinter seinem Schreibtisch, die Hände auf die Tischplatte gestützt, und blitzte Hinrichsen an. Sein Gesicht war vor Wut rot angelaufen. Der Sylter Baukönig hingegen hatte sich lässig vor dem Schreibtisch aufgebaut, die Arme vor der Brust verschränkt, und lächelte arrogant auf Randers hinab.

»An deiner Stelle würde ich nicht so genau hinsehen, wenn mir jemand einen Auftrag vermittelt«, stellte er fest. »Das kannst du dir nämlich gar nicht erlauben. Wenn ich dir nichts mehr über den Zaun werfe, kannst du deinen Laden morgen dichtmachen.«

»Wenn irgend jemand dahinterkommt, was ihr da draußen treibt, bin ich da aber nicht der Einzige!«

»Wenn du die Schnauze hältst, kommt aber keiner dahinter. Außerdem glaubst du doch nicht, dass ich mich nicht abgesichert hätte. Oder was meinst du, warum ich diesen Part meiner Geschäfte dir überlasse?« Er lachte hämisch. »Auf allen Belegen steht dein Name. Nur du hast die Deals unterschrieben. Oder hältst du mich für blöd? An deiner Stelle würde ich also die Füße ganz stillhalten und hoffen, dass absolut niemand Wind von der Sache bekommt. Im Übrigen hast du selbst mir ja immer alle Unterlagen ausgehändigt, die irgendwie zu mir führen könnten.«

Randers starrte seinen Kompagnon fassungslos an und

sackte schließlich ächzend auf seinen Stuhl. Er sah mit einem Mal besiegt aus.

»Wie bist du überhaupt dahintergekommen?«, erkundigte sich Hinrichsen. »Das hast du doch nicht von ganz alleine kapiert.«

Randers antwortete nicht. Er starrte nur noch vor sich auf die Schreibtischplatte.

»Hat Liv dich darauf gestoßen?« Das klang jetzt geradezu lauernd.

»Liv?« Randers blickte erstaunt auf. »Wieso Liv? Was weiß die denn davon?«

Hinrichsens Grinsen wurde nun noch eine Spur widerlicher. »Du ahnst tatsächlich nichts, was? Was glaubst du denn wohl, warum ich einen Verlierer wie dich überhaupt an meinen Geschäften beteilige? Idioten, die sich für mich die Hände schmutzig machen wollen, gibt es genug. Jeder von den Kaputtnicks hier auf der Insel leckt sich die Finger danach, für mich arbeiten zu können. Na? Was glaubst du wohl, warum ich gerade dich ausgesucht habe?«

In Randers' Gesicht machte sich allmählich Verständnis breit. Schließlich schüttelte er den Kopf und flüsterte: »Das kann nicht sein. Liv würde mich niemals …«

Hinrichsen schüttelte sich vor Lachen. »Heißt das, du hast all die Jahre nicht gemerkt, dass deine Schlampe mit jedem ins Bett gesprungen ist, der sich nicht mit Waffengewalt gewehrt hat? Du bist tatsächlich noch blöder, als ich gedacht habe.«

Randers drückte sich wieder aus seinem Stuhl hoch und machte den Rücken gerade. »Raus«, sagte er leise. Dann brüllte er plötzlich: »Mach, dass du hier raus kommst!«

Hinrichsen lachte kopfschüttelnd, drehte sich aber tatsächlich um und verließ das Büro. Randers trat an das Fenster und starrte hinaus. Draußen konnte man Hinrichsen zu seinem Auto gehen sehen. Der Baulöwe schüttelte sich immer noch vor Lachen.

»Das wirst du mir büßen«, sagte Randers zornig. »Dich mache ich fertig!«

Dieter Bennings klickte auf den Pause-Button und drehte sich zu Leander um. »Na, was sagst du dazu?«

»Volltreffer! Und wem hast du das zu verdanken?«

Bennings winkte leichthin ab. »Geschenkt.«

Leander grinste zufrieden und leistete seinen Freunden innerlich Abbitte. Durch ihren illegalen Einsatz konnten die Ermittlungen nun tatsächlich die entscheidende Richtung einschlagen.

»Das heißt also, dass Randers für Hinrichsen illegale Geschäfte abgewickelt hat, ohne das zu durchschauen«, fasste Bennings zusammen.

»Und diese Geschäfte scheint er dank des körperlichen Einsatzes seiner Frau Liv, den ich ja nun live erleben durfte, zugeschanzt bekommen zu haben«, ergänzte Leander. »Damit hätte aber nun Randers ein Mordmotiv gehabt. Dummerweise ist nicht Hinrichsen unsere Leiche. Es sei denn …«

»Eben«, stimmte Bennings zu. »Es sei denn, Randers hat Hinrichsen infolge dieser Offenbarungen erpresst und wurde deshalb umgebracht.«

»Dazu passt Livs Aussage, er und Hinrichsen hätten vor seinem Verschwinden eine Verabredung am Strand gehabt. Dort haben ihm dann Hinrichsens Leute aufgelauert. Fehlen uns nur noch die Beweise.«

»Vielleicht tun's ja auch Indizien«, wandte Bennings ein. »Und davon haben wir einige. Pass mal auf …«

Er öffnete mit Doppelklick eine weitere Datei.

Cindy Ketelsen betrat Randers' Büro und blieb wortlos hinter ihrem Chef stehen, der immer noch aus dem Fenster starrte. Als von ihm keine Reaktion kam, räusperte sie sich leicht. Randers drehte den Kopf in ihre Richtung.

»Also, Chris«, begann die Sekretärin vorsichtig, »wenn ich mal etwas sagen darf?«

Randers nickte ihr leicht zu, als komme es darauf nun auch nicht mehr an.

»Deine Geschäfte mit Hinrichsen waren mir ja noch nie geheuer.«

»Du hast gelauscht?«

»War ja nicht zu überhören, was das Arschloch dir da vorgeworfen hat.«

»Wir sind am Ende, Cindy«, murmelte Randers deprimiert. »Das war's jetzt endgültig. Gegen den komme ich nicht an.«

»Vielleicht doch.« Die junge Frau zögerte und kniff die Lippen zusammen, was einen Moment gefährlich danach aussah, als könnten sich die Piercings verhaken. Schließlich gab sie sich einen Ruck: »Wenn ich die Unterlagen dem Eberhard zeige ...«

»Der macht uns doch erst recht fertig«, fuhr Randers auf. »Dann kann ich mich sofort an der nächsten Laterne aufknüpfen. Auf solche Beweise wartet der doch nur, der Spinner.«

Cindy Ketelsen schüttelte leicht den Kopf. »Wenn ich ihm sage, dass Hinrichsen hinter all dem steckt und dass er dich nur als Strohmann benutzt hat ... bestimmt findet er einen Weg, dich aus der Sache rauszuhalten ... Also, ich muss ihm ja erst mal nur andeuten, was wir haben. Und erst wenn er uns zusagt, dass er uns raushält, bekommt er seine Beweise.«

Hoffnung glomm in Randers' Augen auf, aber das war nur ein kurzer Moment. Wieder schüttelte er resigniert den Kopf. »Ich habe alle Angebote und Verträge alleine unterschrieben. Nichts deutet auf Hinrichsen hin. Am Ende steht Aussage gegen Aussage, und dann ist ja klar, wem man eher glaubt. Wie soll ich beweisen, dass Nommen hinter allem steckt?«

»Über das Geld«, antwortete die Sekretärin. »Das gesamte Geld ist doch auf sein Konto geflossen.«

»Das ist ein Offshore-Konto. So blöd, das Geld aus schmutzigen Geschäften auf seine offiziellen Geschäftskonten gehen zu lassen, ist der nicht. Allein das hätte mich schon stutzig machen müssen.« Randers schüttelte über sich selbst den Kopf. »Hinrichsen hat recht. Wie konnte ich nur so blind sein?«

»Die Polizei kann so etwas heute nachverfolgen«, widersprach Cindy Ketelsen. »Dass es nicht dein Offshore-Konto ist, kriegen die schnell raus. Außerdem ist das Geld ja wieder zurückgekommen. Hinrichsen hat damit doch die Probebohrungen bezahlt. Und dass es da nicht um Öl oder Gas gegangen ist, hat er ja eben zugegeben.«

»Ohne dich und Korthals wäre ich nie dahintergekommen«, gestand Randers. »Aber wie soll ein Geologe mir jetzt noch helfen?«

»Es gibt da doch so etwas wie eine Kronzeugenregelung«, gab seine Sekretärin nicht auf. »Immerhin geht es am Ende um hohe Millionenbeträge.« Sie zögerte kurz, als überlege sie, ob sie etwas gestehen sollte. Dann sagte sie mit fester Stimme: »Und ich habe alle Belege und die fingierten Aufträge kopiert, von der ersten Zahlung an.«

Nun drehte ihr Chef sich ganz zu ihr um. »Du hast *was*?«

Cindy Ketelsen lächelte unsicher. »Ich sage ja, ich habe Hinrichsen von Anfang an nicht getraut. Und dass es die Projekte, in die all das Geld in Südamerika geflossen sein soll, nicht gibt, hat Eberhard mit wenigen Telefonanrufen herausgefunden.«

»Ich bin so ein Idiot«, murmelte Christian Randers. »Also gut, wir können es ja wenigstens versuchen, aber vorerst ohne

Korthals. Bevor ich pleite bin und Sylt verlassen muss oder am Ende sogar in den Knast gehe, lasse ich Hinrichsen bluten – die Drecksau! Wo hast du die Unterlagen?«

»Nicht hier«, antwortete Cindy Ketelsen. Sie zögerte einen Moment, dann sagte sie: »Komm heute Abend um 21 Uhr zu mir, dann gebe ich sie dir.«

»Na bitte, Randers hat Hinrichsen mit den Unterlagen erpresst, die er von seiner Sekretärin bekommen hat«, fasste Bennings zusammen. »Damit haben wir zumindest ein Indiz. Und die Aussage von Liv Randers über das Treffen ist ein weiteres.«

»Besser wäre, wir hätten die Unterlagen«, entgegnete Leander zweifelnd. »Aber die wird Hinrichsen wohl nach dem Treffen beseitigt haben.«

Bennings nickte. »Das fürchte ich allerdings auch.«

Die Männer schwiegen einen Moment nachdenklich, dann fragte Leander: »Was hat Cindy Ketelsen eigentlich mit Eberhard Korthals zu tun?«

»Das fragen wir sie am besten selbst«, antwortete der Kriminalhauptkommissar und erhob sich von seinem Schreibtisch. »Ich habe sie herholen lassen.«

Sie verließen das Büro und wechselten in ein Zimmer, das wie ein Aufenthaltsraum eingerichtet war. Am Tisch hockte die Sekretärin auf der Kante ihres Stuhls und blickte ihnen unsicher entgegen. Bennings gab dem Polizeibeamten, der mit verschränkten Armen neben der Tür an der Wand lehnte, ein Zeichen, den Raum zu verlassen. Der folgte mit ausdruckslosem Gesicht der Aufforderung und schloss die Tür hinter sich.

Bennings zog sein Smartphone aus der Tasche, startete die Mikrofonaufnahme und legte das Gerät auf den Tisch. Dann schob er sich einen der Stühle zurecht und setzte sich der jungen Frau gegenüber. Noch in der Bewegung fragte er: »Frau Ketelsen, Sie ahnen, warum ich Sie hergebeten habe?«

Leander lehnte sich an der Stelle an die Wand, an der eben noch der Polizeibeamte gestanden hatte.

Randers' Sekretärin rutschte unruhig auf ihrer Stuhlkante hin und her, bevor sie antwortete: »Nein, ich habe keine Ahnung.«

»Na gut, dann erkläre ich es Ihnen. Wir haben Videoaufzeichnungen aus dem Büro Ihres Chefs.«

Nun blickte sie zweifelnd zwischen Bennings und Leander hin und her. »Was denn für Videoaufzeichnungen?«

»Sie hatten also keine Ahnung, dass Frau Randers in einem Aktenordner eine *GoPro* versteckt und ihren Mann heimlich gefilmt hat?«

Cindy Ketelsen krauste ihre Stirn und verzog ihr Gesicht zu einem ungläubigen Grinsen. »Liv? So ein Quatsch.«

»Kein Quatsch. Sie wissen doch, dass Frau Randers einen YouTube-Kanal betreibt …«

»So einen Tussen-Channel, ja.«

»Eben. Sie kennt sich mit Videotechnik aus und hat eine kleine Kamera im Büro ihres Mannes installiert. Und die hat aufgezeichnet, wie Ihr Chef und Nommen Hinrichsen sich gestritten haben.«

Jetzt verstand Cindy Ketelsen. »Scheiße! Dann wissen Sie auch, was ich anschließend mit ihm besprochen habe?«

Bennings nickte ernst. »Das alles lässt nur eine Schlussfolgerung zu: Christian Randers hat Hinrichsen wegen irgendwelcher schmutziger Geschäfte erpresst und dazu Unterlagen benutzt, die Sie ihm gegeben haben.«

Die junge Frau senkte schweigend den Kopf.

»Was waren das für Unterlagen, Frau Ketelsen?«

»Überweisungsbelege«, antwortete sie leise. »Und Vertragsunterlagen mit Organisationen in Ecuador und Vene-

zuela, die Regenwälder aufforsten und ganze Gebiete auf-
kaufen, um sie vor der Rodung zu retten.«

»Organisationen, die es in Wirklichkeit gar nicht gibt«,
vermutete Bennings.

Cindy Ketelsen nickte.

»Scheinfirmen also, die nur dazu da waren, das Geld zu
waschen, das Randers von Kunden bekommen hat, die sich
damit ein reines Umweltgewissen kaufen wollten, und das
in Wahrheit auf Offshore-Konten gelandet ist, die Hinrichsen gehören.«

»Ein Konto, ja.«

»Wissen Sie, ob Ihr Chef die Unterlagen zu dem Treffen
mit Hinrichsen mitgenommen hat?«, schaltete sich Leander nun ein.

Cindy Ketelsen wandte ihren Kopf ihm zu und antwortete: »Ja, das hat er.«

»Dann sind sie jetzt weg«, stellte Leander an Bennings
gewandt fest.

Der nickte enttäuscht.

»Nein, sind sie nicht«, kam es leise von Cindy Ketelsen.

»Wie bitte?« Bennings beugte sich zu ihr vor. »Was heißt
das?«

»Ich habe ihm nur Kopien der Kopien gegeben.«

»Sie haben was?«

»Naja, ich bin auf Nummer Sicher gegangen, falls Hinrichsen Christian wieder über den Tisch zieht. Da habe ich
alles noch einmal kopiert.«

»Um es im Notfall Eberhard Korthals zu übergeben?«,
hakte Leander nach.

»Genau.«

»Was haben Sie denn mit Doktor Korthals zu tun?«, erkundigte sich Bennings.

»Ich kenne ihn aus der Bürgerinitiative. Da habe ich eine

Zeit lang mitgemacht, bis klar war, dass wir gegen Hinrichsen und die Kieler nichts ausrichten können.«

Leander verließ seinen Standort an der Wand und trat neben der jungen Frau an den Tisch. »Haben Sie die Unterlagen noch oder sind die jetzt bei Herrn Korthals?«

»Eberhard hat sie. Ich habe sie ihm gegeben, als Christian von dem Treffen mit Hinrichsen nicht zurückkam.«

Leander nickte Bennings zu. »Das passt. Korthals wollte mich am Roten Kliff treffen, um mir Hinweise zu geben, wer Groothues und Randers ermordet hat.«

»Aber da war doch von keinen Unterlagen die Rede, oder? Er hat uns gegenüber im Krankenhaus nur Groothues' Besuch erwähnt. Warum, verdammt noch mal, hat er uns die Beweise nicht ausgehändigt?«

Leander zuckte mit den Schultern. »Wahrscheinlich hat er es sich nach dem Mordanschlag anders überlegt. Ich würde mich nicht wundern, wenn ihm das Angst gemacht und er deshalb den Entschluss gefasst hätte, die Beweise als eine Art Lebensversicherung lieber selbst zu behalten.«

Bennings stoppte die Aufnahme auf seinem Smartphone und stemmte sich auf der Tischplatte hoch. »Dann werde ich mir den Herrn jetzt mal gründlich zur Brust nehmen«, kündigte er an. »Sie, Frau Ketelsen, kommen morgen Vormittag noch einmal hierher und unterschreiben das Protokoll.«

Er verließ mit langen Schritten den Raum und gab einem Polizeibeamten ein Zeichen, ihm zu seinem Dienstfahrzeug zu folgen.

»Dieter, warte!«, rief Leander ihm nach. »Da ist noch etwas, das ich dir sagen muss.«

Bennings blieb abrupt stehen und drehte sich zu ihm um. Dabei machte er ein Gesicht, als erwarte er nicht weniger als eine neuerliche Beichte.

»Ich wollte das eben vor Cindy Ketelsen nicht sagen: Bevor die beiden Killer zu Korthals und mir an den Strand gekommen sind, haben sie sein Auto aufgebrochen und etwas herausgeholt.«

»Die Unterlagen!«, stöhnte Bennings.

»Ich fürchte, ja. Es bringt also nichts, wenn du Korthals auf die Pelle rückst. Die Beweise befinden sich garantiert längst bei Hinrichsen.«

»Scheiße«, fluchte der Hauptkommissar. »Dann brauche ich jetzt zuerst einen Durchsuchungsbeschluss für Hinrichsens Villa.« Er wollte sich schon wieder der Wache zuwenden, als er erneut stutzte. »Sag mal, woher weißt du eigentlich, was am Parkplatz passiert ist, während du am Strand … Nein, sag mir bitte, dass das nicht wahr ist!«

Leander zuckte erneut schief grinsend mit den Schultern.

Bennings schüttelte wütend den Kopf. »Ehrlich, Henning, ich würde euch alle drei am liebsten einbuchten.« Damit wandte er sich nun endgültig dem Gebäude zu.

41

Nommen Hinrichsen hatte mit dem Besuch der Polizei gerechnet. Entsprechend war sein Anwalt bereits vor Ort, als Dieter Bennings mit allen verfügbaren Polizeikräften der Insel und seinen Kriminaltechnikern vor der Villa eintraf. Leander hielt sich etwas abseits. Er wusste, dass Bennings ihn am liebsten nach Hause geschickt hätte, und ihm stattdessen aus reinem Eigennutz die Genehmigung erteilt hatte, bei der Durchsuchung anwesend zu sein. Er hatte nämlich einen Vorteil dem Freund gegenüber: Möglicherweise erkannte er durch seine intensiven Recherchen über Kai-Uwe Groothues und dessen Arbeit Zusammenhänge, die dem Kriminalbeamten nicht so ohne Weiteres auffielen. Zudem vertraute er Leanders Beobachtungsgabe und Instinkt und wollte nicht ohne Not darauf verzichten.

Der Rechtsanwalt nahm den Durchsuchungsbeschluss kommentarlos entgegen, überflog ihn schnell und zuckte schließlich Hinrichsen gegenüber resignierend mit den Achseln. Entsprechend gaben er und sein Klient den Weg ins Haus frei.

»Sie haben sicher ein Büro hier?«, erkundigte sich Bennings, während die Beamten sich mit Klappboxen im ganzen Haus verteilten.

»Kommen Sie, allerdings werden Sie dort nichts Interessantes finden.« Der Bauunternehmer ging voran in den seitlichen Teil der Villa.

Bennings, Leander, ein Polizeibeamter und als Letzter der Rechtsanwalt folgten ihm in einen Raum von etwa 20 Quadratmetern Größe. An den Wänden hingen großformatige Fotos mit Leuchttürmen bei Sturm, die von aufpeitschenden

Wellenbergen umspült wurden. Das Fenster und eine Tür führten hinaus auf die Terrasse an der Rückseite des Hauses und gaben den Blick auf die Dünenlandschaft und die dahinter auflaufende Brandung frei. Der Pool glitzerte in der Sonne.

»Händigen Sie uns bitte sämtliche Geschäftsunterlagen aus, die Sie hier zu Hause aufbewahren«, forderte Bennings ihn auf.

Hinrichsen trat zur Seite und deutete auf ein Regal mit Aktenordnern. »Bedienen Sie sich.«

Bennings gab dem Polizeibeamten ein Zeichen, sämtliche Ordner einzupacken.

»Bewahren Sie hier sonst noch etwas Geschäftliches auf?«

»Nein, das ist alles.«

»Sie wissen, dass wir Ihr Haus auf den Kopf stellen werden, und wenn wir dann etwas finden, sieht das nicht gut für Sie aus«, belehrte der Hauptkommissar ihn.

Hinrichsen nickte lächelnd, machte aber keine Anstalten, darauf einzugehen. Sein Rechtsanwalt nahm ihn zur Seite und flüsterte ihm etwas ins Ohr, woraufhin der Bauunternehmer beruhigend mit dem Kopf schüttelte. Schulterzuckend trat der Rechtsanwalt zur Seite.

Leander verstand das als »Dann kann ich dir auch nicht helfen« oder »Du musst ja wissen, was du tust«

Bennings nahm die Fotos von der Wand und stellte sie auf den Boden. Dahinter kam nichts als weiße Raufaser zum Vorschein. Dann wandte er sich den Schubladen am Schreibtisch zu und räumte deren Inhalt auf die Tischplatte: Briefumschläge, eine Schachtel mit Briefmarken, Collegeblöcke, Kugelschreiber mit »Nommen Hinrichsen Hoch- und Tiefbau«-Aufdruck und sonstiger unbedeutender Kleinkram. Der Hauptkommissar tastete die Tischplatte von unten ab, zog die leeren Schubladen heraus, drehte sie um und untersuchte auch die Rückwände. Nichts.

Hinrichsen wechselte mit seinem Rechtsanwalt einen arroganten Blick.

Bennings seufzte und wollte schon den Raum verlassen, als plötzlich Liv Randers Stimme von der Terrassentür her erklang: »Das bringt doch nichts, Nommen.« Die Witwe war heute in einen sehr knappen Bikini in lebensfrohem Gelb gekleidet und trat von draußen unschuldig lächelnd in den Raum, der sich umgehend mit einer Duftwolke von Kokosnussöl füllte. »Die Polizei glaubt am Ende noch, du hättest wirklich etwas zu verheimlichen.«

Sie trat an den Tisch heran und drückte zweimal schnell hintereinander auf den Schalter der Schreibtischlampe. Vor den erstaunten Augen der Polizeibeamten klappte das leere Regal mitsamt seiner mit Raufaser verkleideten Rückwand nach vorne. Für Leander hatte es so ausgesehen, als sei es einfach vor die gestrichene Wand gestellt worden. Niemals wäre er auf die Idee gekommen, dass sich dahinter noch etwas verbergen könnte. Nun aber kam ein in die Wand eingebauter Tresor mit einem Tastenfeld zum Vorschein.

Hinrichsens Rechtsanwalt räusperte sich verlegen, der Bauunternehmer selbst gab keinen Ton von sich, starrte aber wütend auf seine Geliebte.

»Sieh mal einer an«, freute sich Bennings. »Den Code bitte, Herr Hinrichsen.«

»Tut mir leid, den weiß ich beim besten Willen nicht. Ich nutze den Tresor schon viele Jahre nicht mehr.«

»Wir können ihn auch aufschweißen«, drohte Bennings.

Hinrichsen hob beide Handflächen. »Bitte. Sie werden darin aber nichts finden, das für Sie von Bedeutung ist.«

»Herr Kollege«, forderte Bennings den Polizeibeamten auf, »sagen Sie einem der Kriminaltechniker bitte Bescheid? Wir brauchen hier einen Plasmabrenner.«

»Nicht nötig«, meldete sich nun Liv Randers wieder, schob

sich an dem Hauptkommissar vorbei, trat an den Tresor heran und tippte flink einen sechsstelligen Code in das Tastenfeld. Dabei lächelte sie ihren Galan unschuldig an und verkündete keck: »Ich bin nicht ganz so vergesslich wie du, mein Bester.«

Mit einem Klickgeräusch sprang die schwere Tür auf. Hinrichsen erstarrte und schaute fassungslos auf seine Geliebte. Sein Gesicht war plötzlich schneeweiß, und jegliche arrogante Sicherheit war aus seiner Körperhaltung verschwunden. Der Rechtsanwalt seufzte schwer und wandte sich ab. Nur Liv Randers verkörperte die vollkommene Unschuld, als sie nun mit der Geste einer Gastgeberin, die das Buffet eröffnete, zur Seite trat.

Jetzt hängt sie ihn hin, dachte Leander. Sie nimmt eiskalt Rache für den Tod ihres Mannes.

Bennings trat vor und zog eine Holzschachtel und zwei Aktendeckel aus dem Tresor. Auch Hinrichsen machte einen Schritt nach vorne und schielte an dem Hauptkommissar vorbei. Leander ahnte nichts Gutes, als er sah, wie sich die Gesichtszüge des Bauunternehmers entspannten und er Liv einen so ungläubigen wie bewundernden Blick zuwarf.

Bennings öffnete die Kiste und zeigte Leander den Inhalt: ein paar Plastikschatullen mit Goldmünzen.

»Sieh an!«, freute sich Hinrichsen, als habe er schon lange danach gesucht. »Meine Krugerrands! Die eiserne Reserve für schwere Zeiten, wenn Beamte wie Sie unseren Staat endgültig geplündert haben.«

Der Mann war erstaunlich schnell wieder obenauf. Hatte er sich eben noch von seiner Geliebten ausgeliefert geglaubt, so war er nun die Selbstsicherheit in Person, und sein Gesicht hatte auch wieder an Farbe gewonnen.

Bennings schlug die Aktendeckel auf.

»Mein Testament«, stellte Hinrichsen fest, »damit nach meinem Tod nicht alles an den Staat geht. Und die Kaufverträge für mein Haus und meine Segeljacht auf Ibiza.« Er lächelte Liv Randers verträumt an. »Du kennst das ja noch gar nicht. Wenn der Schwachsinn hier vorbei ist, müssen wir da unbedingt mal zusammen hin.«

Die Witwe machte ein verliebtes Gesicht und hängte sich an seinen Arm.

»Dann wären Sie hier ja wohl fertig«, ließ nun auch der Rechtsanwalt von sich hören, der offensichtlich Mühe hatte, mit der positiven Entwicklung Schritt zu halten. »Was haben Sie sich eigentlich von der ganzen Aktion erhofft?«

»Hinweise darauf, dass Ihr Mandant unterschlagene Mittel aus CO_2-Kompensationen in illegale Geschäfte steckt«, gab Bennings bereitwillig Auskunft und lauerte dabei auf verräterische Reaktionen. »Die Erprobung von CO_2-Verpressungen zum Beispiel.«

Hinrichsen lachte laut auf. »Im Sandboden vor Sylt? Wer hat Ihnen den Quatsch denn eingeredet?«

»Bestimmt Korthals.« Auch Liv Randers hatte sichtlich Spaß an der Sache. »Und so einer nennt sich Geologe.«

Bennings gab dem Polizeibeamten ein Zeichen, alles einzupacken, und verließ wortlos den Raum.

»Ich bekomme aber eine Quittung!«, rief Hinrichsen ihm nach. »Nicht, dass hinterher meine Goldmünzen verschwunden sind.«

Leander ließ das lachende Trio ebenfalls im Büro zurück und folgte dem Hauptkommissar ins Wohnzimmer, wo sämtliche Schubladen und Schranktüren offen standen und den Blick auf gähnende Leere freigaben. Dafür warteten überall im Raum gefüllte Klappboxen auf den Abtransport.

»Was war das denn für eine Nummer?«, fragte Leander seinen Freund leise.

Der hatte sichtlich Mühe, die Fassung zu bewahren. »Die Tusse hat uns verarscht«, stellte er grimmig fest. »Aber nicht nur uns. Hast du Hinrichsens Gesicht gesehen, als sie den Tresor für uns geöffnet hat?«

Leander nickte. »Er war sich sicher, dass er nun geliefert war. Was auch immer vorher da drin gewesen ist, Liv Randers hat es herausgeholt, ohne dass er davon wusste.«

»Wenn du mich fragst, ist das ein ganz gerissenes Biest«, brummte Bennings. »Das war eiskalte Berechnung. Ohne sie wären wir doch niemals auf den Tresor gestoßen.«

»Das sehe ich auch so. Und Hinrichsen wird auch noch begreifen, dass sie ihm heute nicht völlig selbstlos den Arsch gerettet hat. Wie ich Liv Randers einschätze, wird das verdammt teuer für ihn.«

»Jetzt hoffe ich nur, dass wenigstens Korthals noch etwas in petto hat«, stellte der Hauptkommissar seufzend fest. »Wir brauchen die Belege, von denen Cindy Ketelsen gesprochen hat.«

42

Marei zerrte an Leander herum und versuchte, ihn dazu zu bewegen, sich auf dem Rasen als Pferd zur Verfügung zu stellen. Sie wollte Franziska und Birte zeigen, was sie heute beim Volti-Training gelernt hatte.

»Menno, du bist blöd!«, kreischte sie, weil Leander nicht bereit war, auf allen vieren über den Rasen zu kriechen, nur damit das verzogene Gör ihm auf dem Rücken herumtanzen konnte.

»Jetzt tu ihr doch den Gefallen«, setzte nun auch Franziska ihn mit genervtem Unterton unter Druck, wobei sie deutlich machte, dass nicht Marei sie nervte: »Du siehst doch, wie gerne sie uns zeigen möchte, was sie schon kann.«

Leander seufzte. Er wusste genau, welchen Stress er wieder bekam, wenn er dem Kind jetzt nicht nachgab. Andererseits hatte er langsam die Nase voll davon, dass immer alles nach dessen Willen gehen sollte. Franziska musste allmählich aufpassen, dass sie den Bogen nicht überspannte. Aber wie, zum Teufel, konnte er ihr das signalisieren, ohne sofort den nächsten Streit vom Zaun zu brechen?

Verhüte der Himmel, dass ich jemals Opa werde, dachte Leander und ließ sich nach einem letzten inneren Aufbäumen von dem Kind auf den Rasen zerren. Hätte er doch nur Dieter Bennings zu Eberhard Korthals begleitet, anstatt seinem schlechten Gewissen Franziska gegenüber nachzugeben und nach Hause zu fahren!

Er sank auf Hände und Knie nieder und senkte sicherheitshalber den Kopf, da sprang Marei auch schon mit Anlauf auf seinen Rücken. Die Wirbelsäule knackte laut, und Leander konnte einen Aufschrei nicht rechtzeitig unterdrücken.

»Vorsicht, Marei«, rief Birte lachend. »Du tust Henning doch weh.«

Leander wusste in diesem Moment nicht, ob er zuerst die lachende Birte oder das hüpfende Kind auf seinem Rücken erwürgen sollte. Er zweifelte allerdings keine Sekunde daran, dass beide es verdient hatten.

»Der Henning ist ein alter Zossen«, setzte Franziska noch einen drauf. »Das ist kein junger Gaul mehr. Mit dem muss man vorsichtig umgehen.«

»Und die Franzi weiß, wovon sie spricht«, freute sich Birte über die gelungene Metapher.

»Du musst den Kopf hochnehmen!«, befahl Marei unbeeindruckt, ging in die Knie und zog an Leanders Haaren. »So!«

Die Rettung kam von einer Seite, von der Leander sie niemals vermutet hätte.

»Nommen ist verhaftet worden!« Thoralf stürmte durch die Wohnzimmertür auf die Terrasse. »Ich habe es eben gehört, als ich zum Bürgermeister wollte. Die Kripo hat seine Geschäftsräume und sogar seine Villa durchsucht und alles beschlagnahmt.« Er ließ sich auf einen der Gartenstühle fallen. »Ihr macht euch kein Bild, was im Rathaus jetzt los ist. Scheiße, Mann, hoffentlich finden die nichts.«

Leander nahm seine Rolle als Pferd ernst und bäumte sich in dem Moment auf, als Marei gerade einen Handstand auf seinem Rücken ausführte. Die Kleine flog in hohem Bogen auf den Rasen und schrie schon vor dem Aufprall wie angestochen los. Während Birte und Franziska erschrocken zu dem Kind stürzten, rappelte Leander sich hoch und ging zu Thoralf auf die Terrasse.

»Was könnte die Polizei denn bei ihm finden?«, fragte

er scheinheilig und setzte sich auf den Stuhl neben seinem Gastgeber.

»Keine Ahnung, aber die werden ja einen Grund haben, wenn sie seine Geschäftsräume stürmen. Oder geht das bei euch auch einfach so?«

»Es müssen schon begründete Verdachtsmomente vorliegen, sonst bekommt die Polizei keinen Durchsuchungsbeschluss von der Staatsanwaltschaft«, erklärte Leander. »Aber du hast dein Ohr doch an den Mündern der Insulaner. Was hört man denn da so?«

»Nommen soll angeblich illegal Probebohrungen für CO_2-Verpressungen vor Sylt durchgeführt haben. Bei ihm haben deine Kollegen aber keine Beweise dafür gefunden. Heute Nachmittag soll Korthals der Kripo dann Konto-Unterlagen übergeben haben, die beweisen, dass Nommen illegale Kompensationsgeschäfte gemacht und Millionen veruntreut hat. Das muss man sich mal vorstellen. Und ausgerechnet der Korthals, dieser Stinkstiefel, liefert ihn ans Messer.« Thoralf schüttelte ungläubig den Kopf. »Den Spinner haben wir offenbar unterschätzt.«

»Was heißt wir?« Leander merkte selbst, dass seine Stimme eine Spur zu lauernd klang. »Hast du deine Finger also doch in Hinrichsens Geschäften?«

»Spinnst du?« Thoralf sprang aus seinem Stuhl auf. »Ich habe mit solchen Dingen nichts zu tun! Bei mir läuft alles sauber ab. Wie kommst du überhaupt darauf?«

Leander überlegte einen Moment, wie weit er seinem Gastgeber vertrauen konnte. Schließlich fasste er den Entschluss, es einfach zu wagen und – wer weiß? – dadurch sogar noch weitere Erkenntnisse zu gewinnen. Also griff er nach Thoralfs Arm und zog den Mann wieder in seinen Stuhl zurück.

»Was ich dir jetzt erzähle, muss unter uns bleiben.« Er

blickte Thoralf prüfend tief in die Augen. »Kann ich mich darauf verlassen?«

Der Unternehmensberater nickte unsicher.

»Also, dann pass mal auf …«

Nachdem Leander ihn über alles informiert hatte, was er, Mephisto, Tom und Dieter Bennings bislang herausgefunden hatten, wirkte Thoralf wie vom Blitz getroffen. Nur als die Rede noch einmal auf die CO_2-Verpressungen kam, schüttelte er vehement den Kopf.

»Das kann nicht sein«, urteilte er. »Vor Sylt geht so etwas doch gar nicht. Dafür braucht man Felsboden und Kavernen.«

»Ob er das Geld einfach nur unterschlagen oder ob er damit andere illegale Geschäfte finanziert hat, wird sich wohl nie herausstellen«, stellte Leander fest und dachte an Liv Randers, die ein solches Druckmittel nicht aus der Hand geben würde. »Jedenfalls war ihm die Vertuschung mindestens zwei Morde und einen Mordanschlag wert.«

Thoralf schüttelte leicht den Kopf. »Das kann doch nicht sein. Ich kenne ihn seit Jahrzehnten und arbeite schon ewig mit ihm zusammen. Dem Mann hätte ich meine Firma anvertraut, wenn es darauf angekommen wäre.«

»Deine Frau auch?« Diese Frage hatte Leander automatisch abgeschossen.

»Was willst du damit sagen?« Thoralfs Blick sprang hektisch zwischen Leander und Birte hin und her, die auf dem Rasen saß und die immer noch wie eine Sirene heulende Marei in ihren Armen wiegte.

»Nicht, was du denkst«, antwortete Leander schnell und legte Thoralf erneut eine Hand auf den Arm. »Aber Hinrichsen hat ein Verhältnis mit Liv Randers.« Er berichtete, was er auf der Terrasse der Villa beobachtet hatte.

Thoralf war sichtlich beruhigt. »Liv … ja … okay, das kann ich mir vorstellen.«

»Christian Randers konnte sich das nicht vorstellen«, warf Leander ein.

»Ja, der!« Thoralf war schon wieder obenauf und warf mit der rechten Hand Luft in die Gegend.

»Und was er sich auch nicht vorstellen konnte, war, dass Hinrichsen ihn als Strohmann missbrauchte.«

Nun lachte Thoralf arrogant auf.

»Bist du dir sicher, dass er dich nicht auch gelinkt hat?«, setzte Leander, dem die Gefühllosigkeit Christian Randers gegenüber gegen den Strich ging, nach.

»Natürlich«, kam es ohne Zögern zurück. »Dafür bin ich nicht blöd genug. Glaub mir, in meinem Laden läuft alles streng nach den Buchstaben des Gesetzes. Als Unternehmensberater kann ich mir nicht erlauben, ins Zwielicht zu geraten. Mein guter Leumund ist mein wertvollstes Kapital. Und das gilt auch und vor allem für die Kompensationsgeschäfte. Wenn aufflöge, dass ich Geld veruntreue, wäre das für meine Firma und mich der Ruin. In der Baubranche hingegen … Also, ein Zentimeter ist auf dem Bau kein Maß, und da guckt auch kein Bauherr so genau hin – wenn du verstehst, was ich meine.«

Leander verstand. »Kannst du dir vorstellen«, begann er noch einmal vorsichtig, »dass Liv Randers auch ein doppeltes, wenn nicht sogar dreifaches Spiel spielt?«

»Was meinst du damit?«

»Sie hatte offenbar parallele Verhältnisse mit Hinrichsen hier auf Sylt und Paulsen bei uns auf Föhr, während sie mit Christian Randers verheiratet war, der ja von all dem offenbar nichts ahnte.«

»So war Liv schon immer.«

»Die Frage ist nur, welches Spiel sie in geschäftlicher Hinsicht spielt«, präzisierte Leander seinen Gedanken. »Randers war pleite. Sie wusste zumindest durch die Videos davon, dass Hinrichsen ihn als Strohmann missbraucht und sich schamlos an ihr bedient hat. Wenn sie nun auf Hinrichsen gebaut hätte, könnte ich das ja nachvollziehen, aber gleichzeitig hält sie sich Paulsen warm. Kannst du dir vorstellen, dass die kesse Witwe am Ende einzig und allein Enno Paulsen in den Steigbügel helfen will und sowohl ihren Mann als auch Hinrichsen dafür über die Klinge springen lassen hat?«

»Bei Liv kann ich mir grundsätzlich alles vorstellen. Auch wenn sie letztlich immer nur sich selbst die Nächste ist.«

»Soll heißen?«

»Wenn du mich fragst, geht es ihr einzig und allein darum, am Ende alles für sich selbst zu haben. Der einzige Grund, nach Christian und Nommen nicht auch noch Paulsen zu opfern, wäre, dass sie wenigstens einen in der Branche braucht, weil sie selbst als Bauunternehmerin nicht ernst genug genommen würde und niemals Partnerin der Dänen und der Landesregierung bliebe. Paulsen hingegen ... noch dazu mit Hinrichsens Maschinenpark ... sofern Liv Zugriff darauf hätte ...«

Leander ließ diese Einschätzung auf sich wirken und kam zu dem Schluss, dass er Thoralfs Urteil trauen konnte.

Der stemmte sich auf den Armlehnen seines Gartenstuhls hoch. »Auf jeden Fall wird das auf der Insel eine Menge Sand aufwirbeln«, sagte er, »Ich schlage vor, wir beide trinken jetzt erst einmal ein Bier zusammen.«

»Einverstanden«, sagte Leander und ergänzte in Richtung der Frauen: »Und dann müsst ihr euch fertig machen. Ich lade euch alle heute Abend in den Biergarten des *Alten Gasthofs* in List ein.«

»Hast du gehört, Marei?«, fragte Franziska. »Wir gehen ganz chic essen. Da musst du aber ein tolles Kleid anziehen. Der Henning lädt uns ein.«

Die Kleine verschränkte wütend die Arme vor der Brust.
»Ich ziehe kein Kleid an«, verkündete sie. »Der Henning ist
blöd!«

43

»Jetzt ist erst mal ein Gründungsbier fällig«, tönte Mephisto.
»Thoralf, Freund und Bruder, du hast hier und jetzt die Ehre,
der Gründung von *Mephisto Investigative* beizuwohnen.«
Dass der Unternehmensberater ihm bislang nicht das Du
angeboten hatte, störte ihn dabei nicht im Geringsten.

Thoralf blickte Leander fragend an, der wechselte einen
Blick von derselben Qualität mit Tom. Schließlich starrten
alle auf Mephisto, als hätte dieser nun endgültig den Verstand
verloren. Und als wolle er diese Vermutung bestätigen, eröffnete er der staunenden Zuhörerschaft, dass Leander, Tom
und er ab sofort ein gemeinsames Detektivbüro betreiben
würden. Der »Fall Hans Blank« sei die Feuertaufe des jungen Unternehmens gewesen, ab jetzt würden nur noch mil-
lionenschwere Wirtschaftsaufträge übernommen, denn darin
hätte sich ihre Expertise ja nun eindeutig erwiesen.

Franziska erfasste die Lage sofort und ordnete an: »Euren Spinnereien könnt ihr später weiter frönen. Jetzt wird erst einmal gegessen.«

Sie wischte eine sich anbahnende Erwiderung Mephistos mit einem Handstreich beiseite, griff nach dem Stapel Speisekarten und verteilte sie. Dann beugte sie sich zu Marei hinunter, die entgegen ihrer Ankündigung ein Kleidchen mit bunten Sommerblumen angezogen hatte und sichtlich stolz darauf war, und las ihr die Gerichte aus der Kinderkarte vor.

In dem Moment betrat Dieter Bennings den Biergarten. Der Hauptkommissar sah völlig überarbeitet aus. Entsprechend sackte er nach einer knappen Begrüßung eher auf seinen Stuhl, als dass er sich setzte.

»Ich habe von deinem Erfolg bei Korthals gehört«, raunte Leander ihm zu. »Dann waren die Kontobelege also doch nicht in seinem Auto, als er nachts zum Roten Kliff gefahren ist.«

»Nein, er wollte dir lediglich Beweise für die illegalen Bohrungen aushändigen«, erklärte der Hauptkommissar. »Die Kontoauszüge und die Vertragsunterlagen waren ihm nicht so wichtig. Und das war am Ende dann unser Glück. Sonst wäre jetzt alles, das Hinrichsen belasten könnte, weg. Die Videos alleine würden jedenfalls keinem Richter reichen.«

»Was sagt unser Baukönig denn dazu? Ich hoffe, er ist geständig?«

Bennings schüttelte den Kopf. »Er gibt immer nur das zu, was wir ihm beweisen können: die Veruntreuung und die Tatsache, dass er Randers als Strohmann ausgenutzt hat. Seinen Vorarbeiter haben wir auch gleich einkassiert. Der hatte sofort Angst, dass Hinrichsen ihm einen Doppelmord anhängen könnte. Zum Glück, denn ohne dessen Aussage könnten wir nicht mal nachweisen, dass Hinrichsen etwas mit Groothues' und Randers' Tod zu tun hat. Allerdings ist der Mann ein ähnliches Kaliber wie sein Chef. Kaum hatte er begriffen, dass Hinrichsen noch gar nicht gegen ihn ausgesagt hatte, versucht er auch schon alles, um sich und Hinrichsen aus der Schlinge zu ziehen. Angeblich war der Tod von Kai-Uwe Groothues ein Unfall. Hinrichsen habe ihn beim Einbruch in sein Büro erwischt, es sei zum Handgemenge gekommen, und Groothues sei unglücklich gestürzt. Hinrichsen habe dann ihm gesagt, er solle die Leiche ins Meer werfen und es so aussehen lassen, als wäre Groothues der Saboteur draußen bei den Hopperbaggern. So sei der Körper ins Sanddepot vor Hörnum gekommen.«

»Du hast Hinrichsen doch mit dieser Aussage konfrontiert«, vermutete Leander.

»Natürlich.« Bennings nickte resigniert. »Der dreht das Ganze um. Angeblich ist er dazu gekommen, als sein Vorarbeiter Groothues beim Einbruch in seine Firma erwischt hat. Der habe ein Handgemenge provoziert, das dann zu dem Unglück geführt habe. Auch die Entsorgung der Leiche im Meer sei die Idee seines Vorarbeiters gewesen.«

»Ganz schön raffiniert«, urteilte Leander.

»Sieht so aus, als hätten sie sich schon vorher sicherheitshalber abgesprochen, falls wir sie in die Zange nehmen.«

»Aber damit kommen die doch wohl nicht durch«, wunderte sich Tom.

»Wenn sie dabei bleiben, schon«, erklärte Bennings. »Wir müssen einem von beiden die Tat nachweisen oder beiden ein gemeinschaftliches Vorgehen. Wenn sie sich gegenseitig beschuldigen und wir keine entsprechenden Spuren finden, kommen sie auf die Art aus der Nummer raus.«

»Spuren!« Mephisto schnaufte hämisch. »Bei einer Wasserleiche, die tagelang in der Nordsee getrieben hat.«

Bennings hob die Handflächen zur Bestätigung.

»Und Randers?«, fragte Leander hoffnungsvoll.

»Dieselbe Nummer. Ich kürze das mal ab: Der Vorarbeiter

habe Hinrichsen zu einem nächtlichen Treffen mit Randers am Ellenbogen begleitet. Als Leibwächter sozusagen. Randers habe Hinrichsen erpressen wollen, und als der nicht darauf eingegangen sei, sei er tätlich geworden. Was dann passiert ist, ahnt ihr bestimmt: Der Vorarbeiter sagt, Hinrichsen habe Randers in Notwehr getötet, der hingegen schiebt alles auf seinen Vorarbeiter. Natürlich war es in jedem Fall ein tragischer Unfall und keineswegs geplant. Im Übrigen bestreiten beide, dass noch ein weiterer Mann dabei war. Klar ist allerdings, dass die Leiche wieder bei den Hopperbaggern entsorgt werden sollte. Was Hinrichsen nicht wusste, war, dass an dem Tag aber außerplanmäßig zusätzlicher Sand für den Strand von Wenningstedt gebraucht wurde. Na ja, die Baggerschiffe und Planierraupen haben dann Kleinteile aus Randers gemacht und weitflächig verteilt. Dumm gelaufen.«

»Dann waren es also auch Hinrichsens Männer, die am Roten Kliff auf uns geschossen haben«, vermutete Tom.

»Das ist auch so ein Punkt, den wir ihnen erst noch nachweisen müssen.« Dieter Bennings zuckte resigniert mit den Schultern. »Aber ich fürchte …«

»Verstehe«, sagte Leander, »dafür brauchtet ihr die Belege aus dem Tresor.«

Die Bedienung eilte mit einem vollen Tablett herbei und verteilte Biergläser, die freudig angenommen wurden.

»Und?«, tönte Mephisto in die Richtung der jungen Frau. »Haben Sie sich mein Angebot überlegt?«

»Wenn Sie es ernst meinen, bin ich ab dem nächsten Ersten dabei. Allerdings nur, wenn ich wirklich auf Föhr wohnen kann.«

»Das habe ich doch versprochen«, freute sich Mephisto und grinste wie ein Honigkuchenpferd.

Dieter Bennings deutete fragend mit dem Kopf in seine Richtung.

»Das erkläre ich dir ein anderes Mal«, wehrte Leander seufzend ab.

»Ich habe gehört, dass Sie keine Unterlagen über die Probebohrungen gefunden haben«, wandte sich Thoralf nun an den Hauptkommissar.

»Stimmt, weder in Hinrichsens Firma noch in seinem Büro zu Hause«, bestätigte der. »Der Tresor war ein Reinfall. Wenn da mal etwas war, hat Frau Randers es verschwinden lassen. Meine Kollegen von der Wirtschaft kriegen ihn so nur noch wegen Unterschlagung dran. Das bringt bestenfalls ein paar Jahre, und wenn er mit seinen Unfallbehauptungen durchkommt, ist er schon bald wegen guter Führung wieder draußen.«

»Auf Sylt kriegt er jedenfalls kein Bein mehr auf die Erde«, stellte Thoralf fest.

»Das braucht er ja auch nicht«, sagte Leander. »So, wie ich das sehe, hat er dafür nun Liv Randers.«

»Wir hatten ja zuerst dich in Verdacht«, tönte Mephisto dazwischen und tippte Thoralf mit seinem Zeigefinger auf die Brust.

»Mich? Wieso mich?« Der Unternehmensberater war sichtlich schockiert.

»Na, weil du Hinrichsens Kompagnon bist und ebenfalls in Kompensationsgeschäften machst. Aber unser Henning hier« – jetzt deutete er mit dem Daumen auf Leander – »hat seine Hände für dich ins Feuer gelegt. Der Thoralf macht so was nicht, hat er gesagt. Birte ist Franziskas Cousine, und Thoralf ist unser Freund, der dreht keine krummen Dinger.«

»Richtig«, stieß nun auch Tom, der offenbar sofort verstand, was Mephisto da wieder trieb, in dasselbe Horn. »Und dann hat Henning alle Hebel in Bewegung gesetzt, um Ihre Unschuld zu beweisen. Was glauben Sie denn wohl, warum er sich so in den Fall reingehängt und sich keine freie Minute gegönnt hat?«

Thoralf nickte ergriffen, Birte lächelte selig, und Franziska rückte näher an Leander heran.

»Danke«, flüsterte sie ihm ins Ohr und drückte ihm einen Kuss auf die Wange.

Leander wunderte sich einen Augenblick, dass sie auf Mephistos und Toms platte Aktion hereinfiel, bis ihm klar wurde, dass sie wahrscheinlich einfach nur dankbar dafür war, einen Ausweg aus ihrem Streit angeboten zu bekommen. Verlegen nickte er ihr zu und vertiefte sich dann in die Speisekarte.

»Sucht euch das Feinste aus, das die Karte hergibt. Das geht heute Abend alles auf Henning«, verkündete Franziska unschuldig lächelnd. »Schließlich hat er Grund genug dazu, jedem von euch dankbar zu sein. Nicht wahr, mein Schatz?«

Leander hütete sich, ihr zu widersprechen.

Zur allseitigen Belustigung hob Mephisto nun auch noch an, »Ein Freund, ein guter Freund« zu singen, brach aber sofort wieder ab, als die Bedienung, die an den Tisch trat, um die Bestellungen aufzunehmen, sich theatralisch die Ohren zuhielt und drohte: »Ich glaube, ich überlege mir Ihr Angebot doch noch mal.«

Als sie Stunden später bestens gelaunt den Biergarten verließen, machte nur Thoralf einen nicht ganz so zufriedenen Eindruck. »Scheiße, Mann«, raunte er Leander zu. »So, wie ich das sehe, wird morgen ein Sturm über die Insel fegen.«

44

Thoralf behielt recht: Als bekannt wurde, dass Hinrichsen verhaftet worden war, brach auf der »Königin der Nordsee« Hektik aus. Heiko Klaassen, der noch am Abend der Polizeiaktion von Leander und in der Folge auch von Eberhard Korthals mit allen verfügbaren Informationen und Verdachtsmomenten versorgt worden war, spekulierte in der Inselzeitung wild über mögliche gefährliche Machenschaften des Baukönigs, der offenbar sogar bereit gewesen war, die Insulaner im Falle eines Seebebens dem sicheren CO_2-Tod auszuliefern. Dass die Gefahr eines solchen Seebebens in der Nordsee denkbar gering war und dass es ohnehin keine Beweise für die angeblichen Probebohrungen oder gar eine CO_2-Verpressung gab, interessierte auf Sylt niemanden, und so bekam Eberhard Korthals in diesen Tagen einen nie dagewesenen Zulauf zu seiner Bürgerinitiative. Schließlich verstieg er sich sogar in der Ankündigung, bei den nächsten Bürgermeisterwahlen kandidieren zu wollen, damit sich auf Sylt endlich mal etwas ändere.

Für Klaassen stellte sich nun auch die Frage, welche Rolle die Firma Rasmussen und ihr Sylter Statthalter Bengt Röde bei der ganzen Sache spielten. Hatten die Dänen Hinrichsen bei seinen illegalen Plänen unterstützt? Und wo war das unterschlagene Geld abgeblieben? Um welche Summen ging es eigentlich? Und Arft Petersen vom Landesbetrieb Küstenschutz? Hatte der vielleicht weggeschaut und dafür einen Teil der unterschlagenen Millionen kassiert?

An dieser Stelle wagte sich der Inselreporter für Leanders Geschmack ein Stück zu weit vor. Derartiges würde sich bestimmt niemals beweisen lassen und war als Verleumdung garantiert justiziabel. Aber Klaassen schien das nicht zu interessieren. Für den konnte der aufgedeckte Skandal gar nicht groß genug sein. Und wenn er bis nach Kiel reichte, umso besser. Offensichtlich war der Reporter aus dem gleichen Holz geschnitzt, wie Kai-Uwe Groothues es gewesen war.

Interessanterweise tauchte Liv Randers' Name weder in den Artikeln noch in der Gerüchteküche auf. Dasselbe galt für Enno Paulsen, der offenbar längst wieder auf Föhr weilte.

Und noch eine weitere Frage blieb ungeklärt.

»Wer hat jetzt eigentlich diesen Brief geschrieben?« Tom blickte grübelnd in die Runde.

»Genau.« Mephisto nickte heftig. »Wer ist Hans Blank?«

Sie lehnten an der Reling der *Adler IV* und beobachteten, wie Franziska sich auf der Hörnumer Mole von Birte, Marei und Thoralf verabschiedete.

»Stimmt«, stellte Leander lachend fest, »das wisst ihr ja noch gar nicht. Cindy Ketelsen hat den Brief geschrieben.«

»Cindy Ketelsen ist Hans Blank?« Tom betonte die Frage so, als sei das ja wohl nun wirklich nicht möglich.

»Kaum vorstellbar, ich weiß«, gestand Leander. »Aber sie hat es zugegeben. Sie hat schon lange geahnt, dass Hinrichsen irgendeine Sauerei geplant hat, bei der ihr Chef am Ende auf der Strecke bleiben würde. Offensichtlich war sie nicht so naiv wie Randers, der tatsächlich geglaubt hat, Hinrichsen wolle ihm nur helfen. Sie hat allerdings vermutet, dass irgend etwas mit den öffentlichen Aufträgen faul ist. Also wollte sie Hinrichsen stoppen, bevor er seine Schweinereien auf Randers' Kosten durchziehen konnte. Sie hat den Brief im Stil von Korthals verfasst, den sie ja nun aus der Bürgerinitiative genau genug kannte, um seinen Verschwörungsquatsch zu imitieren.«

»Wie ist sie denn ausgerechnet auf Groothues gekommen?«
Tom zog skeptisch die Stirn kraus. »Sag nicht, die stahlge-
spickte Dame ist auch noch literarisch bewandert.«

Leander lachte auf. »Nein, das wohl eher nicht. Aber Korthals selbst hat mal zu ihr gesagt, so jemanden wie Groothues
müsste man auf Hinrichsen und die Dänen ansetzen. Krimis
hätten allein durch ihre inflationäre Verbreitung unter Urlaubern eine nicht zu unterschätzende Breitenwirkung. Wenn
der gute Ruf der Insel in Gefahr geriete, müsste die Verwal-
tung handeln und könnte nicht mehr all die Sauereien vertu-
schen. Tja, und da hat sie halt den Brief auf ihrem Computer
im Büro geschrieben und ausgedruckt.«

»Ich hätte ja auf die ›BeautyBitch‹ getippt«, warf Mephisto
ein.

»Genau die hätte aber gar keinen Grund dazu gehabt«,
belehrte Leander ihn. »Schließlich kann es nicht in ihrem
Sinne sein, die Gerüchte über die Sylter Sandgeschäfte weiter anzuheizen. Öffentliche Stellen arbeiten nicht gern mit
Nestbeschmutzern zusammen. Die mögen es, wenn alles still
und reibungslos abläuft.«

»Und du glaubst wirklich, dass Liv Randers so mir nichts
dir nichts von Dessous und Make-up auf Sandvorspülung und
Deichbau wechselt?« Tom wirkte alles andere als überzeugt.

»Wenn es genug abwirft, verkauft die Frau ihren Mann an
einen ekligen Sandplanierer«, urteilte Leander, »und den an
einen Baggersaboteur auf der Nachbarinsel.«

»Ich kann mir nicht vorstellen, dass ausgerechnet Enno
Paulsen demnächst das Sagen im Millionenpoker haben soll«,
schlug sich Mephisto auf Toms Seite. »Schon gar nicht als
Geschäftsführer, der nach Liv Randers' Pfeife tanzt.«

»So, wie ich das sehe, wird er das auch nicht«, bestätigte
Leander. »Dann wird nämlich die hübsche Liv hier auf Sylt
die Geschäfte höchstselbst führen. Dieter hat mir vorhin

berichtet, dass Hinrichsens Rechtsanwalt heute Morgen auf der Polizeiwache aufgetaucht ist. Hinrichsen wird ja erst im Laufe des Tages aufs Festland überführt. Sein Anwalt hat ihn einen Vertrag unterzeichnen lassen und eine Vollmacht.« Leander machte eine bedeutungsschwangere Pause.

»Jetzt mach's nicht so spannend«, fuhr Tom ihn an. »Was für ein Vertrag? Was für eine Vollmacht?«

Leander grinste. »Hinrichsen hat sich für zwei Millionen Euro in die Firma Randers eingekauft und Liv die Vollmacht erteilt, während seiner Abwesenheit für ihn die Geschäfte weiterzuführen.«

»Ach du Scheiße!« Tom blieb die Puste weg. »Zwei Millionen Euro für eine Pleitebude ohne Maschinenpark! Da hat die ›BeautyBitch‹ ja ausgesorgt.«

»Na bitte«, stellte Mephisto fest, als sei das für ihn überhaupt keine Überraschung. »Das ist dann wohl der Preis dafür, dass die verschwundenen Unterlagen auch weiterhin verschwunden bleiben. Jetzt müssen nur noch die Dänen mitspielen.«

In dem Moment bog ein Landrover in den Hafenbereich ein und stoppte direkt am Anleger. Bengt Röde und Liv Randers sprangen heraus. Der dänische Vorarbeiter holte eine Reisetasche vom Rücksitz und trug sie neben Liv zur Gangway der *Adler IV.* Die Witwe nahm ihm die Tasche aus der Hand, beugte sich zu dem dänischen Statthalter auf Sylt vor und küsste ihn lang und innig. Dann sprang sie lachend die Gangway hinauf und entschwand den Blicken der Männer auf dem Oberdeck.

»Damit wäre das Problem ja wohl auch gelöst«, stellte Tom fassungslos fest.

Röde winkte seiner neuen Flamme noch kurz nach und machte dabei einen sehr verliebten Eindruck. Dann stieg er wieder in seinen Landrover, um den Hafenbereich mit quietschenden Reifen beschwingt zu verlassen.

Unten auf der Mole löste sich Franziska aus dem Kreis ihrer Freunde. Thoralf und Birte winkten ihr nach, als sie nun ebenfalls das Schiff betrat.

Nur Marei war offenbar nicht damit einverstanden, dass die Freunde ihrer Eltern Sylt und sie nun verließen. »Franzi und Henning sollen nicht wegfahren!«, brüllte sie ihre Mutter an und betätigte umgehend den Schalter ihrer durchdringenden Sirene, lediglich einmal unterbrochen durch den Ausruf: »Ihr seid alle blöd!«

Als das Schiff den Hörnumer Hafen schließlich verließ und Kurs auf Amrum nahm, hielt Birte Marei auf dem Arm. Die Kleine drückte ihr verheultes Gesicht auf die Schulter ihrer Mutter, während diese und Thoralf zum Abschied winkten.

Franziska blieb an der Reling stehen, bis das Schiff in Richtung Osten schwenkte. Dann setzte sie sich neben Leander auf die Bank und lehnte ihren Kopf an seine Schulter.

Der legte den Arm um sie und fragte in anzüglichem Tonfall: »Nun, mein Schatz, fahren wir jetzt zu dir oder zu mir?«

»Sowohl als auch«, war die enttäuschende Antwort. »Ich habe morgen einen Termin mit Andreesen bei mir in Norddorf. Er soll nun endgültig mein Haus mit Ziegeln decken und mir Kostenvoranschläge für die anderen Häuser machen. Thoralf hat mich davon überzeugt, dass ich jeden Zentimeter Dachfläche für PV-Module nutzen muss, wenn das mit der Energiewende etwas werden soll. Sein Solateur kommt übermorgen, um die Installation eines Hauskraftwerkes, großer Batteriespeicher und einer Wallbox mit mir durchzusprechen. Du siehst: Ich habe in den nächsten Tagen alle Hände voll zu tun.«

»Und dabei kannst du mich nicht gebrauchen, oder was?«, reagierte Leander gereizt, da sie ihn nicht einmal ansatzweise in diese Vorhaben eingeweiht, geschweige denn zu Rate gezogen hatte.

»So ist es! Außerdem hast du ja selbst auch noch genug im eigenen Garten zu tun. Wenn du da alles in Ordnung gebracht hast, kannst du mir Bescheid geben, dann komme ich dich wieder besuchen.«

Jetzt wusste Leander, dass er für sein Verhalten seiner Freundin gegenüber doch nicht ganz so ungestraft blieb.

Tom war Franziskas Ausführungen mit offenem Mund gefolgt. »Super! Dann fehlt ja nur noch ein Elektroauto für deine Autarkie«, stellte er fest.

»Auch das habe ich mit Thoralf und Birte schon besprochen. Nächstes Jahr läuft das Firmenleasing des i3 aus, dann übernehme ich das Auto.«

»Wahnsinn«, stöhnte Tom. »Wenn ich das alles Elke erzähle!«

Liv Randers tauchte auf dem Oberdeck auf, blickte sich suchend um, wobei sie Leander und seine Freunde betont übersah, und steuerte dann auf einen freien Platz auf der anderen Seite des Decks zu. Hier ließ sie sich nieder, drehte ihr Gesicht in die Sonne und schloss genüsslich die Augen.

»Dreimal darfst du raten, wohin die ›BeautyBitch‹ jetzt fährt«, raunte Tom Leander zu.

45

Franziska hatte in Wittdün, wie angekündigt, allein das Schiff verlassen. Leander war entsprechend schlecht gelaunt zusammen mit seinen Freunden nach Föhr zurückgefahren, wo sie im Hafen beobachten konnten, dass Liv Randers tatsächlich von Enno Paulsen in Empfang genommen wurde. Als habe sie sich nicht vorhin erst von ihrem dänischen Liebhaber verabschiedet, rannte sie wie ein verliebter Backfisch auf Paulsen zu und sprang ihm an den Hals. Dabei klammerten sich ihre nackten Beine unter dem luftigen Röckchen um seine Hüfte, und sie beugte ihren Kopf von oben zu ihm hinab, sodass er ihren stürmischen Kuss nur taumelnd erwidern konnte.

»Na«, kommentierte Leander, »der wird sich noch weit mehr strecken müssen, wenn er die Aufträge für die Strandaufspülungen in Wyk und Utersum haben will. Liv hat ja jetzt die entscheidenden Beziehungen.«

»Wie ist die Welt doch aus den Fugen geraten«, philosophierte Mephisto bei dem Anblick kopfschüttelnd. »Keine Moral und keine Tugendhaftigkeit mehr – nur noch Verderbtheit, wohin man schaut.«

Tom lachte und klopfte ihm in gespieltem Mitleid auf die Schulter. »Das muss einen wie dich, dem jeglicher Lebensgenuss fremd ist, ja wirklich zutiefst erschüttern!«

Mephisto nickte so sinnierend wie zustimmend.

»Und wie kommt ihr beiden Kasperköppe jetzt nach Hause?«, fragte Leander lachend.

»Mit meinem Privattaxi«, antwortete Mephisto und deutete hinüber auf den Parkplatz vor der Strandmauer.

Dort stand Diana neben Mephistos Klapperkiste und winkte zu ihnen herüber.

»Keine Angst, um den hier« – er deutete auf Tom – »musst du dich nicht weiter kümmern. Wir werfen ihn unterwegs ab. Liegt schließlich auf dem Weg.«

»Ich freue mich schon darauf«, raunte der Lehrer Leander zu, »wenn unser Frauenheld seiner besseren Hälfte gleich verklickert, dass er ihr von Sylt ein kleines Geschenk mitgebracht hat.«

»Erstens kommt Levke erst nächsten Monat ...«

»Levke! Hört hört!« Tom hob Brauen und Zeigefinger.

»... und zweitens wird Diana mich angesichts dieses unternehmerischen Geniestreichs beglückwünschen.«

»Da bin ich ja mal gespannt.« Tom zwinkerte Leander zum Abschied zu und folgte Mephisto, der schon grußlos unterwegs zum Parkplatz war. »Warte, du Genie, ich will dabei sein, wenn du Diana von Levke erzählst!«

Leander lachte und machte sich ebenfalls auf den Weg in Richtung Sandwall. Kurz vor dem Flutschutztor trat er durch eine Maueröffnung hinunter an den Strand und nahm Kurs auf die Mittelbrücke. Der Anblick des wuchtigen Holzsteges löste in ihm Glücksgefühle aus. Und als schließlich auch noch die Persiluhr auf der Promenade in Reichweite kam, wusste Leander, dass er wieder zu Hause war.

Er verließ den Strand und schlenderte am Gezeitenbrunnen vorbei in Richtung Mittelstraße. Dabei warf er einen kurzen Blick auf Bu-Bu und das *Café Steigleder* zu seiner Linken und freute sich über den vertrauten Anblick des Sandwalls. Als er von der Mittelstraße in die Wilhelmstraße einbog, blieb er kurz stehen. Vor ihm lag sein kleines Fischerhaus friedlich hinter dem Friesenwall, und spätestens jetzt war für ihn klar: Diese Insel war seine Seelenheimat – überhaupt kein Vergleich zu dem überteuerten Sandhaufen, von dem er gerade kam. Kein Geld der Welt konnte ihn jemals wieder von hier weglocken.

Leander schloss die Haustür auf, trat in den dämmerigen Flur und ließ seine Reisetasche vor der Treppe zum Obergeschoss fallen. Wie ruhig es hier war! Zu ruhig für seinen Geschmack. Franziska hatte ihm vor gerade einmal einer Stunde hinterhergewunken, und schon fehlte sie ihm.

Er überlegte kurz, ob er gleich bei Susanne Bremer anrufen und ihr Bericht erstatten sollte. Aber dazu konnte er sich jetzt noch nicht durchringen. Also floh er vor der einsamen Stille des kleinen Friesenhauses hinaus in den Garten.

Auch hier war alles so, wie er es verlassen hatte. Er griff nach einem der Gartenstühle und ließ sich, die verwaiste Stelle, an der einmal sein Geräteschuppen gestanden hatte, meidend, mit Blick auf sein Haus im Schatten des Apfelbaumes nieder. Zwiespältige Gefühle ergriffen von ihm Besitz, nachdem er nun so unerwartet auf sich allein zurückgeworfen war. Und über allem lastete eine dicke Schicht Selbstmitleid, dem er sich nun wohlig hinzugeben gedachte.

»Das wurde aber auch Zeit!«, schnarrte plötzlich eine Stimme in seinem Rücken.

Leander drehte sich erschrocken um und sah sich Johanna Husen gegenüber. Die alte Dame trat mit resoluten Schritten durch die Schneise in den Garten, die von der Gartenliege in die Hecke geschlagen worden war.

»Ich habe schon gedacht, du kommst gar nicht mehr zurück und lässt mich mit den Biestern allein. Die fressen mir ja die Haare vom Kopf!«

Als hätte die alte Nachbarin nur Herzlichkeiten über die beiden Katzen gesagt, streiften Bella und Poirot um ihre schmächtigen Beine herum und rieben sich schnurrend daran.

Verräter, dachte Leander grimmig. Jetzt lasst ihr mich auch noch im Stich.

Johanna griff unaufgefordert nach einem Gartenstuhl und setzte sich ihm gegenüber. Erwartungsvoll blickte sie ihn an, als sei es ja wohl selbstverständlich, dass er nun erst einmal Bericht erstattete.

Als Leander aber keine Anstalten dazu machte, seufzte sie schwer, erhob sich wieder und verkündete völlig unerwartet: »Also gut, dann lasse ich dich erst einmal richtig ankommen. Aber um 20 Uhr erwarte ich dich bei mir zum Essen. Dann will ich alles hören!« Sie drehte sich um und eilte zurück in Richtung Heckenschneise. »Bei der Gelegenheit reden wir auch über den Wiederaufbau des Geräteschuppens!«, rief sie noch drohend über ihre Schulter zurück. »Und hier könnte ich mir ein Törchen vorstellen.«

In diesem Moment war für Leander klar, dass er die Reparaturen in seinem Garten gleich morgen in Angriff nehmen musste. Und als erste Aktion würde er eine neue Ligusterpflanze besorgen, um die Schneise in der Hecke wieder zu schließen.

ENDE

DIE REALITÄT HINTER DER FIKTION

**Meeresspiegel steigt, Sylt zerbricht!
Wetterforscher zeichnen düstere Prognose
für die kommenden Jahrhunderte**

Knapp 30.000 Einwohner, über 75.000 Gästebetten und 784.000 Touristen pro Jahr. Das ist die größte nordfriesische Insel, unser schönes Sylt. Doch wo jetzt noch schicke Strandkörbe und teure Villen stehen, soll langfristig nur noch Wasser sein ...
IN DEN NÄCHSTEN JAHRHUNDERTEN WIRD DIE INSEL VERSINKEN!
Beim Extremwetterkongress in Hamburg wurden jetzt Daten vorgelegt, die diese dramatische Entwicklung bestätigen.
»Der Meeresspiegel der Nordsee wird kontinuierlich ansteigen«, erklärt Professor Christian Schönwiese (67) vom Institut für Atmosphäre und Umwelt der Universität Frankfurt am Main. »Dazu kommen Stürme, die in Zukunft immer heftiger werden. Deshalb sind die nordfriesischen Inseln in existenzieller Gefahr.«
Amrum und Föhr werden kleiner, die Halligen versinken langfristig komplett. Sylt wird zunächst schlanker. In etwa 100 Jahren wird die südliche Siedlung Hörnum überspült. Um 2500 zerbricht die Insel dann: Eine etwa drei Kilometer breite Wasserstraße wird den oberen Teil vom unteren trennen. List und Westerland werden auf unterschiedlichen Inseln sein.
Die Folge: Der Flughafen muss seinen Betrieb einstel-

len, das Eiland wird nur noch per Schiff zu erreichen sein. Um 2800 wird auch das Rantumbecken überspült. Schönwiese: »Das Leben auf der Insel ist dann wohl kaum noch möglich.«

Machen sich die schlimmen Zukunftsaussichten schon jetzt bemerkbar? Zumindest in der Politik wird das Thema ernst genommen, schon seit Jahren über außerplanmäßige Schutzmaßnahmen diskutiert. Moritz Luft (33) von der *Sylt Marketing GmbH*: »Die Nachfrage sinkt aber nicht, Sylt ist nach wie vor als Urlaubsziel beliebt.«

Kein Wunder: Vor dem Untergang gibt's noch einen kleinen Lichtblick. Die Sommer werden in den nächsten 50 Jahren etwa zwei Grad wärmer, der Tourismus wird profitieren.

(www.bild.de, 28.03.2008)

*

Sylts Küste auf 17 km beschädigt
nach Sturmfluten/Stürmen

Am vorigen Wochenende wurde die deutsche Nordseeküste von den beiden Orkantiefs »Elon« und »Felix« heimgesucht. Die hatten auch gleich mehrere Sturmfluten hintereinander zur Folge, doch die schlimmste war in der Nacht von Samstag auf Sonntag zu verzeichnen. Da wurde im Lister Hafen um 04:40 Uhr ein Wasserstand von drei Metern sieben über dem normalen Hochwasser gemessen, und im Hörnumer Hafen waren es sogar um 05:26 Uhr 3 Meter 37 über normal.

Die Wellenhöhe betrug sogar bis zu fünf Meter vor Sylt.

Das blieb leider nicht ohne Folgen. Deshalb schickte das LKN am 12. Januar seine Experten auf die Insel, um die Schäden in Augenschein zu nehmen. Das Ergebnis ist, dass 17 der 38 Kilometer Westküste von Sylt beschädigt wurden, das aber unterschiedlich schlimm.

Leichte Vordünenabbrüche wurden auf einer Länge von sechs Komma zwei Kilometern festgestellt, mittlere auf fünf Komma zwei Kilometern und schwere auf drei Komma acht Kilometern. Kliffabbrüche gab es leichte auf 200 Metern, mittlere auf 600 Metern und schwere auf 900 Metern.

Am schlimmsten traf es aber wieder die Hörnum Odde im Sylter Süden. Hier ging die Küstenlinie teilweise um 20 Meter zurück.

(Sylt-TV.com vom 15.01.2015)

*

NEUE KLIMAWANDEL-WARNUNG
Das Wasser steigt, und wie!

Schlechte Nachricht für die Küsten: Der Anstieg des globalen Meeresspiegels hat sich zuletzt deutlich beschleunigt. Was daraus folgt, will der Weltklimarat in einem Sonderbericht erklären.

Lange Zeit war es an den Zahlen kaum festzumachen, jetzt allerdings schlägt die Erderwärmung in den Ozeanen offenbar voll durch: Um einen halben Zentimeter jährlich steigt der Meeresspiegel mittlerweile. Fünf Millimeter plus über den gesamten Globus gemittelt, und das Jahr für Jahr – das hat es in der jüngeren Menschheitsgeschichte nicht gegeben.

Die Zahl, die für die Messperiode von Mai 2014 bis 2019 von Spezialisten der Weltmeteorologiebehörde (WMO) ermittelt wurde, ist am Rande des New Yorker Klimaaktionsgipfels (und kurz vor der Veröffentlichung des Sonderberichts des Weltklimarats) bekanntgemacht worden. Sie gilt bei Fachleuten als weiteres Indiz, dass sich der Klimawandel beschleunigt hat – und damit auch das Abschmelzen der Gletscher und der polaren Eisschilder sowie die Wärmeausdehnung des Meerwassers. WMO-Generalsekretär Petteri Taalas gehörte zu den wissenschaftlichen Beratern von UN-Chef António Guterres für dessen Klimagipfel und warnte: »Der Meeresspiegelanstieg hat deutlich zugenommen, und unsere Sorge ist, dass das abrupte Schmelzen in der Antarktis und Grönland den Prozess künftig noch mehr beschleunigt. Auf den Bahamas und in Moçambique konnten wir in diesem Jahr sehen, wie ein erhöhter Meeresspiegel zusammen mit starken Tropenstürmen plötzlich zu humanitären und ökonomischen Krisen führen kann.« Bis zum Ende der 90er Jahre lag der Anstieg des Meeresspiegels um die drei Millimeter pro Jahr. 90 Prozent der durch den menschengemachten Treibhauseffekt entstehenden Wärmeenergie wird durch die Ozeane aufgenommen und gespeichert. Tatsächlich war in den Ozeanen noch nie so viel Wärme ermittelt worden wie für das Jahr 2018. Das zweitwärmste Jahr war 2017, das drittwärmste 2015.

(…)

(www.faz.net vom 24.9.2019)

*

Sturm und Springtide: »Sabine« greift nach Sylter Strand

»Sabine« zieht am Sonntag über Deutschland – die Prognosen für die kommenden Tage sind dramatisch. »Wenn es so käme, braucht Sylt einen neuen Strand«, warnte am Freitag sogar Deutschlands bekanntester Wetterexperte Jörg Kachelmann auf Twitter.

Der Kieler Meteorologe Doktor Meeno Schrader erwartet am späten Sonntag eine schwere Sturmflut. Hinzu kommt: Es ist Vollmond, die Springtide lässt den Wasserstand ansteigen. Der Sturm werde mit Windstärke acht bis neun aus Südwest über die Insel fegen, einhergehend mit orkanartigen Böen mit einem Potenzial von 50 bis 60 Knoten, also Windstärke zehn bis elf.

Für Montag erwartet Meeno Schrader, dass der Wind vorübergehend nachlässt und auf West dreht. »Dann gibt's nur Sturmböen der Windstärke acht bis neun – das kennen die Sylter aus den letzten Wochen zur Genüge.« Im Laufe des Dienstags baue sich neuer Wind auf. »Dann gibt's einen Nachschlag am Dienstag und Mittwoch, bei dem der Wind aus West in Böen der Stärke zehn auf die Insel drückt.« Der dauerhaft starke Westwind zur Springtide werde einen Wasseranstieg und einen enorm hohen Druck auf die Westküste verursachen, sodass eine schwere Sturmflut mit großen Sandverlusten zu befürchten sei.

https://www.shz.de/27294452 vom 8.2.2020)

DANK

Dieser Roman ist wie immer vor dem Hintergrund ernst zu nehmender realer Ereignisse entstanden und behandelt ein hoch aktuelles Thema. Das belegen die angefügten Pressemeldungen.

Dabei bleibt es nicht aus, dass widerstreitende Interessen und Meinungen aufeinanderstoßen.

Ich habe mich bemüht, die strittigen Argumente einander so gegenüber zu stellen, dass sich die Leserinnen und Leser ein umfassendes Bild machen und sich auf einer fundierten Basis ihre eigene Meinung bilden können.

Sicherlich ist es mir nicht immer gelungen, meine Position im Streit um die Küstenschutzmaßnahmen vollständig zu verbergen. Aber wer meine Romane kennt, weiß, dass ich in allen Fragen entschieden Position beziehe und kein Verständnis für abenteuerliche Verschwörungstheorien habe.

Das gilt auch und vor allem für die Themen Klimakrise und Energiewende, die mir ein echtes Herzensanliegen sind und sowohl meinen eigenen Lebensstil, als auch die technische Ausstattung meines Hauses und meines Autos entscheidend bestimmen.

Um die fiktive Krimi-Handlung entsprechend einbetten zu können, war eine sehr intensive Recherche notwendig, bei der mir wieder einmal Jürgen Huss von der Buchhandlung »BuBu« auf Föhr mit seinem Engagement und seiner umfassenden Expertise sehr behilflich war. Für seine jahrelange treue Unterstützung gebührt ihm großer Dank.

»Leander und der Blanke Hans« ist der erste meiner Romane, der direkt im Gmeiner-Verlag erscheint. Armin Gmeiner und seine Programmchefin Claudia Senghaas haben mich und meine Bücher mit offenen Armen aufgenommen. Das gesamte Team des Verlages gibt mir das Gefühl, sehr gut aufgehoben zu sein. Vielen Dank dafür und für das feinfühlige und wohlmeinende Lektorat.

Zuletzt sei »Hans Blank« gedankt, wer auch immer sich hinter dem Pseudonym verbirgt. Sein Brief, den ich tatsächlich erhalten habe, hat Leander und mich nach Sylt gelockt.

Kommissar Leander ermittelt:

Kriminalhauptkommissar Stefan Lenz ermittelt:

GMEINER SPANNUNG

WWW.GMEINER-VERLAG.DE
Wir machen's spannend